Der hagere, ganz weiße Leuchtturm, der wie ein Gespenst am Meeresufer umging, als wäre er der Geist eines Gebäudes, das einst Farbe und Rundung gehabt, weinte melancholische Tränen, wenn die See gegen ihn angestürmt.

Charles Dickens: Klein Dorrit
(Übersetzung von Carl Kolb, Gutenberg-Verlag, Hamburg 1927)

I

Gwyn

Und wieder fahre ich in meinem kleinen Boot über das Meer nach Ynys Dwynwen. Das ist immer eine traurige Sache, aber es liegt auch ein wenig Glück darin. Denn es bedeutet, dass ein Wärter geht, aber auch, dass die Insel wieder ihren ganz eigenen Zauber entfaltet hat.

Beinahe auf den Tag genau vor drei Jahren war es, als ich George Benson hierhergebracht hatte. Er saß in meinem Boot, das über das kabbelige Meer hüpfte, und sein stählerner, ungerührter Blick war auf die roten und weißen Streifen des Leuchtturms gerichtet, die sich vor dem grauen, regnerischen Himmel abhoben.

»Das Walross der Liebe!«, sagte ich damals, als er sich mir vorstellte. »Sie müssen unbedingt unserer Seehundkolonie drüben auf Bethan's Reef Hallo sagen.«

»Das war Barry White«, antwortete er unwirsch. »George Benson war ein Jazzgitarrist. ›Nature Boy‹. ›Nothing's Gonna Change My Love For You‹. So was.« Er sah mich an. »Ich bin ein siebenundfünfzig Jahre alter weißer Mann aus Birmingham. Ich habe einen weitverbreiteten Namen, der zufällig der gleiche ist wie der eines anderen, mit dem mich niemand ernsthaft verwechseln kann, wenn er noch bei Trost ist.«

Und das war das Ende dieser Unterhaltung. Um ehrlich zu sein, hätte ich nie gedacht, dass der Zauber von Ynys Dwynwen auch auf George Benson wirken würde. Denn immer geschieht das nicht. Manche Menschen sind immun dagegen. Aber die Insel trifft immer eine gute Wahl – und wer glaubt, dass die Menschen beschließen, nach Ynys Dwynwen zu kommen, ist so verrückt wie ein Mungo. Ynys Dwynwen sucht sich ihre Besucher selbst aus.

Und so ziehe ich jetzt, drei Jahre später, das Boot wieder auf die Insel. George Benson wartet schon auf mich, sein Seesack liegt neben ihm auf dem mit Gras bewachsenen Felsen. Der Leuchtturm hinter ihm ragt in einen blauen, wolkenlosen Himmel hinauf.

Er lächelt, ist gebräunt und wirkt fit. Es liegen Welten zwischen seiner jetzigen Gestalt und dem übergewichtigen, mürrischen Mann mit dem teigigen Gesicht, den ich damals auf die Insel gebracht habe.

»Herzlichen Glückwunsch zum Geburtstag, George Benson!«, rufe ich ihm zu, springe aus dem Boot und vertäue es am Anleger. »Alles bereit für die Rückkehr?«

Ich nehme seinen Seesack, und er reibt sich die Seite und schaut zurück zum Leuchtturm. Ich frage ihn, wie es seiner Hüfte geht.

»Tut verdammt weh«, knurrt er. »Aber in einem Monat wird sie operiert. Ich bin mir nicht sicher, ob sie sie überhaupt operiert hätten, wenn ich nicht hierhergekommen, sondern stattdessen in Birmingham geblieben wäre und mich langsam zu einem nutzlosen Klumpen gefressen und gesoffen hätte.«

»Ich nehme mal an, dass Sie die ganzen Stufen im Leuchtturm nicht vermissen werden.« Ich werfe mir seinen Seesack über die Schulter und gehe zum Anleger hinunter.

»Ich werde die Stufen nicht vermissen«, sagt er, ohne den Blick vom Leuchtturm zu lösen. »Ich werde die Stürme nicht vermissen.

Ich werde diese verdammten Kinder nicht vermissen, die einmal im Jahr kommen. Ich werde das scheußliche Geschrei der beschissenen Vögel nicht vermissen. Ich werde es nicht vermissen zu versuchen, den Namen dieser Insel auszusprechen.« Er hält inne. »Een-Niss Doyn-Winn.«

»Das kommt der Sache schon ziemlich nah, George Benson«, sage ich. Ich habe seinen Seesack im Boot verstaut und bin wieder hinaufgelaufen, um ihm den Abhang zum Anleger hinunterzuhelfen.

»Jedenfalls ...« Endlich wendet er sich vom Leuchtturm ab. »Jedenfalls werde ich ihn aber auch vermissen. Ich werde das alles vermissen. Dieser Ort ...«

Ich lache. »Er hat einen eigenen Zauber, George Benson.«

Er stützt sich auf mich, als wir zum Anleger hinuntergehen. »Vor drei Jahren habe ich nicht an Magie geglaubt und heute auch nicht, Gwyn. Aber in meiner Zeit hier habe ich Dinge gesehen, die ich anders nicht erklären kann.«

Ich helfe ihm ins auf und ab hüpfende Boot, und er setzt sich an den Bug, mit dem Rücken zur Insel. »Und die Insel hat mein Leben verändert. Ich bin heute sechzig Jahre alt und habe mich nie besser gefühlt. Ich lasse meine Hüfte operieren. Und Janice ... Na ja, vor fünf Jahren hätte ich nie gedacht, dass ich sie je wiedersehen würde. Damals war gerade die Scheidung durch.« Er schüttelt den Kopf. »Seltsam, wie das Leben so spielt. Als hätte ich der Welt, als hätte ich jedem den Rücken zukehren müssen, damit alles wieder gut wird.«

Ich ziehe am Starterseil und wende das Boot, sodass der Bug in Richtung der Halbinsel Llyn zeigt. George Benson sitzt jetzt mit dem Gesicht in Richtung Ynys Dwynwen, die hinter uns langsam kleiner wird. »Manchmal muss man einen Schritt zurücktreten, um die Dinge klar sehen zu können«, sage ich.

George Benson schweigt, schaut nur zur Insel und dem Leuchtturm hinüber, und vielleicht ist es die Gischt in seinem Gesicht oder auch etwas anderes, denn er reibt sich still die Augen.

»Was passiert jetzt? Mit dem Leuchtturm? Und dem Signal? Das Licht geht niemals aus«, sagt er leise. Es sind Ms Davies' Worte, die er wiederholt.

»Das Licht geht niemals aus«, sage ich und nicke. »Hywel Davies und ich werden den Leuchtturm in Betrieb halten. Heledd Davies hat schon eine Anzeige aufgegeben, glaube ich, um einen Nachfolger für Sie zu finden.«

»Für den neuen Wärter von Ynys Dwynwen«, sagt George Benson. »Wer das wohl sein wird? Wovor er oder sie wohl davonläuft? Wie die Insel wohl ihren …«

»Zauber?«, sage ich. Das Festland und mein steinerner Anleger werden schnell größer.

»Ja«, sagt George Benson schließlich und lächelt in glücklicher, sanfter Kapitulation. »Wie Ynys Dwynwen wohl ihren Zauber auf meinen Nachfolger ausüben wird?«

Jahr eins

2

Martin

17. JUNI

Nach diesem Tag ist es wohl kaum ein Wunder, dass ich beschließe, in einem Leuchtturm zu leben.

Oder vielleicht ist es auch ein Wunder. Ich meine, das machen normale Menschen nach einem beschissenen Tag nicht unbedingt, oder? Die meisten Menschen würden wohl eine Flasche Wein aufmachen oder einen Freund anrufen oder etwas zu essen bestellen oder einen Film schauen. Aber all diese Dinge habe ich schon früher getan, und jetzt habe ich eben beschlossen, in einem Leuchtturm zu leben.

Immerhin war es wirklich ein *sehr* beschissener Tag.

Der Tag fängt morgens um Viertel vor sechs an, was schlimm genug wäre, wenn ich nicht schon vor einer Viertelstunde bei der Arbeit hätte sein müssen. Auf meinem Handy sind drei verpasste Anrufe, alle von meinem Vorgesetzten. Ich bin davon nicht aufgewacht, weil mein Handy in der Ecke meines Wohnzimmers unter dem Fernsehtisch liegt, wo ich es gestern Abend hingeworfen hatte, als ich sah, dass mein Handyvertrag ausgelaufen war. Was bedeutet, dass ich auch nicht bei der Arbeit anrufen kann, um ihnen zu sagen, dass ich auf dem Weg bin. Und wenn ich nicht innerhalb einer Stunde nach Arbeitsbeginn anrufe, verliere ich meine Schicht und werde vermutlich auch keine neue mehr bekommen. Sie sind dort ziemlich nachtragend.

Es gibt nur eine Lösung. Ich muss Mrs Carruthers finden. Sie ist vermutlich die Einzige hier im Haus, die um diese Zeit schon wach ist. Möge der liebe Gott mir beistehen.

Ich drücke auf Mrs Carruthers' Klingel und warte, bis sie durch den Spion geschaut hat. Dann wird ihre Tür aufgerissen, die meiner direkt gegenüberliegt, und sie steht vor mir. Mrs Carruthers ist gewaltig und trägt auf dem Kopf ein Vogelnest aus schwarzem Haar – ganz eindeutig und sehr laienhaft gefärbt. Sie hat sich in ein geblümtes Gewand gehüllt, das um ihren riesigen Körper herumwallt, als wäre sie ein mittelalterliches Kriegsschiff mit gesetzten Segeln. Sie blinzelt mich an und sagt dann: »Ah. Der Idiot.«

»Tut mir leid, dass ich Sie störe, Mrs Carruthers. Aber ich weiß ja, dass Sie immer schon sehr früh aufstehen …«

»Keine Milch? Stromrechnung nicht bezahlt? Oder haben Sie plötzlich den erbärmlichen Zustand des eigenen Lebens begriffen und wollen jetzt meinen weisen Rat?«

Sie kennt mich einfach viel zu gut, diese Mrs Carruthers.

»Nein«, sage ich. »Ich müsste mal Ihr Telefon benutzen. Mein Handy ist … kaputt.«

»Die Rechnung nicht bezahlt«, sagt sie und grinst. »Mal wieder. Kommen Sie rein, Sie wissen ja, wo es ist.«

In Mrs Carruthers' Wohnung zu treten ist, als käme man aus dem Schrank nach … na ja, nicht ganz Narnia, aber vielleicht in ihre Version davon. Es ist eine völlig unkonventionelle Insel voller Räucherstäbchenqualm, beleuchtet von schummrigen Lampen, die mit bunten Seidentüchern verhängt sind. Bei ihr läuft ständig der Fernseher, der auf stumm geschaltet ist, und von irgendwoher hört man schräge Musik. Heute klingt es wie die kratzige Aufnahme eines tibetischen Yak-Hüters, der in einem Schneesturm Handglocken spielt. Sie hat ein enormes, formloses Sofa mit Decken darauf, und an der Wand darüber hängt ein riesiges Ölbild einer nackten Frau, die auf einer Chaiselongue ruht. Mrs Carruthers behauptet, das sei sie in *jugendlicher Unschuld*. Sie nennt das Bild *rabelaisisch* und sagt, es sei von einem sehr berühmten Künstler gemalt, mit dem sie eine kurze, aber leidenschaftliche Affäre gehabt habe. Das Bild ist *ausgesprochen* detailreich, und ich wende ihm den Rücken zu, um die Nummer meines Vorgesetzten auf dem höchst unpraktischen Telefon mit Wählscheibe zu wählen. Ich schaue hoch und sehe einen Käfig, in dem eine nackte, schmuddelige Barbiepuppe auf einer Schaukel sitzt. Ich brauche zwei Versuche, um endlich die Nummer zu wählen … wie um alles in der Welt sind die Menschen mit diesen Dingern bloß zurechtgekommen?

Der Anruf wird beinahe sofort an Jordan weitergeleitet. Er ist zweiundzwanzig und frisch von der Uni. Er hält mich für einen alten, abgewrackten Niemand ohne Zukunft und Ehrgeiz. Seine Einschätzung ist nicht ganz unbegründet.

»Abwicklung, Versand und Logistik, Wir verleihen Ihren Träumen Flügel«, sagt er mit seiner professionellen Stimme, weil er die Nummer auf dem Display nicht erkennt. Dann, als ich zu sprechen beginne, seufzt er und sagt: »Mister Burney«, so wie es die Leute tun, wenn sie die höfliche Anrede ironisch meinen und nicht finden, dass man sie verdient hat.

»Tut mir leid, Jordan, ich …« Ich verstumme, werfe einen Blick auf mein Handy und überlege, welche Lüge jetzt am besten wäre. »Es liegt an meinem Handy. Es … es ist kaputtgegangen.« Mrs Carruthers hinter mir räuspert sich. »Der Wecker ist nicht angesprungen. Ich rufe gerade vom Telefon einer Nachbarin an.« *Zu viel Erklärung.* »Ich bin in einer Stunde da.«

»Vierzig Minuten, sonst brauchen Sie gar nicht erst zu kommen. Wissen Sie eigentlich, wie viele Leute Ihren Job gern hätten?«

Die Verbindung wird beendet, und ich lege den Hörer auf. Offenbar mache ich das falsch, denn Mrs Carruthers drängt sich an mir vorbei und legt ihn andersherum auf die Gabel. »Danke«, sage ich. »Ich gehe dann mal und ziehe mich an.«

Sie wirft einen vernichtenden Blick auf meinen schmuddeligen Morgenmantel und die Flipflops. »Das will ich hoffen. Haben Sie Ihr Morgenmahl schon zu sich genommen?«

»Keine Zeit«, sage ich. »Ich habe nach vier Stunden Arbeit immer zehn Minuten Pause. Dann hole ich mir was aus dem Automaten.«

»Pffh«, macht sie und schiebt mich zum Tisch, der an ihrem Erkerfenster steht. »Setzen Sie sich. Ich habe Waffeln mit Speck und Ahornsirup schon fertig. Und Kaffee. Echten Kaffee. Nicht diesen Mist, den man in Bröseln im Glas kauft.«

»Ich habe wirklich keine Zeit«, sage ich. Ich schaffe es nicht einmal in vierzig Minuten dorthin, es sei denn, die Götter der Straßenbahn von Manchester blicken mit Wohlwollen auf mich herab.

»Unsinn«, sagt Mrs Carruthers, legt die Hände auf meine Schultern und drückt mich auf den Stuhl. »Zehn Minuten Frühstück, zehn Minuten zum Anziehen, zehn Minuten mit dem Taxi zur Arbeit. Ich organisiere Ihnen eine Fahrt mit Mr Ali.«

Weniger als eine Minute später serviert mir Mrs Carruthers einen Teller mit Waffeln und Speck, übergossen mit Sirup, und ich muss zugeben, dass mir das Essen hochwillkommen ist. Was habe ich gestern Abend gegessen? Die Reste der Pizza vom Abend zuvor. Ich haue rein, und sie geht ans Telefon und organisiert mit lauter Stimme ein Taxi für genau sechs Uhr dreißig, mit der Drohung, dass Mr Ali nicht mehr auf ihre Unterstützung rechnen könne, wenn er mich nicht genau neun Minuten später an meiner Arbeitsstätte abliefere.

Mrs Carruthers setzt sich ebenfalls an den Tisch und schaut zu, wie ich mir Waffeln in den Mund stopfe. Sie neigt den Kopf zur Seite, und das Licht des frühen Morgens dringt durch die Fenster und beleuchtet ihr breites, faltiges Gesicht. »Wie alt sind Sie, Martin?«

»Dreißig«, sage ich mit vollem Mund. Diese Waffeln sind wirklich lecker.

»Oh, wie ungehobelt«, sagt sie und zwinkert mir zu. »Keine Manieren, Ihre Generation. Ich konnte in Ihrem Alter die Beine vielleicht nicht geschlossen halten, aber zumindest den Mund, wenn ich aß.«

Ich verziehe das Gesicht und murmele eine Entschuldigung. Mir vergeht plötzlich der Appetit, und ich nehme einen Schluck vom starken schwarzen Kaffee.

Mrs Carruthers sagt nachdenklich: »Mrs Howell aus dem dritten Stock hat seit gestern Besuch von ihrem Sohn. Er ist auch dreißig Jahre alt. Er hat einen Job in einer Firma für erneuerbare Energien. Sehr gut dotiert. Nettes Haus in Chorlton. Hübsche Frau. Zwei Kinder. Ich glaube, eins ist ein Wunderkind am Klavier.«

Mrs Carruthers weiß alles über jeden, zumindest in diesem Wohnhaus. In einem anderen Leben hat sie bestimmt für den Geheimdienst eines Ostblocklandes gearbeitet. Ich blinzele. Ich habe keine Ahnung, wie alt sie genau ist, aber sie muss uralt sein. Es liegt absolut im Bereich des Möglichen, dass sie wirklich für den Geheimdienst gearbeitet hat.

Ich zucke die Achseln und sage: »Ich weiß. Ich bin ein Versager.«

»Nein«, widerspricht Mrs Carruthers. »Das weiß man erst,

wenn man tot ist. Sie sind allerdings ein Idiot.« Sie nickt in Richtung meiner Tasse. »Trinken Sie aus. Sie haben zehn Minuten, um dafür zu sorgen, dass Sie nicht mehr wie ein Straßenhändler aussehen, der von Tür zu Tür zieht, um Scheren zu schleifen.«

Sie lässt mich aus der Wohnung und sagt: »Sie sind ein Trottel, weil Sie Ihr Leben verschwenden. Sie haben einen stupiden Job, den Sie hassen. Sie haben eine Freundin, die vermutlich kurz davor ist, mit Ihnen Schluss zu machen. Sie sind ständig pleite, chaotisch und ziellos. Sie lassen sich treiben, Martin, aber nicht auf eine gute Art. Übernehmen Sie die Kontrolle über Ihr Leben. Lenken Sie es in eine Richtung, die Ihnen gefällt. Lassen Sie Ihr Licht in der Dunkelheit erstrahlen.«

Erst als das Auto mich vor der riesigen, klotzigen Lagerhalle neben der Autobahn absetzt, hat mein übernächtigtes Hirn Mrs Carruthers' Worte endlich verarbeitet. *Sie haben eine Freundin, die vermutlich kurz davor ist, mit Ihnen Schluss zu machen.* Hat sie wirklich hellseherische Kräfte, wie sie ständig behauptet? Oder sind die Zeichen so offensichtlich, dass nur ich sie nicht sehe? Ich habe keine Zeit, jetzt noch Imogen anzurufen, und meine Telefonrechnung ist nicht bezahlt. Ich stecke mein Handy wieder in die Tasche und laufe zur Arbeit.

Der erste Mensch, den ich sehe, als ich in die Lagerhalle renne, ist Harry in seinem langen braunen Kittel und der flachen Mütze. Er schiebt einen Behälter auf Rädern voller brauner Pakete zwischen die Regale, die bis hoch zur Wellblechdecke reichen.

»Ah, der verlorene Sohn kommt«, bemerkt Harry mit schiefem Lächeln. »Seine Lordschaft war bereits auf dem Kriegspfad deinetwegen.«

Harry nennt Jordan »Seine Lordschaft«, weil er sich für etwas Besseres hält. Außerdem hat er eine Vollzeitanstellung und keinen

Nullstundenvertrag, bei dem der Arbeitgeber ihn jederzeit fallen lassen kann.

»Ich habe vorhin angerufen. Alles okay«, sage ich und nehme meinen braunen Kittel vom Haken.

»Dieser Mistkerl«, sagt Harry. »Gut, wir sehen uns in der Pause. Ich hau dann mal rein, um meinen Träumen Flügel zu verleihen.« Er schnaubt laut. »Am Arsch.«

Ich nehme das Gerät vom Ständer an der Wand und melde mich mit meinem Daumen an. Das kleine Display zeigt meine ersten Aufträge. Ich arbeite in der Abwicklung, was ziemlich ironisch ist, weil ich in meinem ganzen Leben noch nichts richtig abgewickelt habe. Die Leute sitzen zu Hause und bestellen irgendwas auf der Website des Unternehmens, mit dem Versprechen, die Ware am nächsten Tag zu erhalten. Aber dieses Versprechen wird nur erfüllt, weil hier eine Armee von Menschen in braunen Kitteln wie Harry und ich arbeitet, die Zehnstundenschichten mit drei Zehnminutenpausen abreißen. Und dafür erhalten wir den Mindestlohn, ohne Garantie, ob wir am nächsten Tag wieder eine Schicht zugeteilt bekommen oder nicht. »Wir verleihen Ihren Träumen Flügel« ist das Motto des Abwicklungszentrums, in dem wir nicht einmal miteinander reden oder außerhalb unserer Pausen aufs Klo gehen dürfen.

Ich mache diesen Job jetzt schon drei Monate und hasse ihn mit jeder Faser meines Herzens. Aber er bezahlt die Miete, zumindest knapp, und lässt mich auf einem Mindestniveau existieren. Bis etwas Besseres kommt, muss ich damit weitermachen.

Daher kann man es auch als eine Art Segen sehen, dass ich in genau fünf Stunden und siebenunddreißig Minuten gefeuert werde.

3

Martin

Weil ich zu spät gekommen bin, muss ich am Ende der Schicht Zeit dranhängen, und ich bin froh, dass mir Mrs Carruthers das Frühstück aufgezwungen hat. Weil Harry schon über fünfundsechzig ist, bekommt er vier Zehnminutenpausen pro Schicht – so gütig ist das Unternehmen zu uns. Sehen Sie, wie ich die Augen verdrehe? Seine zweite Pause verbringt er mit mir.

Tatsächlich ist Harry nicht nur knapp über fünfundsechzig, sondern mehr als zehn Jahre älter. Seit sechs Jahren ist er verwitwet und wohnt in Salford. Als ich damals anfing, fragte ich ihn, warum er diesen grässlichen Job in seinem Alter immer noch mache. Er zuckte nur die Achseln und sagte, so sitze er wenigstens nicht zu Hause herum, um langsam zu vergammeln. Mir fallen ungefähr eine Milliarde Dinge ein, die ich lieber täte, als hier zu arbeiten, um nicht langsam zu vergammeln. Einschließlich langsam zu vergammeln.

Es ist nicht einmal so, dass er das Geld braucht, zumindest glaube ich das nicht. Harry war Dritter Offizier in der Handelsmarine, weshalb er eine anständige Pension erhält. Ich weiß, wie hoch eine Handelsmarine-Pension ist, weil meine Mum etwas davon bekommt, seit mein Dad tot ist. Ich glaube, deshalb ist Harry auch so nett zu mir. Wegen dem, was mit meinem Dad passiert ist.

Ich gehe pinkeln und dann in den Aufenthaltsraum, um schnell einen Becher HBF aus dem Automaten zu trinken. Das ist wieder so ein Ausdruck von Harry. HBF bedeutet Heiße Braune Flüssigkeit. Er sagt, nur so kann man das beschreiben, was aus der Maschine kommt. *Nur über meine Leiche nenne ich* das *Kaffee*. Er sitzt auf einem der Plastikstühle und liest eine Zeitschrift. Ich weiß, dass er sie mir geben wird, wenn er sie durchgelesen hat. Das hat er in den letzten drei Monaten immer getan. Die Zeitschrift heißt *Maritime Gazette* und ist voller Artikel über die Schifffahrt, die entweder völlig unverständlich oder todlangweilig sind, meistens beides. Harry denkt, dass ich mich wegen meines Dads dafür interessiere. Er könnte sich kaum mehr irren. Es könnte mir kaum mehr am Arsch vorbeigehen. Aber ich will die Gefühle des alten Kerls nicht verletzen. Als er mir also die Zeitschrift über den Tisch zuschiebt, nicke ich, rolle sie auf und stecke sie mir in die Gesäßtasche.

Harry schiebt seine Ärmel runter, bedeckt die verblassten Tattoos auf seinen dicken Unterarmen und knöpft die Manschettenknöpfe zu. »Dann mal wieder zurück in die Tretmühle.«

»Ja.«

Harrys Gesicht ist zerfurcht und wettergegerbt, und er hat einen kurz geschnittenen weißen Schnurrbart. Er sieht mich mit seinem durchdringenden Blick an, mit Augen, so grün wie das Meer. »Hast du je darüber nachgedacht, in die Fußstapfen deines Dads zu treten?«

»Zur See zu fahren?«, frage ich, zerquetsche meinen Pappbecher und werfe ihn in den Mülleimer. »Das ist nicht so mein Ding.«

»Aber einen Wagen mit dem Müll anderer Leute vor dir herzuschieben ist dein Ding?«

»Ist ja nicht für den Rest meines Lebens«, erwidere ich. Meine Pause geht noch genau dreißig Sekunden lang.

»Das hat Dan Pearson auch immer gesagt. Er war ungefähr in deinem Alter.«

Ich runzele die Stirn. »Ich kenne keinen Dan Pearson.«

»Kannst du auch nicht kennen. Der war weg, kurz bevor du kamst.«

»Er ist also gegangen?«

»Gestorben«, sagt Harry und nickt in Richtung Tür. Ich gehe vor ihm aus dem Aufenthaltsraum. »Kurz vor seiner zweiten Pause. Ist einfach umgekippt. War tot, bevor er auf dem Boden aufschlug. Es war also doch für den Rest seines Lebens. Denk mal drüber nach. Man weiß nie, was als Nächstes auf einen wartet.«

• • •

Oft sind zwei Brüder in derselben Schicht wie ich. Ich weiß nicht, wie sie heißen, was ein bisschen überheblich klingt, aber das liegt daran, dass wir uns nicht unterhalten dürfen, wenn wir in der Lagerhalle sind, und sie nehmen ihre Pausen immer zu anderen Zeiten als ich. Harry nennt sie Tweedledum und Tweedledee. Ich nenne sie einfach Dumm und Dümmer. Ich meine, man braucht für diesen Job nun wirklich keinen Doktortitel, aber ich wäre ehrlich überrascht, wenn sie auch nur ihre eigenen Namen wüssten. Ich höre sie schon, bevor ich sie sehe, sie lärmen und lachen laut. Ich biege in Gang neunundvierzig, und da sind sie, ganz hinten, brüllen vor Lachen und stacheln sich gegenseitig an. Normalerweise rate ich gern, was in den Paketen ist, aber hier ist es ganz klar. Es ist ein Fußball, eingepackt in Luftpolsterfolie, und Dumm und Dümmer kicken ihn sich gegenseitig zu.

Natürlich ist das der allerschlimmste Regelverstoß in der Abwicklungsabteilung. Wir verleihen Träumen Flügel, aber das bedeutet ja nicht, dass die Ware herumfliegen soll. Es ist ein Vergehen, für das man gefeuert werden kann, und zwar fristlos. Dumm und Dümmer ist das entweder egal, oder ihre Konditionierung, beim Anblick eines Fußballs zuzutreten, ist so tief in ihnen verwurzelt, dass sie einfach nicht anders können.

Der Gegenstand, den ich einpacken muss, befindet sich auf halber Höhe des Gangs, und ich lege ihn still in meinen Wagen, in der Hoffnung, den Gang verlassen zu können, bevor sie mich sehen. Aber so viel Glück habe ich nicht.

»Oi, Burney!«, schreit Dumm (vielleicht auch Dümmer), und dann drischt er den Fußball direkt zu mir.

»Kopfball!«, ruft der andere Bruder.

Ich war noch nie gut im Fußball. Traumatische Erinnerungen an den Sportunterricht fluten auf mich ein, und ich zucke zusammen, als das verpackte Ding unbeirrt auf mich zufliegt. Ich wende mich leicht ab, und es prallt von meinem Kopf ab, um seine Flugbahn mit neuer Kraft zum anderen Ende des Ganges fortzusetzen.

In diesem Augenblick biegt Jordan um die Ecke, der konzentriert auf das Tablet in seiner Hand starrt.

»Geiler Kopfball, Burney!«, lacht einer der Brüder, und in diesem Augenblick knallt der in Blisterfolie eingewickelte Ball mit voller Wucht in Jordans sehr überraschtes, sehr wütendes Gesicht.

»Natürlich seid ihr alle gefeuert.« Jordan sitzt hinter seinem Schreibtisch, und wir stehen wie ungezogene Schuljungen in einer Reihe davor.

»Egal«, sagt Dumm.

»Ist sowieso ein Scheißjob«, sagt Dümmer.

»Moment«, sage ich. »Wie soll ich denn dann meine Miete bezahlen?«

»Das hätten Sie sich überlegen sollen, bevor Sie mutwillig Kundeneigentum beschädigt haben. Harry wird Sie vom Firmengelände geleiten.«

Draußen gehen Dumm und Dümmer wortlos davon.

»Er ist wirklich ein Mistkerl, dieser Jordan«, sagt Harry, der die Gelegenheit beim Schopf ergreift, sich eine Zigarette zu drehen. »Aber du weißt ja, wie das hier so ist.« Er zündet seine Kippe an und sieht mich an. »Vielleicht ist das auch Glück im Unglück.«

»Fühlt sich aber nicht so an.«

»Hast du die Zeitschrift?«

Sie steckt immer noch zusammengerollt in meiner Hosentasche. »Ja. Vielleicht kann ich sie ja als Klopapier benutzen, wenn es ganz schlimm wird.«

Harry streckt mir seine Hand hin und schüttelt meine fest. »Viel Glück, Junge. Ich bin mir sicher, es wird sich etwas ergeben.«

Er geht wieder hinein, und ich schaue einem der Laster hinterher, die von der Laderampe aus abfahren. Er hat das Firmenlogo auf der Hecktür. Noch mehr Träume mit Flügeln. Meine flattern jetzt kraftlos in der Gosse herum, gebrochen und nicht mehr in der Lage zu fliegen, bis eine Katze kommt, die der Sache ein Ende macht.

Ich kaufe mir neues Handyguthaben und rufe Imogen an. Vielleicht können wir uns zum Mittagessen treffen. Imogen hat keinen Job, aber das würde ich ihr nie ins Gesicht sagen. Sie ist Influencerin. Oder zumindest möchte sie eine werden. Sie ist fünf Jahre jünger als ich, postet den ganzen Tag lang Bilder auf Social Media und taggt dabei Markennamen in der Hoffnung, Gratisprodukte zu bekommen. Bisher hat sie eine Handtasche, einen Haarschnitt, ein Wochenende in einem Dreisternehotel in Coventry und den Jahresbedarf an Fußcreme abgestaubt. Wir haben uns bei meinem letzten Job kennengelernt, in einem Pub im Northern Quarter. Da hatte man mich gefeuert, weil ich ein Tablett mit Drinks über jemanden gekippt habe, der sich als mittelwichtiger Manchester-Gangster herausstellte. Ich habe Imogen nicht gesagt, dass ich gefeuert wurde, sondern erzählt, ich wolle meinen Traum verwirklichen und einen Roman schreiben. Sie sagte, sie wolle ebenfalls ihren Traum verwirklichen, und kündigte. Mit dem Unterschied, dass sie jeden Monat ein nettes Taschengeld von ihrem reichen Daddy bekommt. Und ich bisher kein einziges Wort zu Papier gebracht habe.

»So spannende Zeiten, Babes«, sagt Imogen, als wir uns vor einer Bar neben dem Pub treffen, in dem wir uns kennengelernt hatten. »Des will mich vertreten.«

»Des?«, wiederhole ich und frage mich, wann sie mich wohl fragt, wie mein Tag war. Imogen ist schlank und ziemlich schön und immer gut angezogen und … ich blinzele. In ihrem Gesicht ist irgendwas anders. Ich sage: »Hast du da etwas …?«

Sie schiebt schmollend die Lippen vor und sagt: »Nur ein paar Filler. Gefällt es dir? Des sagt, es verleiht meinem Aussehen mehr Individualität.«

Nur dass du jetzt aussiehst wie jede andere Fünfundzwanzigjährige, sage ich nicht. Aber ich sage: »Des?«

»Er vertritt eine Menge Influencer in Manchester«, sagt sie und scrollt in ihrem Handy herum. Sie hat sich wieder die Nägel machen lassen. »Er sagt, er könne meine Karriere aufs nächste Level heben.«

Darauf möchte ich wetten. Endlich schaut Imogen zu mir auf, neigt den Kopf ein wenig zur Seite, sodass die Locken über ihre nackten Schultern fallen. »Er findet aber, dass ich ein paar Dinge verändern sollte.«

»Imogen …«

»In meinem Lifestyle.«

»Imogen, hör mal, da …«

»Um meine Marke zu optimieren.«

»Imogen, da ist etwas passiert, und …«

»Und ich muss ihm da zustimmen, Babes. Ich muss jetzt an meine Karriere denken. Tut mir leid, aber …«

»Imogen, ich bin gefeuert worden.«

»Martin, wir müssen uns trennen, Babes.«

Wir starren einander an. »Du bist gefeuert worden?«, sagt sie in einem Tonfall, der sich anhört, als fände sie, dass sie genau die richtige Entscheidung getroffen habe.

»Du machst mit mir Schluss?« Das Vögelchen mit den gebrochenen Flügeln in der Gosse, die Metapher für meine Träume, schaut hoch und sieht, dass sich eine streunende Katze schon die Lippen leckt.

»Sieh es doch nicht so, als würde ich mit dir Schluss machen«, sagt sie und schaut wieder auf ihr Handy. »Sieh es lieber als … Wachstumschance. Als bewusste Entpartnerung.« Sie schaut wieder auf und lächelt mich breit mit ihren weißen Zähnen an. »Sieh es als Chance.«

»Aber all die schönen Zeiten, die wir hatten …«, sage ich verzweifelt. Vor allem denke ich an den Aufenthalt in dem Dreisternehotel in Coventry, der jetzt, da ich mich richtig an ihn erinnere, eigentlich vor allem aus Routinesex bestand, nur unterbrochen davon, dass ich Fotos von Imogen im Hotelzimmer, in der Lobby und auf dem Parkplatz machte, während Autos und Lkw auf der M6 an uns vorbeibretterten.

Sie legt jetzt ziemlich herablassend ihre Hand auf meine. »Das war's, Babes. Konzentrier dich auf die positiven Dinge. Übrigens fahre ich in zwei Wochen auf die Malediven. Recherchetrip. Des wird mich dort ein paar Kontakten vorstellen.«

»Du fliegst also mit Des auf die Malediven«, sage ich wie betäubt. Ich denke an den Sex in Coventry. Ich hatte da schon so ein komisches Gefühl, dass sie hinter meinem Rücken auf ihr Handy schaute, während ich ihr ins Ohr flüsterte, dass ich sie liebe.

Imogens Handy summt, und sie schaut in ihre Nachrichten. »Babes, ich muss jetzt wirklich los. Habe ein Vorbereitungstreffen mit Des um zwei.«

Ein Vorbereitungstreffen. Klar. Sie steht auf und haucht mir ein keusches Küsschen auf die Wange, dann lächelt sie. »Pass auf dich auf, Martin. Freu dich ein bisschen für mich. Und ich bin mir sicher, dass sich für dich etwas ergeben wird. Hey, vielleicht könntest du wirklich endlich dieses Buch schreiben, hm?« Ich schaue ihr hinterher, wie sie durch die Menschenmenge auf den sonnenbeschienenen Straßen im Northern Quarter davongeht. Den Job verloren. Mein Mädchen verloren. Ich habe das Gefühl, in einem schlechten Country- und Westernsong zu leben. Ob ich Mrs Carruthers fragen soll, was als Nächstes passiert?

Ich breche auf, ohne recht zu wissen, wohin ich gehe oder was ich tun soll. Ich laufe einfach und denke dabei nach, und meine Füße führen mich Richtung Süden durch die Stadt. Ich bin so in meinen Gedanken verloren, dass ich beinahe die kleine Gruppe Leute übersehe, die den Bürgersteig vor dem Gerichtsgebäude in der Minshull Street blockiert und etwas skandiert. Sie wedeln mit Plakaten, irgendetwas mit verschmutzten Flüssen. Ich lächele in mich hinein. Proteste für den Umweltschutz. Als ich noch zur Universität ging, habe ich oft daran teilgenommen. Wenn ich daran denke, fällt mir …

Eine Gestalt taucht am Rand meines Blickfelds auf. Ich blinzele, und sie ist zwischen den Demonstranten verschwunden. Sie sah aus wie … das kann doch nicht sein … nach so langer Zeit …

Dann vibriert das Handy in meiner Tasche. Mir wird schwer ums Herz, als ich die Nummer auf dem Display sehe.

»Hallo?«, sage ich vorsichtig.

»Mr Burney? Hier ist Liz von Pennant Gardens. Sie müssten bitte so schnell wie möglich ins Manchester-Royal-Krankenhaus kommen. Es ist dringend, Mr Burney.«

4

Gayle

17. JUNI

»Herzlichen Glückwunsch, Gayle«, sagt Sam und drückt mir einen braunen Umschlag in die Hände, als ich gerade die Treppe zum Eingangsbereich des Gerichts hochgehe.

Akten quellen daraus hervor. »Normalerweise bekommt man doch eine Glückwunschkarte …?« Ich schaue über die Schulter zu den skandierenden Demonstranten draußen auf dem Bürgersteig und runzele die Stirn. Ich hätte schwören können, dass ich gerade eben …

»Eilige Eingabe von Irwell Paints. Das Büro hat mich mit diesen Ausdrucken hierhergeschickt.«

»Das ist allerdings eilig«, sage ich und blättere durch die Akte. »Das Gericht wird das niemals akzeptieren. Sie überprüfen gerade ihr Urteil.«

»Sie haben es bereits akzeptiert«, sagt Sam und bindet sich ihr Haar zu einem Pferdeschwanz zusammen. »Darin ist auch eine eidesstattliche Aussage zugunsten der Unternehmensaktivitäten von einem Ratsmitglied, das offenbar im selben Golfklub spielt wie der vorsitzende Richter.«

»Super.« Ich öffne meine Tasche und stecke die Akte hinein.

Ich habe keine Zeit, sie zu lesen, aber ich kann mir schon denken, was drinsteht. Irwell Paints ist ein traditionsreiches Unternehmen, das eine große Zahl an Arbeitsplätzen bietet, und jeder Verstoß gegen die Umweltschutzgesetze ist rein zufälliger Natur, während jede Geldstrafe, die dem Unternehmen auferlegt wird, den Umsatz mindern und den Status des Unternehmens auf dem hochkompetitiven Markt empfindlich schwächen könnte. Das habe ich alles schon tausendmal gehört. Aber jemand muss endlich Stellung beziehen, und genau das tun die Leute da draußen. Und das ist auch der Grund, warum meine Firma, EnviroMonitor, sie vertritt.

Eine Glocke läutet, und die Saaldiener lassen die Demonstranten hinein, damit sie sich in den Zuschauerbereich setzen können. Sam sagt: »Dann geht es wohl los. Viel Glück.«

Der Richter ist genau die Sorte Mann, die man sich gut in einem Golfklub vorstellen kann, wie er mit einem Ratsmitglied einen Brandy trinkt, vermutlich auch noch zusammen mit dem Boss von Irwell Paints. Ich habe den Fall gut im Griff, ich hätte es nicht besser machen können, aber viel Hoffnung habe ich nicht.

»Im Fall von Irwell Paints versus EnviroMonitor, die die Interessen der Bewohner der Gegend um den Hauptsitz des Unternehmens herum vertritt, ist ein Urteil gefällt worden.« Der Richter späht über den Rand seiner schmalen Lesebrille. »Wenn Mr Simon Smythe als Vertreter von Irwell Paints und Miss Gayle Reiss als Vertreterin von EnviroMonitor bitte aufstehen wollen.«

Wir stehen auf, und der Richter schaut in seine Notizen, um sich dann erneut zu räuspern. »Wir erkennen an, dass Irwell Paints ein traditionsreiches Unternehmen ist, das seit mehr als hundertfünfzig Jahren operiert und einer der größten Arbeitgeber in dieser Gegend ist.

Die Firma hat ihren Standort am Fluss, der den Namen des Unternehmens trägt, und es ist wahr, dass in den letzten Jahrzehnten eine große Zahl an Wohnhäusern in ihrer Nähe entstanden sind. Viele Menschen, die jetzt in der inzwischen ausgesprochen begehrenswerten Lage Immobilien erworben haben, würden es vorziehen, dass die industriellen Aktivitäten im Zusammenhang mit der Fabrik des Unternehmens eingestellt würden.«

Jetzt kommt's.

»Irwell Paints ist schon an seinem Standort am Fluss gestanden, lange bevor die Gegend zu dem geschäftigen, florierenden Vorort wurde, der sie jetzt ist. Und das stützt das Argument, dass jeder, der hier Immobilien kauft, diese Tatsache akzeptieren muss.«

Ich spüre, wie Simon Smythe neben mir vor Befriedigung förmlich glüht. Ich frage mich, ob er wohl auch im Golfklub Brandy trinkt.

»Gleichwohl«, fährt der Richter fort, »hat Miss Reiss für EnviroMonitor sehr überzeugende Argumente dafür gefunden, dass das Unternehmen für die zahlreichen Verstöße gegen die Umweltgesetze in dieser Gegend verantwortlich gemacht werden muss. Das Unternehmen hat verbotene Chemikalien in den Fluss geleitet.« Der Richter nimmt seine Brille ab und sieht Smythe direkt an. »Ich muss sagen, dass ich an dieser Stelle dazu neige, dem zuzustimmen. Niemand möchte Fortschritt und Unternehmergeist im Wege stehen, aber dieser Fortschritt darf nur reinen Gewissens und unter rigoroser Einhaltung des Umweltschutzes geschehen.«

Ich riskiere einen Blick auf Smythe. Er zupft an seinem Kragen, sein Lächeln ist ein wenig zusammengefallen. Der Richter sagt: »Aus diesem Grund fälle ich das Urteil zugunsten der Kläger. Es wird eine Geldstrafe für jeden Fall geben, in dem das Unternehmen unkontrolliert Chemikalien in den Fluss geleitet hat, außerdem wird Irwell Paints dazu verpflichtet, alle Maßnahmen aufzulisten, die sie vorhaben anzuwenden, um derlei Übertretungen der Umweltschutzgesetze in Zukunft zu verhindern.« Der Richter setzt seine Brille wieder auf und erhebt sich. »Vielen Dank.«

Für die Länge eines Herzschlags herrscht absolute Stille, dann bricht der Zuschauerraum in Jubel aus. Smythe drückt mir flüchtig die Hand und verlässt sofort den Saal, um Berufung einzulegen. Ich schaue zu Sam hinüber, die mir zwei gereckte Daumen zeigt. Wir haben gewonnen.

Ich brauche fast eine ganze Stunde, um aus dem Gerichtsgebäude zu kommen, weil ich mich durch ein Spalier jubelnder Demonstranten arbeiten muss, von denen jeder einzelne meine Hand schütteln oder mir auf die Schulter klopfen will. Ich kann nicht anders, ich fühle mich richtig gut. Ich rette vielleicht nicht die Welt, wie ich es mir damals auf der Uni vorgestellt hatte, aber ich trage dazu bei.

Ich bin auf dem Weg zurück ins Büro bei EnviroMonitor, als mein Telefon klingelt. Es ist Donna.

»Hast du gewonnen?«

»Ja, das habe ich tatsächlich.«

»Wusste ich's doch. Was machst du gerade?«

»Ich bin auf dem Weg zurück ins Büro.«

»Und danach?«

»Danach gehe ich in meine Wohnung, ziehe meinen Pyjama an, bestelle etwas beim Lieferdienst, trinke einen Hektoliter Tee und schaue etwas bei …«

»Blödsinn«, unterbricht mich Donna fröhlich. »Es ist Freitagabend. Es ist dein dreißigster Geburtstag. Wir gehen aus, und zwar richtig. Wir trinken Cocktails, bis wir kotzen.«

»Donna, ich muss morgen zum Sonntagsessen zu Mum und Dad.«

Einen Moment lang herrscht Stille in der Leitung. »Morgen ist Samstag.«

»Ich weiß, aber sie haben am Sonntag zu tun. Daher muss ich morgen hinfahren. Und weil ich Geburtstag habe, macht meine Mum Braten.«

»Du bist viel zu nachgiebig, weißt du.«

»Weshalb ich heute ein bisschen Zeit für mich brauche.«

»Wie ich schon sagte«, antwortet Donna. »Blödsinn. Wir sehen uns um acht.«

5

Martin

Mum ist an Maschinen und Monitore angeschlossen. Sie sieht ganz verschrumpelt und winzig aus, wie eine groteske Puppe.

Sie hatte einen schlimmen Schlaganfall. Jetzt schläft sie, und die linke Seite ihres Gesichts hängt herab, als hätte sie zu nah am Feuer gesessen. Liz aus der Pflegeanstalt hat mich im Krankenhaus empfangen und mich gewarnt, dass es nicht gut aussieht. Mum wird sich wohl nicht erholen. Sie ist erst sechzig.

Sie ist vor drei Jahren nach Pennant Gardens gekommen, als klar wurde, dass ihre Vergesslichkeit und Orientierungslosigkeit nicht nur harmlos und vorübergehend waren. Sie hatte gerade die Menopause hinter sich, als sie präsenile Demenz bekam. Ich erinnere mich genau, wie ich im Büro des Arztes saß und er mir sagte, dass ihr Zustand sich schnell verschlechtern und es nicht lange dauern würde, bis sie auf fremde Hilfe angewiesen sein würde. Er sah mich an und fragte, ob ich darauf vorbereitet sei, mich um die Pflege meiner Mutter zu kümmern.

Es klang wie eine der Situationen, in denen man nur verlieren kann. Wenn ich Ja sagte, würde ich zurück in das gemietete Haus am Rand von Prestwich ziehen müssen und … was? Für sie kochen? Sie ins Bett bringen? Ihr den Hintern abwischen? Wenn ich

Nein sagte, war ich dann der schlimmste Sohn auf dem Planeten? Im ganzen Universum?

Zum Glück gab es noch einen anderen Weg. Dank meines Dads, der reichlich in seine Pension als Offizier der Handelsmarine eingezahlt hatte, konnte ich sie in Pennant Gardens unterbringen, einem Pflegeheim für Seeleute und ihre Familien. Im Austausch dafür, dass sie ihre Witwenpension aufgab, erhielt Mum ein Zimmer im Demenz-Flügel. Es war wunderschön da, die Mitarbeiter großartig, sie hatte all die Pflege und Gesellschaft, die sie brauchte. Und ich war aus dem Schneider, frei, mein zügelloses, zielloses Leben fortzuführen. Wenn sie den Hintern abgewischt bekommen musste, dann musste ich mir darum keine Sorgen machen.

Jetzt sah es so aus, als müsste sich darum absolut niemand mehr Sorgen machen. Liz sagte, Mum habe im Aufenthaltsraum gesessen und *Frauenzimmer* geschaut, als sie plötzlich vom Stuhl geglitten sei. Sie wussten, was passiert war, und hatten sie sofort ins Krankenhaus gebracht. Ich hatte kurz mit einem Arzt gesprochen, dann ließen sie mich zu Mum. Sie waren sich nicht sicher, ob sie noch einmal das Bewusstsein erlangen würde, rieten mir aber dennoch, mit ihr zu reden. Möglicherweise würde sie mich hören können.

Ich weiß nicht, was ich sagen soll.

Als ich Mum das letzte Mal besuchte, hatte sie keine Ahnung, wer ich war. Sie dachte, ich sei gekommen, um die Zentralheizung zu reparieren. Das Mal davor dachte sie, ich sei ihr Bruder Bill, der im Falklandkrieg umgekommen war.

»Also!«, sage ich mit gezwungener Heiterkeit. »Da hast du dir ja ganz schön was eingebrockt, Mum.«

Sie liegt da, blass und regungslos. Die Maschinen piepen und summen. Neben dem Bett steht genau wie im Fernsehen ein Monitor mit einer Linie, die in Zacken nach oben und unten verläuft, begleitet von einem hochtonigen *Piep-Piep-Piep*. Sie ist noch am Leben.

»Ich war wohl immer eine gewisse Enttäuschung für dich.«

Ihre Nase zuckt wie die eines Häschens, als wollte sie sagen *Eine gewisse*? Eine gewisse *Enttäuschung*? Und sie hätte recht. In den neun Jahren, seit ich die Uni verlassen habe, habe ich … na ja, eigentlich genau gar nichts gemacht. Oh, ich habe immer gearbeitet, gewissermaßen, habe immer gerade genügend verdient, um zu überleben. Und um ehrlich zu sein, nicht viele Jungs aus meiner Schule haben es überhaupt auf die Uni geschafft, das hat sie also vermutlich stolz gemacht. Aber ich habe mit meinem Abschluss nie etwas angefangen. Nach drei Jahren an der Universität hat man mir eine Urkundenrolle überreicht und … kurz verschlägt es mir den Atem, als ich an etwas denken muss, an jemanden, an den ich schon lange nicht mehr gedacht habe. Eine Urkundenrolle und ein gebrochenes Herz. Ich zucke zusammen, als mir die Szene vor dem Gerichtsgebäude wieder einfällt, als ich dachte, ich hätte … aber nein. Sie ist ja nicht einmal mehr in Manchester. Und dann fällt mir etwas anderes ein. Es ist der siebzehnte Juni. Ihr Geburtstag.

Ich versuche, die Erinnerung daran zu verdrängen und mich auf Mum zu konzentrieren. Aber ich kann einfach nicht aufhören, darüber nachzudenken, wie anders alles hätte sein können, dass mein Leben eine ganz andere Richtung hätte nehmen können, wenn ich damals nicht alles vermasselt hätte. Vielleicht hätte ich Mum sogar wirklich stolz gemacht.

Ich nehme ihre winzige, knochige Hand. Sie fühlt sich kalt an, und ich gerate in Panik, überprüfe hektisch die Monitore, die immer noch eine regelmäßige, gezackte Linie zeigen, und ihre Brust, die sich fast unmerklich unter der Decke hebt und senkt.

Dann spüre ich den schwachen Druck ihrer knochigen Finger.

Ihre Lider flattern, öffnen sich aber nicht. Ihre trockenen, aufgeplatzten Lippen bewegen sich, und ich höre ein ganz schwaches Flüstern, wie einen kaum wahrnehmbaren Luftzug.

»Mum?«, sage ich. Soll ich einen Arzt oder jemanden vom Pflegepersonal holen? »Mum? Ich bin's. Martin.«

»Ich hätte …«, lallt sie, weil die linke Seite ihres Mundes schlaff ist. Ich beuge mich näher zu ihr herunter, halte den Atem an, um ihre Worte zu verstehen: »Ich hätte deinem Dad sagen sollen, fahr nicht zur See. Ich hätte wissen müssen, dass ich ihn verlieren würde. Aber es lag ihm im Blut. Es gehörte zu ihm.«

»Mum.« Ich stehe auf und beuge mich über sie. »Fühlst du dich besser? Soll ich jemanden holen?«

Sie schüttelt den Kopf, eine winzige Bewegung, die ich beinahe nicht wahrnehme. »Ich gehe. Ich werde deinen Dad wiedersehen. Lass mich einfach in Frieden gehen.«

Ich kann sie nur noch verschwommen sehen, weil ich Tränen in den Augen habe. Ich halte ihre kalte Hand fest. »Geh nicht, Mum.«

Dann heben sich ihre Lider doch, und ihre Augen leuchten. Vielleicht liegt es auch nur an meinen Tränen, dass es so aussieht. Sie lächelt mich schief an. »Du hast recht. Du bist eine verdammte Enttäuschung. Aber es ist noch nicht zu spät.«

Dann erlischt das Licht in ihren Augen.

Ich weiß nicht mehr, ob ich schreie, einen Knopf drücke oder hinauslaufe, um jemanden zu holen, aber plötzlich ist das ganze Zimmer voller Leute, und ich werde sanft, aber bestimmt zur Seite geschoben. Alle stehen um das Bett herum, sodass ich Mum nicht mehr sehen kann, ich sehe nur noch den Monitor mit der Linie, die nicht mehr gezackt ist, sondern ganz flach, so flach wie der Horizont am Ende des Meers, wenn es so ruhig daliegt wie ein Mühlenweiher, begleitet von einem einzigen, unaufhörlichen Ton, fast wie das traurige Tuten eines Nebelhorns.

»Eine Mutter, eine Freundin oder einen Job zu verlieren ist schon für sich allein ziemlich unglücklich«, sagt Mrs Carruthers und schenkt mir ein großes Glas Brandy ein. »Aber alle drei an einem einzigen Tag zu verlieren ist … wirklich der reine Irrsinn.«

»Aber das war eigentlich alles nicht meine Schuld«, protestiere ich schwach. Ich sitze auf dem großen, mottenzerfressenen Lehnsessel in ihrem Wohnzimmer.

Mrs Carruthers sitzt am Tisch im Erker und rollt geschickt einen dicken Joint. Sie schließt die Tüte mit dem Gras wieder und entzündet den Joint mit einem silbernen Feuerzeug. Zwischen zwei Rauchwolken sagt sie: »Dieses Feuerzeug hat mir ein amerikanischer Soldat im Krieg geschenkt. Für meine Dienste.«

Dann müsste sie sicher mindestens … neunzig Jahre alt sein. Vielleicht ist sie das. Wer weiß. Nach dem Tag heute steht die Frage, ob Mrs Carruthers die Wahrheit sagt oder nicht, ganz unten auf meiner Prioritätenliste. Ich lasse den Brandy im bauchigen Glas kreisen, weil man das offenbar so tut, und trinke ihn dann in einem Zug aus. Es ist mein dritter. Ich bin ein bisschen betrunken.

Plötzlich ragt Mrs Carruthers vor mir auf, den Joint senkrecht in der Hand. »Entspann dich ein bisschen«, sagt sie und bläst mir eine Wolke weißen Rauch ins Gesicht.

Im Krankenhaus sagte Liz von Pennant Gardens, als spürte sie meine Verwirrung und meinen Kummer – oder vielleicht hatte sie bei unseren vorhergehenden Zusammentreffen auch nur begriffen, dass ich ein nutzloses Stück Dreck bin –, dass sie sich um den Papierkram kümmern würde, den der Tod meiner Mum verursachte, und auch die Beerdigungsformalitäten erledigen wolle.

Sie würde mich in ein paar Tagen deswegen anrufen. Vermutlich stellt sie sich vor, wie ich vollkommen außer mir zu Hause sitze, wie betäubt, und weine. Vermutlich kann sie sich nicht vorstellen, dass ich in der Wohnung einer alten Fantastin sitze und einen Joint rauche, der so hart kickt wie ein Maultier. Mrs Carruthers beginnt gerade, mich aus heiterem Himmel mit der Geschichte von einem durchaus körperlichen Zusammentreffen mit Keith Richards in Bolton auf dem Rücksitz eines Brotlieferwagens zu ergötzen.

Irgendwann schickt sie mich zurück durch den Hausflur in meine eigene Wohnung, wobei sie mir zwei Ein-Liter-Colaflaschen mit Wein in die Hand drückt, den sie, wie sie behauptet, aus Herzgespann und Weißdorn gezaubert hat. »Gut gegen ein gebrochenes Herz«, sagt sie und zaust mir liebevoll das Haar. »Morgen früh sieht alles schon viel besser aus.«

»Wirklich?«, sage ich und stehe auf dem zerschlissenen Teppich zwischen unseren Wohnungen. Über uns summt und flackert die Neonbeleuchtung.

Sie überlegt. »Um ehrlich zu sein, nein, wenn du den ganzen Vino trinkst. Aber du wirst dich dann so schrecklich fühlen, dass dir deine Probleme egal sein werden. Lass es dir gut gehen, mein Lieber. Du bist ein Idiot, aber du bist mir ans Herz gewachsen.«

Zurück in der Wohnung, merke ich, dass ich seit Mrs Carruthers' Frühstück nichts mehr gegessen habe, also bestelle ich einen riesigen Döner mit Pommes. Als das Essen kommt, versuche ich, einen Film zu schauen, aber ich kann mich nicht konzentrieren. Meine Gedanken kommen mir wie eine Abfolge unzusammenhängender Bilder vor, die zu Szenen verschmelzen, in denen Mum, Imogen und die Arbeit auftauchen. Ich weiß nicht, ob es am Wein, dem starken Marihuana oder den unterschiedlichen Stufen von Kummer und Angepisstsein liegt, die dieser Tag gebracht hat.

Ich sollte vermutlich lieber schlafen, denke ich, als ich die zweite Colaflasche öffne. Ich muss wirklich mit jemandem reden.

Ich scrolle in meinem Handy herum und blinzele mit nur noch einem Auge aufs Display. Eigentlich kenne ich niemanden wirklich. Niemanden, der sich wirklich kümmern würde. Alle, die ich von der Uni kenne, jeder Freund, den ich in meinen Zwanzigern getroffen habe, hat etwas aus sich gemacht. Sie alle haben Karrieren und Familien und Häuser in den Vorstädten. Alle haben ein Leben, das jemand, der gerade dreißig geworden ist, haben sollte. Alle außer mir. Fast zehn Jahre lang habe ich stillgestanden, als hätte ich auf etwas gewartet. Und jetzt ist alles an ein und demselben Tag passiert, und nichts davon ist gut.

Ich will wirklich mit Imogen sprechen.

Ich versuche es drei Mal, und jedes Mal springt die Mailbox an. Ich klicke auf ihren Instagram-Account und sehe, dass sie in den letzten zehn Minuten eine ganze Reihe von Bildern gepostet hat. Sie ist auf der Eröffnung einer neuen Bar in der Stadtmitte. Sie trägt ein kurzes, enges, weißes Kleid, ihre Arme und Beine schimmern vor falscher Bräune. Sie lacht und trinkt Cocktails. Sie sieht abstoßend glücklich aus. Neben oder hinter ihr steht auf den meisten dieser Schnappschüsse eine Gestalt. Auf einem Bild lacht sie, während die Gestalt ihr etwas ins Ohr flüstert. Er sieht aus, als wäre er schon über vierzig, mit einem kantigen Kiefer und kurzem, dunklem Haar, und er trägt einen teuer aussehenden blauen Anzug. Das muss also Des sein. Unter jedem Bild ist eine lange Schlange von Hashtags zu sehen, die stets mit #LivingMyBestLife endet. Mein Daumen schwebt erneut über ihrer Nummer, dann schalte ich das Handy aus. Was hat das für einen Sinn? She's living her best life.

Ich bin betrunken, stoned, traurig und genervt. Ich sollte einfach ins Bett gehen. Ich putze mir ungeschickt die Zähne und denke an Dad, was ich nicht oft tue. Vor allem deswegen, weil er schon starb, als ich vier war, und ich erinnere mich nur an seine große, unklare, verschwommene, unregelmäßige Anwesenheit. Meine Erinnerungen an ihn sind geerbt, speisen sich aus Geschichten von Mum, Fotos und vergilbten Zeitungsausschnitten über den Vorfall und die Ermittlungen und den Prozess, die Mum aufbewahrt hat.

Endlich fühle ich eine Art Verbindung zu ihm, eine echte Verwandtschaft. Abgesehen von Blut und geliehenen Erinnerungen, haben wir endlich etwas gemeinsam.

Wir sind beide auf See verschollen.

Ich liege im Bett und starre in die Dunkelheit, dann schalte ich die Nachttischlampe ein. Die *Maritime Gazette* liegt auf dem Boden, sie steckt noch immer in meiner Jeanstasche. Ihre Lektüre wird mich ganz sicher in den Schlaf langweilen. Ich lege mich auf den Rücken und blättere sie durch, lese von GPS-Bojensystemen und Fahrrinnen und europäischen Bestimmungen. Meine Lider sinken, als ich die letzten Seiten umblättere, auf denen die Stellenanzeigen stehen.

Da ist eine, die mit einem dicken roten Kreis markiert ist, sicher von Harry. Ich blinzele und setze mich im Bett auf, klappe die Zeitschrift um, um die Anzeige genauer zu lesen. Sie steht in der unteren linken Ecke und ist sehr kurz. Fast keine Einzelheiten. Nur eine Adresse, ein Datum und die Überschrift.

GESUCHT: LEUCHTTURMWÄRTER

6

Gayle

Das Problem dabei, dreißig zu werden, ist, dass alle das irgendwie als Aufruf verstehen, einen zu verkuppeln.

»Ich war zweiundzwanzig, als ich dich bekommen habe«, sagt meine Mutter. »Denk mal drüber nach.«

»Was bedeutet, dass du deine Zwanziger damit verbracht hast, knietief in Windeln zu waten, Kinder zur Schule zu bringen und zu verdrängen, dass du eigentlich auch eine Karriere hättest haben können«, erwidere ich und verziehe das Gesicht am Telefon.

»Und wie hast du deine Zwanziger verbracht?«, kontert meine Mutter. Sie wartet nicht auf meine Antwort, was mir ganz recht ist, weil es Dinge gibt, die in meinen Zwanzigern passiert sind, die sie lieber nicht erfahren sollte. Sie fährt fort: »Nur Arbeit, Party und Beziehungen mit Männern, die nicht zu dir passen.«

Ich will sagen: *Du sagst das, als wäre es etwas Schlechtes,* beiße mir aber auf die Zunge. Sie holt nicht einmal Luft und redet weiter. »Mal angenommen, du lernst irgendwann jemanden kennen. Und mal angenommen, du willst dann mit ihm zusammenziehen und versuchen, etwas daraus zu machen. Dann dauert es immer noch ein paar Jahre, bis du schwanger wirst. Und die biologische Uhr will ich gar nicht erst erwähnen.«

Besser wär‘s, denke ich und werfe einen Blick auf die richtige Uhr an der Wand in meiner Wohnung. Wie lange sie wohl diesmal auf mich einredet?

Ein bisschen länger noch, offenbar. »Dann bist du, sagen wir, dreiunddreißig, vierunddreißig, bis du ein Baby bekommst? Und wenn dein kleines Babylein dreißig ist, so wie meins, bist du schon vierundsechzig.«

»Herrje«, sage ich. »Vierundsechzig. Kurz vorm Sterben.«

Meine Mutter seufzt laut. »Deine Oma war erst vierundsechzig, als sie starb. Denk mal drüber nach.«

»Gibt es sonst noch etwas, worüber du gern reden möchtest?«

»Nein«, sagt meine Mutter. »Ich wollte nur anrufen, um dir zum Geburtstag zu gratulieren. Kommst du morgen noch zum Mittagessen?«

»Um eins bin ich da«, sage ich. »Hab dich lieb.«

»Ich dich auch«, sagt meine Mutter. »Oh, das hätte ich fast vergessen. Dein Dad hat eine Probefahrt für einen Sportwagen gebucht. Und er hat sich neue Turnschuhe gekauft. Denkst du, er hat vielleicht eine Affäre?«

»Denkst du das denn?«

Wir schweigen beide, dann lachen wir, gackern wie zwei alte Hexen. »Bis morgen, Mum.«

»Deine Mum hat recht«, sagt Donna und stellt mir noch einen – meinen dritten? – Pornostar-Martini hin. Sie greift nach dem kleinen Shot-Glas mit dem Prosecco. »Haben wir schon beschlossen, ob wir die hier vorher oder hinterher trinken?«

»Vor oder hinterher wovon? Dass ich heiraten und Kinder werfen soll?«, frage ich und kippe den Prosecco herunter. »Vorher. Glaube ich.«

Donna ist meine beste Freundin. Na ja, wenn man mal die Tatsache in Betracht zieht, dass nur wir zwei meinen dreißigsten Geburtstag feiern, ist sie auch meine *einzige* Freundin. Was ein bisschen unfair ist. Ich habe eine Menge Freunde, es ist nur so, dass einige von ihnen tatsächlich schon verheiratet sind und Kinder haben. Andere wohnen wiederum weit weg von Manchester, und um ehrlich zu sein, wollte ich auch keine große Sache aus meinem Dreißigsten machen. Ich meine, es ist schließlich auch keine, oder?

»Nein«, sagt Donna und knallt ihr Shot-Glas umgekehrt auf den Tisch. »Na ja, es sei denn, du willst es. Ich meinte eher ihre ziemlich scharfsinnige Bemerkung zu deiner schrecklichen Männerwahl.«

»Du findest doch ohnehin alle Männer schrecklich.«

Donna betrachtet ihren Drink. »Das stimmt. Ich habe mal versucht, mit einem Mann zu schlafen. Es war schrecklich. Aber du scheinst das aus irgendeinem Grund ständig zu wiederholen. Die ganze Welt ist voller überwiegend heterosexueller Männer, und trotzdem hast du bisher noch keinen gefunden, der kein vollkommener Idiot ist.«

»Das ist jetzt ein bisschen hart«, sage ich ohne rechte Überzeugung.

»Schau dich um«, sagt sie. Wir sitzen an einem Freitagabend in einer Bar im Northern Quarter. Es ist voll. Mehr als die Hälfte der Gäste sind Männer. Einige von ihnen sehen wirklich gut aus. Als könnte sie meine Gedanken lesen, sagt Donna: »Wenn du dieses leere Shot-Glas in die Menge wirfst, triffst du garantiert den schlimmsten Idioten im Raum. Und dann fängst du eine sechs Monate dauernde Beziehung mit ihm an, in der er dich wie den letzten Dreck behandelt.«

»Das … ist jetzt ein bisschen unfair«, sage ich, obwohl ich weiß, dass ich dieses Spiel nur verlieren kann.

Donna winkt dem Kellner, damit er uns mehr Drinks bringt,

und sieht dabei ausgesprochen fröhlich aus. »Sollen wir das Beweismaterial prüfen?«

»Ich bin hier die Rechtsanwältin«, sage ich, aber ich weiß, dass Donna jetzt nichts mehr aufhalten wird. Sie streicht sich das blau gefärbte Haar aus dem Gesicht und beginnt, an den Fingern abzuzählen.

»Dan. Mit dem kantigen Kiefer und den breiten Schultern. Und der Ehefrau und den beiden kleinen Töchtern in York, von denen du erstaunlicherweise erst nach drei Monaten erfahren hast.«

»Er hat gesagt, er müsse unter der Woche seine kranke Großmutter pflegen. Und es ist ja nicht meine Schuld, dass er ein pathologischer Lügner war. Ein ziemlich guter pathologischer Lügner.«

Donna tippt auf den zweiten Finger. »Trevor. Abgesehen von der Tatsache, dass du überhaupt mit einem Typen namens Trevor ausgegangen bist … hast du auch noch einen Trevor ausgesucht, der bei seinem Arbeitgeber Gelder veruntreut hat und schließlich ins Gefängnis musste.«

Ich höre auf zu widersprechen. Donna hat recht. Da waren wirklich einige Idioten dabei. Eigentlich waren sie alle Idioten. Aber sie ist noch nicht fertig.

»Chris. Der nur mit dir zusammen war, um in der Nähe von ihr sein zu können, deren Name nicht genannt werden darf.«

Die sonst unter dem Namen Sara firmiert. Sie war früher eine meiner engsten Freundinnen. Jetzt ist sie Chris' Ehefrau und wohnt irgendwo in den Penninen auf dem Land, wo sie ein kleines Grundstück besitzen, auf dem er, wie ich auf Instagram gesehen habe, mit einer Cap und Hosenträgern herumläuft. Ich hoffe, sie stecken sich beide mit der Schweinegrippe an.

»Ryan«, sagt Donna und wackelt mit dem kleinen Finger.

»Deswegen haben wir uns nicht getrennt«, sage ich.

Sie zuckt die Achseln. »Pete. Der drei weitere Freundinnen neben dir hatte.«

»Idiot«, stimme ich zu.

»Timothy. Der, wenn du gerade mal nicht da warst, gern deine Höschen und BHs getragen hat und unter dem Namen Little Mister Party Boy ziemlich viele Follower auf Social Media hatte.«

»Er arbeitet an seinen Problemen«, sage ich und hebe kapitulierend die Hände. »Es reicht, Donna. Bitte. Ich hab's schon verstanden.«

Sie lehnt sich zurück. »Eigentlich war der einzige Kerl, der irgendwie gut für dich war ...«

Der Kellner unterbricht sie, indem er sich räuspert, und stellt jeweils noch einen Pornostar-Martini vor uns hin. Dazu zwei Gläser und eine Flasche, in der sich so teurer Champagner befindet, dass es einem die Tränen in die Augen treiben könnte.

»Das habe ich nicht bestellt«, sagt Donna und blinzelt, um das Etikett lesen zu können. »Und bezahlen werde ich das auch nicht.«

Der Kellner beugt sich verschwörerisch zu ihr herunter. »Das ist von dem Herrn dort links hinter mir. Ungefähr vier Tische entfernt. Weißes Hemd. Jeans. Dunkles Haar, ein wenig Grau an den Schläfen. Sehrrrr heiß.«

Donna reckt den Hals »Mmmm, stimmt. Ob er wohl eine Schwester hat?«

Der Kellner richtet sich wieder auf. »Für meinen Geschmack wirkt das ein bisschen zu sehr wie in einer romantischen Komödie aus den Achtzigern, aber wenn er meint ... Und das hier ist eine wirklich sehr teure Flasche Champagner. Soll ich sie öffnen?«

»Verdammt, ja«, sagt Donna. Sie wirft mir einen vielsagenden Blick zu.

»Was?«, erwidere ich.

»Na ja, er hat sie schließlich nicht meinetwegen geschickt, oder?«

Ich riskiere einen Blick zu dem Tisch. Der Kellner hat recht. Er ist wirklich sehr heiß. Als er meinen Blick bemerkt, hebt er sein Glas mit einer bernsteinfarbenen Flüssigkeit darin. Dann zieht er eine Braue hoch.

Ach du meine Güte.

Gefühlt mitten in der Nacht werde ich von meiner Mutter geweckt, die mich auf dem Handy anruft. Ich muss nicht einmal die Augen öffnen, um zu wissen, dass sie es ist. Tatsächlich ist es gar keine gute Idee, die Augen zu öffnen, so, wie ich mich fühle. Ich taste auf dem Nachttisch herum. Er kommt mir irgendwie höher vor als sonst. Ist mein Bett in den Boden gesunken? Sind die Beine abgefallen? Meine Finger streifen ein Glas, bis sie das Handy finden.

»Morgen«, krächze ich.

»Nicht mehr lange«, sagt meine Mutter heiter. »Es ist fast Mittag.«

Oh Gott. Ich muss in einer Stunde bei meinen Eltern sein. Und ich brauche noch doppelt so lange, um aufzustehen und zu duschen, mal abgesehen von der halbstündigen Fahrt. So heiter wie irgend möglich sage ich: »Ich fahre gleich los.«

»Könntest du mir einen Gefallen tun, Schatz? Dein Vater hat den Meerrettich vergessen. Könntest du auf dem Weg hierher ein Glas kaufen? Aber nicht dieses billige Zeug.«

»Klar«, sage ich und beende das Gespräch. Ich muss jetzt wirklich aufstehen. Na ja, bald zumindest. Vielleicht wäre es ein guter Anfang, die Augen zu öffnen. Ich lege mein Handy wieder auf die Ablage, woraufhin es zu Boden fällt. Was ist bloß mit diesem Nachttisch los? Ich öffne ein Auge.

Es ist nicht mein Nachttisch. Er steht in einem Zimmer, das

nicht mein Zimmer ist. Es ist ein Nachttisch, der neben einem Bett steht, das nicht meins ist. Ich bin in makellos weiße ägyptische Baumwolle gehüllt, die sich wie die arktische Tundra ins Endlose erstreckt. Die Wände sind ebenfalls weiß und mit monochromer Kunst geschmückt. Sonnenlicht dringt durch ein bodentiefes Fenster.

Und ich bin nicht allein.

Ich drehe mich um und versuche, meine Augen auf die Gestalt scharf zu stellen, die da liegt. Sie trägt kein weißes Hemd und keine Jeans mehr, sondern im Gegenteil gar nichts. Gebräunt, muskulös und, genau wie der Kellner gesagt hat, sehrrrr heiß.

»Guten Morgen, Gayle«, sagt er mit einer so vollen und tiefen Stimme, dass man glauben könnte, Ostern und Weihnachten wären heute auf einen Tag gefallen.

Jetzt kommt alles in verschwommenen Bildern zurück. Champagner. Mehr Champagner. Eine andere Bar. Ein Klub. Donna, die in ein Taxi steigt. Oder eher Donna, die ich in ein Taxi stopfe. Ich, die in ein Taxi steigt. Hierherkommt. Und dann ... Uff. Kein Wunder, dass ich halb tot bin. Als ich das letzte Mal auf mein Handy geschaut habe, war es noch fünf Uhr morgens.

»Ähm«, sage ich und überlege, was jetzt kommen muss. »Wo genau sind wir hier eigentlich?«

»Alderley Edge«, antwortet er mit einem schiefen Grinsen.

»Nett«, sage ich und lege mich wieder zurück in die riesigen Marshmallow-weichen Kissen. Dann setze ich mich ruckartig auf, und in meinem Kopf hämmert eine Kesselpauke.

»Alderley Edge? Mist. Ich muss in einer Stunde bei meinen Eltern sein. Ich muss nach Hause, duschen, mich umziehen und Meerrettich kaufen und ...«

Er legt einen Finger auf meine Lippen, und ich könnte sterben. »Pst. Warum duschst du nicht hier? Dann fahre ich dich nach

Hause, du kannst dich schnell umziehen, und dann fahre ich dich zu deinen Eltern. Wo wohnen die denn?«

»Das musst du nicht tun. Du kannst mir aber ein Taxi rufen.«

»Ich bestehe darauf«, sagt er und steigt aus dem Bett. Er ist vollkommen nackt. Und absolut hinreißend. Jeder einzelne Quadratzentimeter ist hinreißend.

»Du hast Meerrettich erwähnt? Ich mache ihn selbst.« Er lächelt wieder dieses schiefe Lächeln. »Ist nur so ein Hobby. Du kannst ein Glas mitnehmen.«

Ich öffne den Mund und schließe ihn sofort wieder. »Ähm«, sage ich schließlich. »Das wäre … sehr nett von dir. Alles. Danke.«

»Willst du zuerst unter die Dusche?«, fragt er. »Oder … um Zeit zu sparen … wir könnten auch zusammen duschen.«

Wieder diese hochgezogene Augenbraue. Ich meine, wer kann da schon widerstehen?

7

Gayle
18. JUNI

Der Plan lautet, dass ich vor der Tür der Doppelhaushälfte meiner Eltern abgesetzt werde. Wir haben Nummern ausgetauscht und wollen uns bald wieder treffen. Meine Mutter gibt sich damit allerdings nicht zufrieden.

Ich weiß nicht, was das für ein Auto ist, in dem wir unterwegs sind, aber es ist silber und elegant. Es passen nur zwei Leute rein, und es ist sehr schnell und gibt ein tiefes, knurrendes Geräusch von sich, wenn es fährt. Kaum dass wir da sind, rennt meine Mutter die Einfahrt hinunter und wischt sich dabei die Hände an einem Küchentuch ab. »Gayle!«, ruft sie, und ihr tadelnder Ton steht im Widerspruch zum Glitzern in ihren Augen. Ich steige aus dem Auto. »Du hast mir ja gar nicht gesagt, dass du jemanden mitbringst!«

»Oh, das tue ich auch gar nicht«, sage ich und werfe ihm einen Blick zu.

»Unsinn!«, sagt meine Mutter. »Wir haben genug zu essen! Willst du uns gar nicht vorstellen?«

»Würde ich sehr gern«, sage ich mit zusammengebissenen Zähnen, als er um das Auto herumgeht. Ich füge nicht hinzu, dass ich die letzte Stunde damit verbracht habe, mir seinen Namen zu merken.

»Mrs Reiss, ich heiße Tom Cassidy. Ich freue mich sehr, Sie kennenzulernen.«

Tom Cassidy. Ein guter, starker Name. Ein verlässlicher Name.

Meine Mutter kichert jetzt ganz mädchenhaft. Ich werfe ihr einen bösen Blick zu. Tom sagt: »Und ich will mich auf keinen Fall aufdrängen.«

»Aber gar nicht!«, erwidert meine Mutter. »Im Gegenteil, ich bestehe darauf.«

Sie dreht sich um, weil jetzt mein Vater kommt. »Nicht wahr, Paul?«

Dad trägt Chinos, ein Poloshirt und weiße Turnschuhe. Ich runzele die Stirn und sehe meine Mum an, die nur mit den Schultern zuckt.

»Klar, kein Problem«, sagt Dad, obwohl ich weiß, dass er gar nicht zugehört hat. »Verdammt, ist das hier, was ich glaube, dass es ist?«

»Ein 115er Alfa Romeo Spider«, sagt Tom und grinst.

Dad streicht ehrfürchtig über die Motorhaube, als wäre sie mindestens die Bundeslade. »Was für eine Schönheit.«

»Das ist übrigens Tom«, sagt meine Mum. »Er isst mit uns zu Mittag.«

Tom sieht mich an. »Aber nur, wenn Gayle nichts dagegen hat …«

Mum runzelt die Stirn, als wäre meine Meinung vollkommen bedeutungslos. Sie hakt sich bei ihm ein und schiebt ihn die Einfahrt hinauf. »Also, was machst du so im Leben, Tom?«

Ich schaue Dad fragend an. »Hast du dir das Haar gefärbt?«

Er berührt etwas verlegen seine Schläfen. »Ein bisschen.

Komm, deine Mutter hat ein neues Spielzeug. Wir sollten sie besser nicht warten lassen.«

»Projektentwickler«, sagt meine Mum bewundernd und stellt das Roastbeef auf den Tisch. Es klingt, als hätte Tom ihr gerade eröffnet, dass er Astronaut oder Hirnchirurg sei. Ich kann mich nicht erinnern, wann ich zuletzt etwas gegessen habe, und beim Duft des Fleisches beginne ich zu sabbern.

»Moment, ich übernehme das«, sagt Tom und nimmt Mum Messer und Bratengabel aus der Hand, um das Fleisch zu schneiden. Ich schwöre, dass sie aussieht, als hätte sie gerade eine Hitzewallung, als sie sich setzt. Vielleicht auch einen stillen Orgasmus.

»Damit lässt sich sicher gut Geld machen«, sagt Dad und schenkt uns Wein ein. »Mit Projektentwicklung.«

»Schlecht verdiene ich nicht«, sagt Tom entwaffnend ehrlich und lädt jedem von uns mit dem Messer und der Bratengabel Fleisch auf. »Es geht vor allem darum, ein Auge dafür zu haben; wenn ich etwas sehe und das Gefühl habe, dass es richtig ist, dann lasse ich nicht locker.«

Und dabei schaut er mich mit seinen strahlend blauen Augen direkt an.

Wir fangen an zu essen, und Dad fragt Tom über seine Arbeit aus. Mum wirft plötzlich den Kopf in den Nacken und schließt die Augen. Sie sieht aus wie ein Medium aus der viktorianischen Zeit, das die Geister der Toten heraufbeschwört.

»Oh! Also wirklich! Dieser Meerrettich ist der beste, den ich je probiert habe. Wo hast du den denn her?«

»Tom hat ihn selbst gemacht«, sage ich, und Mum sieht aus, als würde sie Dad gleich mitteilen, er möge bitte sofort ausziehen.

»Wie alt sind Sie denn eigentlich?«, fragt Dad.

»Paul«, warnt ihn Mum. »Er ist nicht hier, um verhört zu werden.«

Und doch kommt es mir ganz genau so vor. Als verhörten sie einen möglichen Bewerber um die Hand ihrer Tochter. Und bisher besteht er jede Prüfung mit Bravour. Halb erwarte ich, dass meine Mutter ihm eine Mitgift anbietet, noch bevor das Dessert aufgetischt wird. »Vierzig«, antwortet Tom. »Ich muss sagen, Mrs Reiss, ich habe in meinem ganzen Leben noch kein so perfekt zubereitetes Rindfleisch gekostet. Und ich habe schon in Sternerestaurants gegessen.«

Mum kichert wie ein Schulmädchen. »Oh bitte. Nenn mich doch Heather.«

Nach dem Essen besteht Tom darauf, das Geschirr in die Geschirrspülmaschine zu räumen. Dad geht in den Garten, um dort heimlich eine Zigarette zu rauchen. Ich folge ihm und sage: »Ich dachte, du hättest damit aufgehört.«

»Ich versuche es ja«, sagt er. »Aber weißt du, mit deiner Mutter zu leben …«

Ich mustere ihn von Kopf bis Fuß. »Neue Klamotten?«

Er nickt verlegen. »Findest du sie zu jugendlich für mich?«

»Dad«, sage ich. »Du bist dreiundfünfzig. Das *ist* jung.« Ich verstumme. Dann sage ich: »Mum sagt, dass sie zu jugendlich für dich seien, oder?«

Er seufzt und pustet eine Rauchwolke aus. »Ich glaube, sie kann es kaum erwarten, Großmutter zu werden«, sagt er. »Sie redet ständig darüber, dass du Kinder bekommen sollst.« Er schaut in die Ferne. »Manchmal habe ich das Gefühl, dass das Leben an mir vorbeirauscht, Gayle.«

Ich nehme ihm die Zigarette aus der Hand und ziehe daran. Ich habe jetzt ein paar Jahre lang nicht mehr geraucht. Es schmeckt gut. »Gestern hat sie im Scherz zu mir gesagt, dass du vielleicht eine Affäre hast.« Ich werfe ihm einen Blick von der Seite zu. »Hast du eine?«

Er schüttelt den Kopf und lacht auf. »Natürlich nicht. Woher soll ich die Zeit dafür nehmen?«

Ich gebe ihm die Zigarette zurück. »Du weißt schon, dass das genau das ist, was jeder Mann sagt, der eine Affäre hat, oder?«

Er zertritt die Kippe, steckt sich ein starkes Pfefferminzbonbon in den Mund und bietet mir auch eins an. »Ich habe keine Affäre. Ich liebe deine Mutter. Ich will nur nicht alt werden, Gayle. Noch nicht.«

Als wir wieder in die Küche kommen, schreibt Tom gerade sein Meerrettichrezept für Mum auf, die ihn mit andächtig gefalteten Händen bewundernd ansieht. Er schaut hoch und sagt: »Ah, Mr Reiss …«

»Paul. Bitte.«

»Paul. Vielleicht wollen Sie mit dem Spider mal um den Block fahren …?«

Kaum dass sie mit donnerndem Motor losgefahren sind, packt mich Mum im Vorgarten beim Arm und zischt mir zu: »Warum hast du mir gestern am Telefon nichts von Tom erzählt?«

Ich sage nicht, dass es daran lag, dass ich ihn da noch gar nicht kannte.

»Wie lange kennst du ihn schon?«

Im biblischen Sinn? Ungefähr zwölf Stunden. Aber das sage ich auch nicht. Ich muss eigentlich auch gar nichts sagen, denn sie redet sowieso weiter. »Also, der ist jetzt aber mal ein guter Fang, Gayle. Ein echt toller Fang. Das muss ich dir ja wohl nicht sagen. Ich hoffe nur …«

»Du hoffst nur was?«, sage ich, weil ich plötzlich sehr genervt bin.

»Na ja«, sagt sie, dreht sich um und geht mit mir zusammen zum Haus zurück. »Du hast jetzt nicht die beste Bilanz, wenn es ums Daten geht.«

»Und das ist natürlich meine Schuld.« Ich erinnere mich daran, was Donna gestern Abend über meine misslungenen Beziehungsversuche gesagt hat. »Das waren alles Idioten. Der einzige Fehler, den ich gemacht habe, war die schlechte Wahl.«

»Hör auf zu fluchen«, sagt Mum mild. »Ich bin mir sicher, dass Tom das nicht mögen würde. So ein kultivierter Mann.«

Ich muss an den obszönen Kram denken, den er mir am frühen Morgen ins Ohr geknurrt hat, als ich die Beine um ihn geschlungen und die Fingernägel in seinen Rücken gegraben hatte.

»Ja, da hast du ganz recht, liebe Mama«, sage ich. »Ich bin dann im Salon und beschäftige mich mit meiner Nadelarbeit. Sollte Tom vorstellig werden, sag doch bitte dem Diener, er möge ihn hereingeleiten.«

Dad hat ein Feuer in den Augen, das ich noch nie gesehen habe, als Tom und er zurück ins Haus kommen.

»Der fährt sich einfach traumhaft!«, verkündet Dad hingerissen. »Und diese Kraft! So etwas habe ich noch nie gespürt!« Er sieht Mum an. »Stell dir uns beide mal in so einem Ding vor, Heather! Wie wir damit nach Cornwall fahren. Du würdest es lieben.«

»Und wie viel kostet so einer?«, fragt Mum.

Tom sagt es ihr, und sie bekommt ganz große Augen. »Na ja«, sagt sie knapp. »Ich glaube, der Mondeo reicht uns erst einmal. Wer möchte Kaffee?«

Mum schenkt ein, und es klingelt an der Tür. Dad sagt: »Ich mache mal auf.«

»Ich muss Ihnen wirklich mal etwas von der besonderen Mischung mitbringen, die ein Freund in London herstellt«, sagt Tom. »Liberica-Bohnen. Sehr süß und ein wenig rauchig.«

»Genau wie Sie!«, sagt Mum und gibt ihm einen Klaps auf den Arm. Ihr Gesicht ist auffallend gerötet. Sie hat zu viel Wein getrunken. Zum Glück kommt Dad gerade herein und kratzt sich am Kopf.

»Lieferung. Für Gayle.«

Ich runzele die Stirn. »Wer weiß denn, dass ich hier bin?« Dad gibt mir ein schmales Paket, das in braunes Packpapier eingewickelt ist.

Tom macht ein Gesicht wie ein ungezogener kleiner Junge. »Ich fürchte, das war wohl ich. Als du mir die Adresse deiner Eltern gegeben hast …« Er zuckt die Schultern. »Herzlichen Glückwunsch.«

Ich reiße das Papier ab und öffne die kleine Schachtel. Darin liegt das allerschönste Weißgoldarmband mit Diamanten, das ich je gesehen habe.

Ich glaube, meine Mum bricht gleich in Tränen aus.

»Whoa, Moment mal«, sagt Donna später am Telefon. »Das waren zu viele Infos auf einmal. Noch mal von Anfang an. Dieser Typ in der Bar gestern Abend …«

»Tom.«

»Tom. Du hast mit ihm gevögelt?«

»Ja.«

»Und du hast bei ihm übernachtet? In Alderley Edge?«

»Ja.«

»War es so piekfein, wie ich denke?«

»Sehr sogar.«

»Und du hast dann noch mal unter der Dusche mit ihm gevögelt?«

»Ja.«

»Und du hast ihn mit zu deinen Eltern genommen?«

»Na ja, so war das eigentlich gar nicht geplant. Er hat mich dort abgesetzt, und na ja … du kennst ja meine Mutter.«

»Und er hat ein verdammtes Diamantarmband ins Haus deiner Eltern schicken lassen, als du da warst? An einem Samstagnachmittag?«

»Das fasst es ungefähr zusammen, ja.«

»Und was ist dann passiert?«

Was dann passierte, war, dass Tom mich zu meiner Wohnung fuhr und mich dort absetzte. Wir verabredeten uns für Dienstagabend auf einen Drink in Manchester. Ich betrachte das Armband, das an meinem Handgelenk glitzert. Offenbar habe ich plötzlich einen Freund.

»Na ja«, sagt Donna. »Das ging wohl für jedermanns Verhältnisse alles ziemlich schnell. Die Frage ist doch, wann und wie wird es Tom schaffen, sich als Idiot herauszustellen?«

»Ich weiß gar nicht, ob er einer ist«, sage ich sehr leise.

»Verdammt«, sagt Donna.

»Ich weiß«, sage ich. »Verdammt.«

Wir schweigen eine Weile, dann sagt sie: »Habe ich irgendetwas Peinliches gemacht? Ich weiß gar nicht mehr, wie ich nach Hause gekommen bin. Ich kann mich überhaupt nur noch an wenig erinnern, um ehrlich zu sein.«

»Du hast auf dem St Peter's Square hinter einen Container gepinkelt«, sage ich. Ich muss mich selbst bemühen, um mich zu erinnern. »Vielleicht hast du auch auf eine Taube gekotzt.«

»Na, das ist ja alles normal«, sagt Donna. Sie verstummt kurz. »Gayle?«

»Donna?«

»Wenn er sich doch als Idiot herausstellt, bin ich immer für dich da. Das weißt du.«

Plötzlich ist mir nach Weinen zumute. »Ich weiß das. Aber irgendwie … Irgendwie glaube ich, dass er das nicht tun wird. Ich glaube … ich glaube, Tom ist der eine, der kein Idiot ist.«

Ich kann praktisch spüren, wie sie am anderen Ende der Verbindung mit den Schultern zuckt. »Okay, Liebes. Tja. Ich hoffe, du hast recht. Aber wenn nicht … na ja, ist ja deine Sache. Hab dich lieb, du Knopf.«

»Hab dich auch lieb, du Knopf«, sage ich und beende den Anruf. Ich schließe die Augen und frage mich, wie es wohl wäre, wenn Tom *Ich liebe dich* mit seiner seidigen, verführerischen Stimme sagt.

8

Martin

JULI

Für eine Beerdigung ist die hier noch einigermaßen annehmbar. Was bedeutet, dass es Betrunkene, eine Schlägerei und halb öffentlichen Sex gibt.

Einer der Betrunkenen ist der Pfarrer selbst, der einigermaßen unsicher auf den Beinen die Kirche betritt. Mum war nicht mal katholisch, keine praktizierende Christin, soweit ich weiß. Aber Liz von Pennant Gardens sagte mir, dass sie in den letzten verbliebenen Wochen ihre Spiritualität entdeckt und Besuche von einem Methodistenpfarrer, einem Rabbi und einem einigermaßen verblüfften Imam der Moschee in der Gegend bekommen habe, außerdem von einem untersetzten Herrn in einem orangefarbenen Laken, der einige Zeit in Tibet verbracht habe und spirituelle Führung anbiete, wenn er nicht gerade als Automechaniker arbeite. Und von Pater Murphy.

»Sie ist eben auf Nummer sicher gegangen«, sagte ich zu Liz. Die heiligen Männer wussten nicht, dass es im Grunde Bewerbungsgespräche waren, die sie mit Mum führten, die sich schließlich für Pater Murphy entschied. Ich weiß nicht genau, ob er vor seiner Bekanntschaft mit Mum auch schon so viel trank, aber jetzt, als er am Tag der Beerdigung auf den Altar zugeht, ist es ganz klar, dass er eine ordentliche Menge an Messwein in sich hineingekippt hat. Und es ist erst zehn Uhr morgens.

Mums Sarg steht vor dem Altar. Ich habe ihn mit zwei Cousins hereingetragen, die ich seit zwanzig Jahren nicht mehr gesehen habe. Harry von der Arbeit hat auch geholfen. Von meiner ehemaligen Arbeit, besser gesagt. Der Sarg fühlte sich so leicht an, als wäre er leer. Ich sitze in der ersten Reihe und schaue mich um. Ein paar wenige Trauernde sind auf die Bänke verteilt. Ich, Harry, Mrs Carruthers, ein paar Tanten und Onkel und Cousins. Ich habe Imogen eine Nachricht geschickt, um sie von der Beerdigung in Kenntnis zu setzen. Sie hat nicht geantwortet.

Pater Murphy eröffnet den Gottesdienst mit einer Totenrede in einem starken irischen Akzent, der in der fast leeren, höhlenartigen Kirche widerhallt.

»Nathan O'Toole war auf so vielen Ebenen ein großer Kerl«, dröhnt er. »Eins dreiundneunzig und ein Berg von einem Mann. Ein wahrer Schürzenjäger. Man sagt, er habe als junger Mann halb Cork geschwängert. Und als er nach Manchester zog, um auf Baustellen zu arbeiten, konnte er zwei Tragmulden voller Ziegel schleppen, ohne auch nur in Schweiß auszubrechen.« Pater Murphy redet weiter und achtet nicht auf das immer lauter werdende Gemurmel in der spärlichen Gemeinde. »Denn ein Mann mit einem Herzen, das so groß war wie sein Kopf, das war unser Nathan O'Toole. Ein Mann, dessen Größe keine …« Pater Murphy hält inne und blinzelt auf das Papier, das vor ihm liegt, dann wirft er einen Blick zum winzigen Sarg.

Er dreht sich um und brüllt in Richtung Sakristei: »Marjorie! Das ist verdammt noch mal die falsche Rede! Nathan O'Toole ist mein Zwölfuhrtermin! Wer liegt da in der Kiste?«

»Das lief doch gut«, sagt Mrs Carruthers in der Lounge des St Columba's Working Men's Club und trinkt einen Schluck von ihrem großen Brandy. Sie pikt mit ihrem lackierten Fingernagel in die wellige Kruste eines Fleischpasteten-Sandwiches. Es schwitzt ein wenig im warmen Sonnenlicht, das wacker durch die verdreckten Fensterscheiben dringt.

»Finden Sie?«, sage ich und betrachte eine Pastete, die mit grauem Fleisch gefüllt ist.

Sie wirft mir einen vernichtenden Blick zu. »Nein, mein Lieber. Das war Sarkasmus. So eine völlig verunglückte Beerdigung habe ich in meinem ganzen Leben noch nicht mitgemacht. Immerhin ist Ihre Mutter jetzt bei den Heiligen im Himmel.«

Harry kommt mit je einem Pint für uns beide zurück und nickt Mrs Carruthers zu, die ihn von Kopf bis Fuß mustert wie eine Löwin ihre nächste Mahlzeit.

»Netter Gottesdienst«, sagt Harry zögerlich und gibt mir mein Glas.

»Oh, das haben wir schon hinter uns«, sagt Mrs Carruthers. »Wir wissen doch alle, dass das eine totale Farce war.« Sie streckt ihm die Hand hin. »Beryl.«

Harry ergreift die Hand, etwas unsicher, was er tun soll, beugt dann den Kopf und küsst den Handrücken, als wäre Mrs Carruthers die Königin von Saba. Mrs Carruthers kichert kokett.

»Harry«, sagt Harry.

Sie sieht mich an. »So. Du hast den Job also bekommen.«

Direkt am nächsten Tag wurde ich angerufen und zu einem Vorstellungstermin in London gebeten, zu einer Adresse namens Triune House. Das ist ein riesiges Gebäude in der Nähe von Euston, mit massiven Mahagoni-Doppeltüren und Marmorböden. Alles dort riecht nach Bienenwachs und stiller Autorität.

Ich werde also in einen holzgetäfelten Raum mit dicken Teppichen und einem langen Tisch geleitet, an dem zwei Männer und zwei Frauen in Anzügen warten, etwas abseits sitzt eine Frau mit strengem Gesichtsausdruck, die einen Stock vor sich aufgestellt hat. Sie ist wohl um die sechzig Jahre alt und starrt mich aufmerksam an.

Das Gremium stellt sich vor, und ich vergesse die Namen sofort, abgesehen von dem der Frau, die an der Seite sitzt, Heledd Davies.

»Mr Burney«, sagt einer der Männer. »Ein wenig Hintergrundwissen für Sie. Triune House ist die Körperschaft, die alle Leuchttürme …« Heledd Davies hüstelt, und der Mann verbessert sich, »die *meisten* Leuchttürme auf den Britischen Inseln besitzt, instand hält und betreibt. Ynys Dwynwen, wie Ms Davies so richtig angedeutet hat, ist ein besonderer Fall. Triune House hat ein Interesse an der Funktionsfähigkeit des Leuchtturms dort, aber er steht im Besitz der Familie Davies, die ihn im Jahr 1876 gebaut und seitdem betrieben hat. Unsere Rolle hier besteht darin, Ms Davies dabei zu helfen, einen passenden Kandidaten zu finden, der auf Ynys Dwynwen als Leuchtturmwärter arbeitet und …«

»Geben Sie ihm den Job«, sagt Ms Davies mit einem geradezu lyrischen walisischen Akzent.

Der Mann sieht sie an. »Entschuldigung?«

Sie stemmt sich an ihrem Stock hoch. »Sonst hat sich niemand beworben, oder? Wir haben alle seine Bewerbung gelesen.« Sie fixiert mich wieder mit ihrem Blick. »Er ist einsam, ziellos und hat keinerlei Zukunftsaussichten.«

»Das habe ich so aber nicht in meiner Bewerbung geschrieben.«

»Das mussten Sie auch nicht, Mr Burney«, sagt Ms Davies und geht auf mich zu. »Wir haben alle zwischen den Zeilen gelesen.«

Sie wendet sich wieder dem Gremium zu. »Er hat den Job. Ich gehe dann mal.« Sie bleibt vor mir stehen und tippt mit dem Knauf des Stockes gegen meine Brust. »Ynys Dwynwen ist ein ganz besonderer Ort, Mr Burney. Respektieren Sie ihn, und kümmern Sie sich um ihn, dann kommen wir ausgezeichnet miteinander aus.«

Ich schaue der Frau hinterher, wie sie den Raum verlässt, und wende mich hilflos dem Gremium zu. Der Mann zuckt die Achseln und sagt: »Herzlichen Glückwunsch, Mr Burney. Offenbar sind Sie jetzt Leuchtturmwärter.«

»Wie aufregend«, sagt Mrs Carruthers jetzt. »Mit den Gezeiten des Ozeans zu leben und jeden Abend die Leuchtlampe zu polieren. Ein Fanal der Hoffnung für jene, die auf See in Gefahr sind!« Sie seufzt glücklich. »Wie romantisch und doch auch schrecklich tragisch.«

Ich entschuldige mich und rede mit den Onkeln und Tanten und Cousins. Nach ungefähr einer halben Stunde wird die Tür zur Lounge aufgerissen, und herein marschiert eine Truppe hochgewachsener, breitschultriger, massiver Männer in schwarzen Anzügen und Frauen mit Gesichtern, die aussehen, als wären sie aus Marmor gemeißelt. Alle tragen Hüte. »Oi, du Arsch!«, bellt der erste Mann, der eine Narbe im Gesicht hat, die von seiner Stirn bis zum Kinn reicht. Er zeigt auf einen der Onkel, der gerade eine Schweinefleischpastete zum Mund führt. »Das ist verdammt noch mal Papis Büfett!«

Ich gehe mit beschwichtigend erhobenen Händen auf ihn zu. »Tut mir leid, ich glaube, hier besteht ein Missverständnis. Das hier ist der Leichenschmaus für meine Mutter, und …«

»Verpiss dich, du Arschgeige! Dein beschissener Leichenschmaus ist im Hinterzimmer! Meine Mami hat die ganze Nacht die Sandwiches geschmiert, die ihr Dreckskerle euch in eure britischen Fressen schiebt!«

Eine kleine alte Frau tritt hinter ihm hervor und schüttelt die Faust. »Verprügel das Schwein, Patrick! Das hätte dein Papi so gewollt!«

Patrick, der ein guter Junge ist, tut, was seine Mami ihm sagt, und holt mit einer Faust aus, die so groß ist wie ein Schinken. Ich ducke mich gerade noch rechtzeitig, und er trifft einen meiner Cousins von der Moss-Seite der Familie. Der fällt zu Boden. Dann bricht die Hölle los.

Ich versuche, mich rauszuhalten, als die Cousins und Onkel sich mit der Familie von Nathan O'Toole prügeln. Als ein Stuhl knapp über meinen Kopf hinwegsaust, krieche ich unter den Tisch. Die Leute schreien und kreischen, Geschirr zerbricht. Die Polizei ist ganz sicher schon auf dem Weg, und was ich jetzt wirklich nicht brauche, ist, am Tag vor meinem ersten Tag im neuen Job verhaftet zu werden. Ich erkenne eine Lücke im Getümmel und krieche auf Händen und Füßen auf die Herrentoilette zu. Ich kann mich dort ja verstecken, bis sich die Lage beruhigt hat.

Ich fliehe in eine Toilettenkabine und lehne mich schwer atmend gegen die Tür. Da draußen herrscht das reinste Chaos. Das wäre sicher nicht passiert, wenn sich Mum für den Imam entschieden hätte.

Langsam höre ich auch Stimmen, die leiser sind als der Lärm aus der Lounge. Hier in den Toiletten ist es kalt, und es stinkt, die Fugen sind grau und schimmelig, die Klospülungen tropfen. Aber da ist jemand in der letzten Kabine. Und er klingt wie jemand in Not.

Ich tappe über den Fliesenboden, der nass ist, weil ein Urinal leckt, und drücke vorsichtig die Tür auf, und zwar genau in dem Augenblick, in dem Mrs Carruthers, das Kleid hochgeschoben und die mächtigen Beine um Harrys nackte Schenkel geschlossen, eine Reihe Stöhner und Kreischer von sich gibt, die immer heftiger werden. Selbst in den Ohren eines Banausen wie mir klingt das Ganze wie eine besonders ekstatische Darbietung von »Nessun Dorma«.

Dieses Bild werde ich nie wieder los. Bitte, lieber Gott, schicke mich nach Wales.

Es regnet, als der Bus mich auf der Straße vor einem klotzigen Gebäude absetzt, das an einem winzigen Hafen steht. Kilometerweit ist hier außer sanften Hügeln und den Feldern von Anglesey nichts zu sehen.

Abgesehen von einer Sache: Ynys Dwynwen, acht Kilometer draußen in der kabbeligen, schiefergrauen See, der rot-weiß geringelte Leuchtturm, der stolz gegen den bedeckten Himmel aufragt.

Ich ziehe mir die Kapuze über den Kopf und zerre meinen Koffer über den unebenen Steinweg zum Bootshaus hinauf. Ich öffne die Tür, und ein Glöckchen läutet. Ich befinde mich offenbar in einem Lebensmittelladen, der aus einer vergessenen Zeit zu stammen scheint. Verstaubte Dosen und Pakete in den Regalen, ein Drehständer mit Comics und Zeitschriften, die schon seit Monaten nicht mehr aktuell sind. Eine Gefriertruhe neben den Regalen, die vor Gemüse und Obst überquellen, macht laute Geräusche. Ich frage mich, wer hier wohl einkauft. Ich habe nirgends ein Haus gesehen.

»Bin gleich bei Ihnen!«, dringt eine Stimme aus dem hinteren Teil des Ladens.

Sofort taucht ein Mann auf. Er ist klein, hat volles, schwarzes Haar und dunkle, durchdringende Augen. Er trägt ein Hemd und eine formlose Hose und wischt sich mit einem schmutzigen Lumpen die ölverschmierten Hände ab.

»Der verdammte Generator hat heute Morgen den Geist aufgegeben«, sagt er und lächelt mich breit an. Er nickt in Richtung der Gefriertruhe. »Hätte beinahe das Viennetta-Eis wegwerfen müssen, das war wirklich knapp.«

»Ich heiße Martin Burney«, sage ich. »Man hat mir gesagt, ich solle mich hier melden …«

Der Mann runzelt die Stirn. »Sind Sie wegen Blodwyns Rezept da? Ich habe ihr schon gesagt, dass es noch nicht fertig ist.«

Er geht zum anderen Ende des Verkaufstresens und wuchtet einen grauen Sack hoch. »Wobei ich glaube, dass vielleicht ein Brief an sie hier drin ist. Hatte noch keine Gelegenheit nachzusehen, seit Evans den Sack gestern hier abgeladen hat. Ich schau mal nach, dann können Sie ihn mitnehmen.«

»Ich bin aber nicht wegen Blodwyns Rezept hier«, sage ich. »Man hat mir gesagt, dass ich hier einen gewissen Mr Jones treffe …«

Der Mann kratzt sich am Kopf. »Gareth Jones, den Schafbauer? Oder Eddie Jones, den Busfahrer? Wobei Sie ja gerade erst aus seinem Bus gestiegen sind, der also nicht. Aber doch nicht Wyn Jones? Der macht nur Ärger, der Mann. Ich wüsste nicht, warum Sie den brauchen könnten.«

»Man soll mich zur Insel bringen. Zum Leuchtturm«, erkläre ich.

Der Mann strahlt mich wieder an. »Ahhhhh! Sie sind der neue Wärter! Warum sagen Sie das nicht gleich! Dann brauchen Sie mich! Gwyn Jones!« Er streckt die Hand über den Verkaufstresen, um meine zu schütteln. »Sehr erfreut, Martin Burney!«

»Sie sind der Bootsmann?«

»Bootsmann, Apotheker, Postbote, Kaufmann, alles!«, sagt Gwyn fröhlich. »Wir treffen uns in zehn Minuten hinterm Laden, ich schließe nur eben ab.«

Es regnet immer noch, als ich hinter dem Laden neben dem

winzigen Steinhafen warte. Dann taucht Gwyn in einem gelben Ölmantel und mit einer Fischermütze auf dem Kopf auf. Er zeigt auf ein kleines blau-weißes Holzboot mit einem Außenbordmotor, das unten an einer Steintreppe auf dem Wasser auf und nieder hüpft. Ich schaue auf das graue Meer hinaus. Die Wellen rollen und brechen. »In dem Ding fahren wir da raus?«, frage ich misstrauisch.

»Das ist todsicher! Und Sie sind bei Gwyn in guten Händen! Na los, Wärter! Keine Zeit verschwenden! Dann wollen wir Sie mal nach Ynys Dwynwen bringen.«

9

Martin

Wir brauchen fast eine Stunde, um mit dem kleinen Boot über die kabbeligen Wellen bis zur Insel zu hüpfen. Ich halte mich an der Holzbank fest und werde immer wieder mit kaltem Salzwasser übergossen. Gwyn ist in seinem Element. Er singt ausgesprochen detailreiche Strophen über zwei Schwestern mit dubiosen Moralvorstellungen, die ein ganzes Rugby-Team unterhalten. Immer wenn ich aufschreie, weil das Boot hochspringt und wieder hart auf die Wellen schlägt, bricht er in brüllendes Gelächter aus.

»Schauen Sie! Martin Burney! Backbord!«

Ich wende den Kopf hin und her, weil ich nicht mehr genau weiß, wo Backbord ist. Ich sollte mir das wirklich merken. Endlich entdecke ich, worauf er zeigt: ungefähr sechs Punkte im Meer.

»Haie?«, frage ich mit zittriger Stimme. Gwyn brüllt wieder vor Lachen und klatscht sich auf die Schenkel. »Robben! Ein Rudel Kegelrobben auf dem Riff auf der anderen Seite der Insel. Sie sind gekommen, um den neuen Wärter zu begrüßen.«

Ynys Dwynwen kommt näher, der Regen lässt nach, und die Sonne dringt durch die Wolkendecke. Nicht zum ersten Mal in der letzten Woche frage ich mich, was zum Teufel ich da eigentlich tue. Mich so von der Welt abzuschneiden, eine Stunde Bootsfahrt vom Festland entfernt, ganz allein. Nicht, dass ich in Manchester besonders viel Gesellschaft gehabt hätte. Nicht einmal, als Imogen noch da war. Ich war einsam, aber merkte es nicht einmal. Außerdem scheine ich jetzt ja immerhin etwas Gesellschaft zu haben: ein Kegelrobbenrudel. Und dann ist da der Leuchtturm, dieser hohe, rot und weiß angemalte Turm. Mein neues Heim.

Er sieht ziemlich atemberaubend aus, als wir uns nähern. Ich war nicht darauf vorbereitet, wie … majestätisch er wirkt. Wie er sich in die Insellandschaft einfügt und sich doch von ihr abhebt. Die Fensterscheiben des Lampenhauses oben am Turm blinken in der Sonne. Ich stelle mir vor, wie der Lichtstrahl durch die Dunkelheit schneidet und den Menschen auf See den Weg leuchtet. Und ich denke an meinen Vater. Die in mir lauernde Einsamkeit fühlt sich plötzlich noch schwerer an.

»Eine Schönheit, oder?«, sagt Gwyn. »Sie steht schon seit fast hundertfünfzig Jahren groß und stolz da, ein Symbol des Lichts und der Hoffnung. Und jetzt ist sie unter deiner Obhut, Wärter.«

Gwyn steuert das Boot durch die Wellen und auf einen Holzanleger zu, der in einer kleinen Bucht steht, auf der dem Festland zugewandten Seite der Insel. Wir kommen näher, und ich erkenne eine Gestalt, die einen Regenschirm ausschüttelt.

»Die Herzogin«, sagt Gwyn und legt das Boot an. »Keine echte Herzogin. Wir nennen sie nur so.«

Es ist Heledd Davies, die Frau, die mir den Job gegeben hat, und sie sieht tatsächlich ziemlich königlich aus, wie sie da auf dem Anleger steht, in einen Ölmantel gehüllt, mit Gummistiefeln an den Füßen. Sie schaut zu, wie wir gegen die hölzerne Plattform stoßen.

»Mr Burney«, sagt sie, während ich ungeschickt aus dem Boot steige und den Koffer hinter mir herwuchte. »Willkommen auf Ynys Dwynwen.«

Wir stehen am Fuß des Leuchtturms und beschatten unsere Augen mit der Hand, um an ihm hinaufzuschauen. Die Wolken treiben auseinander, und die Sonne scheint jetzt ungehindert auf die Insel. Ms Davies sagt: »Fünfundvierzig Meter hoch, Mr Burney.« Sie zeigt mit dem Schirm auf die Tür und dann auf die kleinen, quadratischen Fenster. »Der Eingangsbereich. Der Speicher. Zwei Stockwerke für die Ölvorräte. Die Küche. Das Schlafzimmer. Der Betriebsraum. Und dann … die Lampe.«

Vor dem Leuchtturm und der plötzlich riesigen Verantwortung fühle ich mich wie ein Zwerg. »Ölvorräte?«

»Keine Angst, Mr Burney. Das Seefeuer ist heutzutage fast völlig automatisiert. Nicht wie damals im Jahr 1876, als mein Urgroßvater den Turm baute.«

»Völlig automatisiert«, wiederhole ich. Ich bin ein wenig enttäuscht. »Gibt es dann überhaupt noch etwas für mich zu tun?«

»Sogar eine ganze Menge, Mr Burney.« Sie wendet sich vom Leuchtturm ab und schaut über die kleine Insel. »Instandhaltung. Säuberung. Bei unerwarteten Wetterereignissen müssen Sie die Leuchtturmfunktion manuell übernehmen. Und Sie müssen darauf achten, dass das Licht von Ynys Dwynwen, das in jeder Nacht seit seiner Errichtung geschienen hat, auch unter Ihrer Verwaltung niemals erlischt. Es ist eine große Verantwortung, Mr Burney.«

Ein wenig links vom Leuchtturm stehen zwei verfallene, schiefe kleine Cottages, eins davon hat gar kein Dach mehr. Gras wuchert bis hoch zu den zerbrochenen Fenstern, vor den Türen türmen sich Steine und Schieferplatten. »Mein Urgroßvater Edward Davies wohnte auf Ynys Dwynwen. Er und die Insel waren seelenverwandt. Er sagte, sie sei ein Ort der Magie mit dünnen Mauern zwischen dieser und der anderen Welt.« Sie sieht mich mit ihren eiskalten Augen an. »Er sagte, das Seefeuer des Leuchtturms sei nicht nur eine Warnung und dafür da, die Schiffe sicher zu leiten, sondern auch ein Zeichen für diejenigen, die von der anderen Seite rüberwollen.«

Ich stelle mir vor, nachts hier allein zu sein. Ich wünschte wirklich, sie hätte mir das nicht erzählt.

»Das ist natürlich Mumpitz«, fährt Ms Davies fort und marschiert durchs hohe Gras, wobei sie ihren zusammengefalteten Schirm als Gehstock benutzt. »Kommen Sie. Ich zeige Ihnen die Insel.«

Das Land steigt langsam an, und Ms Davies führt mich einen holprigen Pfad entlang zur anderen Seite der Insel, zu einer kleinen Bucht, wo die Wellen sich dreißig Meter in der Tiefe an zerklüfteten Felsen brechen. Sie sagt: »Wenn Sie die Insel von oben sehen könnten, würden Sie bemerken, dass sie in etwa die Form eines Herzens hat, und zwar mit einem Umfang von genau 1,6 Kilometern.« Sie zeigt mit dem Regenschirm auf die zwei Landzungen zu beiden Seiten der Bucht. »Hier laufen die beiden Bögen zusammen.« Sie dreht sich um und zeigt auf den Anleger. »Und das wäre die Spitze des Herzens. Daher auch der Name der Insel, Ynys Dwynwen.«

»Und das bedeutet was?«

Ms Davies zieht eine Braue hoch. »Ich dachte, das hätten Sie zumindest gegoogelt. Dwynwen ist die walisische Schutzheilige der Liebenden. Wirklich eine tragische Geschichte. Sie verliebt sich in einen Mann namens Maelon, aber ihr Vater hat sie einem anderen versprochen. Sie fleht Gott an, ihr Herz gegenüber Maelon erkalten zu lassen, und ein Engel erscheint und nimmt ihre Bitte ganz wörtlich. Er verwandelt ihren Geliebten in Eis.«

»Pass auf, was du dir wünschst«, sage ich.

»Genau. Das ist eine dieser Geschichten«, sagt Ms Davies. »Gott gewährt Dwynwen drei Wünsche; dass Maelon wieder zu einem Menschen wird; dass Dwynwen, wenn sie Maelon schon nicht haben kann, ihr ganzes Leben lang unverheiratet bleibt; und dass Gott voller Wohlwollen auf alle wahren Liebenden schaut, in Gedenken an ihr Opfer.«

Ms Davies geht jetzt ein paar Schritte. »Diese Insel ist seit dem fünften Jahrhundert unter dem Namen Ynys Dwynwen bekannt. Wie man damals schon wissen konnte, dass sie die Form eines Herzens hat, ist mir unverständlich. Aber dennoch.«

Ich schaue auf das glitzernde Meer auf der anderen Seite der Insel hinaus und eile dann Ms Davies hinterher. »Eine interessante Tatsache, Mr Burney. Man kann Irland von Wales aus nicht sehen, nicht einmal an sehr klaren Tagen. Aber man kann Wales von Irland aus sehen.«

Sie steht jetzt vor etwas, das aussieht wie ein Felsen, ganz nah am Rand der Klippe, wo sie steil zum Meer abfällt. Aber als ich sie erreiche, sehe ich, dass es ein verwitterter, flacher Stein ist, in den ein Name eingemeißelt ist. Edward Davies.

»Ihr Urgroßvater ist hier begraben?«

»Ja. Und er schaut übers Meer.« Ms Davies' Blick ist jetzt ganz versonnen. »Sie haben mich nicht gefragt, warum er den Leuchtturm gebaut hat, Mr Burney. Sie sind nicht besonders neugierig, oder?«

Ich zucke die Achseln. »Warum hat er es denn getan?«

»Meine Familie besaß damals eine Reederei, die hauptsächlich von Belfast aus operierte. Es gab eine Menge Schiffsverkehr zwischen Nordirland und den Häfen von England und Wales. Edwards junge Ehefrau Bethan war intelligent und beflissen und bestand darauf, in der Reederei mitzuarbeiten.« Ms Davies zeigt mit dem Schirm hinaus aufs Meer. »Sehen Sie diese Klippen dort, die aus dem Wasser ragen?«

Ich blinzele und nicke. Sie sagt: »Wenn sie vor dem Jahr 1870 schon einen Namen hatten, dann kennt ihn niemand. Jetzt heißen sie Bethans Riff. So genannt von meinem Urgroßvater, nachdem das Schiff sank, auf dem seine geliebte Frau nach Hause zurückkehren wollte, weil diese Felszähne dort seinen Rumpf aufgerissen hatten.«

Sie dreht sich um und betrachtet wieder den Leuchtturm, der sich jetzt vor einem strahlend blauen Himmel erhebt. »Edward hat den Leuchtturm gebaut, damit ein solches Schiffsunglück niemals wieder geschehen kann. Er baute die Cottages, in denen er dann wohnte. Er wurde ein Einsiedler, ein Eremit und hielt das Licht jede Nacht in Gang.«

»Aber nicht nur, um die Schiffe zu warnen«, sage ich langsam.

»Nein. Sehr gut, Mr Burney. Denn wie ich schon sagte, auf Ynys Dwynwen, auf diesem herzförmigen Eiland der Liebe, ist die Grenze zwischen diesem und dem nächsten Leben hauchdünn, das glaubte Edward Davies. Und er baute dieses Seefeuer, um Bethan dabei zu helfen, ihren Weg zurück zu ihm zu finden. Und als sie ihn nicht fand, wurde er hier begraben, wo er für immer aufs Meer hinausblickt, in dem sie ertrank. Und er hielt in seinem Testament fest, dass dieses Licht jede Nacht brennen muss. Für die Schiffe und für seine herumirrende Liebe.«

Wir schweigen beide eine Weile, dann marschiert Ms Davies wieder in Richtung Leuchtturm. »Kommen Sie. Gwyn Jones wartet geduldig, bis ich endlich wiederkomme, damit er mich zurück aufs Festland bringen kann, und ich muss Ihnen noch viel zeigen.«

Eine Stunde später helfe ich Ms Davies in Gwyns Boot. Sie setzt sich an den Bug und schaut zu mir hoch. Gwyn startet den Außenbordmotor. »Ich weiß, dass das alles viel ist für den Anfang, Mr Burney, aber Sie haben ja all die Anleitungsbücher. Machen Sie sich damit vertraut. Es gibt hier sonst auch nichts zu tun.«

Ich nicke und bin gleichzeitig aufgeregt und begeistert, als das

Boot losfährt und mich vollkommen allein lässt. »Denken Sie dran, Mr Burney!«, ruft Ms Davies, als Gwyn das Boot in die Wellen lenkt. »Das Licht erlischt niemals!«

Ich schaue zu, wie das Boot zu einem Punkt im grauen Meer schrumpft, dann gehe ich den Pfad hinauf zum Leuchtturm.

Eine gusseiserne Wendeltreppe windet sich vom Eingangsbereich aus nacktem Stein den Turm hinauf. Im ersten Stock, dem Lager, sind die Wände mit Regalen vollgestellt, in denen getrocknete Nahrungsmittel und Dosen stehen. Im nächsten Stock steht ein großer metallener Öltank, der jetzt unbenutzt ist und rostet. Im dritten Stock stand wohl mal ein weiterer Öltank, der aber irgendwie ausgebaut wurde. Stattdessen gibt es dort jetzt zwei Gefriertruhen. Mit einem Vorhang ist hier ein primitives Badezimmer abgeteilt worden. Draußen hinter dem Leuchtturm steht ein Generator in einem Holzschuppen, und seine Pflege und Wartung wird detailliert in einem der dicken Aktenordner beschrieben, der zwischen den vielen Büchern auf dem Tisch im nächsten Stock liegt, in dem auch die Küche ist. Darin befinden sich ein elektrischer Herd, eine Mikrowelle, ein Kühlschrank und ein Ausguss. Auf einem kleinen Tischchen auf der einen Seite steht eine uralte Underwood-Schreibmaschine, daneben liegt ein vergilbter Stapel Papier. »Auf der haben die Wärter früher ihre Berichte getippt«, hatte Ms Davies gesagt. Aus einer Laune heraus spanne ich ein Blatt Papier ein und tippe versuchsweise auf die verstaubten Tasten. Das Farbband ist offenbar in gutem Zustand, denn es hinterlässt eine deutliche Spur. Ich tippe: »Der flinke braune Fuchs springt über den faulen Hund.« Dann gehe ich weiter.

Über der Küche liegt mein Schlafzimmer, ein einzelnes Bett vor einem Fenster, von dem aus ich zum Festland schauen kann. Der runde Raum ist weiß gestrichen, spartanisch, aber irgendwie gemütlich, versteckt hinter den dicken Steinwänden. Dann ist da das Wohnzimmer mit einer durchgesessenen Couch, einem Sessel, einem Fernseher und einem Schreibtisch.

Im letzten Stock steht eine ganze Batterie von Maschinen, die das Licht ganz oben bewegen. Dazu gibt es einen Stapel Handbücher, der halb so hoch ist wie ich. Und dann, ganz oben, das Seefeuer selbst.

Die Lampe ist riesig und hat vier Seiten, so groß wie Lkw-Reifen, die durch die dicken Glaswände zu allen Seiten des Turms leuchten. Diese Glaswände müssen stets sauber und klar sein, so lauten meine Anweisungen. Eine Luke führt auf eine Stahlplattform hinaus, die um das Lampenhaus herumläuft. Ich mache mir ein einfaches Abendessen aus Bohnen auf Toast, setze mich danach auf den Balkon und schaue zu, wie die Sonne ganz fern im Westen langsam das Meer berührt.

Von hier aus überblicke ich mein Königreich, mein Gebiet. Ynys Dwynwen. Hier bin ich der Leuchtturmwärter, zurückgezogen von der Welt, mutterseelenallein, um das Meer für die Seeleute sicher zu machen und ein Versprechen aufrechtzuerhalten, das ein längst toter Mann seiner längst verlorenen Liebe gemacht hat.

Ich schaue hinaus in Richtung Westen, sehe zu, wie die Sonne hinter dem Horizont verschwindet und den Schleier der Nacht über den Himmel zieht. Die Sterne beginnen, an einem Himmel zu funkeln, der so schwarz ist, wie ich ihn noch nie gesehen habe.

Ich spüre ein Vibrieren unter meinen Füßen, das Brummen und Klappern einer Maschine, die aus ihrem Schlaf erwacht. Die Dunkelheit ist jetzt vollkommen, und der Leuchtturm wird lebendig. Ich wage es kaum zu atmen und halte mich an der kalten Metallbalustrade fest.

Und dann, wie eine Supernova, wie eine Atombombe, als würde die Nacht plötzlich und gegen jede Logik zum Tag, explodiert das Licht hinter mir. Es wirft meinen langen, einsamen Schatten über Ynys Dwynwen und den endlosen, wogenden Ozean.

Jahr zwei

10

Gayle

17. JUNI

Es ist mein einunddreißigster Geburtstag, und ich bin nicht annähernd betrunken. Nicht einmal beschwipst. Höchstens ein wenig angeheitert. Stattdessen grinse ich wie eine Irre und habe absolut keinen Spaß.

Ich fühle mich wie ein Geist auf meiner eigenen Feier. Ich laufe in Toms Haus herum und lächle Leute an, die ich nicht kenne. Na ja, es ist wohl Toms und mein Haus, zumal er mich Weihnachten gebeten hat, zu ihm zu ziehen. Nein, das fühlt sich nicht richtig an. Es ist Toms Haus. Ich wohne hier nur.

Im arktischen Weiß der Küche redet Tom mit drei anderen Projektentwicklern, die alle Hemden ohne Krawatte zu Anzügen tragen. Er fängt meinen Blick auf und winkt mich her.

»Bill, ich möchte dir Gayle vorstellen.« Bill, der eine glänzende Glatze und einen Wanst hat, redet einfach weiter über Investitionsmöglichkeiten in Salford. Ohne mich auch nur anzusehen, drückt er mir sein leeres Glas in die Hand, die ich ausgestreckt habe, um seine zu schütteln.

Die anderen beiden Männer, die der Unterhaltung zwischen Tom und Bill aufmerksam lauschen, geben mir ebenfalls ihre Gläser. Tom murmelt: »Sorry, Liebling. Aber wenn du vielleicht so nett sein könntest …?«

Ich stelle die Gläser auf die Marmor-Arbeitsplatte neben den riesigen amerikanischen Kühlschrank mit integriertem Gefrierschrank und fülle vier weitere Gläser mit teurem Champagner. Ich selbst könnte auch ein Glas gebrauchen, aber Tom nahm mich vor der Party in den Arm, nachdem er mir gesagt hatte, wie hinreißend ich in dem feenhaften Alice-Temperley-Hosenanzug aussehe, den er mir gekauft hatte, und bat mich, »nicht den Kopf zu verlieren«. Es würden eine Menge wichtiger Kontakte auf der Party sein.

Ich bringe die Drinks zurück zu Tom und seinen Freunden, da klingelt es an der Tür. Tom zieht eine Augenbraue hoch und lächelt, dann wendet er sich wieder Bill zu.

»Na gut«, murmele ich. »Ich schaffe es wohl noch, die Tür zu öffnen, bevor ich das Knabberzeug herumreiche.«

Ich erwarte noch ein paar von Toms Freunden, schicke Projektentwickler-Typen und ihre überheblichen Ehefrauen, die mich ansehen, als wäre ich etwas, in das sie versehentlich hineingetreten sind. Aber als ich die Tür öffne, kommen mir stattdessen eine Wolke Zigarettenrauch und ein langer, genüsslicher Rülpser entgegen.

»Donna«, sage ich, und mein Herz fühlt sich ganz warm an. Gleichzeitig zieht sich mir der Magen zusammen.

»Herzlichen Glückwunsch, du Knopf«, sagt sie und drückt mir eine Flasche Jack Daniel‘s in die Hand. Sie mustert mich von Kopf bis Fuß. »Oder ist es dein Hochzeitstag? Dann ist meine Einladung wohl in der Post verloren gegangen.«

Ich schaue über die Schulter durch den Eingangsbereich und in die Küche. »Ähm, ja, tut mir leid, ich …«

»In deinem Liebesrausch mit Tom hast du deine beste Freundin vergessen. Du hast seit drei Monaten nicht mehr mit mir gesprochen.«

Donna wirft ihre Kippe auf die Stufe und zertritt sie mit ihrem Doc-Martens-Stiefel. Als ich das sehe, zucke ich zusammen. Dann drängt sie sich an mir vorbei ins Haus, schaut sich um und pfeift leise durch die Zähne. »Sehr hübsch. Da bist du ja wirklich auf die Füße gefallen, Gayle.«

»Hör mal, Donna, tut mir echt leid. Das ist eigentlich keine richtige Party. Ich wollte dich anrufen, um mit dir was trinken zu gehen, nur wir beide …«

Sie zieht ihre Jacke aus und wirft sie über das Geländer aus Glas und Stahl. »Ich kannte nicht einmal deine Adresse. Ich musste all meine journalistischen Fähigkeiten einsetzen, um sie zu finden.«

»Wie läuft es denn bei der Arbeit?«, frage ich, nehme ihre Jacke und hänge sie an die Garderobe bei der Tür.

»Ich habe gekündigt«, sagt sie. »Ich hab dir doch eine Nachricht geschickt. Vor Wochen schon. Ich arbeite jetzt bei den *Manchester Evening News*.«

»Oh, Donna, das ist ja toll!«, sage ich. Sie wollte immer die kleine Zeitung verlassen, bei der sie arbeitete, und zu den *Manchester Evening News* gehen.

»Jawohl. Also. Wo bekomme ich hier einen ordentlichen Drink?«

Bevor ich sie daran hindern kann, marschiert Donna in die Küche, und alle verstummen, um sie anzusehen. Ihr Haar ist jetzt pink, und sie hat ein, zwei Piercings mehr, als ich mich erinnere. »Hallo!«, brüllt sie. »Ich bin Donna. Die beste Freundin von Gayle.«

Die Gespräche gehen weiter, als ich bei Donna ankomme. Sie sieht mich an. »Herrje, Gayle. Kennst du auch nur *einen* Menschen hier?«

»Ein paar von ihnen habe ich schon kennengelernt«, antworte ich ein wenig jämmerlich.

»Das hier ist keine Geburtstagsparty«, sagt sie und nimmt zwei Gläser von der Marmor-Arbeitsfläche. »Es ist ein beschissenes Networking-Event. Ihr habt einen Garten, nehme ich an?«

Natürlich haben wir einen Garten. Natürlich hat *Tom* einen Garten. Eine üppige, gartenarchitektonisch penibel durchdachte Angelegenheit mit einer großen Hollywoodschaukel, auf die Donna und ich uns jetzt setzen. Sie schenkt uns zwei große Gläser Jack Daniel's ein.

»Ich wollte dich einladen, aber dann ist etwas dazwischengekommen«, sage ich.

»Ja, so ist das Leben.«

»Du schmollst, du Knopf«, sage ich und rempele sie sanft mit der Schulter an.

»Natürlich schmolle ich, verdammt noch mal! Du hast mich für einen Typen sitzen lassen, Gayle. Was ist aus *Sisters before Misters* geworden? Sind Freundinnen nicht wichtiger als irgendwelche dahergelaufenen Typen?«

Ich lege ihr die Hand auf die Schulter, und sie wendet sich zu mir um.

»Donna. Ich habe dich nicht sitzen lassen. Du bist meine beste Freundin. Das wirst du immer sein. Es ist nur ... in den letzten Monaten ist alles ziemlich schnell gegangen. Ich wollte dich wirklich einladen.«

»Mal ganz abgesehen von der Tatsache, dass Tom mich schrecklich findet«, bemerkt sie milde.

»Tut er nicht!«, widerspreche ich, wobei ich weiß, dass *schrecklich* vielleicht ein zu hartes Wort ist, aber Tom hat Donna bei den drei, vier Gelegenheiten, bei denen sie sich getroffen haben, nicht wirklich ins Herz geschlossen.

»Jedenfalls«, sagt sie, um das Thema zu wechseln. »Ich habe diesen fantastischen Prozess gesehen, den du gewonnen hast. Als dieses Unternehmen verurteilt wurde, das all diesen Scheiß in den Fluss geleitet hat. Brillant, echt. Ich habe gedacht, es wäre vielleicht ganz cool, ein großes Feature über Leute wie dich zu schreiben. Damit können wir den Menschen Umweltthemen ein bisschen bewusster machen.«

Ich arbeite schon seit fünf Jahren für die Rechtsabteilung von EnviroMonitor. Es ist eine großartige, zusammengewürfelte, kompromisslose kleine Organisation, die in den Neunzigern in Manchester gegründet wurde. Sie hat ein Auge auf Unternehmen, die Umweltgesetze und -regularien brechen. Endlich hat sich mein Jurastudium gelohnt, nachdem ich direkt nach der Uni ein paar höllische Jahre als Pflichtverteidigerin in den Gerichten verbringen musste. Es ist eine befriedigende Arbeit. Irgendwie edel. Damit kann ich etwas verändern.

»Ich habe gekündigt«, sage ich. »Letzte Woche.«

Donna starrt mich an. »Aber du hast diesen Job geliebt! Hat man dich abgeworben? Wo ist der neue Job? Arbeitest du dann immer noch im Umweltrecht?«

»Es gibt keinen anderen Job«, antworte ich und fühle mich plötzlich elend und sehr dumm. »Tom arbeitet nicht von neun bis fünf, er ist an den Wochenenden und Abenden oft unterwegs, und wenn ich selbst so hart arbeite, sehen wir uns kaum, und, na ja, wir brauchen das Geld eigentlich nicht, und …«

»Du hast einfach *gekündigt?*«, sagt Donna entsetzt. Dann steht sie auf, packt meinen Kopf und beginnt, mir das Haar zu raufen.

»Au! Lass das!«, schreie ich. »Ich war erst heute Morgen beim Friseur! Was machst du da?«

»Ich suche nach einem … Schalter oder so«, sagt Donna. »Du bist ja eine richtige Stepford-Frau geworden, Gayle. Du bist durch einen Roboter ersetzt worden.« Sie hält meine Schultern fest und starrt mir wütend direkt in die Augen. »Wer bist du, und was hast du mit meiner besten Freundin gemacht?«

Ich atme tief durch. »Hör mal. Es ist nicht so einfach. Ich habe meinen Job geliebt, aber ich hatte immer das Gefühl … weißt du, manchmal, dass ich nicht gut genug bin. Dass man auf mich herabsieht. Als Mädchen aus der Arbeiterschicht, das schnell angeheuert wurde, aus Quotengründen. So hat es sich manchmal angefühlt.«

»Blödsinn«, sagt Donna. »Du warst gut in diesem Job, und allen war es völlig schnurz, dass dein Daddy nicht in Eton war.«

»Gayle …?«

Donna lässt mich los und dreht sich um. Tom läuft den Kiesweg entlang auf uns zu. Er lächelt dünn. »Donna. Ich wusste gar nicht, dass du auch kommst.«

»Obwohl es doch ziemlich nett für Gayle ist, jemanden auf ihrer Geburtstagsparty zu haben, den sie auch tatsächlich kennt«, versetzt Donna und lächelt süß.

Tom räuspert sich und lächelt erneut. »Jedenfalls ist es jetzt Zeit für die Torte. Gayle? Würdest du mitkommen und uns die Ehre erweisen …?«

»Ich fürchte, ich muss sowieso los«, sagt Donna.

Ich sehe sie an. »Was? Du bist doch gerade erst gekommen!«

Donna tippt sich gegen den Nasenflügel. »Ich arbeite da an einer ganz großen Geschichte. Darf noch nichts darüber erzählen. Projekt Stepford. Streng geheim.«

Ich ziehe eine Grimasse und stehe auf, wobei ich mir das Haar glatt streiche. Tom legt den Arm um mich. Ich hatte das bisher immer als süß und beschützend empfunden. Unter Donnas bösem Blick fühlt es sich plötzlich … besitzergreifend an. Ich sage: »Lass uns auf einen Drink treffen. Wie wäre es dieses Wochenende?«

»Wir haben am Samstag ein Abendessen bei den Bryce-Perezes«, erinnert mich Tom.

»Und das Wochenende danach?«

Donna trinkt ihr Glas aus und gibt es mir. »Klar. Lass mich wissen, was Tom geplant hat, dann quetschen wir das irgendwie dazwischen.« Sie lächelt ihn an, gibt mir einen Kuss und geht zurück ins Haus.

Wir schauen ihr hinterher. Tom schüttelt den Kopf.

»Was?«, sage ich, plötzlich etwas genervt.

Er zuckt die Achseln. »Nichts. Komm, Tortenzeit!«

Wir gehen zurück ins Haus. In der Küche sind die Lichter ausgeschaltet, und als wir durch die Doppeltür treten, erschallt »Happy Birthday« im Chor, gesungen von vollkommen fremden Leuten.

Am nächsten Morgen wache ich früh auf, weil ich so gut wie gar nichts getrunken habe, abgesehen von ein paar Gläsern Schampus nach meinem peinlichen Auftritt, bei dem ich die Torte vor einem Meer unbekannter, meist gleichgültiger Gesichter anschneiden musste. Die, wie sich herausstellte, gar nicht schnell genug wieder zu dem zurückkehren konnten, was offenbar die Attraktion dieses Abends war: netzwerken und Deals aushandeln. Ich kann Tom vermutlich nicht wirklich die Schuld dafür geben; er arbeitet ausgesprochen hart in einem unbarmherzigen Business. Er wirkte mit den Deals, die er gestern Abend geschlossen hatte, ziemlich zufrieden, und ich hatte ja nun auch keinen wirklich schrecklichen Abend, auch wenn es vielleicht so klingt. Außerdem hat er mir eine absolut hinreißende Kette von Tiffany geschenkt, die ich an meinem Hals betaste, jetzt, da ich mir einen Kaffee mit der horrend teuren Fracino-Classico-Espressomaschine mache. Ich hätte eigentlich lieber einen Nescafé, um ehrlich zu sein, aber seit ich zu

Tom gezogen bin, habe ich keinen einzigen Instantkaffee mehr getrunken.

Tom war schon vor mir wach und ist jetzt im Gym. Er hat mir auch eine Mitgliedschaft besorgt, aber es gefällt mir dort nicht. Es ist sehr exklusiv, und die Frauen dort sehen vollkommen mühelos straff und gepflegt und perfekt aus. Ich fühle mich dort wie ein Fisch auf Land, wenn ich in ausgeleierten Trainingshosen und trägerlosem Top ächze und schwitze und rotgesichtig gegen die Geräte kämpfe.

Ich habe im Haus mein eigenes Ankleidezimmer und betrachte nun die Gym-Klamotten, die er mir gekauft hat. Die Preisschilder sind noch dran. Vielleicht sollte ich mir mehr Mühe geben. Die ganzen Ehefrauen und Freundinnen seiner Freunde, die gestern Abend kamen, sehen nicht so aus, als würden sie sich vor Sport drücken.

Ich hänge das Zeug zurück und wende mich einem Stapel Kisten zu, die ich noch nicht ausgepackt habe. Nur Kleinkram und persönliche Dinge. Ganz oben liegt ein Schuhkarton mit alten Fotos. Viele davon stammen aus meinen Unijahren, als ich Donna kennenlernte. Sie studierte Medienwissenschaften, ich Jura. Wir wohnten im ersten Jahr im selben Flur im Wohnheim, und dann suchten wir uns ein Zimmer in einer wirklich ekelhaften WG.

Ich sehe mir die ersten Fotos an, dann setze ich mich auf den Teppich und drifte ab. Wir sehen beide so jung, so sorglos aus, so voller Leben und der Erwartung, dass wir mit allem zurechtkommen würden, was das Leben uns vorsetzen würde.

Ich habe zu so vielen Leuten den Kontakt verloren. Zu so vielen Freunden. Ich habe keine Ahnung, wo sie sind, was aus ihnen geworden ist. Lisa und Therese und Vicky und … das nächste Foto lässt mich innehalten. Ein Junge und ich, beide breit grinsend, betrunken und glücklich, die Arme umeinander geschlungen, die

Wangen aneinandergeschmiegt. Ich spüre, wie mir plötzlich der Atem stockt, und höre ein leichtes, aber deutliches Pochen in den Ohren. Oje. Ich habe seit Jahren nicht mehr an ihn gedacht.

Was er jetzt wohl macht?

II

Martin

JUNI

Jeden Morgen umrunde ich Ynys Dwynwen drei Mal, egal, wie das Wetter ist. Zu Anfang bin ich gegangen, dann abwechselnd hundert Meter gegangen und hundert Meter keuchend gejoggt, und jetzt, fast ein Jahr, seit ich auf der Insel angekommen bin, kann ich die fünf Kilometer am Stück laufen, fast, ohne zu schwitzen.

Ich bleibe stehen, um mich am Fuß des Leuchtturms zu dehnen, und überlege, was ich zum Frühstück essen will. Die Vorräte werden ein wenig knapp, und ich erwarte einen Besuch von Gwyn Jones an diesem Nachmittag. Es ist sein erster seit fast einem Monat. Es ist lange her, dass ich mit jemandem persönlich gesprochen habe. Aber das macht mir nichts. Das, wovon ich glaubte, dass ich es an diesem Job hassen würde, das, wovon ich fürchtete, dass ich deswegen aufgeben würde, besonders in den ersten paar Monaten, schätze ich jetzt besonders. Die Einsamkeit. Das Gefühl, dass ich, abgesehen von den Schiffen, die vorbeiziehen, manchmal am Horizont, manchmal näher, absolut allein bin auf der Welt.

In meiner rechten Wade spüre ich einen Krampf, und ich beschließe, die Insel noch einmal zu umrunden, aber diesmal nur zu gehen. Es ist ein heiterer, klarer Morgen, und eine kleine Papageientaucherkolonie hat sich am südwestlichen Ende der Insel versammelt. Ich würde gern nachschauen, wie es ihren Eiern geht.

Ich gehe gerade an den beiden baufälligen Cottages vorbei, da sehe ich aus den Augenwinkeln eine plötzliche Bewegung. Ein braunes Etwas flitzt hinein. Die Dwynwen-Wühlmaus, eine Art, die es offenbar nur auf dieser Insel gibt. Als ich sie das erste Mal in der Abenddämmerung herumlaufen sah, bin ich fast durchgedreht, weil ich dachte, die ganze Insel sei voller Ratten. Zum Glück fand ich zwischen den Bücherstapeln im Leuchtturm einen handgeschriebenen Band mit wunderschönen Aquarell-Illustrationen, in dem Flora und Fauna der Insel beschrieben sind. Edward Davies, Heledds Urgroßvater, hat ihn geschrieben. Eigentlich müsste das Buch in einem Museum ausgestellt sein, es ist ein so ein prachtvolles Stück. Und daher weiß ich, dass die Dwynwen-Wühlmaus vermutlich aus Versehen durch Menschen auf die Insel gebracht wurde, nach der letzten Eiszeit. Seitdem hat sich hier eine eigene Unterart entwickelt, deren Exemplare ungefähr achtzehn Monate lang leben. Zum Glück sind sie sehr fruchtbar, was auch deshalb gut ist, weil nachts oft Eulen die acht Kilometer vom Festland nach Ynys Dwynwen fliegen, um sich an ihnen gütlich zu tun. Vermutlich sind die Wühlmäuse hier ganz besonders lecker. Die Insel ist offenbar eine Art Michelin-Restaurant für diese Eulen, warum sonst sollten sie extra die gefährliche Reise übers Meer unternehmen?

Draußen am Bethan's Reef sehe ich die Kegelrobben in den Wellen spielen, die sich an den zerklüfteten Felsen brechen. Manchmal schwimmen sie zu einer winzigen Bucht westlich der großen Felsspalte und sonnen sich an einem kleinen Kieselstrand. Ich stehe auf und winke den Robben zu, aber sie winken nie zurück.

Über dem Riff nutzen Vögel die Aufwinde über dem warmen

Meer. Es sind Schwarzschnabel-Sturmtaucher, die ihre Flügel ganz gerade und steif halten. Sie sind jetzt still, aber wenn sich die Nacht aufs Meer senkt, schreien sie so durchdringend, dass ich mich vor Angst in mein Laken krallte, als ich sie zum ersten Mal hörte. In Edwards Buch steht, dass die auf- und absteigenden Schreie Legenden über Meereswesen inspiriert haben, die die Seeleute auf die Klippen lockten. Selbst die Wikinger vermieden Inseln, auf denen sie nisteten, weil sie glaubten, es seien die Schreie von Trollen, die sie hörten.

Ich gehe weiter, dorthin, wo die Papageientaucher auf einer kleinen Felsnase nisten. Zehn brütende Pärchen sind Ende März nach Ynys Dwynwen gekommen. Sie mögen diesen Teil der Insel, weil es hier viele überhängende Felsen gibt, unter denen sie ihre Eier verstecken können, und ein paar Mulden, die die Schwarzschnabel-Sturmtaucher gegraben haben. Jedes Pärchen legt nur ein Ei, das die beiden Papageientaucher entschlossen verteidigen, indem sie Tordalke und Tölpel verjagen. Als ich ganz in der Nähe bin, gehe ich in die Hocke. Die Papageientaucher wenden mir ihre orangefarbenen Schnäbel zu und schauen mich missmutig an. Die Pärchen haben ihre Eier Ende April gelegt, vor gerade einem Monat. Die Küken könnten also jederzeit schlüpfen.

Nicht zum ersten Mal spüre ich eine stille Befriedigung, dass ich, Martin Burney, dessen Wissen über die Tierwelt sich darauf beschränkte, einen Fuchs, der in der Stadt nach frittiertem Hühnchen suchte, als solchen zu erkennen, jetzt so viel über die Natur weiß.

Das macht das Leben auf einer einsamen Insel. Es gibt ja nicht viel anderes zu tun, wie Ms Davies damals zu mir sagte. Es kommt mir vor, als sei das Ewigkeiten her. Ich schaue den Papageientauchern eine Weile zu und hoffe, dass ein Küken schlüpft, aber als meine Beine vom Hocken steif werden, stehe ich auf, gehe um die

Vogelkolonie herum und zurück zum Leuchtturm. Ich werde den Rest des Schinkens essen, die Lampe polieren und auf Gwyn Jones warten.

Ich stehe auf dem Anleger und schaue Gwyns Boot entgegen, das durch die im Abendlicht glitzernden Wellen schneidet. Er winkt, als er mich sieht, legt fachmännisch an und wirft mir seine Leine zu, damit ich sie vertäue. Hinter ihm steht eine riesige Kühlbox mit meinen Vorräten, daneben ein wasserdichter Sack.

»Schlimme Nachrichten, Martin Burney!«, sagt Gwyn und wuchtet den Sack hoch, damit ich ihn nehmen und auf dem Anleger abstellen kann. »Schreckliche Nachrichten!«

»Was ist passiert?« Es kann alles sein. Jemand könnte gestorben sein. Ms Davies? Es könnte sogar ein Atomkrieg ausgebrochen sein. Auf der Insel habe ich schnell feststellen müssen, dass es absolut keine Internetverbindung gibt, auch kein Netzsignal. Der einzige Kontakt zum Festland ist ein Kurzwellenfunkgerät, das nicht immer funktioniert, und der Einzige, der meine Anrufe entgegennehmen könnte, ist Gwyn, der oft vergisst, sein Funkgerät einzuschalten.

»Der Schulausflug!«, sagt Gwyn und hebt mir jetzt die Kühlbox entgegen. »Hier, nimm das mal an, ich nehme den hinteren Teil. Der einzige echte Nachteil, oder?«

Ich weiß nicht, wovon Gwyn redet. Wir tragen die Box den Anleger hinauf. »Schulausflug?«

»Jeden Sommer. Du hast ihn letztes Jahr nur verpasst. Kleine Kinder aus der Stadt.« Er sieht mich mit gerunzelter Stirn an. »Hat die Herzogin dir das nicht erzählt? Das muss doch irgendwo in den Akten sein.«

»Gwyn, ich habe keine Ahnung, wovon du sprichst.«

»Oh! Ich habe was für dich!«, sagt er und läuft zurück zum

Boot. Er kommt mit einer Angel und einem eckigen Weidenkorb wieder. »Das hier habe ich hinten im Laden gefunden, als ich dort ausgemistet habe. Früher habe ich draußen auf den Klippen geangelt. Dachte, das könnte für dich vielleicht ein netter Zeitvertreib sein.«

Ich nehme die Angel und betrachte sie. Ich habe in meinem ganzen Leben noch nie geangelt. Gwyn zeigt begeistert über die Insel. »Geh zu der Seite rüber, zu der Stelle zwischen der Insel und dem Riff. Da wimmelt es nur so von Fischen; die Robben fressen dort übrigens auch. Barsche, Meeräschen, Schollen. Dann kannst du deine Gefriertruhe auffüllen. Verdammt gesund, Fisch, nicht wahr? Hirnfutter, sagt man. Hindert dich daran, verrückt zu werden. Wobei ...« Gwyn verstummt und sieht mich prüfend an. »Herrgott, Martin Burney! Dein Zustand! Willst du hier den Wilden von Ynys Dwynwen spielen? Wann hast du dir zum letzten Mal die Haare geschnitten? Oder dich rasiert?«

Ich reibe mir das Kinn und zupfe an meinem Nackenhaar. Er hat recht, das ist inzwischen eine richtige Matte. Es ist schon ein Weilchen her, dass ich es geschnitten habe. Drei Monate oder so, glaube ich. »Egal, Gwyn. Wann kommen denn die Schulkinder?«

Gwyn rennt zurück zum Boot, um eine kleine Ledertasche zu holen. »Wie gut, dass ich ohnehin gerade auf dem Weg zu Huw Evans war. Ich habe alles dabei. Setz dich mal auf die Kiste, dann mache ich das eben.«

Gwyn Jones ist, das habe ich in meinem ersten Jahr hier auf der Insel gelernt, nicht nur Postboote, Ladenbesitzer, Bootsmann und Apotheker, sondern auch fahrender Friseur, Gärtner, Brauer und weiß Gott was noch. Er drückt mich auf die Kiste und hebt mit zwei Fingern mein Kinn, sodass ich zu ihm hochsehe. »Der Bart soll ganz ab?«

»Nein, er gefällt mir eigentlich. Mach ihn einfach ein bisschen ordentlich. Also, Schulkinder …?«

Gwyn schneidet an meinem Bart herum und sagt: »Die Davies-Familie hat eine Verbindung zu dieser Schule. Reicht lange zurück. Manchester. Ich weiß auch nicht, warum, aber jedes Jahr bringen sie die kleinen Kinder rüber nach Ynys Dwynwen. Damit sie sich den Leuchtturm und die Tiere anschauen können. Es ist die Aufgabe des Wärters, ihnen alles zu zeigen.«

Ich weiß nicht, wie ich es finden soll, dass ein Haufen Schulkinder meine Insel überfällt. Plötzlich habe ich den Drang, mein Fleckchen Erde zu beschützen. Ich will nicht, dass eine Bootsladung Rotznasen über das Gras trampelt und die nistenden Papageientaucher aufscheucht. Die Wühlmäuse in Angst und Schrecken versetzt. Ich sage: »Aber diesmal kommen sie nicht?«

»Ich habe heute Nachricht von Ms Davies bekommen. Offenbar haben sie in der Schule nicht genügend Personal. Da gibt es Regeln, weißt du. Man muss so und so viele Lehrer für so und so viele Schüler haben, sonst kann man nicht auf Ausflüge gehen und so. Das ist wirklich schrecklich schade. Sie sind immer total begeistert, wenn sie herkommen, diese Kinderlein.«

Ich kann nicht behaupten, dass ich das jetzt sehr schlimm fände. Gwyn wischt mir den Bart mit einem Tuch ab, dann beginnt er, mein Haar zu schneiden. »Arme Kinder. Wachsen in der Großstadt auf. Kommen nicht oft aufs Land. Oft aus kaputten Elternhäusern. Gibt nicht viel Hoffnung für sie im Leben. Solche Dinge.«

»Ah, da kann man dann wohl nichts machen«, sage ich und bin plötzlich richtig froh. Ich kann mir eigentlich nichts Schlimmeres vorstellen als einen Schulausflug nach Ynys Dwynwen. Gwyn macht einen Schritt zurück und mustert kritisch mein Haar, dann sieht er mich mit schmalen Augen an. »Martin Burney, wann hast du das letzte Mal freigehabt? Ich glaube, gar nicht bisher, oder?«

Ich schüttele den Kopf. Eigentlich sollte ich drei Wochen Urlaub von meinem Job bekommen. Für die Zeit kümmert sich Ms Davies um eine Vertretung. Aber in meinem ersten Jahr habe ich überhaupt keinen Tag freigenommen. Ich antworte: »Wohin soll ich denn gehen? Mir geht es gut. Ich brauche keine Pause.«

»Nicht gut für einen jungen Mann wie dich, sich hier allein auf der Insel zu verschanzen«, sagt Gwyn mit gerunzelter Stirn. »Irgendwo da draußen musst du doch Freunde und Familie haben?«

Gwyns Worte lassen plötzlich Gefühle der Isolation und Einsamkeit aus den ersten Wochen auf der Insel über mich schwappen, wie Wellen über den Bethan's Reef. Damals fingerte ich ständig an meinem nutzlosen Handy herum und versuchte erfolglos, meinen Laptop mit einem nicht existenten WLAN zu verbinden. Ich fragte mich, was Imogen wohl machte, und es juckte mir in den Fingern, sie auf ihren Social-Media-Kanälen zu verfolgen, um etwas darüber herauszufinden. Die plötzliche Abwesenheit der bedeutungslosen Updates von Leuten, die ich nicht kannte, fühlte sich an wie ein Phantomschmerz. Der Mangel an sinnlosen Geschichten über Promis gab mir das Gefühl, ich sei eigentlich zum Mars geflogen und befände mich nicht nur auf einer walisischen Insel. Die einzige Verbindung zu meinem alten Leben ist ein Brief, den mir Mrs Carruthers ungefähr alle drei Monate schickt. In ihrem letzten ging es darum, dass sie Harry in einem Fitnessstudio anmelden wolle, damit er genügend Kraft aufbaue, um ihren unersättlichen sexuellen Appetit befriedigen zu können. Außerdem erzählte sie von einem jungen schwulen Paar, das in meine alte Wohnung gezogen sei. Dann schilderte sie auf drei Seiten minutiös ihre Affäre mit der 60er-Jahre-Band *Gerry and the Pacemakers.* Mit allen vier Mitgliedern.

Eines Tages wachte ich auf und dachte überhaupt nicht mehr an mein altes Leben. Stattdessen ging ich hinaus zu den Kegelrobben und Papageientauchern und schaute den Tümmlern zu, wie sie draußen im Sonnenaufgang aus dem Meer sprangen, und in der Nacht lag ich rücklings im kühlen Gras und schaute zu, wie der Lichtstrahl des Leuchtturms über die Insel und das Meer strich. Der Lichtstrahl *meines* Leuchtturms.

Ich schüttele die alten Gefühle ab, und sie verflüchtigen sich so schnell, wie sie gekommen sind. Gwyn hält einen eckigen, zersprungenen Spiegel vor mich. Ich betrachte seine Arbeit und nicke anerkennend.

»Dann lass uns das Essen mal in deinen Kühlschrank packen«, sagt er. »Und denk mal darüber nach, vielleicht doch mal eine Pause zu machen, Martin Burney. Hier auf Ynys Dwynwen ist es vielleicht das Paradies, aber anders als dieser Ort« – er stampft dabei mit einem Fuß auf die Erde –, »bist du keine Insel.«

»Ich schätze deine Sorge, Gwyn, aber mir geht es wirklich gut«, sage ich. Wir tragen die Kiste zum Leuchtturm. Ich werfe einen Blick in Richtung Festland. »Für mich gibt es da drüben nichts mehr.«

12

Gayle
JULI

Es ist Toms Idee, ein Geburtstagsessen für meine Mutter zu kochen. Das ist eine sehr liebe Geste. Er ist wirklich so aufmerksam. Ich schlage Grillen vor, weil es Juli und gutes Wetter ist, aber er besteht auf einen echten Sonntagsbraten. Wir können, sagt er, hinterher im Garten etwas trinken, wenn das Wetter hält. Er überrascht mich außerdem mit dem Vorschlag, auch Donna einzuladen, die ich seit meinem eigenen Geburtstag nicht mehr gesehen habe, trotz all unserer Bemühungen.

»Ich dachte, du magst Donna nicht«, sage ich, als ich uns Kaffee mache.

»Habe ich das je gesagt?«, fragt Tom. Er hat die Sonntagszeitung auf der Kücheninsel ausgebreitet. Er brütet über dem Wirtschaftsteil, brummt hin und wieder und schüttelt den Kopf.

»Ich glaube nicht«, sage ich, stelle den Kaffee vor ihn hin, setze mich auf einen Hocker und nehme mir eine der Zeitschriften.

»Sie ist deine beste Freundin«, sagt er abwesend und fährt mit dem Zeigefinger eine Zahlenreihe auf der Börsenseite hinunter. Er hält inne und schaut mich mit diesem Blick an, der mich innerlich immer noch dahinschmelzen lässt. »Ich glaube aber, dass sie mich nicht besonders gut leiden kann.«

»Sie ist nur …« Ich verstumme. Sie ist nur was? Irgendwie habe ich das Gefühl, mich für Donna entschuldigen zu müssen, aber ich weiß eigentlich gar nicht, wofür. Es stimmt. Sie mag Tom *wirklich* nicht besonders.

Und ich weiß auch, warum. Ich bin ja nicht dumm. Sie denkt, ich habe meine Karriere für ihn aufgegeben, meine finanzielle Unabhängigkeit, jede Kontrolle, die ich über mein Leben hatte. Ich schaue mich in der Küche mit ihren klaren, weißen Linien und den teuren, hochwertigen Geräten um. Ich denke an Tom, der mich heute Morgen im Bett meisterhaft und liebevoll zu einem heftigen Orgasmus gebracht hat. Ich schaue aus dem Fenster zum Mini-Cooper-Cabrio, das in der Einfahrt steht und auf meinen Namen läuft. Ich habe alles, was ich will. Ich verstehe eigentlich nicht, warum Donna sich nicht einfach für mich freuen kann. Sie weiß, dass meine Familie nicht viel Geld hatte, als ich klein war. Ich habe den Verdacht, sie glaubt, ich hätte mich deswegen von alldem hier verführen lassen. Sie hält mich für eine Art Verräterin meiner Klasse.

»Willst du vielleicht morgen früh mit mir ins Gym gehen?«, fragt Tom. »Du warst eigentlich noch gar nicht richtig dort, seit wir dich dort angemeldet haben.«

Und dann beugt sich Tom vor, pikt mich in den Bauch und sagt: »Ich geh dann mal duschen.« Und ich schaue voller Schrecken auf das kleine Röllchen hinunter, das über den Gummizug meiner Pyjamahose quillt.

»Er hat was getan?«, fragt Donna ein paar Tage später bei Selfridges und hält sich ein Oberteil an den Körper. »Wie findest du das?« Sie wirft einen Blick auf das Preisschild. »Gott im Himmel.«

»Er hat doch nur einen Scherz gemacht«, sage ich verlegen. »Aber ich bin wirklich ein bisschen moppelig geworden. Diese ständigen Restaurantbesuche. Ich hab jetzt angefangen, ins Fitnessstudio zu gehen.« Ich nicke in Richtung des Oberteils. »Wie viel kostet es denn?«

Donna zeigt mir das Preisschild und hängt das Oberteil wieder an die Stange. »Du siehst super aus. Wie war's im Fitnessstudio? Sicher fürchterlich?«

Ich nehme das Oberteil wieder vom Ständer. »Es war eigentlich ganz in Ordnung. Morgen fange ich mit einem Bauch-Beine-Po-Kurs an. Da gibt es auch ein Schwimmbad und ein Dampfbad und so. Ich könnte dich als Gast mitnehmen, wenn du willst.«

»Gibt es auch eine Bar?«

»Ja, die gibt es tatsächlich.«

»Dann nimm mich mit. Ich warte an der Bar, bis du fertig damit bist, dich für Tom in Form zu bringen.« Sie nimmt eine Jeans in die Hand. »Verdammte Scheiße. Der Preis. Weißt du noch, als wir alles bei Affleck's Palace gekauft haben?«

Ja, das tue ich. Ich weiß noch genau, wie wir durch die Gänge streiften, Secondhandmode und CDs kauften, Räucherstäbchenhalter und Windspiele und Poster. Plötzlich kommt mir eine Erinnerung, ein Bild, von dem ich geglaubt hatte, es sei längst verblasst: ein Streit bei Affleck's, ein Abschied. Aber nicht von Donna. Sondern von …

»Die sind ja hinreißend«, sagt Donna und hält ein Paar Sandaletten mit Korksohle hoch. Sie schnüffelt am Leder. Als sie sie zurückstellt, lege ich ein Paar in Größe 38 in meinen Einkaufskorb zu dem Oberteil und den Jeans. Sie wandert davon, und ich bezahle die Klamotten, um sie ihr dann zu schenken.

Sie wirft einen Blick in die Tüte mit dem Oberteil, den Jeans und den Schuhen. »Gayle. Im Ernst. Das hättest du nicht tun sollen. Verdammt.«

»Es ist ja nicht mein Geld. Sondern Toms.«

Ein Schatten legt sich auf ihr Gesicht. Das passt ihr nicht. Ich sage: »Komm einfach am Sonntag. Bitte. Leiste mir Gesellschaft.«

Sie denkt nach, dann sagt sie: »Nur wenn du dich jetzt mit mir zusammen abschießt. Wie in den guten alten Zeiten.«

Ich verziehe das Gesicht. »Tom kocht heute Abend, und …«

Donna rammt mir die Selfridges-Tüte in die Arme und zieht erwartungsvoll die Brauen hoch.

»Okay«, seufze ich. »Wir schießen uns ab.«

»Das Lamm ist absolut göttlich, Tom«, sagt meine Mutter. »Und die Minzsoße …«

»Ist selbst gemacht.«

Dad und ich wechseln einen kurzen Blick, nicht wegen Toms Leistungen in der Küche, sondern weil meine Mutter mal wieder einen Ton anschlägt, als befände sie sich auf einer Gartenparty im Buckingham Palace.

»Wie ist der Wein?«, fragt Donna. »Ich habe ihn zwar nicht selbst gemacht, aber im Co-op gekauft.«

»Er ist wunderbar«, sagt mein Dad. Er hat Donna immer gemocht, während Mum findet, dass sie keinen guten Einfluss auf mich hat. Ich glaube, er findet sie ungezähmt und wild, und das mag er.

»Ich habe da einen wunderbaren Meursault für den Nachtisch kalt gestellt«, sagt Tom. Er schaut mit gerunzelter Stirn in sein Rotweinglas. »Das mildert die Wirkung von dem hier vielleicht ein bisschen ab.«

»Tom ist ein absolutes Genie in der Küche«, sage ich. Und das stimmt. Ich habe noch nie einen Mann kennengelernt, der so gut kochen kann wie er. Er könnte auch sein eigenes Restaurant aufmachen, wenn er wollte.

Als wir mit dem Essen fertig sind, räume ich den Tisch ab. Er sagt: »Wollen wir vor dem Nachtisch die Geschenke übergeben?«

Mum klatscht begeistert in die Hände. »Ich muss sagen, das ist der beste Geburtstag aller Zeiten.«

Dad schaut sie an. »Besser als das Wochenende in Morecambe?«

Wir lachen alle, und Donna sagt: »Ich zuerst.« Sie gibt meiner Mutter eine in Zeitungspapier eingewickelte Flasche. »Du musst sie nicht auspacken; es ist derselbe Fusel, den wir die ganze Zeit schon trinken. Herzlichen Glückwunsch, Heather.«

»Dad?«, sage ich.

»Oh, ich habe deiner Mutter mein Geschenk schon heute Morgen gegeben.«

Ihr Gesicht ist ganz säuerlich, als sie ergänzt: »Ein neues Bügeleisen. Und dann heißt es immer, es gebe keine Romantik mehr.«

Dad sieht geknickt aus. »Du hast doch gesagt, du willst eins.«

Um einen möglichen Streit zu verhindern, hole ich die kleine Geschenktüte von der Küchenarbeitsplatte und gebe sie Mum. Ein hübsches goldenes Armband mit Charms daran. Sie schnappt nach Luft und sagt: »Gayle! Das muss ja ein Vermögen gekostet haben! Es ist wunderschön!«

Dad hilft ihr, es an ihrem Handgelenk zu befestigen. Tom hüstelt und schiebt ihr einen langen Umschlag zu. Ich fange seinen Blick auf und runzele die Stirn. Was ist das? Ich wusste nichts von einem weiteren Geschenk.

»Nur noch eine Kleinigkeit von Gayle und mir«, sagt er und zwinkert mir zu. Aus irgendeinem Grund macht es mich sauer. Warum kauft er Geschenke und schenkt sie dann in unser beider Namen, obwohl ich nichts davon weiß?

Mum öffnet den Umschlag und lässt zwei Zettel herausgleiten. Dann japst sie erneut nach Luft und sieht Dad an. »Oh, Paul! Das sind zwei Flugtickets nach Paris!«

»Und zwei Übernachtungen im Hotel Plaza Athénée«, lächelt Tom, der es irgendwie schafft, all die französischen Akzente in dem Namen richtig auszusprechen. »Von uns. Herzlichen Glückwunsch, Heather.«

Tom hat einen süßen Auflauf aus selbst gemachtem Brioche-Brot gemacht, dazu hat er Vanillesoße gekocht. Es riecht absolut köstlich. Dad fragt: »Wie läuft das Geschäft, Tom?«

»Gut«, antwortet Tom. »Sehr gut, um genau zu sein. Das Business boomt. Wir haben recht billig ein paar Grundstücke gekauft und werden sie in edle Wohneinheiten verwandeln.«

Wenn Tom »wir« sagt, meint er sein Netzwerk aus gleich gesinnten Leuten, mit denen er arbeitet. Sie schließen sich zusammen, um günstig zu kaufen und teuer zu verkaufen. Ich muss zugeben, ich mag die meisten seiner Kollegen nicht. Eigentlich keinen von ihnen.

»Braucht Manchester das?«, fragt Donna. Ich höre an ihrem Tonfall, dass sie schon leicht einen sitzen hat. »Luxusimmobilien? Es ist doch für die meisten Leute ohnehin schon schwierig, sich ein eigenes Heim zuzulegen.«

Tom zuckt die Achseln. »Es gibt eine Nachfrage. Ich bediene sie nur.«

»Tom arbeitet gerade an einer neuen Schule«, sage ich, um Donna ein wenig zu beschwichtigen und ihr zu zeigen, dass er nicht wie die anderen superreichen Steuerflüchtlinge ist.

»Staatliche Schule?«, fragt sie und sieht ihn finster an.

»Na ja, nein. Eine private.« Er lächelt sanft. »Natürlich.«

»Natürlich«, wiederholt Donna, und ihr Tonfall ist eisig. »Wieder eine Schwächung des staatlichen Bildungswesens.«

»Wie soll das denn gehen, Donna?«, fragt meine Mutter. »Eine neue Schule ist doch für alle eine gute Sache, ob sie nun privat ist oder nicht. Ich meine, wir hören doch ständig von zu großen Klassen, und die Schulen haben Probleme, Lehrer …«

»Und das hier macht es nur noch schlimmer«, sagt Donna. »Jeder anständige Lehrer wird von den höheren Gehältern angelockt werden. Was ein riesiges Loch in die staatlichen Schulen reißt, die, wie du schon sehr richtig gesagt hast, Heather, ohnehin schon Probleme haben, gutes Personal zu finden.«

»Aber so läuft das wohl nun mal«, sagt Dad, der hastig versucht, das Thema zu wechseln, indem er sich an Tom wendet. »Hast du schon den neuen Tesla-Zweisitzer gesehen, den sie angekündigt haben?«

Aber Donna lässt das nicht durchgehen. »Vor ein paar Monaten habe ich über eine Schule mitten in Manchester geschrieben. Sie haben solche Probleme, Lehrer zu bekommen, dass sie die Klassen schon zusammenlegen mussten. Manchmal sitzen bis zu sechzig Kinder in einer Klasse. Sie bekommen nicht einmal Schulbegleitungen für die Kinder, die es nötig haben. Diese Schule hat ein Arrangement mit einer Familie, der eine Insel vor der Küste von Wales gehört. Jedes Jahr fahren sie mit den Kindern auf diese Insel, auf der ein Leuchtturm steht. Ganz viele Tiere. Robben. Papageientaucher. Für diese Kinder ist es oft das erste Mal, dass sie überhaupt aus ihrer eigenen Straße herauskommen.«

»Klingt doch sehr schön«, sagt Mum.

Donna zeigt mit ihrem Löffel auf sie. »Abgesehen davon, Heather, dass sie dieses Jahr nicht fahren konnten. Hatten nicht genügend Lehrer und Begleitpersonen. Konnten nicht genügend Eltern finden, die einspringen wollten. Also durften sie nicht, weil der Lehrer-Kinder-Schlüssel nicht aufging.« Donna lehnt sich zurück. »Ein verdammter Ausflug nach Wales, einmal im Jahr. Für Kinder, die keinen jämmerlichen Cent übrig haben und noch nie in den Urlaub gefahren sind. Und alles fällt flach, weil sie das Personal nicht halten können.«

»Das ist ja schrecklich«, sage ich. Ich denke an die kleinen Kinder in der Schule, die sich auf ihren Ausflug zum Leuchtturm freuen. Und dann sagt man ihnen, dass es nicht genügend Personal gibt. Ich habe einen Kloß im Hals.

»Und trotzdem wette ich, dass die Eltern alle Flatscreen-Bildschirme und Handys haben«, sagt Mum und nickt weise.

Ich schlage die Hände vors Gesicht, und sogar Dad begreift die Stimmung im Raum besser als Mum. Er legt die Hand auf ihren Arm und murmelt: »Heather.«

Donna steht etwas schwankend auf. »Ich gehe. Es war ein sehr leckeres Essen, Tom. Danke für die Einladung. Und ich hoffe, du hast noch einen schönen Restgeburtstag, Heather. Herzlichen Glückwunsch.«

»Schon?«, sage ich. »Bleib doch noch.«

Donna schüttelt den Kopf. »Morgen Frühschicht.« Sie holt ihr Handy heraus und tippt darauf herum.

»Soll ich dich nach Hause bringen, meine Liebe?«, fragt Dad. »Ich habe nicht viel getrunken.«

»Das tust du nicht!«, sagt Mum. »Schlimm genug, dass du das ganze Geld für diesen dummen Sportwagen ausgibst, da musst du nicht noch den Führerschein verlieren, weil du betrunken Auto fährst!«

»Schon gut«, sagt Donna. »Ich habe mir ein Uber bestellt.«

Ich stehe auf, und Donna umarmt mich. »Ich finde selbst hinaus. Gib mir ein Küsschen, Gayle. Bis bald.«

Als sie weg ist, zieht meine Mutter die Brauen hoch und trinkt von ihrem Wein. Über den Rand des Glases schaut sie zu Tom. »Sie war immer schon ein bisschen neurotisch, diese Donna.« Und praktisch als Erklärung formt sie mit den Lippen »Lesbe«.

»Wer möchte einen Kaffee?«, fragt Tom heiter.

Sie unterhalten sich wieder und räumen geschäftig herum, und ich hole mein Handy heraus und schicke Donna eine Textnachricht.

Wie heißt diese Schule?

13

Martin

SEPTEMBER

Ich bin vier Jahre alt. Die Sonne scheint durch die Ritze zwischen den Vorhängen im Wohnzimmer, und ich sitze auf dem chinesischen Teppich vor dem Gasofen, der schon seit einer ganzen Weile nicht mehr heizt, weil es Sommer ist. Um mich herum schlängelt sich eine Eisenbahn. Darauf fährt eine batteriebetriebene Lok endlos im Kreis herum. Wenn man einen Tropfen Speiseöl in den kleinen Schornstein gibt, wird es erhitzt und gibt säuerlich riechenden Rauch ab. Ich hocke auf den Knien und schaue zu, wie die Lok immer rundherum fährt. Meine Mum redet mit zwei Männern im Esszimmer.

Sie sind schon seit Stunden da, so kommt es mir vor. Ich habe Hunger und will etwas zu essen haben. Meine Tante ist bei meiner Mum, die Tür ist zu, und ich traue mich nicht, durch das Esszimmer zu gehen und sie zu unterbrechen, um mir in der Küche eine Tüte Chips oder ein KitKat zu holen. Stattdessen schaue ich der Lok zu, wie sie weiter ihre Kreise zieht. Ich merke gar nicht, dass ich furchtbar ängstlich bin.

Schließlich öffnet sich die Tür, und ich sehe meine Tante, die die beiden Männer zur Tür begleitet. Sie reden sehr gedämpft, und erst als meine Tante die Tür hinter ihnen schließt, merke ich, dass aus der Küche ein Geräusch kommt. Jemand weint. Es ist Mum.

Meine Tante bleibt in der Tür zum Wohnzimmer stehen. Ich sehe, dass auch sie geweint hat. Sie winkt mir, damit ich ihr folge, und als ich ins Esszimmer trete, sitzt meine Mum vorgebeugt an einem Tisch. Auf ihren Wangen sind schwarze Spuren zu sehen, wo die Tränen ihre Wimperntusche weggespült haben. Sie sieht mich und schluchzt auf. Sie breitet die Arme aus. Ich renne zu ihr, bin selbst traurig und ganz aufgelöst, obwohl ich gar nicht weiß, warum.

Bis sie es mir sagt.

»Martin«, flüstert sie mit brüchiger Stimme in mein Haar. »Daddy kommt nicht wieder.«

»Nie mehr?«, frage ich.

»Nie mehr«, sagt sie und atmet tief und zittrig durch. »Dein Daddy ist auf See verschollen.«

Am nächsten Tag ist Dads Gesicht in den Zeitungen, zusammen mit den Fotos fünf anderer Männer und eines Schiffes namens *MV Cygnet*. Sie lesen diesen Namen im Fernsehen vor. Ich bin mir sicher, dass Mum da etwas falsch verstanden hat und Dad wiederkommen wird. Aber das tut er nicht.

Ich soll eine Woche lang nicht in die Schule gehen, und als ich danach wieder dort bin, schiebt mich eine Gruppe älterer Kinder in eine Ecke auf dem Schulhof und singt: »What Shall We Do With The Drunken Sailor?« Ich weiß nicht, was ich tun soll, aber als sie immer wieder singen »Way hay and up she rises«, bedecke ich mein Gesicht mit den Händen und weine, bis eine Lehrerin kommt, um nachzusehen, was da los ist.

Es dauert vier Jahre, bis ein offizieller Bericht über den Untergang der *MV Cygnet* erstellt wird. Ich bin noch zu jung, um das richtig zu verstehen, aber das Leben ist wieder ein wenig leichter. Meine Mum hat etwas bekommen, was sich vorläufige Kompensationszahlung nennt, und als der Bericht endlich fertig ist, gibt es einen Prozess, der weitere zwei Jahre dauert, und dann wird ihr noch eine Summe ausgezahlt. All das bedeutet, dass wir in unserem Haus bleiben und Dinge kaufen können, obwohl Dad nicht da ist.

Zu der Zeit stehe ich kurz vor der Oberschule. Ich habe den Bericht über den Untergang der *MV Cygnet* so oft gelesen, dass ich ihn auswendig runterbeten könnte. Tatsächlich glaube ich sogar, dass mir das in der Schule geholfen hat. Sonst konnte nämlich niemand »exazerbiert« oder »strukturelle Makel« oder »Zugfestigkeit« richtig schreiben.

Mein Dad, Terry Burney, war Besatzungsmitglied der *MV Cygnet*, eines Massengutfrachters, der 1967 in den Niederlanden gebaut worden war. Das Schiff gehörte einer Reederei mit Sitz in Grimsby und fuhr unter der Billigflagge der Cookinseln. Terry Burney hatte nur für eine Fahrt unterschrieben, bei der Kalkstein von Colwyn Bay in Nordwales nach Cowes auf die Isle of Wight transportiert werden sollte.

Bald nach Beginn der Fahrt bekam die *MV Cygnet* ein paar Kilometer vor der Llyn-Halbinsel Probleme. Ein paar Böen, die unerwartet zu einem Sturm der Stärke 8 wurden. Das Schiff sank, und eine Rettungsmannschaft, bestehend aus der Küstenwache von Holyhead, Rettungsbooten aus Pwllheli, Abersoch und Portdinllaen, Hubschraubern der Luftwaffe und einem Schiff der irischen Kriegsmarine, musste unter schwierigsten Umständen operieren. Die Hälfte der zwölfköpfigen Crew überlebte. Terry Burney gehörte zu den sechs Besatzungsmitgliedern, die es nicht schafften. Die Geretteten erzählten, dass im Verlauf des Sturms eine riesige Welle auf die *MV Cygnet* niederkrachte und das Schiff praktisch zerbrach. Die Untersuchungen bestätigten das, weil die gesamte Kalksteinladung in die Mitte des Laderaums gefüllt worden war, sodass ein riesiger Druck auf der Struktur des Frachtschiffes lag.

Das, gemeinsam mit einer schlechten Instandhaltung und der unerwarteten Heftigkeit des Sturms, führte dazu, dass die *MV Cygnet* sank. Der Frachter wurde schließlich kieloben ungefähr achtzig Meter vor der walisischen Küste gefunden.

Dort liegt das Wrack immer noch. Keine acht Kilometer, keine vierundvierzig Faden tief von meinem Standort auf der Plattform meines Leuchtturms entfernt, wo ich meinen Morgenkaffee trinke.

Way hay and up she rises, Way hay and up she rises, Way hay and up she rises, Early in the morning!

Die Sonne geht jeden Morgen auf. Die *MV Cygnet* bleibt, wo sie ist. Mit meinem Dad. Ich trinke meinen Kaffee aus und gehe zurück in den Leuchtturm, um meine morgendlichen Pflichten zu erledigen.

Gwyn Jones verbrachte einen ganzen Nachmittag im Sommer damit, mir zu zeigen, wie man die Angel zusammensetzt, wie man das Blei an die Schnur hängt, wie man die Angelrolle benutzt. Er zeigte mir, wie man an der kleinen Kieselbucht im nassen Sand nach Würmern gräbt, die man als Köder an den Haken befestigt, und wie man die Angel in einem großen, surrenden Bogen auswirft, bis der Haken ins Wasser vor Bethan's Reef klatscht.

Heute schaut mir das Robbenrudel auf dem Riff interessiert zu. Die Tiere baden in der Septembersonne, und ich wildere an ihrer Futterstelle. Ich habe schon den ganzen Gefrierschrank voller Barsche, Schnapper und Meeräschen, aber angeln ist ebenso gut für meine Seele wie für meinen Bauch. Wenn Gwyn das nächste Mal kommt, gebe ich ihm eine Kühlbox voller Fisch mit für seinen Laden. Ich habe angefangen, ihm Mrs Carruthers' Briefe zu geben, wenn ich sie gelesen habe – ich glaube, er findet sie höchst unterhaltsam, besonders das letzte Exemplar, in dem sie detailliert über einen Sommer Anfang der 70er-Jahre berichtet, den sie bei einem Guru in Indien verbrachte. Sie wurde eine seiner achtzehn Ehefrauen, bis sie mit einem gestohlenen Leichtflugzeug floh, zusammen mit der Rubinhalskette des Gurus, die angeblich der Quell seiner mystischen Kräfte war.

»Das ist natürlich alles Quatsch, aber sehr unterhaltsamer Quatsch«, hatte Gwyn zu mir gesagt. »Es macht dir wirklich nichts aus, wenn ich sie lese?«

»Sie liebt es, ein wenig Publikum zu haben, unsere Mrs Carruthers«, erwiderte ich.

• • •

Beim Bewerbungsgespräch im Triune House zeigten sie mir, wo Ynys Dwynwen liegt, und fragten mich, ob ich mich in der Gegend auskenne. Ob ich irgendeine Verbindung zu diesem Teil von Wales habe. Ich sagte ihnen nicht, dass ich meine frühen Teenagerjahre damit verbracht hatte, über den Karten der Irischen See um die Llyn-Halbinsel herum zu brüten, mit einer Stecknadel an exakt der Stelle, wo die *MV Cygnet* gesunken war. Ich rechnete die genaue Entfernung zwischen dem Wrack und dem Ufer aus und überlegte, ob es wohl möglich wäre, sie im Sturm schwimmend zu überwinden.

Bis zu meinem siebzehnten Lebensjahr war ich der festen Überzeugung, dass mein Dad hätte überleben können. Er war vielleicht in Anglesey oder an den Ufern der Llyn-Halbinsel gestrandet und litt unter Gedächtnisverlust. Vielleicht hatte er sich jahrelang als Wanderarbeiter auf Bauernhöfen durchgeschlagen, vielleicht war er seinem Instinkt gefolgt und hatte wieder auf Schiffen angeheuert, ohne zu wissen, wer er wirklich war oder dass er eine Frau und einen Sohn in Manchester hatte. Eines Tages, so dachte ich, würde vielleicht ein Mast gegen seinen Kopf schlagen, und seine Erinnerungen würden wiederkommen. Wir würden einen Anruf erhalten, oder, was wahrscheinlicher war, ich würde auf der Straße vor unserer Doppelhaushälfte spielen, und er würde auf mich zukommen, bärtig und sonnengegerbt und schmal, mit dem Seesack über der Schulter. Und dann würde er innehalten, wenn er mich sah, den Sack fallen lassen, und wir würden aufeinander zurennen. Und egal, wie alt oder groß ich dann war, er würde mich in seine starken Arme nehmen und im Kreis herumschleudern, dann würden wir gemeinsam ins Haus gehen und meiner Mum die Überraschung ihres Lebens bereiten.

Ich hole die Schnur ein, überprüfe den Köder und werfe sie wieder aus. Die Sonne steht jetzt ganz hoch. Ich bin schon eine Stunde hier, und noch hat nichts angebissen. Die Kegelrobben sitzen in einer Reihe da, ich höre aus der Ferne ihr Gebell. Es klingt fast, als lachten sie mich aus. Eine von ihnen klatscht bäuchlings ins Wasser, und ich sehe, dass sie auf meine Angelschnur zuschwimmt, als wollte sie sagen, *Hey, willst du mal sehen, wie man das richtig macht?*

Die Robbe umkreist ein paarmal meine Schnur, dann taucht sie ab. Ungefähr sechs Meter vor dem Ufer taucht sie wieder auf und bleibt dort. Sie beobachtet mich. Ich erkenne sie wieder. Sie ist ein großes, männliches Tier mit oval angeordneten Narben an der linken Flanke. Gwyn sagte, es könne sein, dass sie eine Rauferei mit einem Blauhai hatte. Ich hatte ihn mit offenem Mund angestarrt. »Es gibt *Haie*? In Wales?«

Gwyn hatte gelacht. »Blauhaie, Riesenhaie. Blauflossen-Thunfisch. Manchmal sogar Zwergwale.«

Die Robbe rollt in der Brandung und lässt sich von ihr weiter ans Ufer treiben. Bisher war sie noch nie so nah. Ich nenne sie Bruce, nach dem Spitznamen, den die Besatzung dem mechanischen Hai am Set von *Jaws* gab. Bruce streckt sein hundeartiges Gesicht aus dem Wasser, seine drahtigen Barthaare glitzern in der Sonne, seine tiefschwarzen Augen sehen mich an. Plötzlich spüre ich einen Ruck an der Schnur.

Bruce scheint etwas zurückzuweichen, um mich interessiert zu beobachten. Ich kurbele, hole meinen Fang ein, einen glitzernden Zackenbarsch von ordentlichem Gewicht.

Ich weiß nicht recht, warum ich dem Gremium im Triune House nicht sagte, dass mein Dad nicht weit von Ynys Dwynwen auf See verschollen war. Eigentlich müssten sie es wissen, wenn sie Nachforschungen über mich eingeholt haben. Es steht alles in den Archiven der Zeitungen, und natürlich wird darin auch der tragische Verlust der zurückgelassenen Familien erwähnt.

Sie haben mich ja sehr davor gewarnt, wie einsam das Leben auf der Insel sein kann, dass es nicht für jeden etwas ist, und ich glaube, ich wollte ihnen keinen Grund geben zu glauben, dass ich mental vielleicht nicht für den Job geeignet sein könnte. *Mr Burney, sind Sie sich ganz sicher, dass Sie den Job nicht in der Hoffnung annehmen, irgendwie mit dem Tod Ihres Vaters abschließen zu können?* Das hätten sie sicher gesagt oder etwas Ähnliches.

Und die Wahrheit ist, dass es so etwas wie einen Abschluss nach einem solchen Tod, nach irgendeinem Tod nicht gibt, ob er nun in einem Sturm der Windstärke 8 oder in einem kleinen Krankenhauszimmer stattgefunden hat. Es gibt nur Nicht-Wahrhaben, Trauer und irgendwann eine Art widerstrebender Akzeptanz. Und hin und wieder das leise nagende Gefühl, dass das Wunder des Lebens, das im Handumdrehen genommen werden, vielleicht noch mal verschenkt werden kann. Vielleicht kann der Tod rückgängig gemacht werden, vielleicht wird die harte, in Stein gemeißelte Wahrheit zu einer Lüge.

Ich glaube nicht, dass mein Dad irgendwann wiederkommt, ebenso, wie ich weiß, dass meine Mum tot ist. Aber da ist immer noch dieser leise nagende Zweifel, wenn ich aufs Meer hinausschaue. Wir haben ihn nie gefunden. *Was, wenn …? Was, wenn …? Was, wenn …?*

Ich schiebe das Netz unter den zuckenden Zackenbarsch und hebe ihn aus dem Wasser. Ein hübsches Exemplar. Ich greife in meinen Korb nach dem schlanken Metallstab, den mir Gwyn gegeben hat – Angelpriester heißt er, weil er die letzten Rituale am Fisch vollzieht –, und schlage ihm den Schädel ein. Aber dann sehe ich Bruce, der heranschwimmt und sich im seichten Wasser am Ufer aufstützt. Er ist groß. Fast so lang wie ich. Einen wilden Moment lang frage ich mich, ob er mich wohl angreifen wird. Kegelrobben können ziemlich aggressiv sein, ich glaube, das habe ich mal irgendwo gelesen. Aber der Blick seiner runden schwarzen Augen ist auf den Fisch gerichtet, nicht auf mich.

»Hungrig, Bruce?« Ich hake den Fisch los und werfe ihn in seine Richtung. Er fängt ihn geschickt aus der Luft auf, neigt den Kopf zurück und schluckt ihn im Ganzen herunter.

»Ich hoffe, es hat dir geschmeckt«, sage ich und greife in den Korb, um einen weiteren Wurm herauszuholen.

»Ja, danke schön«, sagt Bruce mit einer rauen, bellenden Stimme. »Es war sehr lecker.«

Dass ich einigermaßen überrascht bin, wäre eine Untertreibung.

14

Gayle

JANUAR

Am ersten Tag nach den Ferien frage ich die Kinder lieber nicht, was sie zu Weihnachten bekommen haben. Britannia Brook ist nicht die Sorte Schule, in der man die Kinder bittet, Aufsätze über ihre schönsten Ferienerlebnisse oder ihr schönstes Geschenk zu schreiben oder über das, was Mum und Dad beruflich machen. Heute helfe ich in der fünften Klasse aus, und weil ich seit September als Hilfslehrerin arbeite, konnte die Klassenlehrerin Mrs Gaskell die fünfundsechzig Schüler und Schülerinnen in zwei Klassen aufteilen, zumindest an den zwei Morgen und dem einen vollen Tag, an dem ich da bin.

Als Hilfslehrerin an der Britannia Brook zu arbeiten bedeutet, teils Lehrerin, teils Sozialarbeiterin und teils Zoowärterin zu sein. Ich mache mir Gedanken um die Kinder. Und ich mache mir Gedanken um die Einstellung einiger der anderen Lehrer. Es kommt mir vor, als hätten sie die Kinder bereits abgeschrieben. Als wüssten sie bereits, dass es für sie zukünftig nur Gefängnis, Alkoholismus, Teenager-Schwangerschaften und Drogensucht geben wird. Es klingt trist und voreingenommen, und das ist es auch. Aber so denken die Leute über diese Kinder. Meine Mum zum Beispiel.

Aber nichts ist in Stein gemeißelt, keine Zukunft vorherbestimmt. Einige dieser Kinder sind wirklich schlau, und selbst diejenigen, die es nicht sind, könnten ein gutes Leben führen, wenn ihre Eltern Geld für eine Privatschule hätten.

Sie brauchen nur einen Schubs in die richtige Richtung, diesen einen Hoffnungsschimmer, diesen Wegweiser, der sie von der Straße wegführt, auf die sie das Leben gesetzt hat. Oh, es ist nicht so, dass ich glaube, das wäre leicht. Diese Schüler wurden schon abgeschrieben, bevor sie überhaupt richtig anfangen konnten. In vielen Fällen sogar von ihren eigenen Eltern.

Aber ich muss es zumindest versuchen.

Ein paar der Kinder wirken regelrecht erleichtert, nach den Weihnachtsferien wieder in die Schule zu dürfen. Ich kann mir kaum vorstellen, wie es in den Häusern der Shakespeare-Siedlung aussieht, in der die meisten von ihnen wohnen. Wie sie ständig mit Werbung bombardiert werden, damit sie Geld, das sie nicht haben, ausgeben. Kredithaie, die seit November auf sie lauern. Und jetzt, in den ersten Wochen des neuen Jahres, werden sie wieder an die Türen klopfen, um ihre ersten Raten einzutreiben.

Deswegen konzentriere ich mich nicht auf die jüngere Vergangenheit, auch nicht auf die Gegenwart. Ich frage sie, wie sie sich ihre Zukunft vorstellen. Um genau zu sein: Was sie werden wollen, wenn sie groß sind.

Kaden will Astronaut werden. Lyra ebenfalls. Aber ich nehme an, das liegt daran, dass sie ein wenig in Kaden verschossen ist. Jamie möchte als Lokführer arbeiten. Kara, Beth und Sorya träumen von einer Karriere als Influencerinnen, Jack als YouTuber. George, ein blasses, etwas gestörtes Kind mit starrem Blick, das ständig vor sich hin murmelt, wäre am liebsten ein Labrador. Die Klasse johlt vor Lachen, bis ich sie wieder zum Schweigen bringe. Taylor möchte Einbrecher werden, wie sein Dad. Erneutes brüllendes Lachen. Schließlich hebt Maya die Hand und fragt: »Was wollten Sie denn werden, als Sie klein waren, Miss Reiss?«

»Ich wollte immer Anwältin sein«, sage ich. Alle buhen mich aus. Anwälten, der Polizei und allen anderen Autoritätspersonen begegnet man in der Shakespeare-Siedlung mit Misstrauen.

»Und warum sind Sie es nicht geworden, Miss?«

Ich schweige, dann sage ich langsam: »Ich bin Anwältin gewesen. Viele Jahre lang.«

»Und warum haben Sie dann aufgehört?«, fragt Maya.

Ich kenne die Antwort darauf selbst nicht. Stattdessen schlage ich das Buch auf, das ich heute vorlesen will. W*ie schön! So viel wirst du sehn!* von Dr. Seuss. Na ja, man kann es versuchen.

Weil ich heute meinen vollen Arbeitstag habe, setze ich mich in der Mittagspause mit den Lehrern und den anderen Hilfslehrern ins Lehrerzimmer und esse einen Wrap mit Avocado und gekochtem Ei, den Tom mir gemacht hat, dazu trinke ich aus einer Flasche echten Kaffee. Unter all den Schinkensandwiches und Pizzastücken vom Vortag, die die anderen essen und mit Tee und Instantkaffee herunterspülen, komme ich mir ganz komisch vor. Ich weiß, dass sie denken, ich hätte mich nur herabgelassen, hier in Britannia Brook zu arbeiten. Meine Kleidung, meine Frisur und meine Fingernägel stechen heraus. Aber, wie man so sagt, in der Not frisst der Teufel Fliegen, und sie freuen sich über meine Hilfe.

Ich frage mich, wann ich dieser Mensch geworden bin. Früher war ich auch nicht so. Es ist erst ein Jahr her, dass ich zu Tom gezogen bin, und … na ja, ich fürchte, ich habe mich verändert. Nicht absichtlich, aber durch die sanfte Osmose, der ich in Toms Haus, in seiner Welt ausgesetzt bin. Ich gehe jetzt sogar dreimal die Woche ins Gym. Ich bin Mitglied eines Lesezirkels, der von einer

Projektentwickler-Ehefrau geleitet wird. Ich trinke in letzter Zeit kaum noch. Ich habe keine Ahnung, wer ich bin.

Mrs Gaskell, die Klassenlehrerin der Fünften, ist eine große Frau, die unförmige Kleider und geringelte Strumpfhosen trägt. Unkonventionell. Wollte mal Kunstlehrerin werden, nehme ich an, blieb dann aber vor zwanzig Jahren in der Britannia Brooks hängen und ist nicht mehr gegangen. Sie kommt eilig herein und legt einen Stapel Papiere vor mich hin.

»Gayle, kannst du die heute Nachmittag unseren Fünftklässlern geben? Sie müssen bis zum Ende der Woche von irgendwem unterschrieben sein, der für die Kinder verantwortlich ist. Ich habe die doppelte Menge ausgedruckt, weil ich weiß, dass die Hälfte der Zettel gar nicht zu Hause ankommt, und die andere Hälfte wird bestimmt weggeworfen. Deswegen müssen wir auch jetzt schon damit anfangen, sie auszuteilen.«

Ich nehme den obersten Zettel in die Hand. Darauf soll ein Erziehungsberechtigter seine Zustimmung für einen Schulausflug geben. »Ynys Dwynwen«, lese ich. Das ist der Ort, den Donna bei Mums Geburtstagsessen erwähnt hatte. »Ist das der Ausflug, der letztes Jahr abgesagt wurde?«

Mrs Gaskell nickt. »Wir fahren immer mit den fünften Klassen dorthin. Letztes Jahr mussten wir den Ausflug zum ersten Mal ausfallen lassen. Deswegen nehmen wir diesmal auch die sechste Klasse mit. Wir bekommen dieses Jahr gerade so eben genügend Betreuer zusammen, wenn bis Juni niemand krank wird oder kündigt.«

»Das klingt wunderbar«, sage ich und lese den Brief zu Ende. »Ein Leuchtturm! Die Kinder finden das bestimmt toll. Wie kommt es, dass die Schule ausgerechnet dorthin fährt?«

»Sie lieben es wirklich«, sagt Mrs Gaskell und sieht zu, wie der Grünteebeutel in ihrem Becher zieht. »Das ist ein Arrangement, das es schon seit Langem gibt. Die Insel gehört der Familie Davies. Sie sind Waliser, aber früher hatten sie eine große Reederei mit Büros in Manchester und Liverpool. Der alte Edward Davies, der damals die Reederei leitete, war ein Philanthrop; er ließ Britannia Brook für die Kinder der Männer bauen, die für seine Reederei die Ladung der Schiffe im Manchester Ship Canal löschten. Bevor sie in den Sechzigern die Shakespeare-Siedlung bauten, gab es dort nur einen Slum, in dem die Dockarbeiter wohnten. Davies war außerdem eine Art Naturschützer, seiner Zeit weit voraus, und fand es wichtig, dass Kinder die Natur erleben und schätzen lernen.«

»Ich kann es kaum erwarten«, sage ich.

Tom war ziemlich verblüfft gewesen, als ich ihm erzählte, ich wolle mich bei der Britannia Brook als Hilfslehrerin bewerben.

»Aber du *musst* doch gar nicht arbeiten«, hatte er geantwortet und seine Brauen zusammengezogen, als hätte ich ihm gesagt, ich wolle zum Mars ziehen.

Was er meinte, war, dass ich kein Geld verdienen musste. Aber das ist nicht dasselbe, wie arbeiten zu müssen. Ich hatte seit meinem Uniabschluss vor zehn Jahren niemals nicht gearbeitet. »Ich will mich nur nützlich fühlen«, hatte ich entgegnet.

»Du *bist* nützlich.« Er hatte mich in die Arme genommen, mich an sich gedrückt und auf den Hals geküsst. »Sogar sehr, sehr nützlich.«

Aber jetzt akzeptiert er meine Entscheidung, auch wenn er sie noch immer nicht ganz versteht. Als ich nach Hause komme, steht er in der Küche und trinkt einen Smoothie. Er trägt noch seine Shorts und ein T-Shirt, und seine Stirn glänzt verschwitzt.

»War das Squash-Match gut?«, frage ich und werfe meine Tasche in die Ecke.

Er wischt sich den Mund ab, stellt das Glas ab, hebt meine Tasche auf und hängt sie an die Lehne eines Stuhls. »Ja. Hattest du einen guten Tag bei der Arbeit?«

»Die Kinder waren am Nachmittag ein bisschen anstrengend«, antworte ich und öffne den Kühlschrank. Einen Moment lang zögere ich, dann hole ich eine Weinflasche heraus und schenke mir ein Glas ein.

»Ganz offensichtlich«, bemerkt Tom mit einem Blick auf mein Glas. Er ist so ziemlich das, was man einen Gesellschaftstrinker nennt, und seine Gelegenheiten sind so gut wie immer mit der Arbeit verbunden. Ich weiß nicht, ob wir je mit anderen Leuten aus waren und nicht über irgendwelche Geschäfte gesprochen wurde. Selbst an jenem ersten Abend, an meinem dreißigsten Geburtstag, war er überhaupt nur in der Bar, um sich mit jemandem zu treffen, mit dem er Geschäfte machen wollte. Und wenn er doch mal ausgeht, trinkt er nie exzessiv. Er verliert niemals die Kontrolle.

Seine Missbilligung reizt mich plötzlich, und ich hebe das Glas und sage »Cheers!«, um es dann zur Hälfte hinunterzukippen.

Tom zuckt die Achseln und packt sein Smoothie-Glas in den Geschirrspüler. »Ich geh dann mal duschen. Wollen wir heute Abend essen gehen?«

Eigentlich will ich nicht. Der Tag hat mich völlig erschöpft. Aber es ist vielleicht nett, mit Tom auszugehen und zu entspannen, nur wir zwei. Wenn ich mal nicht passiv dabeisitzen muss, wenn er mit jemand anderem über Geschäftliches spricht, und ich mit ihm auf Augenhöhe reden kann.

»Das wäre schön«, sage ich. »Was hattest du dir denn vorgestellt?«

»Roberto's, in der Stadt.«

Ich runzele die Stirn. Ich bin an dem Lokal schon mal vorbeigefahren, aber wir waren noch nie drin gewesen. Es ist ein sehr altmodisches italienisches Restaurant, so wie es aussieht. Überhaupt nicht Toms Stil.

Er zieht sein Shirt aus, spannt seine Bauch- und Brustmuskeln an und betrachtet sich selbst in der polierten Oberfläche des riesigen Kühlschranks. »Habe heute das Gerücht gehört, dass der alte Knabe, der es führt, auf dem letzten Loch pfeift und die Familie darüber nachdenkt zu verkaufen.«

Ich seufze. Also doch wieder die Arbeit. Tom wirft noch einen Blick auf sein Spiegelbild und geht dann unter die Dusche. Ich schenke mir ein weiteres Glas Wein ein und fahre meinen Laptop hoch.

»Ynys« bedeutet auf Walisisch Insel, lerne ich, und Dwynwen war eine mythische Gestalt, die die Inspiration für den St.-Dwynwens-Tag am 25. Januar ist. Das ist praktisch der walisische Valentinstag. Die Legende ist unglaublich romantisch und tragisch.

Es gibt ein paar Fotos von Ynys Dwynwen, einschließlich eines Luftfotos, das eine winzige, grob herzförmige Insel in der Irischen See zeigt, vor der Küste von Nordwales. Die Insel wird von einem rot-weiß gestreiften Leuchtturm dominiert, außerdem sind auf dem Foto noch zwei verfallene Cottages zu sehen. Es gibt Robben und Papageientaucher, Wühlmäuse und alle möglichen Gräser und Blumen. Die Insel sieht idyllisch aus, wie der Leuchtturm vor einem strahlend blauen Himmel aufragt. Ich nehme an, im Sommer ist es wirklich schön dort, aber ich kann mir auch vorstellen, dass es im Winter weniger spaßig ist, dort zu leben. Auf der Website von Triune House, was offenbar die Organisation ist, die die britischen Leuchttürme betreibt, erfahre ich, dass die Insel einen Leuchtturmwärter bezahlt, damit der das ganze Jahr dort lebt. Ich schaue aus dem Fenster. Eisiger Regen klatscht gegen die Scheibe.

Man stelle sich das mal vor. Acht Kilometer vom Festland entfernt, völlig allein auf einem winzigen Felsen, man kann mit niemandem reden. Absolute Isolation. Was für ein Mensch nimmt so einen Job an?, frage ich mich, nehme einen Schluck vom Wein und schaue mich in meinem perfekten Leben um.

15

Martin

25. JANUAR: ST.-DWYNWENS-TAG

Auf dem flachen Stück Gras vor den baufälligen Cottages habe ich eine Pyramide aus Holzabfall und anderem Gerümpel errichtet und trete einen Schritt zurück, um meine Arbeit zu bewundern. Es ist der 25. Januar morgens, und das hier ist mein zweiter St.-Dwynwens-Tag auf der Insel.

Als ich hier ankam, fragte ich Gwyn, was ich mit dem Müll tun solle. Essen, das übrig bleibt, sagte er, solle ich in der Natur entsorgen. Papier und Pappe und alles andere, was ich ansammele, solle ich aufbewahren für das Lagerfeuer. Er werde außerdem Paletten und anderen Holzabfall bringen, und ich solle abgefallene Zweige im kleinen Wäldchen am südöstlichen Ende der Insel sammeln, mich dafür aber nicht abrackern.

Das Lagerfeuer ist ein wenig größer als ich, aber mehr muss es auch nicht sein. Ich werde das Feuer gegen vier Uhr entzünden, wenn das Tageslicht schwächer wird, und dann wird es bis zum Sonnenuntergang brennen, wenn das Leuchtturmlicht aufflammt.

Ich ziehe meine Handschuhe aus und blase in meine Hände. Es ist bitterkalt, und seit zwei Wochen lastet eine dicke Wolkenschicht auf Ynys Dwynwen. Weil die Luft so salzig ist, schneit es hier nicht, aber die Temperaturen sind definitiv tief genug dafür. Und solange es nicht regnet, wird das St.-Dwynwens-Tag-Feuer angezündet.

Ich betrachte den Haufen noch einmal und gehe dann zurück zum Leuchtturm, um mich auf meine Besucher vorzubereiten.

»Ich glaube, ich habe deinen Dad gefunden«, sagt Bruce. Er hat sich aus dem kalten Januarmeer auf den Kiesstrand gewuchtet. Das Rudel schwimmt im Winter während der Flut herüber, wenn Bethan's Reef kaum noch zu sehen ist, um sich vor dem beißenden Wind zu schützen. Ich halte mich während dieser Zeit von ihnen fern, obwohl sich Bruce jetzt mit mir unterhält. Nur Bruce spricht, und obwohl er mir versichert hat, dass die anderen Kegelrobben mir nichts antun wollen, halte ich es für vernünftig, einen weiten Bogen um sie zu machen.

Der Rest des Rudels liegt noch auf dem Riff, aneinandergeschmiegt, um sich gegenseitig zu wärmen. Bruce schaut zu ihnen hinüber, dann fängt er den Fisch, den ich ihm zuwerfe. Es ist ein Schnapper, einer aus der Gefriertruhe, den ich über Nacht aufgetaut habe. »Wenn du noch ein paar hast, bringe ich den anderen welche mit«, sagt er.

Als Bruce das erste Mal zu sprechen begann, sprang ich auf und rannte sofort wieder zurück zum Leuchtturm. Ich rief Gwyn über den Kurzwellenempfänger an und schrie schrill: »Gwyn! Können Robben reden?«

Eine lange, statisch knisternde Pause entstand, und dann sagte Gwyn: »Hmm. Du brauchst wirklich Urlaub. Soll ich rüberkommen? Ich habe immerhin einen wenn auch nicht allzu guten Abschluss in Psychologie an der Open University. Habe ihn gemacht, nachdem Eddie Jones' Ehefrau diese Anfälle hatte, neunzehndreiundachtzig. Schreckliche Sache war das. Musste sie vom Dach von

Woolworths in Pwllheli holen. Nackt wie ein Baby, abgesehen von einem Zylinder und einer Federboa. Ich habe ein Händchen für den Umgang mit psychisch Kranken. Deswegen habe ich den Abschluss ja gemacht.«

»Ich bin aber nicht psychisch krank, Gwyn«, beharrte ich. »Es war nur ein Traum. Tut mir leid, dass ich dich damit behelligt habe.« Dann ging ich vorsichtig zurück zum Kiesstrand, wo Bruce geduldig auf mich wartete. Ich hockte mich in einem gewissen Abstand von ihm auf einen Felsen und rief: »Bist du wirklich eine sprechende Kegelrobbe, oder bin ich psychisch krank?«

»Ist das nicht egal?«, fragte Bruce. »Und bekomme ich jetzt noch einen Fisch?«

Nachdem ich akzeptiert hatte, dass ich entweder anerkenne, dass eine Kegelrobbe mit mir spricht, oder von Gwyn analysiert werden muss, gelangte ich zu dem Ergebnis, dass es, wie Bruce gesagt hatte, eigentlich egal war. Wir verstanden uns sehr gut. Und bald erzählte ich ihm davon, wie meine Mutter starb, wie ich Imogen verlor, und von meinem Leben in Manchester. Und natürlich auch das, was mit meinem Dad geschehen war.

»Oh, der ist sicher auch da unten«, sagte Bruce. »Ich sehe haufenweise von denen.«

»Was?«, fragte ich. »Wo unten? Haufenweise wovon?«

»Unten auf dem Meeresgrund. Leute. Die mit ihren Schiffen untergegangen sind.«

»Ihre Skelette? Ihre Leichen?«

»Manchmal, Wärter. Aber Skelette und Leichen, die sprechen.«

»Du meinst, *Geister*?«

Bruce hatte die Achseln gezuckt, und es überraschte mich, dass Robben die Achseln zucken konnten. Andererseits: Wenn man schon akzeptiert, dass eine Robbe reden kann, dann geht alles andere vermutlich auch. »Ich weiß nicht, was ein Geist ist. Es sind einfach die Männer, die mit ihren Schiffen gesunken sind. Ich kann mich aber mal erkundigen, wenn du willst.«

In den vier Monaten, die ich Bruce jetzt schon kannte, war er drei Mal mit Nachrichten über meinen Vater gekommen. Und dies hier ist das vierte Mal.

• • •

Es war Ende Oktober (sagt Bruce), und es war für die *Royal Charter* eine lange Reise von Australien nach Liverpool. Aber eine Reise, die sich für diesen Typen lohnte, weil er beim Goldschürfen viel Glück gehabt hatte und als reicher Mann heimkam. Reich genug, um sich so viel Fisch zu kaufen, wie er wollte, denke ich.

Sie waren in der Nähe von Anglesey, als sich das Wetter verschlechterte. Dieser Typ behauptet, er und ein paar andere Passagiere hätten den Skipper gebeten, in Holyhead anzulegen, aber er wollte unbedingt weiterfahren.

Starker Wind kam auf. Sehr starker Wind. Ihr nennt das Windstärke 10. Riesige Wellen, so hoch wie dein Leuchtturm, Martin. Der Wind wurde immer schlimmer. Windstärke 12, sagen sie, obwohl sie das vorher so gut wie nie gesehen hatten.

Spät in der Nacht, als es schon vollständig dunkel war, versuchten sie, vor der Küste zu ankern, aber die Wellen zerbrachen die Kette und schleuderten das Schiff herum wie einen Klumpen Tang. Es wurde auf eine Sandbank geworfen, was vielleicht noch nicht so schlimm gewesen wäre, aber dann wurde der Sturm noch stärker, die Wellen noch höher und schleuderten es gegen die Felsen.

Ein Mann, sagt er, ist mit einem Seil bis zum Ufer geschwommen, damit die anderen hinterherkommen konnten. Ein paar schafften es. Die meisten aber wurden gegen die Felsen geschleudert, und ihre Schädel zerbrachen wie Möweneier. Dieser Typ ertrank. Er konnte nicht zum Ufer schwimmen, weil sein Gürtel voller Gold war. Und er wollte das Gold nicht zurücklassen, verstehst du? Vierhundertundfünfzig verlorene Seelen, insgesamt.

Bruce rollt sich auf die Seite und leckt sich die Narben an der Flanke. »Klingt das wie dein Dad?«

Ich lächle. »Ich glaube, das ist nicht mein Dad, Bruce. Aber danke, dass du nachgefragt hast.«

»Ich halte die Augen offen«, sagt Bruce. »Du hattest Fisch erwähnt?«

Ich wickele die anderen beiden aufgetauten Schnapper aus und halte sie Bruce hin, der sie sanft zwischen seine Zähne nimmt. »Mmmffheuhu, Mfarifffit«, sagt er und rollt plump vom Felsen und ins Wasser, um zurück zu seinem Rudel zu schwimmen.

Gegen drei Uhr dreißig, als das blasse Licht dünn wie Gaze über der Insel liegt, stehe ich auf dem Anleger und sehe zu, wie Gwyns Boot näher kommt. Er ist nicht allein. Er legt an und wirft mir die Leine zu, und als das Boot sicher vertäut ist, helfe ich Heledd Davies heraus.

Sie ist seit dem letzten St.-Dwynwens-Tag zum ersten Mal wieder auf der Insel, und seit meiner Ankunft habe ich sie erst drei Mal gesehen. Ms Davies trägt den Ölmantel und eine Wollmütze, die sie sich über die Ohren gezogen hat, und trotzdem schafft sie es, sich beinahe königlich zu halten, als sie meine Hand ergreift und auf den Anleger tritt.

Sie mustert mich von Kopf bis Fuß. »Mr Burney. Sie sehen gut aus. Das Leben auf Ynys Dwynwen scheint Ihnen zu bekommen.«

»Das tut es, Ms Davies«, sage ich und bin selbst überrascht, dass ich dabei den Kopf neige. »Es war ein harter Winter, und an einem Tag hat der Generator vollkommen den Geist aufgegeben, aber dank Gwyn konnte ich ihn wieder in Gang setzen. Das Licht ist niemals erloschen.«

»Ich weiß«, sagt Ms Davies mit einem dünnen Lächeln. »Ich sehe es jede Nacht von meinem Haus auf der Llyn-Halbinsel aus. Es ist mir ein ebensolcher Trost wie den Seeleuten, die anhand des Seefeuers ihre Position festlegen und einen Bogen um das gefährliche Riff machen können.«

Ich habe in den letzten beiden Jahren an milden Abenden oft auf der Plattform oben am Leuchtturm gestanden und die blinkenden Lichter der Schiffe draußen auf dem tintenschwarzen Ozean beobachtet, war stolz auf meinen Job, weil ich wusste, dass sie auf diesen Schiffen mein Licht sehen, danach ihren Kurs ausrichten und mir, dem Wärter von Ynys Dwynwen, stumm danken.

Ms Davies, Gwyn und ich gehen zum Lagerfeuer, das ich bereits mit Öl übergossen habe. Wir warten, bis Ms Davies sich gesammelt hat.

Dann fängt sie an. »Mein Urgroßvater, Edward Davies, entzündete an jedem St.-Dwynwens-Tag, vom Tod seiner geliebten Frau Bethan an, ein Lagerfeuer auf dem grausamen Felsen, der ihren Namen trägt. Er glaubte, der Leuchtturm würde ihr helfen, den Weg nach Hause zu finden, sollte sie je aus dem Jenseits in diese Welt zurückkommen wollen, und war davon überzeugt, der Schleier zwischen den Welten sei am St.-Dwynwens-Tag, dem Tag der Liebenden, der verlorenen wahren Liebe, noch durchlässiger als sonst. Wenn es je einen Tag gäbe, an dem Edward und Bethan wieder zusammenkämen, wäre es dieser, der fünfundzwanzigste Januar.«

Sie hält inne, und Gwyn nickt mir zu. Ich betätige das Feuerzeug und berühre mit der Flamme ein Bündel dünner Zweige, die ich mit Zwirn zusammengebunden und in Öl getunkt habe. Sofort fängt es Feuer, und ich halte die Flamme an das zerknüllte Papier und das Kleinholz am Fuß des Lagerfeuers.

Die Flammen knacken und werden größer, umschließen das trockene Holz. Ms Davies fährt fort: »Edwards Seele ist emporgestiegen, ebenso wie Bethans. Und doch können wir nicht sicher sein, ob sie einander im Jenseits je gefunden haben. Daher entzünden wir das Lagerfeuer am St.-Dwynwens-Tag, dem Tag der Liebenden, und hoffen, dass ihre Herzen in der Ewigkeit des Todes zumindest an einem Tag im Jahr zusammenkommen, dass sich hier auf dieser kostbaren, heiligen Insel ihr Geist mit dem aufsteigenden Rauch vermischt, dass ihre Seelen, endlich wieder vereint, miteinander tanzen.«

Ms Davies senkt den Kopf wie im Gebet. »Und wir entzünden das Feuer für alle Liebenden, wo sie sich auch befinden, getrennt oder vereint, bekannt oder unbekannt, und hoffen, dass unsere Flamme sie zusammenbringt, wenn auch nur für einen kurzen Augenblick.« Sie sieht Gwyn an. »Wir trinken jetzt einen Schluck zu Ehren der Liebenden.«

Gwyn nickt und holt einen Flachmann hervor, den er zuerst Ms Davies reicht. Sie nimmt einen Schluck und wischt die Öffnung mit der behandschuhten Hand ab. Dann reicht sie ihn mir. »Wärter?«

Ich nehme den Flachmann, und der scharfe walisische Whisky brennt in meiner Kehle und wärmt meine Brust. Ich reiche ihn an Gwyn weiter, und er trinkt doppelt so viel wie wir.

Der Leuchtturm erwacht hinter uns zum Leben. Seine vier Lampen schicken kalte weiße Strahlen hinaus in die Nacht wie blasse Brücken zwischen den Welten. Ms Davies schaut kurz auf, ihr Gesicht ganz silbern im kalten Licht, und sie sieht zufrieden aus.

Dann wendet sie sich an mich und schüttelt mir die Hand. »Einen schönen St.-Dwynwens-Tag, Mr Burney. Wenn Sie irgendwo da draußen eine Liebe haben, dann hoffe ich, das Licht bringt sie zu Ihnen.«

»Ms Davies …«, sage ich stockend. »Dieser Ort, diese Insel …« Ich weiß, was ich sagen will, habe aber die Worte nicht. Oder besser: Ich habe die Worte, aber mein Leben bis jetzt hat jene Worte weggeschoben, sie aus meinem Vokabular ausgeschlossen. Weil sie nie gebraucht wurden, es gab keine Gelegenheit, bei der ich überhaupt an ihre Bedeutung hätte denken müssen. Nicht in meinem stumpfsinnigen, langweiligen Leben in Manchester. Aber jetzt, da ich die Geschichte von Bethan und Edward kenne, jeden Tag das Wunder der Natur erlebe, fühle ich die Worte wieder. Oder, um genau zu sein, ein Wort.

»Magie«, flüstere ich. Ich weiß gar nicht, wie ich einen Satz um dieses Wort herumbauen soll. Also wiederhole ich es einfach. »Magie.«

Ms Davies wirft Gwyn einen Blick zu. Er scheint geladen zu sein mit etwas, was so stark ist wie die Elektrizität, die den Leuchtturm in Gang hält, und doch ebenso ungreifbar wie das Licht, das die Lampen abgeben.

»Magie, Mr Burney?«, fragt Ms Davies, und ihre Lippen umspielt ein Lächeln. Dann dreht sie sich um und geht zusammen mit Gwyn zurück zum Boot. Ich folge ihnen und bleibe auf dem Anleger stehen. Ich schaue ihnen hinterher, wie sie in der Nacht verschwinden, und frage mich, ob es für mich wirklich Liebe gibt, außerhalb der Grenzen dieses herzförmigen Eilands, und ob diese Liebe wohl mein Licht sehen kann.

Jahr drei

16

Gayle

JULI

»Drei Männer wollten mähen! Wollten eine Wiese mähen! Drei Männer, zwei Männer, ein Mann und sein Überschalldackel mit Gummistiefeln an den Pfoten und einem Hitlerbärtchen im Gesicht wollten eine Wiese mähen!«

Wir haben Chester gerade erst hinter uns gelassen, und die Kinder singen dieses Lied ununterbrochen, seit wir früh am Morgen vor der Schule aufgebrochen sind. Mit ein paar kleinen Variationen haben wir diesen Song oft auf unseren Schulausflügen gesungen. Man muss leider sagen, dass er inzwischen ein wenig abgenutzt ist.

»Vermutlich sollten wir dankbar sein, dass sie immerhin wissen, wer Hitler war«, sagt Mrs Gaskell, die vorn im Bus mit den Lehrern, den Hilfslehrern und den wenigen Eltern sitzt, die wir davon überzeugen konnten mitzukommen. Wir haben zwei Busse füllen müssen. Der andere fährt hinter uns her, und darin geht es ganz sicher genauso hoch her wie in unserem.

Mr Jensen, der die sechste Klasse unterrichtet, wirft Mrs Gaskell einen vernichtenden Blick zu. »Was sie von uns nicht lernen, lernen sie zu Hause.«

»Ken«, murmelt Mrs Gaskell, »sei nicht so gemein. Das ist so ein dummes Klischee.«

»Na ja«, sagt Mr Jensen und schaut aus dem Fenster. Wir sind jetzt in Nordwales. »Die beschissene Shakespeare-Siedlung. Die meisten von denen würden den Barden von Avon nicht einmal erkennen, wenn er ihre E-Zigaretten zerbrechen würde.«

Mr Jensen ist sogar noch länger an der Britannia Brook als Mrs Gaskell. Er ist vermutlich noch nicht einmal fünfzig, aber blass und gebückt, und sein Gesicht ist faltig. *Hatte wohl ein paar schlimme Jahre,* würde Donna sagen, und ich muss ein Lächeln unterdrücken.

Wir sitzen eine Weile da und schweigen, bis die Kinder anfangen zu singen: »Es ist ganz still da vorne! Es ist ganz still da vorne!« Dann fliegt eine zerknüllte No-Name-Chipstüte nach vorn und prallt von Mr Jensens grauem Haar ab.

»Okay!«, bellt er, steht auf und schaut die Reihen entlang. »Wer hat das geworfen? Kaden Miller-Price, warst du das?«

Maya zupft an seiner beigefarbenen Jacke, und er schaut sie böse an. »Was?«

»Ich habe all meine Jaffa-Kekse gegessen, und jetzt muss ich kotzen«, sagt sie, und dann erbricht sie sich braunorange auf seine Slipper.

Der ganze Bus jubelt wild.

Fast drei Stunden nach unserem Aufbruch kommen wir auf der Llyn-Halbinsel an, die wie ein Finger direkt unter Anglesey in die Irische See sticht und sich um die Cardigan Bay krümmt. Unsere beiden Busse halten auf einer Landstraße vor einer Art Lebensmittelladen, der einsam im Nichts steht. Wir holen die Kinder aus den Bussen und stellen sie in Reihen auf, damit wir sie abzählen können. »Seht ihr«, murmelt Mr Jensen. »Wie ein verdammter Reichsparteitag, oder?«

»Schauen Sie mal, Miss!«, ruft Taylor und zeigt auf das in der Junisonne glitzernde Meer. »Ich kann den Leuchtturm sehen!«

Er hat recht. Da draußen auf dem kleinen Inselchen, Ynys Dwynwen, schimmert der Leuchtturm im Sommerdunst.

»Gehen wir da drauf, Miss?«

Mr Jensen stöhnt und schaudert neben mir.

»Ich weiß es nicht genau, Taylor. Sehen wir dann ja, wenn wir dort sind.«

Ein kleiner, dunkelhaariger Mann mit einem strahlenden Lächeln tritt aus dem Laden. »Britannia Brook, oder? Willkommen zurück! Ich bin Gwyn Jones!«

»Mr Jones«, sagt Mrs Gaskell und geht auf ihn zu, um ihm die Hand zu schütteln. »Oh, wir haben unseren Besuch letztes Jahr ausfallen lassen müssen.«

»Und Ynys Dwynwen hat Britannia Brook sehr vermisst«, erwidert Gwyn. »Wir haben übrigens einen neuen Leuchtturmwärter. Der alte Benson musste gehen. Mit seiner Hüfte ist er die Treppen nicht mehr hinaufgekommen.«

»Das ist jetzt auch kein großer Verlust«, murmelt mir Mr Jensen ins Ohr. »Das war ein ziemlicher Miesepeter. Hat die Kinder gehasst.«

»Noch mehr als Sie?«

Mr Jensen verzieht das Gesicht. »Wenn ich diese Kinder hasste, Gayle, wäre ich nicht seit fast fünfundzwanzig Jahren an der Britannia Brook.« Dann reißt er den Kopf herum, als hätte er den sechsten Sinn, und schreit: »Tu das weg, Brooklyn Simms! Niemand will das sehen!«

Gwyn Jones klatscht in die Hände. »Also gut, Britannia Brook!

Das Boot ist tipptopp in Ordnung, und jeder bekommt ein Lunchpaket. Wer will mit auf die Insel fahren?«

Mrs Gaskell beruhigt die jubelnden Kinder und sagt: »Gut! Alle finden sich zu Paaren zusammen! Haltet euch an den Händen, dann gehen wir wie ein langes Krokodil um die Landzunge herum zum Boot!«

Alle außer dem blassen, dünnen George finden einen Partner, und er schaut sich nervös um. Ich strecke ihm die Hand hin. »Komm, George, du bist mein Partner.«

Er legt seine winzige Hand in meine, und wir gehen in einer langen Schlange an dem grasbewachsenen Seitenstreifen entlang, bis wir zu einem steinernen Anleger kommen, an dem eine etwas ramponierte Vergnügungsjacht vertäut ist.

»Ist das nicht eine Schönheit?«, strahlt Gwyn. »Die *Angharad*. Seid ihr denn auch alle seefest, Britannia Brook?«

Die Kinder schreien: »Ja!«, und Gwyn sagt: »Na, dann folgt mir mal!«

Wir brauchen eine halbe Stunde, bis alle Kinder an Bord sind. Dann setzt Gwyn eine Fischermütze auf und stellt sich ans Steuer. Er winkt George und mich zu sich, lenkt das Boot aus der kleinen Bucht und in Richtung Insel. George fragt: »Wie weit ist das, Mr Gwyn?«

»Fünf Seemeilen!«, verkündet Gwyn und kämpft mit dem Steuerrad. »Weißt du, was eine Seemeile ist, George? Neun Komma zwei sechs Kilometer an Land!«

Das Boot knattert weiter, und Gwyn zeigt aufs Meer hinaus. »Siehst du das da? Kegelrobben! Sie kommen, um dich zu begrüßen!«

George starrt mit großen Augen zu der Stelle, und der Wind zerzaust sein dünnes, blondes Haar. Er zupft an meinem Ärmel.

»Miss, ich will kein Labrador mehr sein, wenn ich groß bin. Ich will eine Robbe sein.«

»Gute Wahl!«, brüllt Gwyn und lacht. »Es gibt kein besseres Leben als das einer Kegelrobbe! Der neue Wärter wird dir davon erzählen! Sie leben auf dem Riff am anderen Ende der Insel. Du wirst sie später noch sehen.«

»Er wohnt da ganz allein?«, frage ich. »Im Leuchtturm? Wie ist er denn so?«

Gwyn beugt sich zu mir und tippt sich mit einem knittrigen Finger an die Stirn. Seine Nägel sind ganz abgekaut. »Verrückt wie eine Schachtel Frösche, wenn man mich fragt. Aber ich will gar nichts sagen. Ein sehr netter Junge. Und ich weiß, dass er sich auf euch alle freut.«

Wir brauchen ungefähr eine Stunde, um überzusetzen, und haben nur fünf Kotzanfälle zu verzeichnen, was ziemlich gut ist bei so vielen Kindern. Gwyn steuert die *Angharad* in eine kleine, geschützte Bucht mit einem langen Holzanleger, dann springt er heraus, um das Boot zu vertäuen.

»Jetzt kommt, ihr Landratten! Willkommen auf Ynys Dwynwen! Ich hole mal den Wärter und sage ihm, dass ihr hier seid.«

Es dauert eine weitere halbe Stunde, die Kinder aus dem Boot zu holen und sie wieder in Reihen aufzustellen, damit wir noch einmal durchzählen können. »Gott sei Dank, dass es hier keinen Souvenirladen oder so gibt. Sonst müssten wir ihnen erst einmal die Taschen leeren, bevor wir zurückfahren«, flüstert Mr Jensen.

»Ken, hörst du *bitte* mal damit auf?«, sagt Mrs Gaskell. »Wenn du wirklich ein guter Sozialist wärst, würdest du sie nicht ständig in dumme Schubladen stecken.«

»Sorry«, sagt Mr Jensen. Er wirkt ehrlich zerknirscht. Plötzlich runzelt er die Stirn. »Carol, hast du durchgezählt? Wie viele hast du? Mir fehlt eins.«

Die Kinder zappeln herum und schauen hinauf zum Leuchtturm, der vor einem strahlend blauen Himmel aufragt. Es ist ein beeindruckender Bau. Wie es wohl ist, hier zu wohnen? Ein ziemlich spartanisches Leben, sicher nicht besonders heimelig. Ich schaue mich auf der Insel um. Ein winzig kleines Stückchen Land, aber wunderschön. Und diese beiden baufälligen Cottages waren bestimmt sehr hübsch, als sie noch neu waren. Wer wohl in ihnen gewohnt hat?

»Du hast recht«, sagt Mrs Gaskell. »Wir haben eins verloren.«

»Verdammter Mist«, stöhnt Mr Jensen. »Wir sind doch gerade erst aus dem Boot gestiegen. Wer ist es? Brauchen wir die Liste?«

Ich schaue mich hektisch um. Plötzlich weiß ich, wer fehlt. »Es ist George. Vor einer Minute war er noch da.«

»Oh Gott«, sagt Mr Jensen. »Der könnte überall sein. Er macht das ständig. Also abhauen. Wissen wir genau, dass er aus dem Boot gestiegen ist?«

Ich renne zu Gwyn hinüber. »Haben Sie den kleinen Jungen gesehen, der bei mir war? George?«

Gwyn runzelt die Brauen und reibt sich das Kinn. »Habe ich nicht, meine Liebe. Ich hole den Wärter, vielleicht ist der Kleine in den Leuchtturm gerannt.«

Mrs Gaskell formiert einen Suchtrupp aus Erwachsenen, während Mr Jensen versucht, die Kinder in ihrer Aufstellung zu halten. Verdammt. George war bei mir. Ich hätte besser auf ihn aufpassen müssen. Ich spüre, wie ich in der Junisonne ganz bleich und kalt werde. Was, wenn ihm etwas passiert? Man hört ständig von Unfällen auf Schulausflügen, oder? Dass die Lehrer nicht genug auf die Kinder aufpassen.

Ich stöhne und laufe Gwyn hinterher zum Leuchtturm. Dabei

bete ich, dass George sich dort nur umschauen wollte. Er ist so leicht zu übersehen, so ein unsichtbarer kleiner Junge. Kaum jemand achtet auf ihn. Es ist so einfach für ihn, unbemerkt zu verschwinden. Mein Herz bricht schon, wenn ich daran denke, und gleichzeitig gärt die Angst in meiner Magengrube.

Dann werfe ich zufällig einen Blick über die Insel und sehe eine kleine Gestalt, die sich ihren Weg durch hohes Gras bahnt. George. Ich renne hinter ihm her.

»George …«, sage ich vorsichtig und langsam. »George, komm bitte von der Klippe runter, Schätzchen.«

Er steht direkt an einer Kante, dahinter fällt die Klippe ungefähr dreißig Meter ab. Die Insel ist hier höher als dort, wo wir angelegt haben, unter uns liegt eine Einbuchtung bis hinunter auf böse aussehende Felsen, auf denen sich die Wellen brechen. George zeigt hinaus aufs Meer, auf das kleine Stück Land, das herausragt und das Riff sein muss, von dem Gwyn gesprochen hat.

»Robben, Miss!«, sagt George glücklich.

»Ja, George, Robben.« Ich halte ihm meine Hand hin. »Wollen wir uns zuerst den Leuchtturm anschauen, und dann zeigt uns Gwyn die Robben?«

George schaut aufs Meer hinaus, auf dem die Sonne glitzert. »Ich will eine Robbe sein, Miss.« Ohne den Blick von den kleinen Punkten auf dem Riff zu nehmen, sagt er leise: »Meinen Sie, Daddy-Robben schlagen die Jungen-Robben, obwohl sie gar nichts falsch gemacht haben?«

Oh mein Gott. Mein Herz springt entzwei. Ich schüttele den Kopf. »George. Bitte komm her, Kleiner.«

»Tun sie bestimmt nicht«, sagt er. »Daddy-Robben sind bestimmt die besten Daddys auf der Welt.« Er macht einen Schritt vorwärts, und ich höre, wie ein paar Steinchen in den Abgrund kullern. Soll ich ihn packen? Was, wenn er in Panik gerät und stürzt? Ich schaue mich hektisch um. Zum Glück kommen die anderen jetzt auch. Gwyn und Mrs Gaskell und Mr Jensen und noch ein Mann, der die Gruppe anführt. Der Leuchtturmwärter. Aber sie sind noch die halbe Insel entfernt, und George bewegt sich immer weiter auf die Kante zu.

»Sie lassen mich bestimmt auch eine Robbe sein«, sagt George. »Bestimmt gibt es da eine Daddy-Robbe, die auf mich aufpasst und mich zur glücklichsten Jungen-Robbe der Welt macht.«

»George«, sage ich. »Komm mit mir. Ich verspreche dir, dass dir nie mehr jemand wehtut. Dafür sorge ich. Aber jetzt nimm meine Hand.«

George dreht sich halb um und lächelt mich an. Dann bröckelt der Boden unter seinen Füßen, und er schreit auf und verschwindet. Ich schreie und versuche, nach ihm zu greifen, und dann spüre ich, wie die Kante der Klippe nachgibt. Plötzlich ist da nichts mehr unter meinen Füßen.

17

Martin

Ich stehe gegen die Balustrade gelehnt, die um das Lampenhaus herumführt, und schaue zu, wie die Schüler aus der *Angharad* steigen. Ich habe jetzt schon das Gefühl, überfallen worden zu sein. Die Vorstellung von Dutzenden Rotznasen, die über die Insel trampeln, macht mich nervös. Tatsächlich schaudere ich schon beim Gedanken an so viele Menschen um mich herum. In zwei Jahren hatte ich nur hin und wieder Gwyn und Ms Davies an zwei St.-Dwynwens-Tagen als Gesellschaft. Heledd schreibt mir hin und wieder, dass ich ein Anrecht auf drei Wochen Urlaub im Jahr habe, aber ich habe gar nicht den Wunsch, Ynys Dwynwen zu verlassen, nicht einmal für eine Woche. Erst heute habe ich das Bruce gegenüber erwähnt.

»Was genau würdest du denn tun, wenn du die Insel verließest?«, fragt Bruce, der sich den Bauch sonnt und gedankenverloren auf einer Meeräsche herumkaut, die er sich selbst gefangen hat.

Ich zucke die Achseln. »Vermutlich würde ich zurück nach Manchester gehen.«

»Ist das ein Schiff?« Ich hatte vergessen, dass er ja nur das Meer, die Insel und Schiffe kennt. Einen verrückten Moment lang stelle ich mir vor, wie ich ihn mitnehme, in einem Handwagen durch

Deansgate schiebe und wie er dabei über die Gebäude und Läden staunt.

»Nein, das ist eine Stadt«, sage ich. Es ist zu mühsam zu erklären, was das ist. »Oder ich könnte ins Ausland fahren.«

»Ist *das* ein Schiff?«

»Nein. Das ist ...« Ich wedele vage in Richtung Meer. »Das ist alles andere, was nicht hier ist.«

Bruce rollt sich mit großer Mühe auf den Bauch. »Und was gibt es da in diesem *Ausland*?«

»Strände. Sonne.«

»Also genau wie hier.« Bruce nickt nachdenklich, als versuchte er zu verstehen, warum jemand das eine gegen das andere eintauschen wollte, obwohl beides genau dasselbe ist.

»Nur, dass es dort mehr Menschen gibt.«

Bruce wackelt mit den Barthaaren und sieht mich an. »Willst du das? Mehr Menschen?«

»Eigentlich nicht. Überhaupt nicht. Aber ich habe heute ja keine Wahl. Schulausflug.«

»Die kleinen Menschen«, sagt Bruce glücklich. »Sie sind letztes Jahr nicht gekommen. Sind sie heute hier? Dann geh ich mal und erzähle es allen.«

»Wie viele von diesen Ausflügen hast du schon gesehen, Bruce?«

Die Robbe runzelt die Stirn. »Zehn? Ich weiß es nicht. So ungefähr.« Er watschelt in Richtung Meer, dann bleibt er stehen. »Oh ja, ich glaube, ich habe deinen Dad gefunden.«

Wusstest du (sagt Bruce), dass sie Schiffe machen, die unter Wasser schwimmen? Absichtlich? Keine sinkenden Schiffe, sondern Schiffe, die wie Wale schwimmen und ganz bis auf den Grund gehen und sogar wieder hochkommen können?

In so was war dieser Mann. Das Schiff hieß Thetis. Sie haben es an einem Ort namens Liverpool gebaut, was also vielleicht eine von euren Städten ist, wie euer Manchester.

Sie hatten hundertunddrei Männer an Bord, und einer war dieser Mann. Matrose. Aber Unterwassermatrose. U-Boot-Matrose nennt er sich. Ein ganz junger Kerl, jedenfalls, als er zum Grund sank.

Offenbar testeten sie das Boot. Um zu sehen, ob es sinken konnte, ohne dass alle dabei ertranken, und dann wieder hochkommen konnte, wie ein Wal, der an die Wasseroberfläche schwimmt.

Es lief nicht besonders gut.

So wie dieser Mann es erzählt, wollte das Unterwasserboot nicht richtig unter Wasser gehen. Also kratzten sich die Männer alle am Kopf und versuchten, die Rohre zu öffnen, durch das Wasser rein- und rauskommen sollte.

Also, sagte dieser Mann, mit dem ich geredet habe, hatte einer die schlaue Idee, eines der Rohre im Boot zu öffnen. Keiner wusste, warum. Und was passiert, wenn du eine Luke im Boot öffnest? Das Meer dringt ein.

Das Boot sank daraufhin. Fünfundvierzig Meter hinunter auf den Grund … so tief, wie dein Leuchtturm hoch ist.

Sie hatten aber diesen Plan, weißt du. Einen Mann in eine Fluchtkammer stecken, sie mit Wasser von draußen füllen und nach oben schwimmen lassen. Sie haben das viermal gemacht, aber beim letzten Mal geriet der Mann in Panik. Schloss die Luke nicht richtig. Niemand sonst konnte sie schließen. Also starben die anderen alle. Neunundneunzig Männer. Einschließlich dieser Mann, mit dem ich gesprochen habe. Ein langsamer Tod. Vergiftet von den Gasen, die aus ihren eigenen Mündern kamen.

»Schrecklich«, sage ich und denke an die fast hundert Männer, die eng zusammen im U-Boot saßen. »Aber nicht mein Dad, Bruce. Trotzdem danke.«

»Kein Problem«, sagt Bruce und rollt sich ins Meer. »Viel Spaß mit den kleinen Menschen. Bring sie ans Ufer, damit sie uns zuwinken können.«

»Mach ich«, sage ich. »Aber besser, du redest nicht mit mir, solange sie hier sind.«

Bruce zuckt die Achseln. »Wenn du es so willst.« Dann taucht er in die Tiefen und kommt in der Nähe von Bethans Reef wieder heraus.

Da unten wimmeln jetzt ungefähr neunundneunzig Kinder herum, denke ich, als ich meinen Kaffee auf der Plattform austrinke. Allein bei der Vorstellung, mit denen in einem U-Boot festzusitzen, bekomme ich Gänsehaut. Die Lehrer stellen sie in Reihen auf, und ich sehe, wie Gwyn mir zuwinkt. Ich stöhne. Na ja, je schneller sie anfangen, desto schneller ist es auch wieder vorbei. Ich beschließe, nach unten zu gehen und den Stier bei den Hörnern zu packen.

Ich bin kaum unten am Ausgang, als Gwyn herbeigerannt kommt, völlig panisch. »Wärter! Sie haben eins der Kinder verloren! Einen kleinen Jungen.«

»Schon?«, sage ich. »Sie sind doch gerade erst aus dem Boot gestiegen! Wo ist er denn hin?«

Gwyn packt meinen Arm. »Wenn sie das wüssten, hätten sie ihn wohl nicht verloren, oder? Komm, wir müssen helfen.« Ich ziehe meine Jacke aus, krempele die Ärmel hoch und gehe mit ihm aus dem Leuchtturm.

»Mrs Gaskell«, sagt Gwyn zu einer großen Frau in einem wallenden Kittel. »Das hier ist der Leuchtturmwärter, Martin Burney. Er kennt die Insel wie seine Westentasche.«

»Erzählen Sie mir von dem Jungen«, sage ich.

»George, neun Jahre alt, ungefähr so groß«, sagt sie und hält ihre Hand hoch. »Ein blasser, stiller Junge. Blonde Haare. Er …«

»Schaut mal!«, sagt ein Mann mit grauen Haaren und deutet zum anderen Ende der Insel. Mein Blick folgt seinem ausgestreckten Arm. Dort hinten stehen zwei Gestalten direkt am Rand der Uferspalte. »Seile. Für alle Fälle«, sage ich zu Gwyn.

Gwyn nickt und läuft zum Leuchtturm. Ich laufe durch das hohe Gras auf die Gestalten zu. Die Lehrer folgen mir.

»Wer ist das da bei ihm?«, frage ich.

»Das ist eine unserer Hilfslehrerinnen«, sagt Mrs Gaskell. »Sie heißt …« Aber dann bricht sie ab, weil ein Schrei ertönt. Beide Gestalten verschwinden aus unserem Blickfeld.

Mist. Sie sind hinuntergestürzt.

Gwyn hat uns eingeholt, und ich packe das aufgerollte Seil, das er mir gibt, und renne zum Rand von Ynys Dwynwen.

• • •

»Bleibt zurück!«, befehle ich den anderen und gehe vorsichtig auf die Stelle mit der bröckelnden Erde am Rand der Uferspalte zu. Ich beuge mich so weit vor wie nur möglich und spähe über die Kante. Dann seufze ich erleichtert. Da unten sind die beiden, auf einem schmalen Felsvorsprung ungefähr drei Meter unter mir, versteckt im Schatten der Klippe.

»Geht es euch beiden gut?«, rufe ich. »Irgendwelche Verletzungen?«

»Ich habe eine kleine Wunde am Kopf, aber George geht es gut.«

»Rührt euch nicht! Ich komme runter.«

Ich befestige das Ende des Seils sicher an einem Felsen, dann schlinge ich es unter meinen Ledergürtel. Das andere Ende gebe ich Gwyn. »Ich seile mich jetzt ab. Lass das Seil langsam kommen. Dann binde ich es an das Kind und die Lehrerin, und du kannst einen nach dem anderen hochziehen.«

Gwyn nickt und nimmt sein Seilende. Ich beuge mich rückwärts über die Kante, ziehe am Seil und schaue zum Felsvorsprung hinunter. »Ich komme jetzt runter! Rührt euch nicht.«

Die anderen Lehrer packen gemeinsam mit Gwyn das Seil, wie beim Tauziehen, und ich setze einen Fuß hinter den anderen gegen die Klippe. So arbeite ich mich hinunter in die zerklüfteten Tiefen. Die Lehrerin – Hilfslehrerin, was immer die Frau gesagt hat – hält den Jungen umschlungen. Der Vorsprung ist schmal, nur achtzig Zentimeter oder einen Meter breit, aber es reicht, dass ich mich daraufstellen kann. Als meine Stiefel auf dem Vorsprung aufkommen, ziehe ich am Tau, damit Gwyn weiß, dass er kein Seil mehr geben muss.

»Okay«, sage ich. »Ich binde das Seil jetzt um den Jungen, und dann lassen wir ihn hochziehen. Sie können als Nächste, Miss ...?«

Sie schaut zu mir auf, und ihre braunen Augen werden ganz groß. Mir stockt der Atem.

»Martin«, sagt sie.

Ich starre sie an.

»Gayle.«

• • •

Dem Kind, George, geht es gut. Tatsächlich scheint er zu einer Art Promi geworden zu sein, als wir wieder oben sind. »Ich wollte nur ein Robbenjunge sein«, sagt er glücklich. Die anderen haben sich um ihn geschart. »Dann bin ich über die Kante gefallen. Und dann ist Miss Reiss hinterhergefallen.«

Miss Reiss. Dann ist sie wohl nicht verheiratet. Oder sie benutzt ihren Mädchennamen nur für die Arbeit. Oder sie hat ihren Namen bei der Hochzeit nicht abgelegt. In meinem Kopf dreht sich alles, und es kribbelt in meinem Magen. Alles scheint beschleunigt und gleichzeitig verlangsamt abzulaufen, als wäre ich betrunken oder high. Ich muss mich sofort im Hier und Jetzt erden. Dann, Gott sei Dank, spricht jemand, und ich habe etwas, worauf ich mich konzentrieren kann.

»Ooh, das sieht aber wie eine fiese Wunde aus«, sagt die Lehrerin, Mrs Gaskell.

Ich untersuche den Schnitt auf Gayles Stirn und versuche, ihr nicht in die Augen zu sehen. »Nicht so schlimm. Ich habe einen Erste-Hilfe-Koffer im Leuchtturm.« Ich wende mich zu Gwyn um. »Könntest du sie alle herumführen, wärend ich Ga... Miss Reiss zum Leuchtturm bringe? Zeig ihnen die Papageientaucherküken, aber sie sollen nicht zu nah rangehen. Und Bruce hat ges... – ähm, dann zeig ihnen die Robben auf dem Riff.«

Gwyn salutiert und führt die Truppe am Ufer entlang. Ich gehe mit Gayle ins Innere der Insel.

Gayle. Also wirklich. *Gayle.*

Ich versuche, sie nicht anzusehen, aber gleichzeitig spüre ich ihren Blick auf mir, als wir zum Leuchtturm gehen. Schließlich sagt sie: »Also. Leuchtturmwärter. Wow.«

Ich drehe mich endlich um und sehe sie an, und es ist wie ein Schlag in die Magengrube. »Also«, sage ich. »Lehrerin.«

»Hilfslehrerin. Großer Unterschied.«

»Also doch keine Rechtsanwältin?«

Sie schüttelt knapp den Kopf. Ihr dunkles Haar streicht dabei über ihre Schultern. Du lieber Himmel, sie ist wunderschön.

»Schon eine Weile nicht mehr«, sagt sie. »Ich war Rechtsanwältin, aber ich ...« Sie verstummt. »Leuchtturmwärter. Das ist aber wirklich … Wow.« Sie mustert mich von Kopf bis Fuß. »Du siehst gut aus, Martin. *Wirklich* gut. So gebräunt und fit.« Sie hält inne, plötzlich scheint es ihr peinlich zu sein.

Ich zucke die Achseln, weil ich mich ganz befangen fühle, wie ein Teenager. »Es ist schon ein Weilchen her.«

»Zehn Jahre«, sagt sie.

»Neun Jahre, neun Monate, zwei Wochen und vier Tage«, murmele ich, und sie lacht.

»Sorry, habe ich das laut gesagt? Ich bin nicht an Menschen gewöhnt. Nicht mehr. Manchmal vergesse ich mich.«

Sie sieht mich prüfend an, sagt aber nichts, bis ich sie in den Leuchtturm und in die Küche führe. Sie setzt sich hin, und ich säubere vorsichtig ihre Wunde. Sie schließt die Augen, und ich streiche mit einem Alkoholpad darüber. Dann klebe ich ein paar Klammerpflaster über den Schnitt. Es fühlt sich … seltsam an, sie wieder zu berühren. Wenn meine Finger über ihre Haut streichen, fühlt es sich an wie statisch aufgeladen. So ungefähr. Sie öffnet die Augen, und ihr Blick trifft meinen.

Einen langen, langen Augenblick vergesse ich zu atmen.

Es ist, als stünde die Luft ganz still. Die Meeresvögel verharren wie eingefroren am blauen Himmel. Der Wind flüstert nicht mehr im Gras; die Wühlmäuse haben aufgehört zu wühlen.

Es gibt nichts mehr, nur ihre Augen und meine.

Neun Jahre, neun Monate, zwei Wochen und vier Tage. Seit mein Herz in mehr Scherben zersprungen ist, als es Sterne am Himmel gibt.

Dann höre ich Schreie und Gelächter draußen. Der Bann, der einen Augenblick lang auf uns lag, ist gebrochen.

»Sie sind zurück«, sage ich. »Wir setzen mal lieber die Tour fort.«

18

Gayle

»Martin?«

»Ja.«

»*Martin Burney* Martin?«, fragt Donna.

»Ja.«

»Martin. Der nichtsnutzige-hoffnungslose-ehrgeizlose-eifersüchtige-Blödmann-den-du-nie-wiedersehen-wolltest-Martin?«, fragt Donna.

»Ja! Martin!«

Donna nimmt einen Schluck von ihrem Wein und sagt: »Verdammte Scheiße.«

»Verdammte Scheiße«, stimme ich zu. Ich konnte es kaum abwarten, ihr zu sagen, was passiert ist, als ich aus Wales wieder zurück war.

»Und er ist Leuchtturmwärter?«

»Ja.«

»Und er ist gebräunt und schlank und hat einen Bart?«

»Mm-hmmm.«

»Und er hat dein Leben und das eines Kindes gerettet, nachdem ihr von einer Klippe gefallen seid?«

»So ziemlich, ja.«

»Verdammte Scheiße. Selbst *meine* Eierstöcke platzen.« Sie hält inne und betrachtet ihr Glas. »Und du bist dir ganz sicher, dass es derselbe Martin ist?«

Ich lernte ihn im ersten Semester an der Uni kennen. Er wohnte ein Stockwerk über mir im Wohnheim, und ich traf ihn im Keller, wo die Waschmaschinen standen. Er starrte auf die offene Tür des Geräts, als wäre es das Tor zur Hölle.

Ich stopfte meine Unterhosen und Leggings in eine leere Maschine und beobachtete ihn aus dem Augenwinkel heraus. Er rieb sich das Kinn und schüttelte den Kopf. Er war dünn und drahtig, und sein Haar war völlig verstrubbelt. Aber er hatte ein nettes Gesicht.

»Du brauchst ein Waschmitteltab«, sagte ich zu ihm. »Und Weichspüler.«

Er sah mich ausdruckslos an. Ich sagte: »Hast du noch nie eine Waschmaschine angeschaltet?«

Er zog eine Augenbraue hoch. Ich nickte. »Muttersöhnchen.«

Er widersprach nicht, hinderte mich auch nicht daran, eines meiner Waschmitteltabs zu seinen Kleidern zu werfen und etwas von meinem Weichspüler in das Fach zu gießen. Ich stellte die Maschine auf Baumwolle und drückte auf den Knopf. Martins Gesicht verzog sich zu einem breiten, ansteckenden Lächeln, als die Maschine zu surren begann.

»Martin«, sagte er und streckte seine Hand aus. »Martin Burney.«

Ich lachte und schüttelte sie. »Gayle. Gayle Reiss.«

»Danke«, sagte er und kratzte sich am Kopf. »Ich sollte …« Er verstummte. »Möchtest du was trinken gehen?«, fragte er dann.

»Jetzt? Es ist erst halb zehn morgens.«

»Nein, nein, später. Heute Abend.« Er sah plötzlich ganz verwundet aus. »Oder morgen. Oder gar nicht. Hast du einen Freund? Ich wollte nicht … ich meinte wirklich einen Drink. Um mich zu bedanken.«

»Du hast bereits Danke gesagt.« Ich wollte ihn eigentlich nicht aufziehen, aber es bot sich so sehr an. Sein verwirrter und betretener Gesichtsausdruck war … na ja, ziemlich niedlich.

Ich beschloss, ihn zu erlösen. »Wollen wir uns um acht im Pipers treffen?«

Sein Gesicht verzog sich erneut zu einem Grinsen. »Super. Wir sehen uns dort, Gayle.«

• • •

Wir brauchten bis zum folgenden April, um miteinander zu schlafen, und das passierte eher aus Versehen als geplant. Wir hatten monatelang miteinander geflirtet, aber ich wollte eigentlich keinen Freund, schon gar nicht im ersten Jahr. Ich hatte ein paar Techtelmechtel mit absolut unpassenden Jungs, von denen keins zu mehr führte. Eines Abends waren wir in der Bar der Studentenvereinigung, ich mit meinen Freunden – einschließlich Donna – und Martin mit seinen Freunden, und dann hatten wir noch einige gemeinsame Bekannte, sozusagen die Schnittmenge.

Außerdem war an dem Abend ein Typ dabei, an dessen Namen ich mich nicht erinnere, ein rüpelhafter, ziemlich dummer Medizinstudent, dem Rugby und Bier wichtiger waren, als zu lernen, wie man Menschen heilt. Ich hatte im Monat zuvor mit ihm geschlafen und dann nicht mehr auf seine Anrufe und Nachrichten reagiert. Er war eine öde, mechanische Nummer gewesen, während der er seine schnelle Befriedigung über meine gestellt hatte. Aber jetzt war er mit seinen Rugbykumpeln da und hatte getrunken, also fand er, dass eine Revanche anstand.

Natürlich tat sie das nicht, aber das hinderte ihn nicht daran, mich ständig zu belästigen, zu versuchen, mich in der Menge zu betatschen. Ich sagte ihm laut und deutlich, er möge sich verpissen, und plötzlich stand Martin neben mir, viel kleiner und schmaler als der andere, und fragte, ob ich klarkäme.

»Verpiss dich«, sagte der Rugbykerl.

Ich erinnere mich, wie auf Martins Gesicht der Reihe nach verschiedene Gesichtsausdrücke erschienen, bevor er sich für einen entschied, von dem er wohl glaubte, dass er bedrohlich wirkte. »Nein, du verpisst dich jetzt. Sie ist nicht interessiert. Das hat sie dir gerade gesagt.«

Eine halbe Stunde später saß Martin auf meinem Bett im Wohnheim, den Kopf in den Nacken gelegt, und ich tupfte ihm die blutige Nase ab. »Ich glaube nicht, dass sie gebrochen ist«, sagte ich. »Das war allerdings ziemlich dumm von dir. Aber auch sehr süß.«

Ich küsste ihn. Er ging erst am nächsten Morgen wieder in sein Stockwerk.

• • •

Als wir zu Beginn des zweiten Jahres aus den Sommerferien wiederkamen – ich studierte Jura, Donna Medienwissenschaften, Martin Englisch –, tat ich etwas, was ich im ersten Jahr nicht getan hatte. Ich schlief zweimal mit demselben Jungen. Was Martin und mich irgendwie zu etwas Besonderem machte. Dann wurden wir ein Paar. Und offenbar hatte ich jetzt einen Freund. Martin war lieb und rücksichtsvoll und lustig und sexy, und es war alles berauschend und großartig.

»Du bist verrückt«, hatte Donna in der Küche des ehrlich gesagt ziemlich ekelhaften Hauses gesagt, in das wir mit zwei anderen Mädchen gezogen waren.

»Du magst Martin nicht?«

»Ich finde ihn großartig. Aber du bist erst neunzehn. Und du hast dich schon festgelegt.«

»Habe ich nicht«, sagte ich und spähte unter den Kühlschrank, wo etwas lag, was aussah wie Mäusekot. »Wir heiraten ja nicht oder so.«

Donna füllte den Kessel. »Hast du gesehen, wie er dich ansieht, Gayle? Er ist völlig verliebt in dich. Er ist wie ein Welpe. Er denkt, das hier ist es jetzt, du bist die Richtige. Du wirst ihm das Herz brechen, weißt du.«

Nachdem wir den Abschluss hatten, bekam Donna einen Job bei einer kleinen Wochenzeitung in Cheshire. Ich begann mein Rechtsreferendariat und jobbte in einer Kanzlei in Manchester. Martin zog zurück ins Haus seiner Mutter und verkündete, er schreibe einen Roman.

Zu meinem Job gehörte es, Tee und Kaffee zu kochen und die Rechtsanwälte ins Gericht zu begleiten, wo man ihnen Akten gab und sie bat, Leute zu verteidigen, die ziemlich oft nicht zu verteidigen waren. Eines Morgens fragte ich Aiden, einen der Seniorpartner, wie er mit gutem Gewissen einen Mann vertreten könne, der eine Nacht in Polizeigewahrsam verbracht hatte, weil er seine Frau geschlagen hatte.

»Weil das fundamentale Recht, als unschuldig zu gelten, bis bewiesen ist, dass man es nicht ist, tief im britischen Gesetzwesen verankert ist. Es steht außerdem in Artikel 11 der Allgemeinen Erklärung der Menschenrechte der Vereinten Nationen«, sagte Aiden mit einem Seufzer. »Und das gilt sogar für Barry Tomlinson, der seit einigen Jahren schon fast ohne den Hauch eines Zweifels seine arme Ehefrau als Sandsack missbraucht, wenn man sich seine Vorgeschichte anschaut.«

Aiden sah mich an. Er war um die fünfunddreißig, gut gekleidet, gepflegt und roch angenehm. Gut aussehend, charmant und geistreich, wenn auch ein wenig lebensüberdrüssig. »Lass uns hinterher etwas trinken, dann erkläre ich dir, wie wir als Rechtsanwälte so etwas mit unseren Prinzipien vereinbaren.«

Ich war begeistert, dass er *wir als Rechtsanwälte* gesagt hatte. Ich war noch im Referendariat, aber er zählte mich dazu. Also sagte ich natürlich Ja.

Ich war sechs, sieben Monate in meinem Job, als es passierte. Donna, Martin und ich waren an einem sonnigen Sonntagnachmittag im April in der Stadt und spazierten durch Affleck's Palace, damit Donna ihr mageres Gehalt für Secondhandkleider, Räucherstäbchen und Tarotkarten ausgeben konnte. Martin ging hinter uns her, ganz offenbar schmollte er.

»Was ist los?«, wollte ich schließlich wissen. Elektronische Musik wummerte aus den Lautsprechern eines CD-Standes. Ich bekam davon Kopfschmerzen, aber ich war auch bis fast zwei Uhr weg gewesen: Drinks nach der Arbeit.

»Ja, Martin, was ist los? Dein Gesicht sieht aus, als hätte es gerade begriffen, dass es mit deinem Hintern verwandt ist«, sagte Donna.

»Gestern war unser Jubiläum«, sagte Martin beleidigt.

»Welches denn?«, sagte ich leichtsinnig. Martin waren Jahrestage und Jubiläen sehr wichtig. Das Datum, an dem wir offiziell ein Paar geworden waren. Das Datum, an dem wir zum ersten Mal zusammen im Urlaub waren, in Griechenland. Das Datum, als wir zum ersten Mal zusammen bei Lidl einkaufen waren. Am Anfang fand ich das sehr süß. Jetzt fand ich es gefühlsduselig und kindisch.

»Du weißt schon. Die Nacht, als ich in diese Prügelei geriet. Und wir …«

»Herrgott noch mal«, murmelte ich.

»War *er* letzte Nacht auch dabei? Bestimmt.«

Mit *er* meinte er natürlich Aiden. Ich hatte Martin ein paarmal zu den Treffen nach der Arbeit mitgenommen, und er mochte Aiden von der ersten Sekunde an nicht. Und niemand mochte Martin. Es waren alles hart arbeitende, professionelle Draufgänger. Martin dagegen zog sich immer mehr an wie ein Landstreicher, und der viel zitierte Roman belief sich auf ein paar Seiten postmoderner Onanie an der Schreibmaschine, wenn man mal ehrlich war.

»Natürlich war Aiden auch dabei. Er ist ein Kollege.«

Martin schnaubte. Donna beschloss, die Sache in die Hand zu nehmen. Sie stellte sich zwischen uns und legte uns beiden je eine Hand auf die Brust. Sie sah mich an: »Gayle. Hast du mit Aiden gevögelt?«

»Nein!«, sagte ich.

Donna wandte sich an Martin. »Dann benimm dich wie ein großer Junge und reg dich ab.«

Aber ich war verkatert, genervt, und das hier war der Tropfen, der das Fass zum Überlaufen brachte. »Weißt du, was, Martin, ich habe die Nase voll.«

Er schob die Unterlippe vor. »Dann geh ich wohl mal, was? Ruf mich später an.«

»Nein«, sagte ich und atmete tief durch. »Martin, du bist ein nichtsnutziger, hoffnungsloser, ehrgeizloser, eifersüchtiger Blödmann, und ich will dich nie wiedersehen.«

Damit marschierte ich davon, aus Affleck's Palace hinaus und in die Aprilsonne. Ich fühlte mich gleichzeitig am Boden zerstört, aber auch leichter als Luft.

»Das war eindeutig derselbe Martin«, sage ich jetzt zu Donna, die dem Kellner winkt, damit wir noch mehr Drinks bekommen. »Aber gleichzeitig ein absolut anderer Martin.«

»Wow«, sagt sie. »Hast du ihm von Tom erzählt?«

Ich trinke von meinem nächsten Weinglas. »Nein. Warum sollte ich? Wir hatten gar nicht so viel Gelegenheit, zu reden, um ehrlich zu sein. Wir konnten uns nur fragen, wie es uns geht. Und er hat den Schnitt in meinem Gesicht versorgt.«

Donna reißt die Augen auf. »Du meinst, so, wie du seine blutige Nase versorgt hast, als du das erste Mal mit ihm gevögelt hast?«

Ich zucke unverbindlich die Schultern.

»Und zwischen euch war gar nichts? Kein Funken? Nichts?«

Ich denke daran, wie sich unsere Blicke im Leuchtturm getroffen haben, wie alles plötzlich zu verschwinden schien, wie die Zeit stehen blieb. Dass ich mich an all das erinnerte, was ich an ihm gemocht hatte. Nein, an alle Dinge, die ich an ihm *geliebt* hatte. Plötzlich wusste ich nicht mehr, warum ich ihn damals nicht mehr gewollt hatte.

»Donna«, sage ich. »Es ist fast zehn Jahre her.« *Neun Jahre, neun Monate, zwei Wochen und vier Tage.* »Natürlich war da kein Funken. Es war einfach nett, ihn wiederzusehen, zu wissen, dass es ihm gut geht.«

Donna nickt und nimmt ihr Glas, ohne den Blick von mir zu wenden. »Lügnerin.«

19

Martin
AUGUST

Einmal im Monat lade ich meine Fischernetze ins Boot und fahre ein wenig hinaus auf die Irische See. Ich tuckere gemütlich einmal um Ynys Dwynwen herum. Aber ich will weder Zackenbarsche, Schnapper noch Meeräschen fangen.

Ich fange Plastik.

In meinem ersten Jahr auf der Insel fiel es mir auf. Es wurde auf den Kiesstrand gegenüber von Bethan's Reef gespült und sammelte sich in den Strudeln am Anleger. Tragetaschen, Flaschen, Burgerschachteln, Bierdosenringe. Manchmal sogar Ölkanister, Tupperware-Dosen, einmal ein Paar Kajakruder. Wenn ich genug Plastik gesammelt habe, verbrenne ich es, nicht am St.-Dwynwens-Tag, sondern in einer dunklen, öden Zeremonie, die beinahe das Gegenstück zum walisischen Tag der Liebe ist. Ein Haufen Plastik, in Öl getränkt, der schwarze, ätzende Dämpfe in den klaren Himmel schickt, eine harte Erinnerung nicht an die Liebe, sondern an den Hass. Denn wenn wir den Planeten nicht hassen, warum werfen wir dann diesen Mist in die Ozeane?

Ich glaube, ich bin inzwischen ziemlich missionarisch geworden, was das angeht. Bevor ich der Leuchtturmwärter von Ynys

Dwynwen wurde, habe ich nie darüber nachgedacht. Ich war genau so ein Umweltverschmutzer wie alle anderen, stopfte Plastik und Pappe in den Müll und dachte nicht weiter darüber nach.

Aber hier, auf der Insel … ich lasse den Außenbordmotor an und steuere das Boot ein paar Hundert Meter hinaus, wo eine Plastiktüte unter der Oberfläche dümpelt wie die obszöne Parodie einer Qualle. Ich fische sie mit meinem Netz heraus und lege sie in einen Müllbeutel. Vermutlich ist mir die Natur jetzt einfach näher. Mir ist schlicht bewusster, wie zerbrechlich alles ist, wie fein ausbalanciert. Wenn man sie sich selbst überlässt, schafft es die Natur, ihren Kurs, ihr Gleichgewicht zu halten. Alles hat in ihr seine Rolle, einen Platz. Die Dwynwen-Wühlmäuse tollen in den baufälligen Cottages herum; die Eulen fliegen von der Halbinsel herüber, um sich an ihnen gütlich zu tun, sodass ihre Zahl nicht überhandnimmt. Fischschwärme schwimmen um das Riff, die Kegelrobben ernähren sich von ihnen. Manchmal fressen Blauhaie die Kegelrobben, oder sie versuchen es zumindest. Die Natur korrigiert, was sie kann, sie sorgt dafür, dass sich die Waagschalen so neigen, dass alles in Balance bleibt.

Aber was die Natur nicht korrigieren kann, ist unser Einfluss. Sie kann nichts dagegen tun, wenn wir die Meere mit unserem Plastik füllen. Bevor wir also nicht damit aufhören, tue ich, was ich kann. Ich steuere das Boot durch die Spätsommersonne auf ein paar Plastikflaschen zu, die wie Bojen im Wasser auf und nieder hüpfen.

Und wie immer in den letzten paar Monaten seit dem Schulausflug denke ich an Gayle.

Was ich in Affleck's Palace begriffen hatte, als Gayle mich böse anschaute, war, dass ich nie gut genug für sie sein würde.

Und das meine ich auf keinen Fall passiv-aggressiv. Ich will damit nicht sagen, dass sie in Wirklichkeit dachte, ich sei nicht gut genug für sie. Ich meine damit, dass sie einfach ein besserer Mensch war als ich und dass ich den Standards, die sie für sich selbst setzte, niemals genügen würde.

Ich fühlte mich wie ein Versager, als ich nach der Uni zurück zu meiner Mutter zog. Gayle hatte eine Wohnung gemietet, sie arbeitete und verdiente Geld. Aber ich hätte nicht einmal vorschlagen können, dass wir zusammenzogen. Ich hätte mir meine Hälfte der Miete gar nicht leisten können. Ich lebte von Sozialhilfe. Ich konnte mir nicht einmal einen Job suchen, etwas Einfaches und Körperliches. Nicht bei dem Zustand, in dem Mum war.

Es dauerte noch weitere ungefähr sieben Jahre, bis die Demenz so schlimm war, dass sie nach Pennant Gardens zog, aber wenn man zurückblickte, dann waren die Zeichen damals schon da. Kleinigkeiten, Vergesslichkeit und winzige Aussetzer. Aber das war nicht der einzige Grund, aus dem ich bleiben musste. Mum hatte immer schlimmere Angstzustände, die sie lähmten und tagelang ans Bett fesselten. Sie flehte mich an, niemandem davon zu erzählen, und aus irgendeinem Grund tat ich das auch nicht. Nicht einmal Gayle. Ich glaube rückblickend, dass es ihr peinlich war oder dass sie sich schämte. In ihrer Generation war die psychische Gesundheit nichts, worüber man laut sprach. Heutzutage reden die Leute mehr darüber, sie tragen ihre Diagnosen mit Würde. Und so sollte es auch sein. Aber für Mum … ich glaube, nach all der Zeit, in der sie nach Dads Tod versucht hatte, sich zusammenzureißen, glaubte sie, dass die Leute nicht verstehen würden, warum sie jetzt plötzlich Probleme hatte. Also bat sie mich, niemandem davon zu erzählen, und ich hielt mein Versprechen.

Was bedeutete, dass ich im Haus bleiben musste, wenn sie im Bett lag, und mir Sorgen machte. Ich sagte Gayle, ich sagte allen, dass ich konzentriert an meinem Roman arbeitete, aber tatsächlich hatte ich nur ein paar Seiten absoluten Blödsinn zustande gebracht. Und während ich diese langwierige Durststrecke erlebte, legte Gayle so richtig los.

Ich war so stolz, dass sie die Stelle in der Kanzlei bekommen hatte. Sie wollten sie übernehmen, wenn sie mit dem Referendariat fertig war. Ich spürte, dass sie die Arbeit dort liebte. Sie gingen nach Feierabend oft etwas trinken, so war eben die Kultur, die dort herrschte.

Okay, ich bin wohl ein bisschen eifersüchtig gewesen. Besonders als ich diesen Aiden kennenlernte. Ich wusste sofort, was das für ein Typ war. Und er stand natürlich auf Gayle. Ich meine, wer nicht?

»Was machst du denn so?«, fragte er, als ich einmal mit Gayle und den anderen ausging.

Ich wusste nicht genau, was ich sagen sollte. Schriftsteller? Aber ich hatte noch gar nichts geschrieben. Ich hatte keinen Job. Ich kümmerte mich um meine depressive Mutter, die mir das Versprechen abgenommen hatte, niemandem zu sagen, wie es um sie stand. Ich starrte ihn nur an, wie er da saß in seinem teuren Anzug, das Gesicht wie gemeißelt mit einem durchdringenden, etwas höhnischen Blick. Ich antwortete nicht. Ich sah, wie er zu Gayle, dann zu mir schaute, und es wirkte, als hätte er eine Comic-Denkblase über dem Kopf. *Was zum Teufel macht sie bloß mit diesem Loser? Wenn der meine Konkurrenz ist, dann wird es für mich ganz leicht, sie aufzureißen.* Ich denke immer, dass das der Augenblick war, in dem er ernsthaft beschloss, mit Gayle zu schlafen. Ich starrte den Ehering an seinem Finger an, überlegte fieberhaft, was ich sagen sollte. Endlich rettete mich Gayle, aber mit einem kleinen Stirnrunzeln und etwas zusammengezogenen Brauen. Die Saat war gesät. Ich war anders als diese Leute.

Als der Tag kam, als wir diesen Streit im Affleck's Palace hatten, war es beinahe eine Erleichterung. Der Druck hatte sich so lange aufgebaut, das Gewitter war unausweichlich. Und ich musste nicht mehr so tun als ob. Ich musste nicht mehr so tun, als schriebe ich einen Roman, als führte ich ein normales Leben, als kümmerte ich mich nicht heimlich um meine Mutter. Ich konnte einfach nach Hause, alles laufen lassen und den langsamen, unerbittlichen Niedergang einleiten, um schließlich gar nichts zu werden. Immerhin das bekam ich elegant hin.

Ich bin jetzt einmal um Ynys Dwynwen herumgefahren und habe einen ganzen Sack voller Plastik aus dem Meer gefischt. Es ist nur ein Bruchteil dessen, was da schwimmt, der Bruchteil eines Bruchteils, aber ich muss es tun. Ich muss es versuchen.

Ich habe mein ganzes Leben damit verbracht, keine Spuren zu hinterlassen. Ich habe etwas nachzuholen.

Ich nähere mich dem Anleger, da sehe ich das Schnellboot. Klein, schlank, modern, teuer. Ganz sicher nicht Gwyns, es sei denn, er hat in der Lotterie gewonnen. Aber ich habe Besucher. Heledd Davies? Sie erscheint normalerweise nicht unangekündigt. Triune House, die den Leuchtturm inspizieren wollen?

Ich vertäue das Boot und wuchte den Sack mit dem Müll hoch, als ich aus der Ferne einen Hund höre. Ich beschirme meine Augen mit der Hand gegen die Sonne, und mein Blick sucht die Insel ab. Auf dem Kiesstrand sind ein paar Leute zu sehen. Wer zum Teufel ist das? Ich lasse den Sack fallen und gehe auf sie zu.

Es sind vier menschliche Gestalten und ein kleiner brauner Hund, der die Robben auf Bethan's Reef anbellt. Rauch steigt hoch, und ich rieche, dass sie auf den beiden großen Wegwerfgrills etwas zubereiten.

»Hey!«, rufe ich und komme näher.

Es sind zwei Männer in pastellfarbenen Hemden und dunklen

Shorts und zwei Frauen, eine im Sommerkleid, die andere im Bikini. Sie schauen zu mir herüber und winken.

»Was machen Sie da?«

Einer der Männer hat sich über den Grill gebeugt und wendet die Burger. Er achtet nicht auf mich. Der andere liegt auf dem Rücken im Gras, das Hemd geöffnet, um seinen flachen, muskulösen Bauch zu zeigen.

»Wunderbare Insel«, sagt die Frau im Sommerkleid. Die im Bikini steht auf einem Bein und hat die Augen geschlossen. Sie macht offenbar Yoga.

»Sie dürfen gar nicht hier sein.« Eine Brise hebt eine fettige Verpackung an, die von der Insel flattert. Niemand rührt sich, um sie daran zu hindern.

Der Mann, der im Gras liegt, öffnet ein Bier und hält es mir hin. »Bist du der Leuchtturmwärter? Können wir mal rauf?«

»Das würde auf Instagram super aussehen«, sagt die Frau im Sommerkleid.

»Ynys Dwynwen ist eine Privatinsel«, sage ich. »Besucher sind hier nicht erlaubt.«

»Hey, wir haben sie schon ganz oft gesehen. Wir sind im Sommer immer auf der Llyn«, sagt die Frau im Bikini, die jetzt auf beiden Beinen steht und die Augen öffnet. »Wir haben immer gesagt, dass wir mal rüberfahren.«

Der Hund bellt die ganze Zeit die Robben an. »Können Sie den mal beruhigen? Die Robben haben im Sommer ihre Babys bekommen. Ihr Hund setzt sie unter Stress.«

»Robbenbabys!«, sagt die Frau im Sommerkleid. »Oh, Pete, können wir mit dem Boot rüberfahren? Ich will die Robbenbabys sehen.« Sie wendet sich an mich. »Kann man die auf den Arm nehmen?«

»Nein!«, sage ich. Der Mann am Grill flucht und hält eine verbrannte Wurst hoch, um sie dann ins Gras zu werfen. »Sie können nicht zum Riff rüberfahren. Nicht, wenn die Robben noch Junge haben. Und auf keinen Fall dürfen Sie sie anfassen! Und könnten Sie bitte damit aufhören, die Insel zu vermüllen?«

»Herrje, Mann, reg dich ab«, sagt der Typ am Grill.

»Willst du das Bier jetzt oder nicht?«, fragt Pete, der andere.

Ich kneife mir mit zwei Fingern in den Nasenrücken. »Können Sie jetzt bitte die Insel verlassen? Und Ihren Müll mitnehmen? Und Ihren Hund beruhigen?«

Pete stützt sich auf die Ellenbogen. »Verdammt noch mal, Mann, jetzt hör mal auf, so anstrengend zu sein. Wo steht hier ein Schild, auf dem steht, dass es eine Privatinsel ist?«

»Es ist einfach eine«, sage ich und versuche, dabei ganz ruhig zu klingen. »Ich bitte Sie – nein, ich *befehle* Ihnen, die Insel zu verlassen.«

»Wissen Sie überhaupt, wer wir sind?«, sagt die Yogafrau.

»Muss ich das?«

»Fragen Sie in Abersoch, die werden es Ihnen sagen. Pete und Jama, Ryan und Lois. Wir verbringen hier schon unsere Sommer, seit wir ganz klein waren. Wir sind praktisch Einheimische.«

Die Sorte Einheimische, die einen Monat im Jahr auf der Halbinsel Llyn verbringen und die Preise für die Leute verderben, die hier aufgewachsen sind. Ja, ich weiß, wer sie sind. Dafür muss ich nicht nach Abersoch gehen.

Pete steht auf. »Na los. Ich langweile mich schon. Wir fahren zurück und essen im Hafen.«

Der Grillmeister steht auf und küsst die Yogafrau hart auf den Mund. »Bist du bereit, Baby?« Er sieht mich an. »Sowieso eine beschissene Insel, Kumpel. Diese runtergerockten Cottages sind voller Mäuse oder so. Benji hier hat dir einen Gefallen getan und ein paar von ihnen getötet.«

Sie haben ihren beschissenen Köter auf die Dwynwen-Wühlmäuse losgelassen. Ich zittere vor Wut. Sie gehen jetzt langsam zurück zum Anleger. Der Hund rennt vor ihnen her und bellt die Tölpel an, die über uns segeln. Ich starre die Grills an, auf denen das Fleisch noch brutzelt, die leeren Dosen und Weinflaschen, den Müll, der über den Kiesstrand flattert.

»Hey!«, rufe ich ihnen hinterher. »Was ist mit dem Zeug hier?«

Pete wirft einen Blick über die Schulter. »Oh ja. Sorry. Bedien dich. Du kannst den Müll für uns wegwerfen, oder? Bis bald, Mann.«

Ich schaue ihnen hinterher, zu hilflos vor lauter Wut, als dass ich ihnen folgen könnte. Die Natur korrigiert sich, balanciert sich aus. Aber wie soll sie gegen uns ankommen?

Nein, nicht gegen *uns,* denke ich, als sie ins Boot klettern. Ihr Gelächter wird vom Wind zu mir geweht. Zwischen uns liegen Abgründe. Nicht uns. Niemals uns.

Gegen sie.

20

Gayle

OKTOBER

Ich habe noch nie so viel mit jemandem gelacht wie mit Martin.

Mit keinem der Männer, die danach kamen. Nicht mit Tom und nicht einmal mit Donna.

Es war nicht nur so, dass er lustig war, was er definitiv war, sondern er fand mich auch lustig. Und das ist berauschend. Wie eine chemische Reaktion, so stark wie körperliche Anziehung, so alles übertreffend wie das Herzklopfen und Magenkribbeln der frühen Verliebtheit. Lustig zu sein ist das Einzige, was man nicht allein tun kann. Wenn man einem leeren Wald einen Witz erzählt, kichert dann jemand? Aber einen anderen dazu zu bringen, vor Lachen zu brüllen, sich den Bauch zu halten, den Kopf zurückzuwerfen und unbändig zu wiehern, so sehr, dass man sich fast einpinkelt, und nur wegen irgendeinem Unsinn, den man ganz nebenbei zusammen ausgebrütet hat? Das war, wie Magie aus der Luft zu holen oder einen Marmorblock zu einem einzigartigen, abstrakten Kunstwerk zu meißeln … Manchmal denke ich, dass genau *das* die Basis für eine lange währende Liebe ist, wenn die Lust abgekühlt ist und die Liebe einem stetigen Rhythmus folgt.

Ich wache mit einem Lächeln im Gesicht auf. Ich habe von

nichts Speziellem geträumt, nur von willkürlichen Bildern aus meiner Erinnerung. Eine Taverne auf einer winzigen griechischen Insel. Ein Festival, es regnet in Strömen, der Schlamm zieht mir den Gummistiefel aus. Ein tristes Hotel am Meer in Blackpool, ein Bett, das unter uns zusammenbricht, als wir uns leidenschaftlich lieben. Ein Biergarten in praller Sonne. Und jeder Augenblick war mit Gelächter unterlegt, mit freundlichem, einschließendem, warmem Gelächter.

Es ist, als versuchte mein Unterbewusstes … oder vielleicht mein Herz …, die Erinnerungen zu kompensieren, die mir wieder in den Kopf kommen, seit ich Martin nach all der Zeit wiedersah. Nach all der Zeit, in der ich nur daran denken konnte, was schiefgelaufen war, als wäre das eine Wand, die ich um all die guten Erinnerungen errichtet hatte, die dahinterlagen.

Mein dummes Hirn hat seitdem beschlossen, ein Loch in diese Wand zu hauen, damit die guten Zeiten herauskommen können.

»Was ist denn so lustig?«

Ich rekele mich und gähne unter der riesigen Decke. Tom zieht die Vorhänge auf. Regen klatscht gegen die Fensterscheibe, der Himmel ist stahlgrau. Er hat ein kleines Tablett mit Kaffee und Sahne auf meinen Nachttisch gestellt.

»Nur ein lustiger Traum.« Ich werfe einen Blick auf mein Handy. »Meine Güte, sieh bloß, wie spät es ist!« Er setzt sich neben mich aufs Bett und streichelt meinen nackten Arm. »Du brauchtest offenbar deinen Schlaf. Ich bin schon laufen gegangen. Vielleicht solltest du mal mitmachen? Besser, als faul im Bett rumzuliegen. Das macht einen fit für den Tag.«

»Kaffee und lustige Träume machen mich fit für den Tag.«

Tom zieht ein finsteres Gesicht. »Na ja, heute war es vielleicht wirklich besser für dich, faul im Bett herumzuliegen.« *Da ist das Wort schon wieder. Findet er mich faul?*

»Ziemlich fies da draußen. Wir müssen die Party heute Abend wohl ins Haus verlegen.«

Die Party war meine Idee, und ich glaube, Tom ist nicht besonders begeistert von der Aussicht darauf. Es ist Halloween, und ich habe Halloween schon immer geliebt, seit ich ein kleines Kind war. Ich liebe Kostümpartys.

Plötzlich kommt eine Erinnerung in mir hoch: Martin und ich auf einer Halloweenparty in unserem letzten Jahr an der Uni. Wir gingen als Morticia und Gomez Addams. Martin küsste ständig meinen Arm und redete auf Französisch mit mir. Als ich am nächsten Morgen aufwachte, juckte es zwischen meinen Beinen. Eine Stunde lag ich im Bett, während Martin friedlich schnarchte, und ich wurde immer wütender auf ihn. Ich war ihm absolut treu gewesen. Wenn ich mir also etwas eingefangen hatte, musste es von ihm kommen, also hatte er vermutlich mit einer anderen geschlafen. Ich kratzte wie wild an meinem Schoß und fand endlich die Ursache für das Jucken: Sein Gomez-Schnurrbart klebte an meinem Schamhaar.

Ich verdränge die Erinnerung. »Na ja, es ist ja nicht so, als hätten wir nicht genügend Platz für eine Party. Ich freue mich jedenfalls darauf.«

»Und dann bleiben wir morgen früh wieder so lange liegen«, sagt Tom. Er verstummt, dann sieht er mich an. »Weißt du, wenn du nicht an dieser Schule arbeiten würdest, könntest du immer mehr schlafen.«

Es sind die Halbjahresferien im Oktober, also war ich schon die ganze Woche nicht mehr dort, und ich muss zugeben, dass ich das Nichtstun ein bisschen genieße. »Aber es sind nur drei Vormittage die Woche, an denen ich aufstehen muss!«, protestiere ich. »Ich bin nun wirklich kein zartes Pflänzchen, Tom.«

Er zuckt die Achseln. »Ich weiß. Aber bei dem Gehalt, das sie dir zahlen …«

»Es geht nicht ums Geld. Ich arbeite gern dort. Ich fühle mich dann nützlich.«

»Du könntest bei mir arbeiten!«, sagt er heiter, als wäre ihm die Idee gerade erst gekommen. »Ich habe neulich erst gedacht, dass ich eine Assistentin gebrauchen könnte. Jemanden, der meine E-Mails beantwortet und Anrufe annimmt, den Terminkalender pflegt, so was.«

Ich setze mich auf und trinke meinen Kaffee. *Damit du ein wachsames Auge auf mich haben kannst,* denke ich. Tom hat Büros in Manchester, die er ein paarmal die Woche besucht. Hauptsächlich aber managt er seinen Job im Vorbeigehen. Er nimmt auf seinem Handy Anrufe an und beantwortet E-Mails. Er teilt die Büros mit anderen Leuten, die ebenfalls in der Projektentwicklung tätig sind. Vielleicht ist es ganz nett, ein paar Tage die Woche mitten in der Stadt zu arbeiten. In der Nähe von Harvey Nicks und Selfridges.

»Ich kann aber nicht mitten im Schuljahr kündigen«, sage ich. *Und nicht vor dem nächsten Ausflug nach Ynys Dwynwen,* kommt es aus meinem Unterbewussten. Ich tadele es in Gedanken.

Tom zuckt die Achseln und steht auf. »Na ja, dann denken wir nächsten Sommer noch mal drüber nach. Vielleicht stelle ich dann jemanden für die Zwischenzeit an. Ich gehe mal duschen.«

Ich bin als Sklavenmädchen Leia aus *Die Rückkehr der Jedi-Ritter* verkleidet, also trage ich einen Bikini und einen ziemlich sinnlosen Rock, der aus einem Lappen vorn und hinten besteht und immerhin meinen Hintern bedeckt. Tom ist Han Solo, weshalb er schwarze Hosen, ein weißes Hemd und eine Weste trägt.

Ich bin stinksauer.

Tom hatte gesagt, er wolle mich mit den Kostümen für die Halloweenparty überraschen, und präsentiert sie mir am Nachmittag. »Willst du mich verarschen?«, sage ich. »Das ziehe ich auf keinen Fall an.«

»Aber Schatz, du hast eine hinreißende Figur«, sagt er. Sein Gesicht verzieht sich wie das eines kleinen Jungen, der etwas falsch gemacht hat. »Ich will doch nur mit dir angeben.«

Ich habe keinesfalls eine hinreißende Figur. Mein Hintern ist zu groß, meine Brüste hängen zu sehr, mein Bauch steht vor, meine Schenkel haben Dellen wie Orangen, und und und …

Er will mit mir angeben?

Ich bin zehn Jahre jünger als Tom. Die meisten seiner Kollegen aus der Branche sind zehn Jahre älter als er. Ich soll in meinem eigenen Haus (*Toms Haus*) vor einem Haufen perverser alter Kerle herumgezeigt werden, im Kostüm einer … *einer Weltraumhure.*

Und das ist noch nicht einmal das Schlimmste. Bei Weitem nicht.

• • •

»Süßes oder Saures«, sagt Donna auf der Türschwelle und streckt mir einen Plastikeimer entgegen, der wie ein Kürbis geformt ist. Sie hat zwei Flaschen Wein hineingelegt. Sie mustert mich von Kopf bis Fuß. »Als was bist du verdammt noch mal verkleidet?«

»Als das Sklavenmädchen Leia«, antworte ich und zupfe befangen an meinem Zopf. Donna trägt einen Müllsack mit Löchern für ihren Kopf und ihre Arme, geringelte Strümpfe und hat ihr Gesicht grün angemalt. »Und du?«

»Als Hexe natürlich«, antwortet Donna und drängt sich an mir vorbei ins Haus. »Ich hatte auch einen spitzen Hut, aber der ist mir weggeweht, als ich ins Taxi stieg, und ich hatte wirklich keine Lust, ihm hinterherzurennen. Es ist Halloween, man sollte sich als jemand Angsteinflößendes verkleiden. Es ist kein Miss-World-Wettbewerb. Hier, leg mal diesen billigen Fusel in den Kühlschrank und hol mir was Teures zu trinken.« Sie betrachtet noch einmal mein Kostüm. »Deine Idee?«

»Nein, Toms«, sage ich gepresst.

»Warum, als was wollte er denn, dass du kommst?«, fragt Donna und folgt mir in die Küche, in der Grüppchen von Leuten stehen, die über das Business reden – eine wilde Mischung aus Teufeln und Superhelden und Filmfiguren. Alle sehen sehr edel aus. Die Frauen sind straff und gebräunt, ihre Kostüme durchdacht. Ich sehe aus wie eine billige Schlampe.

»Aphrodite. Oder Athene. Ich weiß nicht mehr, was. Eigentlich sollte ich ein Laken vom Hals bis zu den Füßen tragen. Sehr züchtig.«

Ich spüre die Blicke von allen Gästen auf mir, als wir uns zum Kühlschrank hindurchdrängen. Donna bemerkt: »Ich könnte diesen Eimer an mindestens einem Dutzend Viagra-Latten in diesem Zimmer aufhängen.« Sie sieht mich an. »Interessant, dass du dich so anstrengst, um Tom zu ärgern, wenn du erlaubst, dass ich dich ein bisschen analysiere.«

»Es ist irgendwie nach hinten losgegangen«, sage ich und schenke Donna einen riesigen Wodka ein. »Sieh mal dorthin.«

»Dort« steht eine junge Frau, vermutlich mit ihrer Mutter und ihrem Vater. Ihr Dad ist einer von Toms engsten Businesspartnern. Das Mädchen ist Anfang zwanzig, und sie ist als … Sklavenmädchen Leia verkleidet. Nur dass sie so aussieht, als käme sie gerade von einem Filmset.

»Mist«, sagt Donna. »Das ist irgendwie schlechter Stil, oder? Im selben Kostüm wie die Gastgeberin zu kommen? Ein bisschen so, als trüge man ein Hochzeitskleid auf der Hochzeit von jemand anderem.«

»Ich habe den ganzen Abend lang noch nicht richtig geatmet«, quieke ich. »Meine Bauchmuskeln bringen mich um.«

Donna runzelt die Stirn und schaut sich um. »Was ist das denn überhaupt für eine Musik, Gayle? Gemäßigte Langweiler-Muzak? Ihr solltet ›Monster Mash‹ und ›Time Warp‹ spielen, nicht Ed Sheeran.«

Tom winkt mich her, und ich zische Donna zu: »Provozier hier niemanden, Fiona Shrek.« Dann ziehe ich meinen Bauch noch weiter ein und gehe so würdevoll wie möglich zu Tom hinüber, während meine Brüste wie zwei Tennisbälle in einem Taschentuch aneinanderreiben.

»Ich sehe ja doppelt!«, ruft der Dad vom anderen Sklavenmädchen Leia jovial. Er heißt Trevor. Trevor und Catherine sind als Humphrey Bogart und Katharine Hepburn aus *African Queen* gekommen. Keines der Kostüme in diesem Haus – abgesehen von Donnas – ist selbst gemacht. Ich lächele schwach, und das Mädchen zieht als Reaktion auf die Bemerkung ihres Vaters eine perfekt gezupfte Augenbraue hoch. Diese Bewegung schreit *Als ob*.

»Gayle«, sagt Tom. »Das hier ist Trevors und Catherines Tochter Rachael. Sie hat gerade einen Abschluss in Business Management gemacht und aktuell nichts zu tun. Bald macht sie ein Jahr Pause und reist durch Ostasien.«

»Wunderbar«, sage ich, weil ich nicht recht weiß, was ich sonst sagen soll.

»Weißt du noch, als ich neulich sagte, dass ich eine Assistentin brauche? Rachael übernimmt den Job für ein paar Monate. Ist das nicht toll?«

»Toll«, sage ich und sehe Tom böse an. Ist das seine Rache, weil ich meinen Job an der Britannia Brook nicht aufgeben will?

Sich eine hinreißende Einundzwanzigjährige ohne ein einziges Gramm Fett am Leib zu suchen, die ein Gesicht hat, das Instagram zusammenbrechen ließe?

»Ich glaube, das wird sicher eine tolle Erfahrung«, sagt Rachael und sieht Tom mit einem Welpenblick an.

Tom zwinkert ihr zu und sagt mit amerikanischem Akzent: »Schön brav, Junge, sonst kannst du gleich wieder aussteigen.« Alle lachen, außer mir. Ich verstehe den Witz nicht. Tom sagt: »Das ist aus *StarWars*.«

Plötzlich erhebt sich ein Gemurmel aus der Menge, weil sich die Musik geändert hat. Jetzt erklingt eine fröhliche, kratzige alte Melodie mit einer irren weiblichen Stimme. Ich drehe mich um. Donna grinst mir durch den Raum hinweg zu. Sie hält mein Handy hoch. Sie hat sich in mein Spotify eingeloggt und die Playlist geändert.

Ein heiterer Song beginnt, der, dem sich ständig wiederholenden Refrain nach zu schließen, offenbar »Ich will einen Leuchtturmwärter heiraten« heißt. Donna nässt sich beinahe ein vor Lachen. Sie beugt sich über die Küchenarbeitsfläche und hält sich den Bauch.

»Was zum Teufel tut sie da …?«, murmelt Tom.

Donna singt so gut mit, wie sie eben kann, und wiederholt immer wieder *»Ich will einen Leuchtturmwärter heiraten«*.

Sie fängt meinen Blick auf und bricht wieder in Gelächter aus. Ich schüttele den Kopf und forme mit den Lippen »Du Biest«.

21

Martin

JANUAR

»Ein Sturm zieht auf«, sagt Gwyn.

Ich runzele die Stirn. Ich habe von Triune House keine Wetterwarnungen bekommen, und ihre Informationen sind normalerweise exakt. Es ist ein kalter Januarmorgen, der Himmel ist wolkenlos und von einem blassen Azurblau. Hier draußen lernt man die Bezeichnungen von jedem Blauton. Der Himmel ist wie eine Leinwand, die sich ständig neu erfindet. Dasselbe gilt für die Grautöne der sich stets verändernden Irischen See.

Er zeigt zum Horizont. Ich blinzele, um zu sehen, was er meint: eine dünne, beinahe unsichtbare Linie knapp über der Meeresoberfläche, so schmal, dass sie beinahe nicht vorhanden ist. »Man bekommt ein Gefühl für so was, wenn man mit den Gezeiten lebt. Das Ding da draußen weiß selbst noch nicht einmal, dass es ein Sturm ist. Aber geben wir ihm sechs Stunden. Dann weiß es, was es ist, und du auch.«

»Tee?«, frage ich und drehe mich zum Leuchtturm um. Die Außenfarbe blättert ein wenig ab; ich muss die vor dem Sommer überstreichen, glaube ich.

Vor dem Schulausflug.

Sei still, sage ich meinem Kopf.

Als könnte er meine Gedanken lesen, sagt Gwyn: »Ich bringe dir Farbe dafür mit. Sie braucht einen neuen Anstrich.«

»Wie soll ich das eigentlich machen?«, frage ich.

»Mit einem Flaschenzug. Eigentlich seilst du dich ab«, sagt Gwyn und folgt mir die Wendeltreppe hinauf in die Küche. »Der alte Benson hasste diesen Job. Für mich sah das immer aus, als machte es Spaß.«

Ich koche eine Kanne Tee und biete Gwyn einen Keks aus der Dose an, die er gerade mitgebracht hat. »Überbleibsel von Weihnachten«, hatte er gesagt. »Wir hatten massenweise von diesen Dingern. Man kann nicht endlos viele Schokokekse essen.«

Ich habe Gwyn seit ein paar Wochen nicht mehr gesehen, daher bin ich hungrig auf Neuigkeiten, selbst von Leuten, die ich nicht kenne. Er beginnt zu tratschen, und ich schenke den Tee ein. »Eddie Jones hatte einen Platten oben auf der Landzunge. Er ist dann über eine vereiste Stelle gerutscht und wäre beinahe von der Klippe gestürzt. Wie beim Film *Italian Job* war das am Ende. Weißt du? Michael Caine, *Wartet mal, Jungs, ich habe da eine Idee.*

Wyn Jones, der Trottel, ist wegen Trunkenheit und Ordnungswidrigkeiten verknackt worden, an Silvester. Er hat ›Scheiß Engländer‹, Entschuldigung, auf Gareth Jones' Herde auf dem oberen Feld geschrieben. Ein Buchstabe pro Schaf, so hat er es gemacht. Dann hat er sich vor sie gestellt und ein Selfie geschossen, das er auf Facebook hochgeladen hat. Verdammter Idiot. Daffy Jones, der Polizist, hat ihn sofort erwischt.« Gwyn nimmt einen Schluck Tee. »Denn die Schafe wollten einfach nicht stillstehen, weißt du. Sind nicht in der richtigen Reihenfolge geblieben. Als der betrunkene Idiot also das Bild gemacht hatte, lautete die Nachricht auf den Schafen: ›Schädling Essen‹. Gareth Evans, der die Küche in den Three Leeks leitet, dachte, das sei gegen ihn gerichtet – er hat da eine Vorgeschichte mit Wyn Jones, weißt du –, und er ging los, um ihm so richtig eine zu verpassen. Gut, dass ihm Wachtmeister Gareth zuvorgekommen ist, wenn du mich fragst.«

Ich bin mir nicht mal sicher, ob Gwyns Geschichten wahr sind, aber ich finde seine absonderlichen Erzählungen über die Einheimischen irgendwie tröstlich. Ich frage mich, was sie sich wohl über mich erzählen. Der schweigsame Engländer, der die Insel seit fast drei Jahren nicht mehr verlassen hat. Allein der Gedanke, wieder einen Fuß auf die Halbinsel setzen zu müssen, erfüllt mich mit Angst. All dieser … feste Boden. Voller Leute. Ich denke an Manchester, an die Horden, die die asphaltierten Straßen bevölkern, an die Straßenlaternen, die orangefarbenen Dunst von sich geben und die Sterne vernebeln. Schon bei der Vorstellung fühle ich mich beinahe atemlos. Und kein Meer, Kilometer um Kilometer kein Meer.

»Blodwyn ist am zweiten Weihnachtsfeiertag vorbeigekommen, wie üblich«, sagt Gwyn, der einen Schokokeks inspiziert. »Hat aus den Teeblättern gelesen. Ich habe sie auch für dich daraus lesen lassen.«

»Oh? Und was bringt mir die Zukunft?« Ich nehme einen Schokokeks. Ich mag Kekse mit Schokofüllung. Schokoladig, aber keine Schokolade. Kekse aus der Schokodimension, in der alles in unterschiedliche Grade von Schokoladigkeit eingeteilt ist. Plötzlich vermisse ich Schokolade. Ich werde Gwyn bitten, mir nächstes Mal welche mitzubringen.

»Oh, das ist natürlich alles Blödsinn, wenn du mich fragst«, sagt Gwyn. »Ein Haufen Quatsch über wahre Liebe und die Vergangenheit, die zurückkommt, und darüber, dass etwas im Nachhinein richtiggestellt werden muss. Der übliche Mist. Aber es macht sie glücklich, die alte Blodwyn.«

Gwyn trinkt seinen Tee aus. »Na gut, ich geh dann mal. Kann

ich bei dir aufs Klo? Muss den Tee loswerden, bei dem Kälteeinbruch. Will nicht plötzlich dringend müssen.«

Ich stehe auf dem Anleger und winke Gwyn hinterher, bis er mitten auf dem Kanal ist, dann drehe ich mich um und schaue aufs offene Meer hinaus. Gwyn hat recht; diese Linie dahinten am Horizont ist jetzt breiter. Offenbar bekommen wir doch noch einen Sturm.

Der Wind nimmt an Stärke zu, als ich hinunter zum Kiesstrand gehe. Bruce schwimmt heran, um mich zu begrüßen.

»Es kommt ein Sturm, Wärter.« Ich werfe ihm den Barsch hin, den ich heute Morgen zum Auftauen rausgelegt habe. »Ich glaube, ich habe deinen Dad gefunden.«

Das Schiff hieß *Diamond* (sagt Bruce), und sie segelte mit einer Fracht aus Baumwolle, Pottasche und Äpfeln von New York hierher, mit dreißig Passagieren. Ich weiß nicht, wo New York ist, wahrscheinlich eine von euren Städten. Sie sind zwei Wochen vor Weihnachten losgesegelt, und es war der zweite Januar, als sie in die Cardigan Bay hineinsegelten. Sie waren auf dem Weg nach Liverpool.

Siehst du die großen Schiffe, die vorbeiziehen? Die riesigen? Voller Menschen? Na ja, mir scheint, die *Diamond* war eine Vorreiterin von ihnen. Aus Holz war sie, aber der Rumpf war mit Kupfer beschlagen. Der Käpt'n war ein Mann namens Henry Macy. Dieser Typ, mit dem ich gesprochen habe, war Passagier. Ein Unternehmer, der nach England wollte, um mit Baumwolle zu handeln. Führte eine Farm, auf der sie das Zeug wachsen lassen. Baumwolle wächst, Wärter, wusstest du das?

Ich mochte den Typen eigentlich nicht besonders, um ehrlich zu sein. Hatte so ein unangenehmes Auftreten. Er sagte was, das ich nicht richtig verstanden habe, was diese Baumwolle angeht.

Gepflückt von Menschen, die ihm gehörten. Ich meine, kann ein Mensch einen anderen Menschen besitzen? Ich weiß, ich bin nur eine Robbe, aber das leuchtet mir gar nicht ein.

Jedenfalls, dieses Schiff ist dann trotz seiner Kupferhülle gesunken, da an dem großen Riff in der Bucht, das sie Sarn Badrig nennen. Tagelang sind noch Äpfel an die Strände geschwemmt worden. Dieser Typ ist direkt auf den Meeresgrund gesunken. Kann nicht sagen, dass mir das leidtut, Wärter, und du hast mein Beileid, wenn es dein Vater ist.

»Das ist nicht mein Vater, Bruce«, sage ich. »Aber danke, dass du die Augen offen hältst.«

»Das freut mich sehr«, sagt Bruce. Er rollt sich platschend ins Wasser. »Wirklich kein netter Mann. Ich werde das Rudel hier rüberbringen, wenn der Sturm kommt. Ich rieche ihn schon. Er ist nicht mehr weit. Pass auf dich auf, Wärter.«

Die Dunkelheit senkt sich im Januar früh auf die Insel. Der Wind wird stärker, und eisiger Regen klatscht gegen die Fenster. Selbst hoch oben im Turm fühle ich mich sicher. Ich feuere den Holzofen in der Küche an und mache mir eine Kanne Kaffee. Ich suche in den Essenskisten, die Gwyn hergebracht hat, und mache mir Fleischpastete und Pommes dazu.

Als ich fertig bin, steht der Sturm direkt über Ynys Dwynwen. Er rüttelt an den Fenstern und dringt heulend durch die Ritzen an den Fensterrahmen, als umkreisten Banshees meinen Leuchtturm und sagten kreischend einen Tod voraus.

In meinem Zimmer habe ich eine Kiste mit persönlichen Dingen. Kleinkram, Briefe, Eintrittskarten, albernes Zeug. Darunter ist auch eine kleine Holzschachtel, und nach dem Essen krame ich darin herum.

Ich nehme einen Ring heraus, Weißgold mit eingefassten Diamanten. Es war der Verlobungsring meiner Mum. Ich erinnere mich, wie sie ihn von ihrem Finger genommen hatte, weil ihre Nerven schmerzten, nicht lange, nachdem ich wieder bei ihr eingezogen war.

»Du meinst es ernst mit diesem Mädchen? Dieser Gayle?«

Ich hatte genickt. Mum hatte sie ein-, zweimal sehr kurz getroffen, aber dann wurde sie krank und war ans Bett gefesselt. Sie hielt den Ring ins Licht. »Ich erinnere mich daran, wie dein Dad sagte, er meine es ernst mit mir. Genauso sagte er es: ›Ich meine es ernst mit dir, Julia. Also habe ich dir den hier gekauft.‹ Er kostete ihn zwei Wochenlöhne.«

Mum verstummte, dann gab sie mir den Ring. Ich sagte: »Was soll ich damit tun?«

»Vielleicht gibst du ihn deinem Mädchen. Gayle. Wenn du es ernst mit ihr meinst.«

Ich starrte den Ring an, dann sie. »Du meinst, wenn ich mich verlobe? Wenn ich sie bitte, mich zu heiraten?«

»Wenn du willst. Wenn du denkst, sie will es auch.« Mum hatte aus dem Fenster zu den Doppelhäusern gegenüber geschaut. »Vielleicht wäre das etwas, was mich aus dem Bett holen würde. Ich weiß es nicht.«

»Ich kann das nicht annehmen. Es ist dein Ring. Es ist dein *Verlobungs*ring. Den Dad dir geschenkt hat.«

Mum hatte die Achseln gezuckt. »Dein Dad ist tot. Lange schon. Es ist schade, wenn so ein hübscher Ring in diesem Haus bei mir begraben ist.«

»Okay …« Hatte ich gesagt. »Ich … ich denke darüber nach.«

»Denk nicht zu lange darüber nach«, hatte Mum gesagt. »Wenn sie so wunderbar ist, wie du sagst, wartet sie vielleicht nicht ewig auf dich.« Dann hatte sie die Stirn gerunzelt und gesagt: »Habe ich schon zu Abend gegessen?«

Ich trug den Ring fast einen Monat lang in der kleinen Schachtel mit mir herum, die Mum mir dazugegeben hatte, und versuchte, den Mut aufzubringen, Gayle zu bitten, mich zu heiraten. Ich versuchte herauszufinden, ob das das Richtige war. Für sie. Für mich. Für uns beide.

Schließlich kam ich zu dem Schluss, dass es richtig war. Und ich hatte den Ring an jenem Tag in Affleck's Palace in der Tasche. An jenem Tag wollte ich es tun. An jenem Tag, an dem mir Gayle sagte, sie wolle mich nie wiedersehen.

Ich halte den Ring ins Licht der Lampe, die flackert, als der Sturm einen neuen Anlauf nimmt. Dann lege ich ihn wieder in seine Schachtel, die ich in die Kiste tue, und ich will beides gerade wieder unters Bett schieben, als mir ein brauner Umschlag in die Augen fällt. Ich öffne ihn, und ein paar stockfleckige Seiten gleiten heraus.

Mein Roman. Oder zumindest das, was vor zehn Jahren sein Anfang gewesen war. Was nicht viel war, wie Gayle nebenbei bemerkt hatte.

Wider besseres Wissen beginne ich, die erste Seite zu lesen. Es ist ein wenig ungeschliffen und blumig und gehemmt und vermutlich ganz schrecklich. Aber ich finde es nicht so schlimm, wie ich es finden sollte. Und die Geschichte, die ich mir zögerlich auf diesen ersten, unsicheren Seiten erzähle, ist wieder in meinem Kopf. Und es ist eine gute Geschichte, zumindest eine gute Idee für eine gute Geschichte. Und je länger ich über die Geschichte nachdenke, desto besser kommt sie mir vor. Als hätten zehn Jahre der Geschichte Patina und in gewissem Maße auch Weisheit verliehen; als hätte es der Geschichte gutgetan, ein wenig vor sich hin zu leben und zu wachsen, in diesem staubigen Umschlag.

Die Geschichte war die ganze Zeit in meinem Hinterkopf, das begreife ich jetzt. Sie simmerte vor sich hin wie Kaffee auf dem

Herd. Als Gayle die Sache mit uns beendete, nachdem ich zugegeben hatte, dass ich genauso hoffnungslos und nutzlos war, wie sie glaubte, nachdem ich also akzeptiert hatte, dass einen Roman zu schreiben – oder zumindest, so zu tun, als schriebe ich einen Roman –, genau das war, was ich absolut *nicht* tat, war das für mich eine echte Erleichterung. Ich konnte die Idee verwerfen und damit weitermachen, einfach gar nichts zu tun.

Aber die Geschichte hatte mich offenbar nicht verworfen. Sie war eine Flamme, die einfach weiterbrannte, die geduldig wartete, bis ich sie wieder anblies, sie anfachte, sie in meinem Kopf aufflackern ließ. Sie war ein Licht, das nicht erloschen war, obwohl ich sie in eine dunkle Kiste gesperrt hatte.

Der Wind heult, meine Fensterscheiben zittern und klappern. Ich gehe hinunter in die Küche, und aus einer Laune heraus hole ich die Underwood hervor. Ich spanne ein Blatt Papier ein und setze mich daran. In meinem Rücken tobt der Sturm. Ich starre lange, lange auf die leere Seite und frage mich, ob ich wohl den Mut aufbringen werde, sie zu füllen.

Jahr vier

22

Gayle

JULI

Ich glaube, Tom vögelt mit Rachael.

Ich habe keine Beweise. Keine Textnachrichten, E-Mails oder anderes. Keinen Lippenstift auf seinem Kragen, kein fremdes Parfüm auf seiner Haut. Auch keine subtilen Veränderungen seines Verhaltens mir gegenüber. Aber wenn man es weiß, weiß man es eben. Er vögelt ganz sicher Rachael. Tom ist zu schlau, um Fehler zu machen. Zu methodisch in allem, was er tut. Aber wenn er etwas will, dann bekommt er es auch. Und er will Rachael ganz sicher seit jener Halloweenparty letztes Jahr. Ich frage mich, ob er deswegen wollte, dass ich das gleiche Kostüm anziehe – um uns vergleichen zu können. Ich konnte praktisch den Moschusgeruch riechen, der aus seinen Poren drang, jedes Mal, wenn er einen hungrigen Blick in ihre Richtung warf.

Tom vögelt Rachael, ganz sicher.

»Geht es Ihnen gut, Miss?«, fragt Willie, ein kleiner Junge mit einer Brille, die immer mit Klebeband repariert ist. Er ist ein bisschen merkwürdig, dieser Willi, eins der einsamen Kinder. Mein Herz krampft sich immer ein wenig zusammen, wenn er auf dem Spielplatz alleine kickt oder in einer Ecke sitzt und die Ränder seines Schulhefts bekritzelt. Er scheint keine Freunde zu haben, aber es scheint ihm auch nichts auszumachen. Er ist glücklich in seiner eigenen Gesellschaft. Er bekommt alles mit. Er beobachtet immer, merkt sich jedes Detail.

Er erinnert mich ein wenig an George. Ich dachte, mir würde wegen George gekündigt werden. Als wir von Ynys Dwynwen zurückkamen, rief ich einen alten Kontakt aus meinen Rechtsanwaltstagen bei der Polizei an, weil sein Dad ihn schlug. Es stellte sich heraus, dass es dafür einen Dienstweg gibt, dass ich das mit meinen Kollegen hätte besprechen müssen; das Sozialamt hätte informiert werden müssen. Als ausgebildete Rechtsanwältin hätte ich das wohl irgendwie wissen müssen. Und vielleicht tat ich das auch, oder ich hätte es mir denken können. Aber es hatte mir so sehr das Herz zerrissen, als er gesagt hatte, dass er eine Robbe sein wolle, als er sich fragte, ob Daddy-Robben wohl ihre kleinen Jungs schlugen, dass ich einfach rotsah.

Es stellte sich heraus, dass Georges Dad gar nicht sein Dad war. Er war nicht einmal sein Stiefdad. Er war nur der letzte Mann in einer Reihe vollkommen nutzloser Kerle, mit denen seine Mutter etwas hatte. Und, das sagte mir die Polizei später, er schlug auch sie gern. Er wurde nach dem Gewaltschutzgesetz von 2004 wegen Körperverletzung angeklagt, erhielt eine kurze Gefängnisstrafe und eine einstweilige Verfügung, die ihm verbot, George oder seiner Mutter zwei Jahre lang zu nahe zu kommen.

Nach der Anklage wurden alle Beschwerden gegen mich, weil ich nicht den Dienstweg eingehalten hatte, still und leise fallen gelassen. Das nenne ich mal einen Sieg.

Aber hier steht jetzt Willie und schaut mit seinen rot geränderten Augen zu mir auf, und ich frage mich, was wohl bei ihm zu Hause los ist. Immer wieder kommen Georges und Willies in die fünfte Klasse, und keiner weiß, was mit ihnen passiert.

Wieder fragt er: »Geht es Ihnen gut, Miss? Ich dachte schon, dass Sie sich vielleicht übergeben müssen.«

Mir ist tatsächlich etwas übel. Das Meer ist kabbelig, und Gwyns Boot hüpft auf und ab. Ich war noch nie seekrank, aber es gibt ja wohl für alles ein erstes Mal. Früh aufgestanden, kein Frühstück, zu viel Kaffee und die einstündige Überfahrt nach Ynys Dwynwen. Von all dem zusammen ist mir, um ehrlich zu sein, kotzübel.

Gut möglich, dass es auch noch einen anderen Grund gibt. Als wir uns dem Anleger nähern, steht er da. In seinen dicken Hosen und dem weißen Hemd unter der blauen Jacke, gebräunt und schlank und bärtig. Ich spüre ein Ziehen, und das erschreckt mich.

»Ho, Wärter!«, ruft Gwyn, winkt und steuert die *Angharad* längs an den Anleger. »Britannia Brook hier, vollzählig anwesend!«

»Das hoffe ich doch sehr, Gwyn!«, ruft Martin zurück, fängt die Leine auf und vertäut das Boot. »Wir wollen doch nicht noch mehr Aufregung an der Klippe.«

Oh doch, das wollen wir, sagt eine dumme, unverbesserliche Stimme in meinem Kopf. *Wir* lieben *es, gerettet zu werden.*

»Verräter«, murmele ich.

Willie schaut zu mir hoch. »Was haben Sie gesagt, Miss?«

»Nichts!«, antworte ich heiter. »Na komm, wir gehen jetzt auf die Insel.«

Martin nickt mir zu, als wir aussteigen, und ab dann ignoriert er mich gezielt. Ich weiß das, weil ich ihn ebenfalls gezielt ignoriere, abgesehen von einem schnellen Blick hin und wieder, um zu sehen, ob er mich ansieht. Das tut er nie. Es sei denn, er macht es genauso wie ich. Was absolut sein kann. Früher haben wir immer gesagt, dass wir einander so ähnlich sind, dass wir schon Angst haben müssten, miteinander verwandt zu sein. Wir scherzten darüber, dass wir lieber nie einen von diesen genetischen Stammbaum-Tests machen sollten, weil wir dabei vermutlich herausfinden müssten, dass wir bei der Geburt getrennte Geschwister sind.

Es ist ein wunderschöner Tag, abgesehen vom Wind auf dem Meer. Mrs Gaskell und Mr Jensen verteilen vor dem Leuchtturm die Brote, die Gwyn mitgebracht hat, und alle setzen sich, um sie zu essen.

»Fleischpastete oder ...« Mrs Gaskell untersucht das Sandwich in ihrer Hand. »Vegane Pastete?«

»Für mich nicht«, sage ich. »Mir ist eigentlich ein bisschen übel. Diese Überfahrt.«

Plötzlich spüre ich seine Nähe. Erst rieche ich ihn, eine erdige Mischung aus salziger Meeresluft und einem Hauch Motoröl. Dann wird mir von etwas Vertrautem schwindelig.

Issey Miyake. Er benutzte früher immer Issey Miyake. Seit ich es ihm im ersten Jahr unserer Beziehung zum Geburtstag geschenkt hatte.

»Soll ich dir vielleicht die Insel zeigen? Letztes Jahr warst du ja anderweitig beschäftigt.«

Er ist jetzt vielleicht zwölf Jahre älter, ist muskulös und gebräunt (Hör auf damit!, schimpfe ich meinen aufgeregten, sich zusammenziehenden Unterleib aus), hat einen Bart und die Ausstrahlung eines, na ja, echten *Erwachsenen,* aber darunter ist noch der Schatten des hoffnungsvollen, unsicheren, eifrigen kleinen Jungen zu erkennen.

»Das wäre schön«, sage ich und fange seinen Blick auf. Es ist, als flösse Strom zwischen uns.

»Winkt uns die Robbe da etwa zu?«, sage ich lachend und zeige auf das Rudel, das auf Bethan's Reef lagert, wie Martin mir erklärt. Wegen der Sache an der Klippe habe ich den Rundgang über die Insel verpasst, daher ist das für mich alles neu.

Martin reagiert irgendwie komisch. »Oh nein, er … er lüftet nur seine Flosse.«

Wie seltsam. Er lügt. Und ich weiß das instinktiv. Er lügt nicht so, wie Tom vermutlich lügt, was Rachael angeht – wobei ich sagen muss, dass ich ihn auch noch nicht gefragt habe, ob er sie vögelt, daher ist es eher ein Nicht-Sagen als echtes Lügen –, aber Martin tut es dennoch, und ich weiß es, weil ich ihn so gut kenne.

Ihn so gut *kannte*, korrigiere ich mich, obwohl die Jahre, die wir getrennt waren, irgendwie zu schrumpfen und sich zusammenzuziehen scheinen, wie eine merkwürdige Art von Origami. Außerdem liege ich vermutlich falsch. Es wäre zu seltsam, wegen einer winkenden Robbe zu lügen. Ich wechsele das Thema und sage: »Und warum heißt es jetzt Bethan's Reef?«

Als Martin die Geschichte über den Mann beendet hat, der den Leuchtturm baute, um seiner Liebe den Weg nach Hause zu leuchten, explodiere ich beinahe. Das ist das Romantischste, was ich je gehört habe. Vielleicht liegt es daran, dass ich die Geschichte hier auf der Insel höre und das Riff, auf das das Schiff aufgefahren ist, direkt vor uns liegt und der Leuchtturm, der vor hundertfünfzig Jahren gebaut wurde, stark und stolz hinter uns aufragt. Und dass Martin, der mir die Geschichte erzählt, neben mir steht. All das zusammen lässt mein Herz heftig schlagen.

»Du siehst richtig gut aus, Gayle«, sagt er plötzlich.

Ich schaue auf meine gebräunten Arme hinunter. »Wir waren auf Mauritius. Spätes Geburtstagsgeschenk.«

»Wir?«, fragt Martin etwas zögerlich, als hätte er Angst, eine Grenze zu überschreiten.

»Tom und ich.« Ich riskiere einen Blick in seine Richtung. Er schaut mich direkt an.

»Dein Ehemann?«

»Nein. Wir sind nicht verheiratet …« Ich lasse den Satz unvollendet. Es fühlt sich an, als schwebte das Wort *noch* am Ende des Satzes und versuchte, irgendwie Halt zu finden. Werden wir heiraten? Wir haben noch nie darüber gesprochen. Es besteht irgendwie keine Notwendigkeit dazu. *Will* ich überhaupt heiraten? Will ich *Tom* heiraten? Dass ich mir überhaupt so eine lächerliche Frage stelle.

Ich sage: »Also, nach der ganzen Aufregung letztes Jahr konnten wir ja gar nicht richtig miteinander reden … Warum das hier?« Ich deute unbestimmt auf die Insel. »Warum eine einsame Insel vor Wales? Ein Leuchtturm? Du bist der Letzte, den ich hierherverfrachtet hätte.«

Martin schaut hinaus aufs Meer und verengt die Augen. Wenn man so ein Foto von ihm machen und es auf Instagram posten würde, würde man lachen und sagen, es sehe angeberisch und bescheuert aus. Hier, im echten Leben, im warmen Wind, der vom Meer herüberweht, während die Möwen am blauen Himmel über uns schreien, lässt dieser Anblick mein Herz bis in den Hals schlagen. Ich wünschte, ich könnte ein Foto davon machen. Wobei ich nicht genau wüsste, wie ich es zu Hause erklären sollte.

Stattdessen blinzele ich hastig, als wären meine Augen Fotolinsen, um das Bild in die Erinnerung zu schicken.

»Es sind ein paar Dinge passiert«, sagt er schließlich. »Alles an einem Tag. Ich habe meinen Job verloren. Ich habe meine Freundin verloren.« Er sieht mich an. »Und ich habe meine Mutter verloren.«

»Oh Martin. Das tut mir so leid.«

Natürlich wusste ich, dass er seinen Dad schon sehr früh bei diesem schrecklichen Unfall verloren hatte. Und ich wusste, dass er seiner Mum sehr nahegestanden hatte. Immerhin war er nach dem Uniabschluss zu ihr zurückgezogen. Kurz bevor wir …

»Sie war krank«, sagt er schnell. »Sie war schon lange krank. Demenz. Es fing ziemlich lange vorher an.« Er sieht mich an. »Es fing eigentlich an, kurz bevor ich wieder nach Hause gezogen bin. Du hattest damals diesen Job in der Kanzlei.«

»Das muss ja schrecklich für dich gewesen sein.«

»Besonders spaßig war es nicht. Es war wohl auch nicht besonders spaßig, zu der Zeit mit mir zusammen zu sein.«

»Du hast an deinem Roman gearbeitet«, sage ich leichthin, viel zu heiter. Aber in meinem Kopf wirbeln die Gedanken. Puzzleteilchen fallen an ihren Platz. »Hast du ihn abgeschlossen?«

»Ich habe nicht an einem Roman geschrieben.« Er scheint etwas zu versteifen. »Ich habe es versucht, ich wollte es, aber …« Er dreht sich um, greift meinen Unterarm, sanft, aber fest, um mich zu sich umzudrehen. »Sie war krank. Aber sie wollte nicht, dass ich es jemandem sage. Es war scheußlich. Ich habe mich eigentlich rund um die Uhr um sie gekümmert. Als wir … Als wir …«

Oh mein Gott. Als wir uns trennten. Als ich ihn für einen hoffnungslosen, ehrgeizlosen Versager hielt, der sich um nichts bewarb, sich nie am Riemen riss. Während ich, das kleine Rechtsanwaltsfräulein, meine Karriere vorantrieb. Und ich war zu gut für ihn. Ich brauchte jemanden mit ebenso viel Energie und Ehrgeiz wie ich.

Und die ganze Zeit kümmerte er sich um seine Mum.

»Schon gut«, sagt er und zuckt die Achseln.

»Nein, ist es nicht«, widerspreche ich. Aber ich weiß nicht, was ich sonst sagen soll.

»Es ist lange her.« Er lässt meinen Arm los. Ich will, dass er ihn wieder nimmt. Er setzt sich jetzt in Bewegung. »Komm, lass uns die Insel besichtigen. Die Kinder haben sicher gleich ihre Brote aufgegessen, dann wollen sie auf die Aussichtsplattform.«

»Martin«, sage ich.

Er sieht mich an. »Was, Gayle?«

Mein Hirn ist ganz leer, mein Herz hämmert. »Issey Miyake«, sage ich hilflos.

»Ich habe einen Flakon davon in meinen Sachen gefunden«, sagt er gespielt lässig.

»Du hast es für mich aufgetragen.«

Er widerspricht nicht. Er schaut zum Leuchtturm, so strahlend vor dem blauen Himmel. »Ich habe den Leuchtturm gestrichen.«

Ich grinse etwas schief. »Für mich? Der Duft hätte doch gereicht.«

Und dann grinst er ebenfalls. Ein kleines, überraschtes Keuchen entringt sich mir, und er gluckst heiser wie Muttley, dieser Hund aus den amerikanischen Trickfilmen aus den Siebzigern. Ich beginne zu kichern.

»Vollpfosten«, sagen wir gleichzeitig. Genau wie früher.

Das Lachen versickert wie Wasser in einem Ausguss. Martin hustet und schaut dann weg. »Ich glaube, sie sind jetzt fertig. Wir sollten zurück zum Leuchtturm gehen.«

»Natürlich«, erwidere ich und folge ihm, als er durchs lange Gras geht. Ich weiß nicht recht, was ich denken soll.

23

Martin

So habe ich seit Jahren nicht mehr gelacht. Buchstäblich seit Jahren. Tatsächlich habe ich so nicht mehr gelacht, da bin ich mir ziemlich sicher, seit Gayle mich verlassen hat.

Das Lachen, das wir damals teilten, steckt praktisch in meinen Zellen, so sehr gehört es zu mir. Es war immer wie eine Impfung, die nur wir haben durften, um die Infektionen der banalen Welt abzuwehren. Aber sobald wir uns trennten … na ja, es ist ja keine große Leistung, die Welt auszuschließen, wenn man schon so allein war. Was die echte Antwort auf Gayles Frage *Warum das hier? Warum eine einsame Insel vor Wales? Warum ein Leuchtturm?* ist.

Bis jetzt habe ich das nur nicht wirklich begriffen. Ich dachte, ich liefe nur vor der Welt davon. Aber was ich tatsächlich tat, war, die Welt daran zu hindern, auf mich zuzukommen. Die ganze Zeit, all die langen Jahre verstand ich nie wirklich … Ich verstand nie, dass ich eigentlich keine Welt wollte, in der es keine Gayle gab.

Und jetzt ist sie wieder da, und ich weiß nicht genau, was ich tun soll. Also stammele ich irgendetwas von den Kindern, die ihre Brote vermutlich aufgegessen haben, und marschiere zurück zum Leuchtturm.

Vollpfosten. So nannten wir uns ständig gegenseitig. Es war unser Zauberwort, mit dem wir garantiert jede Situation entschärfen konnten, das uns zum Lächeln brachte, Spannungen löste, uns aufheiterte.

An jenem Tag vor Affleck's Palace, als Gayle fortging, ohne sich noch einmal nach mir umzuschauen, flüsterte ich »Vollpfosten«. Nur dass ich nicht mit ihr sprach, sondern mit mir selbst. Und plötzlich war es nur ein Wort, all der Zauber war verblasst, wie bei einem Foto, das zu lange in der Sonne gelegen hat. Es bedeutete nichts mehr. Bis vor fünf Minuten, als wir es gleichzeitig sagten, die Karten auf den Tisch legten, die wir über ein Jahrzehnt lang in unseren Ärmeln versteckt gehalten hatten.

Plötzlich war es wieder ein Zauberwort. Aber das Letzte, was ich jetzt gebrauchen kann, ist Zauber. Jedenfalls diese Sorte Zauber. Den Gayle-und-Martin-Zauber. Er ist das Letzte, was wir beide brauchen.

Ich frage mich, wie Tom wohl ist.

»Also!«, sage ich, als ich bei den Kindern und ihren Lehrern ankomme. Ich spüre, dass Gayle hinter mir steht, ich spüre ihren Blick auf meinem Rücken, rieche ihren Duft. Chanel No. 5. Früher habe ich ihr zu jedem Geburtstag eine Flasche gekauft. »Also, wer möchte mit mir ganz nach oben auf den Leuchtturm?«

»Kyra! Hörst du bitte auf, dich über das Geländer zu beugen?«, sagt Mr Jensen mit einer vibrierenden Stimme zu einem Mädchen mit heruntergerutschten Strümpfen und winkt hektisch in ihre Richtung. Gleichzeitig zerrt er einen Jungen von der Balustrade fort.

»Lass mich los, Doctor Octopus!«, schreit der Junge. »Ich bin Spiderman!«

Herrje. Wie die Leute damit zurechtkommen, Kinder zu haben, ist mir unverständlich. Ich zeige den Kindern die Landschaft, die hoffentlich etwas weniger todesmutig sind. Bethan's Reef, die

Ufer der Llyn-Halbinsel, den fernen, dunstigen Umriss von Snowdon. In Richtung Norden kann man eine Schule Delfine sehen, die aus dem wie Diamanten glitzernden Wasser springen. Die Kinder machen »ooooh«.

Wir teilen sie in Gruppen von je zehn Kindern ein, was bedeutet, dass es eine ganze Weile dauert, bis ich der ganzen Klasse alles gezeigt habe. Sie klettern nacheinander die Wendeltreppe hinauf und deuten auf meine Küche und mein Schlafzimmer.

»Schlafen Sie hier ganz allein?«, fragt ein blasser kleiner Junge.

»Willie, sei nicht unhöflich«, sagt Gayle. Aber ich spüre ihren Blick auf mir, als wäre sie ebenfalls an der Antwort interessiert.

Willie schaut zu Gayle hoch. »Ich wollte nur wissen, ob es auch eine Mrs Leuchtturmwärter gibt.«

Ich hatte seit mehr als drei Jahren keinen Sex mehr, seit Imogen mit mir Schluss gemacht hat. Aber das sage ich Willie nicht. Natürlich nicht. Das ist vermutlich kein Detail, das ein Neunjähriger über das Leben eines Leuchtturmwärters wissen sollte. Stattdessen sage ich: »Nein, keine Mrs Leuchtturmwärter. Ich habe zu viel zu tun, als dass ich heiraten könnte.«

»Zu viel damit zu tun, die Lampe zu polieren?«, fragt Willie nach.

Gayle schnaubt und tut dann so, als hätte sie nur husten müssen. Ich spüre, wie auch in mir ein Lachen hochsteigt. So waren wir früher immer. Manchmal mussten wir uns nur anschauen, und schon brachen wir in Gelächter aus. Ich huste ebenfalls und führe die Gruppe hinauf in den hellen Sonnenschein, der auf der Insel liegt.

Und dann ist es Zeit, zu gehen. Die Kinder klettern unter Gayles aufmerksamem Blick in die *Angharad*. Ich stehe neben ihr auf dem Anleger.

»Ein bisschen weniger ereignisreich als letztes Mal«, bemerke ich.

Sie sieht mich an. »Findest du?«

Und ich weiß nicht, was ich darauf erwidern soll. Weil es sich tatsächlich so anfühlt, als wäre heute etwas geschehen. Als wäre etwas wieder aufgelebt. Ich spüre es in der Magengrube und in meinen Fußsohlen. Ich fühle eine Leichtigkeit, von der ich geglaubt hatte, dass sie lange fort sei. Wie ein Heißluftballon, der in den blauen Himmel steigt. Aber kaum habe ich das gedacht, fühle ich schon wieder die Last von allem, die Schwerkraft, die mich hinunterzieht. Der Ballon hat ein Loch, und ich krache zurück auf die Erde.

»Dann sehen wir uns wohl in einem Jahr wieder«, sagt Gayle.

»Ja, das tun wir dann wohl.«

Wir stehen da und sehen einander einen Moment lang an, dann ruft Gwyn die Nachzügler, sie sollen an Bord kommen. Ich beuge mich zu Gayle, die Arme ausgebreitet, dann ziehe ich mich genau in dem Augenblick zurück, in dem sie sich ebenfalls auf mich zubewegt, wobei sie den Halt verliert und etwas stolpert. Das muss die schlimmste abgebrochene Umarmung in der Geschichte der Menschheit gewesen sein. Stattdessen schütteln wir einander nur die Hand, und sie steigt auf die *Angharad* und bleibt am Bug stehen. Von dort aus schaut sie zu mir, während Gwyn das Boot vom Anleger fortlenkt.

»Sie macht einen netten Eindruck«, sagt Bruce, der sich bei Ebbe auf den Felsen vor dem Kiesstrand sonnt. Ich werfe ihm ein übrig gebliebenes Sandwich zu, und er fängt es aus der Luft auf. »Was ist das noch mal?«

»Fleischpastete.« Ich verstumme. Dann sage ich: »Ich weiß

nicht einmal, ob es eine gute Idee ist, Robben Sandwiches zu geben.«

»Fleischpastete«, sagt Bruce und leckt sich die Lippen. »Ist das ein Fisch?«

»Nein«, sage ich. »Es kommt aus einem Glas.«

»Ich habe gesagt, dass sie einen netten Eindruck macht.«

»Ich habe dich gehört.«

»Wie heißt sie?«

»Gayle.«

»Gayle.« Bruce nickt. »Windstärke 9?«

Ich ziehe eine Braue hoch.

»Das war ein Witz, Wärter.«

»Wenn ich du wäre, würde ich lieber weiter robben als Witze machen.«

»Erzählst du mir von Gayle?«

»Ich würde lieber nicht über sie sprechen, wenn es dir recht ist. Ich frage dich ja auch nicht nach deinem Liebesleben aus«, sage ich ein wenig unwirsch. Ich werfe ihm noch ein Brot zu, diesmal mit mehr Kraft, sodass es von seiner breiten, flachen Schnauze abprallt.

Bruce sieht mich böse an. »Ich weiß, dass du das absichtlich gemacht hast. Aber frag nur; ich habe nichts zu verbergen.«

»Okay, also, Bruce, hast du eine Frau?«

Bruce sieht mich an, bellt dann einen Lacher heraus, rollt sich sogar auf den Rücken und klatscht die Flossen zusammen.

»Eine Frau. Oh, Wärter, das ist echt ein guter Witz. Eine Frau.«

»Also heiraten Robben nicht?«

Bruce rollt sich wieder auf den Bauch. »Martin, wir sind *polygyn*. Weißt du, was das heißt?«

»Nein.« Ich beiße selbst von einem der Fleischpasteten-Brote ab. Es ist nicht übel.

»Es ist ein gutes Wort. Ich habe mal einen Wissenschaftler auf einem der Schiffe auf dem Grund getroffen, der es benutzt hat. Es bedeutet, wenn die Paarungszeit im Herbst kommt, werde ich vermutlich Affären mit ungefähr sieben jungen Damen der weiblichen Kegelrobbenpopulation haben.«

Ich sehe zum ersten Mal eine Robbe mit einem selbstgefälligen Gesichtsausdruck. Ich sage: »Du Glückspilz.«

»Es ist wirklich kein schlechtes Leben, wenn man darauf achtet, kräftig zu bleiben.« Bruce lässt sich ins seichte Wasser fallen. »Danke für das Menschenessen. Aber ich glaube, ich bleibe doch lieber bei Fisch. Gut, ich bin dann mal weg und schaue, ob ich deinen Dad finden kann.«

»Bruce«, sage ich, als er schon losschwimmt. »Die anderen Robben … bist du dir sicher, dass die auch sprechen können?«

Er schwimmt im Kreis, sodass er mich ansehen kann, und sagt: »Mach dich nicht lächerlich, Wärter. Ich werde berichten, wenn ich etwas finde.«

Es ist ganz kurz nach der Sommersonnenwende, und die Sonne geht nicht vor fast zehn Uhr abends unter. Ich stehe auf der Plattform und schaue hinüber zum Festland. Ich mag es, zu sehen, wenn die Lichter in Gwyns Laden und den Häusern an der Küste aufblinken. Ich finde es beruhigend, dass die Welt noch immer da ist. Plötzlich vermisse ich sie. Die Wärme, die Menschen, die Aktivität. Es ist, als wäre alles andere, alles da draußen sicher und abgepolstert in einer Art … ich weiß auch nicht. *Mutterleib*. Ich bin draußen. Abgetrennt. Vielleicht ist doch etwas dran an dem, was der alte Edward Davies glaubte – dass sich Ynys Dwynwen im Grenzbereich zwischen zwei Welten befindet, am Übergang zwischen Leben und Tod. Es fühlt sich an, als wäre die Zeit hier stehen geblieben, als existierte die Insel in einer Blase. Und ich mit ihr.

Aber jetzt ist Gayle gekommen und hat ein Loch in die Blase gestochen, durch das die Welt hereindringt.

Wie aufs Stichwort legt sich die Nacht über Land und Wasser. Ich spüre es unter meinen Füßen vibrieren, weil die Maschine aus ihrem Schlaf erwacht, ihre nachtaktiven Getriebe klappern, ihre Dämmerungsmotoren werden lebendig. Ich schließe die Augen und warte. Die Lampen zischen und explodieren dann in kaltem, weißem Licht.

Ich hebe die Hand und lasse den silbrigen Schein darauf spielen. Er ist so flüssig wie Nektar. Nein. Ich brauche das Licht der Welt auf Ynys Dwynwen nicht. Ich habe mein eigenes Licht, das die Schiffe in der Dunkelheit führt, sie von der Gefahr fortlenkt, Trost spendet. Das jenen hilft, die ihr Leben im Einklang mit den Gezeiten leben, und jenen auf dem Festland, die auf ihre geliebten Menschen warten.

Gayle Reiss ist da draußen irgendwo, weit außerhalb der Reichweite meines Lichts. Von Land umgeben und verhätschelt, mit ihrem Job und ihrem Freund und ihrem Urlaub auf Mauritius. Ihr Leben ist nicht meins, mein Leben kann niemals ihres sein. Wir haben unsere Wege gewählt. Und sie verlaufen nicht parallel.

Sie ist erst seit ein paar Stunden von der Insel aufgebrochen, aber die Gefühle, die wie die Felsen von Bethan's Reef durch die Oberfläche meiner Isolation gebrochen sind, lassen wieder nach, verebben wie die Gezeiten. Das Lachen, das ich in ihrer Gegenwart wiederentdeckt hatte, kommt mir jetzt wie etwas Fremdes, Hohles vor.

Ich bin der Wärter von Ynys Dwynwen. Ich habe keine Verwendung mehr für diese Welt. Auch nicht für die Dinge, die ich heute wieder gefühlt habe. Ich wünsche mir von ganzem Herzen, dass Gayle überhaupt nicht hierhergekommen wäre.

Und dasselbe Herz zittert und zerspringt bei der Aussicht darauf, dass ein ganzes Jahr vergehen muss, bis ich sie wiedersehe.

24

Gayle

JULI

Eine Woche nach dem Ausflug nach Ynys Dwynwen treffe ich mich mit Donna auf einen Kaffee in Alderley Edge. Sie hat Neuigkeiten; sie ist in die Nachrichtenredaktion der *Manchester Evening News* befördert worden, was bedeutet, dass sie eine Art Chefin wird.

»Ich freue mich wirklich sehr für dich«, sage ich. »Du hast so hart gearbeitet. Du verdienst es wirklich.«

»Ach, Quatsch. Erzähl mir lieber vom Leuchtturm.«

Ich trinke einen Schluck von meinem Kaffee und zucke beim Schlucken ein wenig zusammen. »Da gibt es nicht viel zu erzählen. Kein Drama wie letztes Jahr. Habe es geschafft, kein Kind zu verlieren oder von einer Klippe zu fallen.«

Donna sieht mich stirnrunzelnd an. »Geht es dir denn gut?«

»Ja«, sage ich. »Ich habe ein bisschen Bauchkrämpfe; das habe ich schon seit ein paar Wochen immer mal wieder.«

»Wahrscheinlich irgendein nicht ganz durchgegarter Mist, den du auf Mauritius gegessen hast«, sagt sie. »Auf Instagram sah das grässlich aus.«

Mauritius war tatsächlich wunderbar. Tom überraschte mich

nach meinem Geburtstag damit. Azurblaues Meer, endloser Sonnenschein und knallblauer Himmel, eine Strandhütte auf Stelzen über dem Meer, aber mit Fernseher und WLAN.

»Ganz eindeutig eine Reise, um das schlechte Gewissen zu besänftigen«, sagt Donna und schaut mich über den Rand ihrer Tasse an.

Ich wünschte, ich hätte ihr nie gesagt, dass ich befürchte, dass Tom eine Affäre hat. »So war das nicht«, sage ich. »Er war vollkommen aufmerksam. Keine Minute hat er dort gearbeitet. Vielleicht stimmt das mit ihm und Rachael auch gar nicht …«

Donna macht ein Geräusch, das anzeigt, dass sie keineswegs überzeugt ist. »Du bist nicht der eifersüchtige Typ, Gayle. Wenn dein Bauchgefühl dir sagt, dass Tom in der Gegend herumvögelt, dann würde ich darauf hören.«

Ich schaue in meine Tasse. »Na ja, eigentlich ist das auch nicht so …«

Donna hebt beide Hände. »Whoa. Whoa. Wolltest du gerade sagen, dass *das eigentlich nicht so wichtig sei*?«

»Nein!«, protestiere ich, obwohl ich genau das sagen wollte.

»Es ist eigentlich nicht so wichtig, weil er dich zu Fünfsternereisen einlädt? Es ist eigentlich nicht so wichtig, weil ihr übers Wochenende nach Paris fliegt? Es ist eigentlich gar nicht so wichtig, weil du eine Kücheninsel hast?«

Ich starre die Leute an, die auf dem Bürgersteig an uns vorbeigehen. Donna streckt die Hand aus und legt sie auf meine. »Okay. Es tut mir leid. Es geht mich nichts an.«

Nur dass sie meine beste Freundin ist, es sie also *doch* etwas angeht, und sie hat absolut recht. Ich führe ein behütetes Leben. Ich habe alles, was ich mir wünschen kann. Und obwohl ich absolut, einhundertprozentig überzeugt bin, dass Tom Rachael vögelt oder es zumindest getan hat, habe ich nichts dagegen unternommen.

Ich habe einfach nicht nachgeforscht. Ich habe keine Fragen gestellt, keine Szene gemacht, wenn er lange gearbeitet hat oder eine Dienstreise machen musste, um sich Investitionsgelegenheiten anzusehen.

Ich hasse mich.

»Ich meine«, sagt Donna jetzt, »du könntest dich immer noch irgendwie rächen … wenn du das nicht bereits getan hast.«

Ich runzele die Stirn. »Was meinst du damit?«

»Du hast mir noch nicht erzählt, wie der Schulausflug gelaufen ist.«

»Donna!«, sage ich empört. »Selbst wenn ich wollte – ich werde mich doch nicht auf einem Schulausflug kurz mit dem Wärter in eine stille Ecke verziehen, um mit ihm zu vögeln!«

Ich erzähle ihr nicht, wie ich mich gefühlt habe. Hauptsächlich deswegen, weil mir das alles im Nachhinein albern und lächerlich vorkommt. Es ist ein wenig berauschend und wild, wenn man auf der Insel ist, als wäre man gar nicht mehr auf dieser Welt. Jedes Gefühl ist dort stärker. Es ist, als hätte man eine Urlaubsaffäre. Es ist verrückt und aufregend, aber sobald man wieder zurück ist, senkt sich die Realität auf einen wie eine Gewichtsdecke.

»Hör mal, es war schön, ihn wiederzusehen. Wir haben ein wenig geplaudert, und das war alles gut.« Ich runzele erneut die Stirn, weil mein Magen sich zusammenzieht. Ich habe das Gefühl, dass ich mich übergeben muss.

»Gayle, alles in Ordnung mit dir?«

»Ich gehe mal kurz auf die Toilette«, sage ich und verziehe das Gesicht. »Mein Bauch … in letzter Zeit war mir ziemlich oft übel. *Wirklich* oft. Ich weiß auch nicht, was das ist.«

Als ich vom Klo zurückkomme, schiebt mir Donna eine längliche weiße Schachtel über den Tisch zu. Ich nehme sie in die Hand und lache. »Wo hast du das denn her?«

Sie zuckt die Achseln. »War in meiner Tasche. Da habe ich ganz viel davon. Für Notfälle.«

»Bist du schnell in die Apotheke gegangen?«

»Eine Dame genießt und schweigt. Jetzt pinkele darauf, und ich bestelle uns noch mehr Kaffee.«

Zehn Minuten später hält Donna unter dem Tisch den Test zwischen zwei Fingern, während ich mit den Nägeln auf meiner Tasse herumtrommele. Sie wirft mir einen Blick zu und sagt: »Bei dem, was diese Nägel vermutlich kosten, würde ich das lieber bleiben lassen. Du willst dir doch keinen abbrechen.«

»Ist er schon fertig?«

»Noch nicht.« Der Kaffee kommt, und als die Kellnerin wieder fort ist, sagt sie: »Bist du dir sicher, dass du nicht mit Martin gebumst hast?«

»Ganz sicher!«

»Und trotz der Tatsache, dass wir denken, dass Tom seinen Rüssel in diese kleine Schlampe schiebt, vögelst du noch mit ihm?«

Ich denke an Tom auf Mauritius. Er war geradezu heißhungrig. Jeden Morgen, jede Nacht. Es war wie damals, als wir uns gerade kennengelernt hatten. Was dazu beiträgt, dass ich nun denke, dass das, was mit Rachael lief, inzwischen vorbei sein muss.

»Na ja, es ist jedenfalls gut, dass sich Tom mit Immobilien auskennt«, sagt Donna.

»Warum?«

Sie hält den Stab mit den beiden blauen Linien hoch. »Weil ihr ein Kinderzimmer braucht.«

Ich bin in einer Privatklinik, natürlich, weil Tom es niemals billigen würde, wenn sein Baby in die Hände von Kassenärzten geraten würde.

Ich habe ein Privatzimmer in einem diskreten kleinen Krankenhaus auf dem Land in Cheshire. Von dort aus habe ich einen Blick auf einen wunderschönen, gepflegten Garten. Das Essen hier ist praktisch von Michelin-Sterne-Qualität.

Tom reißt die Tür zu meinem Zimmer auf, er sieht vollkommen panisch aus. »Oh mein Gott! Gayle, es tut mir so leid! Ich war in einem Meeting und habe die Textnachrichten nicht bekommen, und …«

»Schon okay.« Ich fühle mich seltsam abgekappt von allem. Ich weiß, dass ich absolut schlimm aussehe, bleich und erschöpft. Zwischen meinen Beinen bin ich ganz wund.

Mein Gesicht zieht sich zusammen. Ich spüre, wie mir die Tränen die Wangen hinabrinnen, aber innerlich bin ich wie betäubt. »Es tut mir so leid, Tom. Ich habe unser Baby verloren.«

Ich bin – ich war – ganz genau in der dreizehnten Woche. Eine Unglückszahl für manche Leute. Als ich es Tom erzählte, war er absolut begeistert. Er rannte sofort herum und maß eins der Gästezimmer aus, um es in ein Kinderzimmer zu verwandeln.

»Ich liebe dich, Gayle Reiss«, hatte er gesagt und mich in die Arme genommen. »Ich werde mich für immer um dich und unseren kleinen Sohn kümmern.«

»Wärst du mit einer Tochter nicht auch glücklich?«

»Das ist mir natürlich völlig egal!«, grinste Tom. »Das hier ist der glücklichste Tag meines Lebens.«

Ich schaffte nur den ersten Ultraschalltermin, aber es war nicht alles in Ordnung, denn ein paar Tage danach verkrampfte mein Bauch, es tat unglaublich weh, und ich blutete.

Der Gynäkologe sitzt an meinem Bett, Tom steht neben ihm. Ich habe geschlafen, sie haben mir irgendein Medikament gegeben. Ich weiß nicht, was es ist, ist mir aber auch egal, weil ich völlig breit bin. Der Arzt redet, aber ich verstehe nichts.

Ich hatte eine ektopische Schwangerschaft. Das befruchtete Ei hat sich in meinem Eileiter eingenistet statt in meiner Gebärmutter.

»Warum?«, frage ich immer wieder.

»Wir glauben, dass Sie etwas haben, was sich Unterleibsentzündung nennt, aber wir machen noch ein paar Tests. Das ist ein üblicher Faktor bei der Entstehung ektopischer Schwangerschaften.«

»Aber warum?«

»Auch da«, sagt der Arzt und wirft Tom einen Blick zu, »sind wir uns noch nicht ganz sicher. Diese Entzündung wird oft von natürlicherweise in der Vagina existierenden Bakterien verursacht. Manchmal auch von sexuell übertragbaren Krankheiten.«

»Ich habe Tom aber nie betrogen«, lalle ich. »Ich kann keinen Tripper haben.«

»Nein, also, wie ich schon sagte …« Ich ertappe den Arzt erneut, wie er Tom einen Blick zuwirft. »Die Ursache ist noch nicht sicher. Aber wir werden Ihnen Medikamente geben, die alle möglichen Ursachen behandeln, nur damit Sie auf der sicheren Seite sind.«

»Wann kann ich noch ein Baby haben?«, frage ich. Ich versuche, Tom anzusehen, aber ich sehe nur das Fenster hinter ihm. Die Sonne scheint herein wie der Lichtstrahl eines Leuchtturms.

»Ruhen Sie sich aus«, sagt der Arzt. »Darüber können wir später reden.«

• • •

Ich bin eine Woche lang in der Klinik, obwohl ich mich nach ein paar Tagen wieder gut fühle. Körperlich zumindest. Psychisch nicht besonders.

Es besteht die Möglichkeit, dass das hier immer wieder passiert, wenn ich versuche, schwanger zu werden. Der Arzt weiß immer noch nicht genau, was die Entzündung verursacht hat, die wiederum zu der ektopischen Schwangerschaft geführt hat. Als Vorsichtsmaßnahme gibt man mir Tabletten mit dem Wirkstoff Doxycyclin. Zu Hause suche ich danach im Internet. Es wird benutzt, um Chlamydien zu behandeln.

»Bist du wirklich enttäuscht?«, frage ich Tom, obwohl ich weiß, dass es darauf keine echte Antwort gibt. Ich fühle eine vage, formlose Wut, und ich will auf etwas wütend sein. Ich will, dass er das Falsche sagt.

»Ich bin bloß froh, dass es dir wieder gut geht«, sagt er und hält mich fest in seinen starken Armen. Ich schmiege mich an ihn, schluchze an seiner Brust und weine und weine und weine, bis ich nicht mehr weinen kann, und dann weine ich wieder.

»Immerhin habe ich die Kinder in der Schule«, sage ich und breche erneut in Tränen aus.

Tom schiebt mich von sich und runzelt die Stirn. »Bist du dir sicher, dass du im September wieder dorthin gehen solltest? Vielleicht ist der Stress von alldem …«

»Das ist kein Stress, Tom«, sage ich. »Und ja, ich gehe im September wieder hin.«

»Wir reden noch mal darüber, wenn es so weit ist«, sagt er.

Tom nimmt sich zwei Wochen frei, aber Geld verdient sich nicht von allein, und er beginnt wieder zu arbeiten, die Meetings beginnen wieder und auch die Dienstreisen, um sich Investitionsgelegenheiten anzusehen.

An einem Wochenende, als er fort ist, finde ich ganz hinten im Badezimmerschrank eine Schachtel Tabletten. Doxycyclin. Was ich hatte, nur mit seinem Namen darauf.

Entweder habe ich ihn mit Chlamydien angesteckt oder er mich.

»Du mieser Drecksack«, sage ich, schließe den Schrank und sehe mein Spiegelbild böse an.

25

Martin

25. JANUAR: ST.-DWYNWENS-TAG

»Im kommenden Sommer beginnt Ihr fünftes Jahr auf der Insel«, sagt Heledd Davies. Die Glut des ersterbenden St.-Dwynwens-Tag-Lagerfeuers malt ihr Gesicht rot. »Wie finden Sie das Leben hier, Mr Burney?«

Das ist wirklich eine schwierige Frage. Ich sehe Gwyn dabei zu, wie er mit einem Stock die Kartoffeln vom Rand in die Mitte schiebt und die Butter aus seiner kleinen Kühlbox holt. »Um ganz ehrlich zu sein«, sage ich langsam, »kann ich mich kaum noch an mein Leben vor Ynys Dwynwen erinnern. Es fühlt sich alles …« Ich suche nach dem richtigen Vergleich. »Wie ein Film an, den ich einmal gesehen habe.«

Ms Davies starrt in die glühende Asche. »Wissen Sie schon, wie lange Sie bleiben wollen?«

Ich öffne den Mund und schließe ihn sofort wieder. Ich habe noch nie darüber nachgedacht, dass ich eines Tages wieder gehen könnte. Wie seltsam. Ich nehme jeden Tag, wie er kommt. Die Vergangenheit bleibt hinter mir zurück, die Zukunft ist ein Ufer, das nie in Sicht kommt. Ich lebe im Augenblick. Schließlich sage ich: »Ich weiß nicht mehr genau, was ich da draußen soll, Ms Davies.«

Sie sieht mich mit ihrem eindringlichen Blick an. »Sie sollen *leben*, Mr Burney. Aber vielleicht sind Sie dazu noch nicht bereit. Immerhin muss man etwas haben, *wofür* man lebt. Ansonsten existiert man lediglich.«

»Ganz schön viel Butter, oder, Ms Davies?«, sagt Gwyn und hält ihr ein kleines Plastikschüsselchen hin.

»Eins meiner immer weiter schrumpfenden Zahl von Lastern«, seufzt Heledd, nimmt die Schüssel und die Gabel dazu.

»Und hier kommt noch ein Laster«, sagt Gwyn und lässt den Korken einer Prosecco-Flasche knallen. Unser St.-Dwynwens-Tag-Ritual. Gebackene Kartoffeln und Sekt.

»Nur eine kleine Warnung, Mr Burney«, sagt Ms Davies. »Sie glauben vielleicht, noch nicht bereit zu sein fürs Leben, aber das Leben hat womöglich andere Pläne.« Sie hebt ihren Pappbecher. »Prost.«

In dem Roman, den ich schreibe, geht es um einen Mann, der sich von der Welt zurückzieht, nachdem ihm das Herz gebrochen wurde. Aber langsam begreift er, dass die Welt gar nicht der harte, gefühllose, kalte Ort ist, für den er sie gehalten hat, und als er seine verlorene Liebe wiederfindet, kehrt er in die Gesellschaft zurück. Man sagt ja immer, man solle über das schreiben, was man kennt. Obwohl ich den ersten Teil des Buches also schon fertig habe, stecke ich jetzt fest.

Ich sitze in der Dämmerung des Nachmittags und starre auf die Worte auf dem Blatt in meiner Schreibmaschine.

Wie es ist, sich von der Welt zurückzuziehen, weil einem das Herz gebrochen wurde, weiß ich sehr gut. Darüber kann ich aus eigener Erfahrung schreiben. Die Gefühle und Wahrnehmungen fließen nur so aus mir heraus.

Aber der Teil, in dem meine Hauptfigur mit ihrer verlorenen Liebe wieder zusammenkommt, macht mich ratlos.

Natürlich kann ich dieses Buch gar nicht schreiben, ohne an Gayle zu denken. Aber wenn ich die Gefühle zu beschreiben versuche, wie es ist, sie wiederzusehen, fühle ich mich, als lenkte ich ein Boot durch dichten Nebel. Ich habe nur die Karten meiner Vorstellung und die Navigationsinstrumente meiner Hoffnung, um Kurs zu halten.

Nichts davon reicht aus.

Immer wenn ich zu schreiben versuche, kotze ich nur das aufs Papier, was ich mir wünsche. Es ist nicht fesselnd, es ist nicht lesbar, es ist nicht ehrlich. Wenn ich mich in meinen fiktionalen Avatar versetze, stelle ich mir einhundert verschiedene Arten und Weisen vor, wie wir wieder zusammenkommen könnten. Keine davon enthält auch nur die Saat der Wahrscheinlichkeit. Einhundert mögliche Versionen der Zukunft, einhundert Weggabelungen in der Straße vor mir, und keine von ihnen ist passierbar.

Man sagt, die Wahrheit sei seltsamer als die Fiktion. Die Wahrheit in diesem Fall, meine Wahrheit, meine und Gayles Wahrheit, ist nicht nur seltsamer als Fiktion, sondern auch noch viel unwahrscheinlicher. Die Worte, die ich schreibe, die Szenarien, die ich erfinde, sind so unglaubwürdig wie die ungeheuerlichste Science-Fiction. Ich schaue aus dem Fenster in die Dämmerung. Der Mond geht auf, groß und gelb. Es ist wahrscheinlicher, dass ich dorthin fliege, als dass das wahr wird, was ich schreibe.

Wütend lösche ich die letzten tausend Worte und beschließe, einen Spaziergang zu machen.

Die Dwynwen-Wühlmäuse sind dämmerungsaktiv. *Krepuskular*, wie Edward Davies es gern genannt hat. Er hat ihre Aktivitäten im Zwielicht mit Wasserfarben in seine Notizen gemalt.

Ich hocke mich hin und schaue zu, wie die Wühlmäuse durch die verfallenen Cottages flitzen. Sie halten keinen Winterschlaf, wie ich aus Edwards Tagebüchern gelernt habe, sondern lassen sich stattdessen ein Winterfell wachsen, in dem sie wie runde kleine Flauschbälle aussehen. Im Frühling werfen sie das Fell wieder ab. Sie fressen nur Pflanzen und ernähren sich von den Gräsern, die um und in den dachlosen Steinmauern wachsen.

Morgen beginnt der Februar, der dann irgendwann in den Frühling mündet. Der März bringt die Frühlingstagundnachtgleiche und etwas hellere Nächte. Der April kommt mit sanfterem Wetter, und der Mai war in den letzten paar Jahren warm und trocken. Dann Juni, der Hochsommer, Juli und der Besuch der Britannia Brook …

Am dunklen Himmel bewegt sich plötzlich etwas, und ich schaue hoch. Der Schatten einer Eule, die mit ausgebreiteten Flügeln wie ein prachtvoller, schrecklicher Bote aus einer anderen Welt vorüberfliegt.

Die Eule ist auf der Jagd, ihre scharfen Augen sind auf die Wühlmaus gerichtet, die sie ausgewählt hat, die Krallen ausgefahren, und sie setzt zum Herabstoßen an.

Ich könnte etwas unternehmen. Ich könnte von meinem Beobachtungsplatz im Gras aufspringen, schreien und mit den Armen wedeln. Die Eule würde davonfliegen, die Wühlmäuse würden davonflitzen. Aber wer bin ich, hier einzugreifen? Das Leben einer Wühlmaus zu retten, einer Eule die Mahlzeit zu nehmen? Es ist nicht an mir, mich einzumischen. Also beobachte ich nur.

Aber die Insel hat ihre eigenen Pläne. Die Lampen im Leuchtturm flammen auf, und die Eule gibt ein erschrecktes Kreischen von sich und steigt in den schwarzen Himmel hinauf. Die Wühlmaus ist fürs Erste in Sicherheit; die Eule wird zurückkommen. Obwohl der Leuchtturm von einem Menschen erbaut wurde, von

Edward Davies, kommt es mir vor, als sei er jetzt ein Teil der Insel. Eher eine natürliche Steinformation als das Eindringen der modernen Zeit. Ynys Dwynwen wäre ohne den Leuchtturm nicht Ynys Dwynwen. Er ist ebenso Teil der natürlichen Ordnung wie die Wühlmäuse und Eulen. Kein Leben auf der Erde erinnert sich an die Zeit vor dem Turm. Generationen um Generationen von Robben, Delfinen, Kormoranen, Tordalken, Wühlmäusen, Eichhörnchen haben mit dem Licht des Seefeuers in der Dunkelheit gelebt. Zwergwale jagen unter der Meeresoberfläche in den Lichtflecken, die der Leuchtturm aussendet. Er ist Teil des Gefüges dieser winzigen, abgeschlossenen Welt, in der ich lebe. Ob er diesen Wesen Trost bietet oder ein Rätsel ist, weiß ich nicht genau. Vielleicht sollte ich Bruce fragen.

Sie sollen leben, Mr Burney. Aber vielleicht sind Sie dazu noch nicht bereit. Immerhin muss man etwas haben, wofür man lebt. Ansonsten existiert man lediglich.

Das sagte Heledd Davies, als ich sie fragte, was ich tun solle, wenn ich die Insel verließe. Ich habe etwas, wofür ich leben kann. Mein Leben hier auf Ynys Dwynwen. Alles andere, denke ich, als ich zum tröstlichen Licht des Leuchtturms, meines Leuchtturms, hinaufschaue, ist undenkbar, absolut unwahrscheinliche Fiktion, die niemals, soweit es mich angeht, geschrieben werden wird.

Der nächste Morgen ist klar und hell, und ich beschließe, nach meinem Lauf – ich kann jetzt ohne Pause fünfmal um die Insel laufen – kurz den Generator zu warten und ihn mit dem roten Diesel zu betanken, den Gwyn letzte Woche gebracht hat.

Auf meinem letzten Streckenabschnitt ruft Bruce nach mir. »Heute habe ich viel gefangen, Wärter! Eine Menge Meeräschen gibt es hier!« Ich winke und sage ihm, dass ich später wiederkomme.

Den Generator zu warten ist etwas, was ich ein paarmal im Jahr in Angriff nehme. Beim ersten Mal musste ich fast weinen, so komplex ist die Maschine. Jetzt muss ich kaum noch einen Blick ins Handbuch werfen. Ich baue die Kurbelwelle auseinander und säubere die Einzelteile, wische die Magnetpole ab und ersetze die Drähte, die während der langen Wintermonate ausgeleiert oder dünn geworden sind, in denen sie ständig in Benutzung waren. Es gibt aber einen Fehler, dem ich irgendwie nicht beikommen kann, und das ärgert mich. Er hat nichts mit der Funktionsweise des Generators selbst zu tun, sondern mit der gefederten Zugangstür, die, immer wenn ich sie schließe, geräuschvoll wieder aufspringt, sodass ich zurückweichen muss, um sie nicht ins Gesicht zu bekommen. Ich habe alle Verschlüsse und die Feder auseinandergenommen, und Gwyn hat mir sogar einige Ersatzteile gebracht, und trotzdem macht das verdammte Ding immer dasselbe. Ich glaube, dieser Generator hat mich irgendwie auf dem Kieker, wobei ich nicht weiß, was ich ihm getan habe.

Nach meiner Wartung summt der Generator leise und effizient vor sich hin, und ich feiere das mit einer Dusche, die beinahe sofort warm wird, dank meiner Bemühungen. Dann hole ich mein Angelzeug und gehe hinunter zum Strand.

Bruce hat recht; es wimmelt nur so von Meeräschen zwischen Insel und Riff, und ich hole in der ersten halben Stunde schon ein Dutzend von ihnen aus dem Wasser. Bruce schwimmt im seichten Wasser, beobachtet mich und lehnt sogar ein paar meiner Fische ab. »Habe den ganzen Morgen Äschen in mich hineingestopft, Wärter. Kann ihre kleinen fischigen Gesichter nicht mehr sehen.«

Ich fülle mein Netz und will die Äschen schon töten, um sie auszunehmen und in den Gefrierschrank zu legen. Bruce sagt: »Oh, ich glaube, ich habe deinen Vater gefunden.«

Ich richte mich auf und wische mir die Hände an einem Lappen ab. »Erzähl, Bruce.«

»Großer Kerl. Langes rotes Haar und Bart. Um ehrlich zu sein, ziemlich finster aussehend. Ist mit einem großen, langen Holzschiff untergegangen, mit all diesen runden Schilden an der Seite. Hatte eine riesige Axt. Ich bin ihm lieber nicht zu nahe gekommen.«

»Ich glaube nicht, dass er es war, Bruce.«

»Nein, ich auch nicht. Bisschen zu sehr auf der Plünderer- und Räuberseite, um dein Dad zu sein, dachte ich. Weshalb ich auch nicht geblieben bin, um herauszufinden, weshalb sein Boot auf den Meeresgrund gesunken ist.«

»Das war vermutlich ziemlich klug.«

Bruce denkt nach. »Die machen diese großen, festlichen Totenfeiern, diese Leute, oder? Sie verbrennen Schiffe.«

»Die Wikinger? Ja, ich glaube, das haben sie so gemacht.« Ich runzele die Stirn. »Woher weißt du das überhaupt?«

Bruce zuckt die Achseln. »Ich kriege einiges mit, Wärter. Und ich hätte das auch gern, wenn ich sterbe. Ein brennendes Schiff. Dein Dad muss irgendwann wieder auftauchen.«

»Er muss«, stimme ich zu. »Danke fürs Suchen, Bruce.«

Zurück im Leuchtturm, säubere und friere ich die Meeräschen ein, abgesehen von einer, und dusche erneut, um den Geruch nach Fisch loszuwerden. Dann brate ich die zur Seite gelegte Äsche mit Butter, Knoblauch und ein paar Kräutern, dazu koche ich Kartoffeln für Püree.

Ich sitze am Tisch und esse, kurz nachdem das Seefeuer angegangen ist, und ich denke, wie nett es von Bruce ist, dass er nach dem Geist meines Vaters sucht. Aber ich erwarte eigentlich nicht, dass er meinen Vater findet. Und um ehrlich zu sein: Was sollte ich sagen, wenn er ihn fände?

Ich nehme meinen Kaffee hinaus auf die Aussichtsplattform, eingemummelt in meinen Fleecepullover und eine dicke Jacke, um mich vor der Kälte zu schützen. Es ist genug, denke ich, lege die Hände um den dampfenden Becher und schaue hinaus auf den dunklen Ozean, wo ich die Lichter eines fernen Schiffes sehe. Es ist genug zu wissen, dass dieses Schiff und Hunderte wie dieses durch meinen Leuchtturm in Sicherheit sind. Ich brauche weder Bruce noch Edward Davies' Licht, um meinen Vater zurückzubringen.

Mir muss man niemanden zurückbringen.

Außer vielleicht …

Nein, denke ich entschlossen, diese Art zu grübeln führt zu nichts Gutem.

Aber dann fallen mir Heledd Davies' Worte wieder ein.

Sie glauben vielleicht, noch nicht bereit zu sein fürs Leben, aber das Leben hat womöglich andere Pläne.

Jahr fünf

26

Gayle

»Und du hast ihm geglaubt.« Es ist keine Frage. Es ist eine Feststellung. Donna ist vollkommen überzeugt davon, dass ich eine Vollidiotin bin.

»Mit Doxycyclin behandelt man alle möglichen Infektionen«, plappere ich hohl wie ein Papagei. »Tom hat sich eine kleine Brustkorbinfektion zugezogen. Er neigt dazu, und er verbringt viel Zeit in staubigen alten Immobilien … du weißt schon …« Ich unterbreche mich, es widerstrebt mir selbst, wie ich klinge.

Es ist bereits März, so lange habe ich gebraucht, um den Mut aufzubringen, Donna von den Tabletten in Toms Schrank zu erzählen. Vor allem, weil ich bereits beschlossen habe, dass er die Wahrheit sagt, auch wenn ich es nicht wirklich glaube. Aber Rachael hat sich verflüchtigt, um in London zu arbeiten, und … na ja. Schlafende Hunde soll man nicht wecken und so weiter. Schlafende, lügende, herumhurende Hunde.

Donna fragt: »Wo ist er überhaupt?«

Ich stehe auf, um uns noch Kaffee aus der Kanne auf dem Herd zu holen. »Er schaut sich ein paar alte Bauernhäuser in Derbyshire an. Er kommt heute zurück.«

Als ich die Becher vor uns abstelle, greift Donna nach meiner Hand. »Und dir geht's gut? Bist du sicher, dass es dir gut geht?«

Mir geht es gut. Auch wenn es eine Weile nicht so war. Eine lange Zeit, nachdem ich das Baby verloren hatte. Ich war nicht das, was ich als traurig bezeichnen würde. Oder wütend. Oder auch nur mitgenommen. Ich war einfach … stumpf. Und ich wollte nirgendwohin, niemanden sehen. Vor allem nicht Toms Freunde. Mehr als alles andere fühlte ich mich als Versagerin. Es sollte doch das Natürlichste auf der Welt sein, oder nicht? Ein Baby in sich wachsen zu lassen. Und ich habe es nicht hinbekommen. Es ist zweifelhaft, ob ich es jemals hinbekomme. Selbst als sich Tom mir zu Füßen warf und mich anflehte, nicht zu glauben, dass er eine Affäre hatte (obwohl ich das, was er meiner Meinung nach hatte, nicht als Affäre bezeichnen würde … Es war Sex), und ich schließlich kapitulierte und ihm versicherte, alles zu glauben, was er mir erzählt hatte, mehr aus Erschöpfung als aus sonst einem Grund, nicht einmal da war ich wirklich verzweifelt darüber, das Baby verloren zu haben.

Auf seltsame, beschämende, insgeheime Weise war ich beinahe erleichtert.

Wie immer entwirrt Donna mein aufgedrehtes, kratziges, verknotetes Gedankenwollknäuel mit einem prägnanten Satz, so als könnte sie in meinen Kopf gucken.

»Um ehrlich zu sein, ich dachte nicht, dass du dich für Babys interessierst. Ich habe dich nie von welchen reden hören.«

Ich breche in Tränen aus, nicht wegen dem, was letztes Jahr passiert ist, sondern weil ich Donna habe, die mich so gut versteht, und ich habe ein schrecklich schlechtes Gewissen, weil ich mich kaum mit ihr getroffen habe, seit das alles passiert ist.

»Hör auf zu flennen«, sagt Donna milde. »Es dreht sich nicht alles um dich. Frag mich mal, ob ich Neuigkeiten habe.«

Ich muss durch meine Tränen hindurch lachen, die ich mit dem Küchenhandtuch abwische, das sie mir fürsorglich bringt. »Hast du Neuigkeiten?«

»Tatsächlich ja«, entgegnet Donna. »Ich habe einen neuen Job. Bei der BBC.«

»Was? Das ist ja Wahnsinn! Kommst du jetzt im Fernsehen?«

»Sei nicht albern«, sagt Donna. »Sie setzen doch keine Frauen mit pinken Haaren, gepiercten Schamlippen und einer Neigung zu Pickeln in die Abendnachrichten. Die wollen doch nicht die Pferde scheu machen. Ich werde als Redakteurin arbeiten. In der Media-City an den Salfrod Quays.«

»Warte. Du hast gepiercte Schamlippen?«

»Ja.« Donna sieht mich über den Rand ihres Bechers hinweg an. »Katya gefällt es.«

»Katya?«

»Das ist meine andere Neuigkeit. Wir sind schon seit ein paar Monaten zusammen. Möglicherweise bin ich verliebt, Gayle.«

Sie sieht sich in der Küche um. »Hast du was Stärkeres als Kaffee? Ich finde, das muss gefeiert werden.«

Ich öffne eine teure Flasche Wein. »Fairerweise muss aber festgehalten werden«, sage ich, als wir anstoßen, »dass man dein Piercing in den Abendnachrichten wohl nicht sehen würde.«

Eine Stunde später sind wir betrunken und hören nicht, wie Tom hereinkommt. Ich habe auf der Kücheninsel meinen Laptop aufgeklappt, und Donna lacht gackernd über meine Fotos von Ynys Dwynwen, besonders über die von Martin, der von Kindern umringt vor dem Leuchtturm steht.

»Oh mein Gott!«, sagt sie. »Er ist im Grunde genommen ziemlich … gut aussehend?«

»Das war er doch schon immer!«, sage ich und runzle die Stirn. »Oder nicht?«

Donna rülpst. »Gut für dich.«

»Was ist gut für Gayle?«, fragt Tom hinter uns, was uns zusammenfahren lässt. Automatisch will ich den Laptop zuklappen, halte mich aber davon ab, denn das würde zu schuldbewusst wirken. Als Tom sich über uns beugt, halte ich den Atem an.

»Ach so, Gayles kleine Insel. Du hast recht, Donna, die ist gut für sie. Obwohl es ihr an Reisen nicht mangelt, das kann ich dir sagen. In ein paar Wochen fliegen wir nach Madrid.«

Tom starrt auf den Laptop, das Vollbildfoto zeigt Martin mit seinem kleinen schwarzen Hut und im Rollkragenpullover vor den beiden verfallenen Cottages, eingerahmt von einem blauen Himmel. Auf dem Bild sieht er besonders gut und ein kleines bisschen verwegen aus. Ich habe es letztes Jahr geknipst, als er gerade nicht aufgepasst hat, und er blickt nicht in die Kamera, sondern auf den Horizont in der Ferne. Es bringt mich immer etwas aus der Fassung, dieses Foto.

»Warte mal«, sagt Tom, runzelt die Stirn und beugt sich weiter vor. Donna sieht mich an, verzieht angewidert das Gesicht und nimmt einen großen Schluck Wein. Tom zeigt mit dem Zeigefinger auf das Bild. »Das …«

»Das ist …«, setze ich an und weiß nicht, worauf das hier hinauslaufen soll.

»Dieses Cottage … warte, sind es zwei Häuser?« Tom wischt geistesabwesend meine Hand vom Touchpad und vergrößert das Foto, wobei das Bild von Martin in den Rändern verschwindet. »Hm. Da müsste man einiges dran machen, aber das Potenzial, das die haben … Ich meine, im Grunde müsste man sie abreißen und etwas Neues bauen. Stehen sie zum Verkauf? Vielleicht nicht. Aber die Lage. Was sagtest du, wie hieß diese Insel noch mal?«

»Er sieht in allem eine Investitionsmöglichkeit«, sage ich lachend zu Donna. Sie zieht eine Augenbraue hoch und mustert

mich von oben bis unten, meine Haare, meine Nä
unterspritzten kleinen Stellen, meine Dior-Je
Freud-Pullover, meine Louboutin-Pantoletten

»Ja, Tom hat ein gutes Auge für Dinge,
holung nötig haben, das muss ich ihm lass
streckt mir die Zunge heraus.

Ich forme mit den Lippen die Worte *Verpiss dich.* »Ich bezwei
dass sie zu kaufen sind, Tom«, sage ich. »Es ist eine Privatinsel. Alles dreht sich nur um den Leuchtturm.«

Tom richtet sich auf und schnappt sich seine Tasche. »Alles ist zu kaufen. Man muss nur den Preis kennen.« Er lächelt Donna verkrampft an. »Ich gehe jetzt duschen. Vergiss nicht, dass wir gleich zum Abendessen verabredet sind.«

Am Maifeiertag veranstalten wir ein Barbecue. Tom erlaubt mir sogar, Donna einzuladen, und natürlich kommen auch Mum und Dad. Bloß, dass nur Mum kommt, ohne Dad.

»Ist alles in Ordnung mit ihm?«, frage ich besorgt, als sie wie eine Königin eintritt, den Kopf unnatürlich hoch erhoben.

»Nicht mein Zirkus, nicht meine Affen«, sagt Mum.

Ich verziehe das Gesicht. »Was redest du?«

Sie sieht mich an, und in ihren Augen stehen Tränen, auch wenn ich sehen kann, dass sie wütend ist. »Dein Vater hat mich verlassen, Gayle. Er hat sich eine Wohnung genommen. Er hat all seine neuen Klamotten eingepackt, diese dämlichen jugendlichen Klamotten, seine Plattensammlung und seine … seine *verfickte* Yogamatte, er hat alles in seinen dämlichen kleinen Sportwagen geladen und mir mitgeteilt, dass unsere Leben sich von nun an nicht mehr überschneiden würden. Er hält es für das Beste, wenn wir uns bewusst als Paar entkoppeln.«

ch starre sie wortlos an. Ich habe Mum noch nie »verfickt« sa-
n hören. Schließlich krächze ich: »Was? Wann?«

»Vor einer Woche.«

»Und es ist dir nicht in den Sinn gekommen, mir das zu sagen?«

Tom, der eine gestreifte Schürze umhat, ist mit einer Grillzange in der Hand in den Flur gekommen und hört vom Türrahmen aus zu. Mum lässt sich gegen die Wand sinken, die Jacke halb ausgezogen. »Weil du in letzter Zeit genug durchmachen musstest.« Sie sieht mich unter Tränen an, ihre vorgebliche Stärke bröckelt. »Was mache ich jetzt, Gayle?«

Tom bindet sich bereits die Schürze ab. »Wie lautet die Adresse, Heather? Von seiner Wohnung?«

»Tom«, sage ich, als er mir die Zange reicht. »Was ist mit dem Barbecue?«

»Ach, die Truppe da kann für sich selber sorgen. Geh du mit deiner Mum in die Küche und bleib bei ihr. Ich fahre los und rede mit Paul.«

Tom hat recht. Seinen Freunden fällt kaum auf, dass er nicht mehr da ist, solange der Alkohol in Strömen fließt. Die Alphamänner streiten sich um die Tätigkeiten am Grill, und ich nehme zusammen mit Donna und Mum ein paar Flaschen Wein mit ins Wohnzimmer.

»Vögelt er fremd?«, fragt Donna.

»Donna!«, sage ich.

Mum legt mir die Hand auf den Arm. »Also, sie hat doch recht, oder nicht? Die klassische Midlife-Crisis. Keine Ahnung, wie er sich in diese Skinny-Jeans presst. Und dieses dämliche Auto. Man kriegt kaum zwei Waitrose-Tüten in den Kofferraum.«

»Du kaufst jetzt bei Waitrose ein?« Ich ziehe eine Augenbraue hoch. »Was ist mit Sainsbury's nicht in Ordnung?«

»Dein Dad hat das entschieden«, seufzt Mum. Sie sieht mich direkt an. »Es liegt an Tom, ist dir das klar? Dein Dad lebt in Ehrfurcht vor Tom. Er will genauso sein wie er.«

»Daher auch die Frage nach dem Fremdvögeln«, murmelt Donna, aber ich bringe sie mit einem Blick zum Schweigen. Das Letzte, was ich will, ist, in diesem Augenblick dieses Thema mit Mum anzuschneiden.

»Alle Männer sind Lappen.« Donna füllt unsere Gläser wieder auf. »Ihr solltet alle dem Lesbenklub beitreten. Wenn ihr wollt, schlage ich euch für eine Mitgliedschaft vor. Wir treffen uns jeden zweiten Donnerstag.«

Mum sieht sie neugierig an. »Gibt es wirklich einen Klub?«

Ich lasse den Kopf in die Hände sinken. »Mein Gott, Donna, kannst du einfach die Klappe halten?«

In diesem Moment hören wir die Haustür aufgehen, und alle blicken auf. Tom tritt ins Wohnzimmer und hinter ihm, mit angemessen beschämtem Gesichtsausdruck, Dad.

Mum richtet einen eisigen Blick auf ihn. »Ist ein Barbecue mit allen Machern von Cheshire eine zu gute Gelegenheit, die du nicht verpassen darfst, Paul? Dachtest du, du kannst hier ein paar Anlagetipps abstauben? Oder bist du gekommen, um eine Zwanzigjährige aufzureißen?«

Dad hat sich das Haar äußerst modisch schneiden lassen. Er trägt ein Poloshirt und eine pastellfarbene Hose. Er starrt auf den Teppich und sagt: »Es tut mir leid, Heather. Ich war ein Idiot.«

»Du warst ein Idiot.« Sie sieht Tom an. »Was hast du dem da gesagt?«

Tom zuckt mit den Schultern. »Nichts. Ich habe bei ihm vorbeigeschaut, und er saß auf einer Umzugskiste und hat mit einer Käsegabel ein Fertiggericht gegessen.«

»Ich hatte mich schon gefragt, wo die Gabel geblieben ist«, sagt Mum milde.

»Bin noch nicht dazu gekommen, Besteck zu kaufen«, murmelt Dad. »Oder Möbel. Oder sonst besonders viel.«

Ein langes Schweigen tritt ein, das von Donna unterbrochen wird. »Doch nicht *The Last of the Famous International Playboys* von Morrissey, Paul?«

Dad schüttelt betrübt den Kopf. »Nein, Donna, Liebes. Tut mir leid, die Sache mit dir und diesem Mädchen.«

»Ach, du weißt schon. So was kommt vor.«

Dad blinzelt und sieht mich an, dann Mum. Mit gepresster Stimme sagt er: »Es tut mir leid, Heather. Kann ich wieder nach Hause kommen?«

»Ich dachte, du hättest für die Wohnung einen Mietvertrag unterschrieben.«

»Also, nicht direkt einen Mietvertrag. Sie gehört einem Typen aus dem Squash-Klub. Er sucht gerade einen neuen Mieter dafür. Ich habe gesagt … also, ich habe ihm angeboten, sie für ein paar Wochen zu hüten. Ich dachte, bis ich Fuß gefasst habe …«

»Komm her«, sagt Mum leise. Dad springt auf sie zu wie ein Welpe, und sie fallen sich in die Arme.

»Kann ich bitte wieder nach Hause kommen, Heather?«

»Hörst du dann damit auf, ein Idiot zu sein?«

Dad nickt. »Das verspreche ich.« Er wendet sich zu Tom um. »Danke. Dass du mich zur Vernunft gebracht hast. Jetzt könnte ich aber echt einen Burger vertragen.«

»Dann folge mir«, entgegnet Tom schwungvoll. Mum sieht mich an, in ihren Augen stehen Tränen. Glückstränen.

»Dein Mann, er ist ein Genie. Ich weiß nicht, was er zu Dad gesagt hat, aber …« Sie schüttelt den Kopf. »Tom ist ein Mann zum Behalten.«

Sie folgt den beiden hinaus in den Garten. Donna sieht mich

an. Ich bedenke sie mit einem Blick, der ihr zu verstehen gibt, dass sie genau gar nichts sagen soll.

27

Martin
JULI

Es ist ein heller, klarer, sonniger Tag, als die Britannia Brook zu Besuch kommt.

Ich stehe geschniegelt und gebügelt auf dem Steg, zweimal gebadet, Bart gestutzt. Letzte Woche ist sogar Gwyn vorbeigekommen und hat mir einen Haarschnitt verpasst. Ich habe mich mit Issey Miyake getränkt. Ich versuche, Gayle vor Augen zu führen, dass ich nicht der Martin Burney bin, den sie an jenem Tag vor so vielen Jahren in Manchester verlassen hat. Ich bin neu. Ich bin besser. Ich bin …

Was bin ich? Was versuche ich zu beweisen? Was bezwecke ich damit?

Ich komme mir dumm und albern vor, als die *Angharad* ins Hafenbecken gleitet und ich die Gesichter an Bord absuche.

Dann sehe ich sie, und unsere Blicke begegnen sich, und ich komme mir nicht mehr albern vor. Ich habe das Gefühl, dass alles Mögliche passieren könnte. Auch wenn ich nicht genau weiß, was genau das sein könnte.

»Hey, Wärter!«, ruft Gwyn. »Aufwachen!«

Ich bemerke, dass er mir das Seil zugeworfen hat, das auf dem

Steg gelandet ist und sich nun in Richtung Wasser schlängelt. Ich schüttle den Kopf, greife danach und mache die *Angharad* fest.

»Gute Arbeit, Wärter«, sagt Gwyn. »Alles klar, wer möchte den Leuchtturm besichtigen?«

• • •

Also, das läuft alles ziemlich schlecht und richtig peinlich. Nicht der Ausflug, da läuft alles nach Plan. Rundgang über die Insel, den Robben zuwinken, leise in die Hocke gehen und die Dwynwen-Wühlmäuse beobachten, die zwischen den Cottages herumflitzen, die Papageientaucher und ihre Jungen besichtigen, die Bäume bestaunen, die sich, schief gewachsen durch Jahrzehnte von Stürmen von der Irischen See her, zum Festland hinüberbeugen. Die Kinder benehmen sich relativ gut. Niemand versucht, sich vom Aussichtsbalkon zu stürzen.

Nein, nur mit Gayle ist alles … seltsam. Sie begrüßt mich einigermaßen herzlich, und sie sieht wunderschön aus in ihrem grüngelb bedruckten Sommerkleid. So schön, dass ich mich frage, ob sie sich vielleicht genauso viel Mühe gegeben hat wie ich. Aber als wir endlich etwas Zeit für uns haben und die Kinder auf der Wiese ihre Lunchpakete essen, fühlt sich alles ein wenig verkrampft an.

Wir sind schon nett zueinander, fragen, wie es läuft, was wir so getrieben haben (Gayle: Urlaub in Madrid und Weihnachtsfeiern in irgendwelchen Scheuern im Lake District, Ski fahren in Val-d'Isère, Theaterbesuche im Westend und ein neues Auto gekauft; ich: in einem Leuchtturm gelebt). Aber wir fallen einander ins Wort, entschuldigen uns dauernd für die Unterbrechung, dann entstehen lange Pausen, in denen wir nicht wissen, wie wir sie füllen sollen. Wir schlendern um die Insel, aber die Leichtigkeit, mit der wir uns letztes Jahr unterhalten haben, ist verflogen, und ich beginne, mich in meiner Haut unwohl zu fühlen, zerre an meinem Kragen, der Geruch meines Rasierwassers ist durchdringend und säuerlich. Ich werfe ihr Seitenblicke zu, doch sie sieht mich nicht an, oder falls sie es doch tut, dann jedenfalls nicht zur selben Zeit.

Ich fühle mich wie ein Schiffbrüchiger auf meiner Insel, der versucht, in einem heulenden Sturm einen Funken vorsichtig zu einer Flamme zu pusten. Ich denke daran, wie ich im fahlen Morgenlicht aufgestanden bin, an die wachsende Aufregung, die ich verspürt habe. Dumm, dumm, dumm.

Ich hatte von Gayle geträumt. War in die Laken verheddert, erregt und erhitzt aufgewacht, als die Kormorane den Tag begrüßten. Es war früh, der Sonnenaufgang verschwommen und auf überirdische Weise dunstig, als hätte das Gewicht meiner plötzlichen Erwartungsfreude einen Schleier über die Morgendämmerung gezogen.

»Du liebst sie immer noch«, hatte ich zu mir selbst gesagt, schweißgebadet, mit traumbesudeltem Bewusstsein.

Wir waren in Griechenland, suchten in den kühlen Eingeweiden einer Hafentaverne vor der prallen Sonne Schutz und wetteiferten um die letzten Feta-Würfel in dem Salat, den wir uns teilten.

»Warum nennt man das eigentlich griechischen Salat?«, fragte Gayle. »Bestimmt ist es hier einfach nur ein Salat.«

Ich zuckte mit den Schultern, unsere Finger rangelten um ein Stück schwitzenden Weißkäse. »Warum bestellen wir nicht einmal Englisch, bitte? Das ist sicher bloß Frühstück.«

Sie stand halb auf, beugte sich über den Tisch, packte die Vorderseite meines T-Shirts, zog mich zu sich heran und presste ihren heißen Mund auf meinen, ihre Zunge glitt über meine Zähne. Dann zog sie sich zurück und setzte sich wieder, ihr Gesicht erhitzt, ihre Augen ließen meine nicht los. »Nennt man das in Paris einen Zungenkuss?«

»Ich liebe dich, Gayle Reiss.«

»Ich liebe dich, Martin Burney.«

»Ich liebe dich, Gayle Reiss«, sagte ich und schreckte aus dem Schlaf auf.

Später starrte ich mich im Spiegel an, die Schere im Anschlag, um meinen Bart zu trimmen, und sagte zu meinem Spiegelbild: »Du liebst sie immer noch.«

Ich beschloss, zwei Bäder zu nehmen.

Als ich das zu mir selbst sagte, fühlte es sich an, wie die Seifenblase eines Kindes zerplatzen zu lassen, die im Sonnenlicht schillernd über ein Sommerfest schwebt. Es ist, wie darauf hinzuweisen, dass ein Zauberer das Herzass in seinem Ärmel versteckt hat. Es ist, als würde man früher die Augen öffnen, als man soll, und damit die eigene Überraschungsparty verderben.

Ich hätte es nicht sagen sollen. Ich hätte nicht von Gayle träumen sollen. Ich hätte diese Gefühle nicht real werden lassen sollen. Es war besser, als wir um unsere Gefühle herumgetänzelt sind in der köstlichen Erwartung, dass es so oder so ausgehen könnte, besser, als im Licht der Morgendämmerung meine Absichten darzulegen, sie konkret und fassbar zu machen.

Es ist Schrödingers Katze. Solange der Kasten ungeöffnet bleibt, kann es so oder so ausgehen. Aber indem ich aufgewacht bin und *Ich liebe dich* gerufen habe, habe ich den Kasten geöffnet. Und habe sie in Zugzwang gebracht, auch wenn sie davon nichts weiß.

Auf der anderen Seite der Insel dreht sich Gayle zum Leuchtturm um, pflückt eine Pusteblume und pustet sie an. Wie aus dem

Nichts kommt eine Brise auf, ergreift die Samen und wirbelt sie in die warme Luft auf. Sie pustet erneut.

Sie liebt mich.

Sie pustet.

Sie liebt mich nicht.

Sie pustet.

Sie liebt mich.

Sie pustet.

Ich nehme ihr den grünen Stängel aus der Hand und werfe ihn ins Gras. Sie sieht mich stirnrunzelnd an. Ich hätte nicht sagen können, ob noch genügend Samen für ein- oder zweimal Pusten daran übrig waren. Das Risiko kann ich nicht eingehen. Ich sage: »Die Kinder sind fertig mit Essen. Wir sollten zurückgehen.«

Als wir den Turm besichtigt haben und die Kinder im Gras sitzen und mit Buntstiften den Leuchtturm zeichnen, tritt Gwyn leise neben mich. »Martin Burney, wir haben ein Problem, stimmt's?«

Ich sehe ihn stirnrunzelnd an. »Haben wir?«

Er schnuppert. »Riechst du es nicht?«

Ich rieche nichts außer dem Gras und der Wärme und dem ganz eigenen Geruch von dreißig Neunjährigen.

»Da kommt ein Sturm.«

Ich sehe in den klaren blauen Himmel und lache. Gwyn schüttelt den Kopf. »Da kommt ein Sturm.«

Ich blicke hinaus zum Horizont. Es ist kein verräterischer, fast unsichtbarer grauer Streifen zu sehen. Da ist nichts als strahlendes Blau.

»Gwyn, du täuschst dich, ich …«

In dem Moment reißt mir ein plötzlicher Windstoß den Hut vom Kopf, und ein Regentropfen klatscht auf meine Stirn. Aus dem Nichts scheinen sich Wolken zusammenzuballen und am

Himmel gegeneinanderzukrachen, und in der Ferne ist Donnergrollen zu hören.

»Sturmfront«, sagt Gwyn. »Heftig. Übles Ding. Bringt die Kinder besser in den Turm.«

Ich will gerade noch protestieren, als direkt über uns ein Donnerschlag ertönt und der Himmel seine Schleusen öffnet. Gayle sieht mich erschrocken an.

»Alle in den Leuchtturm!«, befehle ich.

Eine halbe Stunde später sind wir geschlossen in der Küche, die Kinder drängen sich auf Decken auf dem Fußboden. Es ist erst später Nachmittag, aber der Himmel draußen ist schwärzer als die Nacht und surrt vor elektrischer Geladenheit. Die Kinder schnappen nach Luft und klammern sich aneinander, während der Wind in schrillem Wehklagen um den Turm heult. Gwyn, der versucht hat, über Funk die Küstenwache zu erreichen, um eine Art Vorhersage zu erhalten, kommt zu mir.

»Ich dringe zu niemandem durch. Nur Rauschen. Die Sturmfront ist da, Wärter. Bei dem Wetter kann ich die *Angharad* nicht zurücksteuern. Nicht mit den Kiddies an Bord.«

»Wie lange nicht?«

Gwyn zuckt mit den Schultern und deutet mit dem Kinn auf das kleine Fenster, dessen Scheibe im Rahmen scheppert. »Meiner Erfahrung nach haben wir das die ganze Nacht über uns.«

Flüsternd stimme ich mich auf dem Schlafzimmerboden mit den Lehrern ab. Es ist so dunkel, dass ich mich über die Zeitschaltuhr hinwegsetzen und das Leuchtturmlicht manuell einschalten muss, was wenigstens die Kinder ablenkt und begeistert.

»Über Nacht hierbleiben?«, fragt Mr Jensen entgeistert. »Wie sollen wir das bewerkstelligen?«

»Wir haben Decken. Auf der *Angharad* habe ich noch mehr,

falls ich bei dem Wetter an Bord gehen kann«, sagt Gwyn. »Der Wärter hat jede Menge Nahrungsmittel.«

»Aber wenn das Funkgerät nicht funktioniert, können wir die Eltern der Kinder nicht erreichen«, sagt Mrs Gaskell. »Und was ist mit Tellern?«

Gwyn zuckt mit den Schultern. »Ich weiß nicht genau, was ich dazu sagen soll. In diesem Unwetter fahren wir nirgendwohin, und mein Gefühl sagt mir, dass es bis morgen früh nicht nachlassen wird.«

Die Lehrer halten eine kurze Besprechung ab. Gayle sieht mich an, und ich lächle. Sie lächelt zurück, aber beklommen, sorgenvoll. Ich teile ihre Bedenken, muss aber auf Gwyns Instinkt hören. Er hat sein gesamtes Leben mit den Gezeiten gelebt. Er weiß es besser als ich.

»Na gut«, sagt Mrs Gaskell. »Anscheinend bleibt uns keine andere Wahl. Ich kann mir vorstellen, dass die Kinder sogar begeistert sein werden.«

»Ich mache mich dann mal ans Essen-Zubereiten«, sagt Gwyn.

»Martin?«, bittet Gayle. »Vielleicht könntest du ihnen eine Geschichte erzählen?«

Ich starre sie an. »Was?«

»Erzähl ihnen eine Geschichte«, sagt sie. »Nach dem Abendessen.«

»Eine Geschichte?«

»Du warst schon immer gut im Geschichtenerzählen.«

Nachdem sie also meine Tiefkühltruhe leer gegessen haben, liegen die Kinder alle in Decken gekuschelt in der Küche. Ich stehe am Fenster und sammle meine Gedanken. Der Sturm fällt den Turm an, doch dieser steht seit 1870 stolz da und hat schon deutlich Schlimmeres überstanden. Der Regen peitscht gegen die Fenster, und der Wind heult durch die Spalten. Blitze zucken über den

Himmel und huschen über die schwarzen Wolken wie sich seitwärts schlängelnde Schlangen.

Ich bitte um Ruhe, und als jedes Kind still geworden ist, beginne ich zu sprechen. »Es war einmal eine Frau namens Dwynwen …«

Und in diesem Augenblick geht das Licht aus.

28

Gayle

Die Kinder schreien auf, und alles scheint gleichzeitig zu geschehen. Die Lehrerinnen und ich schalten unsere Handy-Taschenlampen ein und erleuchten die erschrockenen, aber auch erregten Gesichter der Viertklässler. Mrs Gaskell ruft: »Bitte bleibt alle ruhig. Es ist nur ein kurzer Stromausfall.« Sie sieht Martin an. »Ist doch so, oder?«

»Der verdammte Generator hat den Geist aufgegeben«, brummt er. »Unter der Spüle sind Kerzen.«

»Wärter«, sagt Gwyn, und Schreie branden auf, als direkt über dem Turm ein Donnerschlag ertönt. »Wärter, das Licht …«

»Ich weiß«, faucht Martin. »Das Licht geht nie aus.«

Ich spähe durch das regengepeitschte Fenster. Der Scheinwerferstrahl ist noch da, aber schwach und diffus.

»Es hat auf Notstrom umgeschaltet, aber der wird nicht reichen«, sagt Martin durch zusammengebissene Zähne. »Ich muss den Generator wieder zum Laufen bringen. Gwyn, am Notstromaggregat gibt es eine Handkurbel. Die verschafft uns ein bisschen Zeit.«

»Du kannst auf mich zählen, Wärter«, sagt Gwyn und geht zur

Treppe zum Notstromaggregat, das sich im Stockwerk unter uns befindet.

»Jetzt aber mal Ruhe, alle miteinander!«, ruft Mrs Gaskell. »Wem kann ich eine Kerze anvertrauen?«

Während die Kinder alle die Hand heben, folgt Martin Gwyn zur Wendeltreppe. »Kannst du das reparieren?«, frage ich.

Er lächelt mich an. »Das merke ich, wenn ich dabei bin. Pass auf die Kiddies auf. Sag ihnen, ich bin nicht lange weg.«

Er verschwindet die Treppe hinunter, und ich schaue zu Mrs Gaskell und Mr Jensen hinüber, die die Kinder um sich scharen und sie etwas beruhigen. Ich beschließe, dass sie alles im Griff haben, und steige hinter Martin her.

Dabei komme ich an Gwyn vorbei, der mit hochgekrempelten Ärmeln schwitzend die Kurbel am Notstromaggregat dreht. Unsicher bleibe ich stehen und frage: »Kann ich helfen? Übernehmen?«

»Nein«, ächzt er. »Hab jetzt meinen Rhythmus gefunden. Schauen Sie lieber, ob der Wärter Hilfe braucht.«

Im untersten Geschoss stoße ich die Tür auf und schnappe nach Luft. Das Unwetter ist direkt über uns, biblisch in seiner Wut, apokalyptisch in seiner Wucht. Die Sturmgötter fechten direkt über unseren Köpfen ihre Kämpfe aus, Gewitterwolken donnern aufeinander, und klirrend schlagen Blitze ein wie in einem Schmiedefeuer. Der Himmel grollt und rumpelt und lässt einen seltsam warmen Regen fallen, der so heftig niederprasselt, dass er auf der Haut meiner Arme brennt.

Kaum bin ich in die von Blitzen erhellte, tosende Dunkelheit hinausgetreten, bin ich bereits bis auf die Haut durchnässt, der Wind peitscht mir das Haar ins Gesicht, das Kleid klebt mir am Körper. Meine Füße platschen in den Schuhen, als ich um den Leuchtturm herumlaufe. Dort finde ich Martin, der genauso durchnässt ist wie ich und von dem kastenförmigen Generator seitlich am Turm die Abdeckung herunterzieht. Er hat auf dem Boden neben sich einen großen Werkzeugkasten aufgeklappt und leuchtet mit einer Taschenlampe hinein.

»Kann ich dir helfen?«, rufe ich, aber der Wind reißt meine Worte mit sich. Ich laufe zu ihm hinüber, rutsche auf dem aufgeweichten Gras aus und greife nach der Generatorabdeckung. Er sieht mich überrascht an und nickt dann. »Gayle. Danke. Wenn du das für mich hochhalten könntest …«

Er lehnt die Taschenlampe seitlich an den Generator, schnappt sich einen verstellbaren Mutternschlüssel und beugt sich so weit in den stummen, reglosen Motor hinein, dass ich schon glaube, er könnte hineinfallen.

Es klirrt und rumst, dann richtet er sich auf und kramt in seinem Werkzeugkasten nach einem Schraubenzieher. Und er taucht wieder hinein, macht sich fluchend und ächzend an die Arbeit, während der Regen auf uns beide herabströmt. Ich schaue nach oben. Der Scheinwerferstrahl wird schwächer, trotz Gwyns Anstrengungen am Notstromaggregat. Martin folgt meinem Blick, und unsere Augen begegnen sich.

»Das Licht geht nie aus, Gayle.«

»Nein«, flüstere ich. »Ich glaube auch nicht.«

Wir starren einander an, der Regen prasselt auf unsere Gesichter nieder, als es plötzlich direkt über uns blitzt und donnert. Martin schüttelt den Kopf, als würde er aus einem Tagtraum erwachen, und beugt sich wieder in den Generator. Er streckt die Hand aus und sagt: »Das Schwungrad ist gerissen. In der Kiste ist ein Ersatzrad. Kannst du es mir geben?«

Ich halte das hoch, was ich dafür halte. Er wirft einen Blick herüber und schüttelt den Kopf. »Größer.«

»Das da?«

Er nickt. Ich weiß nicht, ob es an der statischen Aufladung

liegt, die der Sturm erzeugt, oder an der Restladung des Generators, aber als ich es ihm reiche, bekommen wir beide einen knisternden Schlag.

Martin arbeitet vornübergebeugt fieberhaft. Über uns wird der Strahl so schwach, dass er beinahe erlischt. Ich frage mich, wie Mrs Gaskell und Mr Jensen mit den Kindern zurechtkommen. Dann brüllt Martin: »Ich hab's!«

Er zieht an einer Anlasserschnur, wie man sie von Motorbooten kennt. Einmal, zweimal, dreimal, dann erwacht der Generator ruckelnd und mit protestierend aufheulendem Getriebe zum Leben. Er tritt zurück, und wir blicken auf. Der Lichtstrahl des Leuchtturms, der fast zu einem Nichts verblasst war, leuchtet sprunghaft auf und wirft sein Licht über das sturmgepeitschte Meer. Von oben vernehme ich undeutlichen Jubel.

»Du hast es geschafft«, sage ich.

»Wir haben es geschafft. Danke.«

Martin zieht die Abdeckung wieder herunter und befestigt sie, dann öffnet er eine kleinere Klappe, die sich darin befindet, und füllt, wie ich annehme, den Kraftstofftank auf. Er schließt die Klappe wieder und wendet sich mir zu, um etwas zu sagen.

Da springt die Klappe auf und trifft ihn direkt ins Gesicht.

»Au!«, sagt er und hält sich die Nase. »Au! Verdammtes Ding! Immer das Gleiche!«

Ich komme näher und ziehe seine Hände weg. Blut strömt aus seiner Nase und vermischt sich mit dem Regen auf seinem Gesicht. Das Licht ist wieder an, aber der Sturm wird nicht schwächer.

Diese Wut, diese Intensität, die von ihm ausgeht.

Die Leidenschaft.

Ich streiche sanft mit dem Daumen über seinen Mund und wische das Blut weg. Unsere Blicke sind ineinander versunken. Wir denken dasselbe.

Dass es genauso ist wie in der ersten Nacht. In meinem Zimmer im Studentenwohnheim. Als Martin einen Fausthieb einsteckte, um meine Ehre zu verteidigen.

»Gayle«, sagt er, den Blickkontakt immer noch haltend.

Ich sehe bestimmt furchtbar aus. Mein Haar ist pitschnass, und der Regen rinnt mir übers Gesicht, zweifellos zusammen mit meiner Wimperntusche. Mein dünnes Sommerkleid klebt mir am Körper. Martins weißes Hemd ist so durchnässt, dass es praktisch durchsichtig ist, seine Chinohose dunkel verfärbt. Seine Brust hebt sich unter flachen Atemzügen. Meine ebenfalls.

»Martin«, sage ich.

Und dann ist er auf mir oder ich auf ihm. Wie zwei hungernde, verirrte Reisende, die seit über einem Jahrzehnt eine Wüste durchquert haben und endlich auf eine Oase treffen. Der Regen wird noch stärker, der Wind heult, der Donner dröhnt und kracht. Unsere Körper schmiegen sich aneinander, unsere Lippen finden sich. Ich ziehe ihn rückwärts, oder er stößt mich, ich weiß es nicht. Aber dann spüre ich den nassen Stein des Leuchtturms im Rücken, Martin küsst meinen Hals, und ich winde meine Arme und Beine um ihn, mein Körper erinnert sich an seinen, auch wenn unsere Hirne sich Mühe gegeben haben, einander zu vergessen. Irgendetwas in uns, irgendein Wesenskern, singt, als wir uns ineinander verschlingen.

Blitze zucken, Donner grollt, der Strahl des Leuchtturms durchdringt die stürmische Nacht, ein ewiges Leuchtfeuer, das die Seelen derer da draußen in dieser schlimmsten aller Nächte nach Hause geleitet.

Außer den beiden Seelen, die sich am Fuße des Turms im Einklang bewegen, in ihrer Hingabe aufschreien, während der Wind ihre Schreie mit sich reißt.

Diese beiden Seelen sind bereits verloren.

Ich wache im Morgengrauen auf, strecke mich und begreife, dass ich in Martins Bett liege. Entsetzt springe ich auf, stelle dann aber fest, dass ich vollständig angezogen bin. Und Martin ist nicht da. Leise schleiche ich die Treppe hinunter in die Küche, wo die Kinder noch schlafen, aneinandergekuschelt wie Welpen. Mr Jensen und Mrs Gaskell sitzen an die Wand gelehnt, sein Kopf ist auf ihre Schulter gesackt, beide schnarchen leise. Ich hoffe, sie haben nicht bemerkt, dass ich nicht hier unten geschlafen habe, oder sind wenigstens so nett, es nicht zu erwähnen. Martin sitzt auf der Treppe.

Er dreht sich um, als er mich hört, und schenkt mir ein strahlendes Lächeln. Ich weiß nicht, was ich erwidern soll, aber zum Glück steckt Gwyn aus der Treppenwindung unter uns den Kopf hoch und ruft: »Guten Morgen, Britannia Brook! Also, wie es aussieht, haben wir für einige Aufregung gesorgt, nicht wahr?«

Sobald der Sturm abgeflaut war, hat die örtliche Polizei auf dem Festland über Funk Kontakt zu uns aufgenommen. Die Eltern in Manchester waren außer sich, als der Bus nicht wiederkam und sie niemanden aus dem Kollegium erreichen konnten. Die Polizei beschwichtigte sie und erklärte, niemand sei so tollkühn, in dem größten Sturm seit Menschengedenken die Überfahrt zu wagen.

Einige der Eltern, die wenigen, die ein eigenes Auto haben, machen sich auf den Weg nach Wales, um ihre Kinder abzuholen. Für den Rest von uns steht der Bus bereit. Allmählich wachen die Kinder auf und bekommen von Mrs Gaskell und Martin Orangensaft und Toast. Und nachdem Gwyn die *Angharad* einer gründlichen Prüfung unterzogen und sie für seetüchtig erklärt hat, treten wir im Gänsemarsch alle aus dem Leuchtturm hinaus in einen Tag, der genauso hell, warm und klar ist wie der gestrige Morgen bei unserer Ankunft.

»So was habe ich noch nie gesehen.« Gwyn schüttelt den Kopf.

»Habe Stürme und Sturmfronten erlebt, aber noch nie eine, die so schnell kam und so lange angehalten hat.«

Martin und ich haben standhaft den ganzen Morgen über noch kein Wort miteinander gesprochen. Als erst die Kinder, dann die Lehrer an Bord gehen, sind wir die Einzigen, die auf dem Steg zurückbleiben.

»Gayle«, sagt Martin.

Ich sage nichts und drehe mich zur Insel um, zum Leuchtturm. Was soll ich denn wohl sagen? Dass ich glücklich bin in meiner Beziehung mit Tom? Dass das, was letzte Nacht passiert ist, ein Fehler war? Dass wir es vergessen und nie ein Wort darüber verlieren und wirklich versuchen sollten, so zu tun, als wäre es nicht passiert?

Ich denke an ihn, daran, wie er sich an mich presst, mir das Sommerkleid über die Schultern zieht, an die raue Leuchtturmwand an meinem Rücken.

Das ist genau das, was ich sagen sollte. Etwas anderes gibt es nicht zu sagen. Überhaupt nicht.

Ich darf nicht an seine Lippen an meinem Hals denken.

Ich darf nicht daran denken, wie sich mein Bein um seins schlang.

Ich darf nicht daran denken …

Nein. Ich darf an nichts davon denken. Gestern Nacht herrschten … außergewöhnliche Umstände, so wie der Sturm. Es war eine einmalige Angelegenheit. Etwas, was nie hätte passieren dürfen und was sich nicht wiederholen darf.

»Gayle«, sagt Martin, und ich weiß genau, was jetzt kommt. Ich weiß noch den exakten Tonfall, seine Stimmlage, immer wenn er beinahe zögernd, ein wenig atemlos diese Worte aussprach. Diese drei Worte.

»Ich muss gehen«, sage ich verkrampft und erwidere endlich

seinen durchdringenden Blick, dann laufe ich hastig den Anlegesteg hinunter und gehe an Bord der *Angharad*.

Auf der Fahrt zurück zum Festland sitze ich, während die Sonne mein noch feuchtes Kleid trocknet, am Heck und beobachte, wie er mich beobachtet, bis wir zu weit voneinander entfernt sind.

29

Gayle

Als ich schließlich nach Hause komme, fühle ich mich elend. Je weiter ich mich von Ynys Dwynwen entfernt habe, desto schwerer wog die Last dessen, was ich getan hatte. Ich habe Tom betrogen. Und obwohl ich vermute, dass Tom mir wahrscheinlich auch untreu gewesen ist, geht es mir seinetwegen schlecht, aber es geht auch um mich. Ich mache so etwas nicht. Ich habe keine geschmacklosen kleinen Affären oder schäbige One-Night-Stands. Ich bin am Boden zerstört.

Während ich von der Schule nach Hause fahre, bemüht sich eine winzige Stimme in meinem Kopf verzweifelt, die Sache zu rationalisieren. *Du lässt zu, dass Tom dich nach seinem Ebenbild formt. Ist es da ein Wunder, dass du seine schlimmsten Eigenschaften übernimmst?*

»Halt die Klappe«, sage ich entschieden und parke auf Toms Einfahrt. Ich atme tief durch und schließe die Tür auf. Dann bleibe ich wie angewurzelt stehen.

Im Flur stehen zwei Koffer, darauf liegt ein an mich adressierter Umschlag. Mein Magen dreht sich um, und meine Gedanken befinden sich im freien Fall. Er weiß es. Tom weiß es. Irgendwie hat er herausgefunden, was auf der Insel geschehen ist, und er hat die Gelegenheit genutzt, meine Koffer zu packen und mir zu schreiben, dass ich gefälligst aus seinem Haus und seinem Leben verschwinden soll.

Ich sehe mich hektisch um, aber da ist keine Spur von ihm, keine Fernsehgeräusche, keine laufende Dusche oder irgendein anderer Hinweis darauf, dass er im Haus ist. Draußen steht sein Wagen, vielleicht macht er nur einen wütenden Spaziergang, um sich zu beruhigen und abzuwarten, bis ich weggefahren bin, bevor er zurückkommt.

Wie konnte er davon erfahren? Wie konnte irgendjemand davon erfahren? Wer hat es ihm gesagt? Die aberwitzige Idee, er könnte mir nachspionieren, schießt mir durch den Kopf, dass er winzige Kameras in meinen Kleidern versteckt, mein Telefon gehackt haben könnte. Ist das möglich? Ist Tom zu so etwas fähig?

Mit zitternden Händen nehme ich den Umschlag und öffne ihn mit dem Daumen. Ich atme tief ein und ziehe den Brief heraus.

Nein. Keinen Brief. Tickets. Flugtickets. Nach Paris.

»Überraschung!«, ruft Tom hinter mir.

Tom hat natürlich ein Spitzenhotel gebucht, kennt die besten Restaurants und die belebtesten Bars.

Ich wünschte nur, mein schlechtes Gewissen würde mir nicht alles verderben.

Als wir in der ersten Nacht in unserer Hotelsuite zwischen den verknäulten weißen Laken liegen und Tom mir übers Haar streichelt, sage ich: »Hättest du mir im Voraus angekündigt, dass du eine Stunde nachdem ich von der Klassenfahrt zurück bin, übers Wochenende nach Paris aufbrechen willst, hätte ich Nein gesagt.«

»Das weiß ich«, sagt Tom und wickelt mein Haar um seinen Finger. »Deshalb habe ich es dir ja auch nicht gesagt, sondern einfach deine Koffer gepackt und dich vor ein *fait accompli* gestellt.«

Ich kichere und drehe mich zu ihm, um ihn zu küssen.

»Mmmm, ich liebe es, wenn du französisch sprichst. Mach es noch mal.«

»Seulement cinq personnes autorisées dans l'ascenseur à la fois«, haucht Tom mir ins Ohr, und seine Hand gleitet unter das verknäulte Laken.

»Was bedeutet das?«, frage ich und drücke ihm einen Kuss auf die Lippen. »Das ist sehr sexy.«

»Das stand auf einem Schild in der Lobby«, sagt er. »Ich glaube, es heißt, dass nicht mehr als fünf Leute in den Aufzug sollen.« Er dreht mich auf den Rücken, hält meine Handgelenke fest. Ich küsse ihn auf die Nase und winde mich unter ihm weg. »Ich muss ins Bad«, sage ich.

Er versucht, sich einen missmutigen Gesichtsausdruck zu verkneifen, während ich in meiner Tasche auf dem Tisch nach einem Tampon krame und es vor seiner Nase herumschwenke. Doch sein Selbstbild als moderner Mann verbietet es ihm, seiner Enttäuschung darüber Luft zu machen, dass ich meine Periode habe, während wir auf einem romantischen Überraschungstrip in Paris sind.

Dabei habe ich sie gar nicht. Ich schließe die Badezimmertür hinter mir und starre mich in dem hintergrundbeleuchteten Spiegel an. Jedes Mal, wenn Tom mich anfasst, spüre ich Martins Hand auf meiner Haut, und mir wird schlecht. Nicht aus Ekel vor dem, was wir getan haben, sondern aus Selbstverachtung, weil ich es getan habe. Was auch immer Tom in der Vergangenheit angestellt hat oder wessen ich ihn auch verdächtigt habe, ich liebe ihn, und er liebt mich. Und ich will nicht an den Sturm denken, an Martin, der mich gegen die Wand des Leuchtturms presst, an …

Ich will wirklich nicht daran denken. Ich bin nicht auf Ynys Dwynwen. Ich bin in Paris. Mit Tom. Und so von Schuldgefühlen zerfressen, dass ich nicht einmal zulassen kann, dass er mich berührt, obwohl ich mir nichts mehr wünsche, als dass er mit mir schläft und die Erinnerung an das, was ich getan habe, verdrängt. Ich danke Gott dafür, dass Tom nicht einmal bemerkt hat, dass ich meine Periode erst vor zwei Wochen hatte.

Martin hätte es gewusst, denke ich, während ich mich im Spiegel anstarre.

Später am Abend schlägt Tom vor, in eine Bar im Quartier Latin zu gehen, aber es ist eine schöne, warme Nacht, und ich möchte einfach nur an der Seine entlangspazieren. Tom hält meine Hand und beugt sich immer wieder herüber, um mich zu küssen. Er stellt mir Fragen über die Schule und den Ausflug nach Ynys Dwynwen, weswegen ich mich hundsmiserabel fühle. Wie konnte ich das mit Martin nur machen? Wie konnte ich riskieren, alles, was ich mit Tom habe, einfach so wegzuwerfen?

Und doch … auch wenn ich mich in Toms Gegenwart mit Blick auf den Fluss sicher, geliebt und begehrt fühle, nehme ich eine gefährliche Unterströmung wahr, der ich mich nicht ganz entziehen kann. In einem winzigen Winkel meines Gehirns frage ich mich, wie es wohl wäre, mit Martin Hand in Hand zu gehen, was er wohl sagen würde, wie er mich zum Lachen bringen würde.

Ich bringe die Stimme zum Schweigen, verdränge die Gedanken in den hintersten, dunkelsten Winkel meines Gehirns, schlage die Tür davor zu und schließe sie fest ab. Was mit Martin passiert ist, war leidenschaftlich und schön und unerwartet, aber es war ein Fehler. Es war ein schrecklicher Fehler. Und der darf sich nicht wiederholen.

»*Un centime* für das, was du denkst«, sagt Tom, und ich merke, dass ich in meine Gedanken versunken war und er mich ansieht.

»Was ich denke, ist mehr wert als das.«

Er hebt eine Augenbraue. »Tatsächlich? Premium Content, was? Richtig dreckiges Zeug?«

Ich kann mir ein Lachen nicht verkneifen. »Vielleicht.«

Er zieht mich in seine Arme und flüstert mir ins Ohr: »Dann gehen wir vielleicht besser zurück ins Hotel, und du erzählst mir alles darüber. Da das alles ist, was wir an diesem Wochenende tun können.«

Ich bin sicher, er meint es nicht so verdrießlich, wie es klingt.

Nachdem ich den Kindern von meinem Wochenende in Paris erzählt habe, natürlich die stark entschärfte Version, bereue ich es trotzdem sofort. Paris liegt zwar nur anderthalb Stunden von Manchester entfernt, aber ich hätte ihnen genauso gut von einer Reise zum Mars berichten können. Ich zeige ihnen ein paar Bilder, und als ich zum Eiffelturm komme, hebt der kleine Jamie die Hand und sagt: »Da war ich schon mal, Miss! Ich liebe Blackpool!«

»Sie hatten echt ein Riesenglück, dass Sie mit dem Flugzeug fliegen durften«, sagt ein anderer Junge. »Ich würde so gern mal fliegen.« Er streckt die Arme aus wie Flügel und gibt Brummgeräusche von sich. »Ich würde die Deutschen abschießen.«

»Wir sind nicht im Krieg mit den Deutschen!«, sagt eines der Mädchen entrüstet.

»Und mit wem sind wir dann im Krieg?«

Ich muss laut um Ruhe bitten, bevor in der Klasse ein Krieg darüber ausbricht, mit wem wir uns im Krieg befinden. Die Antworten reichen von Russland über beinahe sämtliche Länder Europas bis irritierenderweise hin zur Isle of Man, aus Gründen, die nicht ganz klar sind, aber vielleicht hat es damit zu tun, dass dort jemand einen Cousin hat, der einmal seine XBox kaputt gemacht hat.

»Meine Mum sagt jedenfalls, dass man nicht mit Flugzeugen

fliegen soll«, sagt Summer, ein kleines Mädchen, das immer Secondhandkleidung trägt. »Weil das den Planeten kaputt macht.«

»Meine Mum sagt, deine Mum ist ein Hippie«, meldet sich ein Junge zu Wort, und ich muss sie alle schon wieder unterbrechen, bevor das hier in Mobbing ausartet.

»Summer«, sage ich. »Das ist ein interessanter Punkt. Du hast recht. Flugreisen sind sehr schlecht für die Umwelt. Wer weiß, was die Umwelt ist?«

Ein Wald aus Händen schießt in die Höhe. Ich wähle eine aus. »Das ist die Welt, Miss. Und die Tiere. Und die Bäume.«

»Und warum ist sie so wichtig? Für wen? Joe?«

»Weil, wenn wir den Planeten kaputt machen, Miss, müssen wir alle sterben. Mein Dad sagt, der ist sowieso schon am Arsch.«

Alle lachen, und ich rufe Joe nicht für seine Wortwahl zur Ordnung, sondern lenke das Unterrichtsgespräch stattdessen auf die Frage, was wir dem Planeten antun und was die Kinder davon halten. Eine halbe Stunde später verlasse ich das Klassenzimmer, um mir einen Pausenkaffee zu holen, und bin … also, optimistischer, was die Zukunft angeht.

Am nächsten Tag treffe ich mich mit Donna auf einen Kaffee, was zu einem Beisammensein mit Cocktails ausartet. In ihrem Job läuft es gut, und sie scheint das Leben zu genießen. Sie fragt mich, was ich in Paris getrieben habe, und ich erzähle ihr von den touristischen Sachen. Als ich Tom erwähne, hebt sie die Hand und sagt: »Nee.«

Ich sehe sie stirnrunzelnd an. »Was?«

»Ich will wissen, was *du* in Paris gemacht hast.«

»Das sage ich dir doch gerade. Aber ich war mit Tom da und …«

Sie drückt auf einen imaginären Buzzer auf dem Bartisch und gibt ein quäkendes Geräusch von sich.

»Was?«, sage ich erneut, ungehaltener diesmal.

Donna gibt dem Barmann mit einem Winken zu verstehen, dass sie weitere Getränke bestellen möchte, und legt dann ihre Hände auf meine. »Gayle. Mir ist aufgefallen, dass wir jedes Mal, wenn wir uns treffen, den Bechdel-Test nicht bestehen. Alles, was wir tun, ist, über Männer zu reden. Und das ist nicht meine Schuld.«

»Ach, komm«, sage ich ein wenig beleidigt. »Du stellst mich hier hin wie eine Art von … ich weiß nicht, wie einen oberflächlichen Reality-TV-Star oder so.«

»Wir haben früher über alles Mögliche geredet. Weißt du noch, du wolltest die Welt retten?«

»Oh!«, sage ich plötzlich aufgeregt und erzähle ihr von der Unterrichtsstunde in der Schule. »Diese Kinder, weißt du, die sind wirklich auf Zack. Die wissen, worum es geht, auch wenn sie noch jung sind. Nicht nur Kinder aus der Mittelschicht sind an der Umwelt interessiert.«

»Tja, vielleicht kapieren sie, dass sie am meisten zu verlieren haben, wenn alles den Bach runtergeht«, sagt Donna, als die Getränke kommen. Sie sieht mich lange Zeit an. »Du warst gut, weißt du. Bei diesen Anwaltsgeschichten. Ich war stolz auf dich.«

Mir kommen plötzlich die Tränen. Ich war gut. Und ich war dabei, noch besser zu werden. In meiner Magengrube spüre ich etwas, eine gähnende Leere, das Gefühl, etwas verloren zu haben. Schnell blinzle ich und sage: »Na ja, nichts ist für immer. Ich kann das jederzeit wieder machen.«

Donna nickt ohne Überzeugung, und wir nippen an unseren Drinks und reden über alles Mögliche, nur nicht über Männer. Es fühlt sich gut an. Wir tauschen unsere Meinungen über die Bücher aus, die wir gelesen haben, und verabreden uns für nächste Woche ins Kino. Dann sagt Donna: »Oh, war nicht letzte Woche euer Schulausflug? Wie ist es gelaufen? Immer mit Blick auf den Bechdel-Test …« Sie winkt dem Kellner. »Noch zwei für uns, bitte.«

Ich atme tief durch. »Es lief gut. Es gab einen gigantischen Sturm, und ich hatte draußen an den Leuchtturm gelehnt Sex mit Martin.«

Donna starrt mich volle dreißig Sekunden lang mit offenem Mund und aufgerissenen Augen an. Dann sagt sie: »Vergiss den Bechdel-Test. Erzähl mir alles.«

Jahr sechs

30

Martin

JULI

Was nun folgt, ist das vermutlich längste Jahr meines Lebens.

Die Jahreszeiten kriechen ineinander wie schwerfällige Läufer beim langsamsten Staffellauf der Welt. Als der Sommer den Staffelstab an den Herbst übergibt, schmecke ich den Geschmack von Gayle noch süß auf meinen Lippen. Als der Herbst über die Ziellinie auf den wartenden Winter zutaumelt, erinnern mich die Stürme und Regenfälle mit jedem Donnergrollen, jedem Blitz, jedem einzelnen Wassertropfen an jene Nacht. Als der Winter endlich an den Frühling übergibt, spiegeln die erwachende Tierwelt, die aufblühenden Blumen, die sprießenden Gräser meine eigene wachsende Vorfreude wider. Und als der Frühling träge seine Runde dreht, um den Sommer übernehmen zu lassen, sind meine Träume immer noch voll von Gayle, meine wachen Momente gespickt von ihr, die letzten Sekunden vor dem Einschlafen beschwören Bilder von ihr herauf.

Und dann ist es wieder einmal Zeit für den Besuch der Schule.

Die Nacht davor schlafe ich nicht. Ich weiß nicht einmal, ob sie auf der *Angharad* sein wird. Das ist das Problem, aber auch der Reiz des Lebens in herrlicher Abgeschiedenheit. Kein Internet, keine

Zeitungen, keine Kommunikation. Ihr könnte alles Mögliche zugestoßen sein. Sie könnte an der Schule gekündigt haben, in ein anderes Land gezogen sein. Geheiratet und Zwillinge bekommen haben. Ich starre im Bad mein Spiegelbild an, die Schere steht still. Da ist deutlich mehr Grau in meinem Bart, als mir bewusst war. Der Anfang des sechsten Jahres auf Ynys Dwynwen. Fünf Jahre älter als bei meiner Ankunft hier, auch wenn die Zeit für mich in vielerlei Hinsicht stillgestanden hat. Aber dort draußen … kann alles Mögliche geschehen sein.

Es könnte ein schrecklicher Unfall passiert sein. Sie könnte gestorben sein. Meine Augen weiten sich im Spiegel. *Sie könnte gestorben sein.* Ich stelle mir vor, wie ich, nachdem ich davon erfahren habe, aufs Festland reise, zurück nach Manchester, am Rande ihrer Beerdigung auf einem regennassen Friedhof stehe, niemandem bekannt, unbemerkt, bis alle die offene Grabstätte verlassen haben und ich hinübergehe und eine einzelne rote Rose auf ihren Sargdeckel fallen lasse.

»Du bist ein romantischer Trottel«, sagt Bruce später am Morgen, als ich ihm davon erzähle. Er hört sich verdächtig nach Mrs Carruthers an. »Kannst du solche Sachen nicht herausfinden, bevor sie mit den kleinen Leuten rüberkommt? Warum besuchst du sie nicht auf ihrem Riff, anstatt darauf zu warten, dass sie einmal im Jahr herkommt?«

»Sie lebt nicht auf einem Riff.« Um ehrlich zu sein, ich habe darüber nachgedacht, in diesem vergangenen Jahr. Ich habe darüber nachgedacht, aufs Festland zu fahren, mir vielleicht ein Internetcafé zu suchen, falls es diese Dinger dort noch gibt. Mir einfach nur ihr Instagram anzusehen und mich auf den neuesten Stand zu bringen.

»Dann eben in ihrem Leuchtturm«, sagt Bruce.

Ich blinzle und starre ihn an. »Was?«

»Na ja, wenn sie nicht auf einem Riff lebt wie ich und nicht in einem Leuchtturm wie du, *wo* lebt sie dann?«

»In einem Haus«, sage ich. »Wie man hört, in einem großen. Zusammen mit ihrem Freund.«

»Ein Weibchen mit zwei Männchen«, sagt Bruce kopfschüttelnd. »Ihr seid komisch, ihr Menschen. Also, wenn die Paarungszeit kommt …«

»Ja, ich weiß«, sage ich. »Dann hast du sechs oder sieben Weibchen. Du musst dich nicht in aller Breite darüber auslassen.«

Bruce hebt eine Augenbraue. »Fühlst du dich unzulänglich, Wärter? Ich hab's dir doch gesagt. Robben sind polygam. Du solltest es auch mal versuchen. Dann bleibt die Sache spannend.« Bruce platscht von dem Felsen, auf dem er sich den Bauch gewärmt hat. »Wie auch immer, ich glaube, ich habe vielleicht deinen Dad gefunden.«

Es war Winter, als sechs kleine Handelsschiffe von Liverpool aus in See stachen (sagt Bruce), aber die Wetterlage war »im Südwesten heiter«, daran erinnert sich der Mann, mit dem ich gesprochen habe, gut.

War dein Dad beim Militär? Diese Männer schon. Sie waren etwa fünfhundertfünfzig Soldaten und zweihundertzwanzig Mann Besatzung, die sich auf ein halbes Dutzend Dreimaster verteilten. Sie wollten nach Carrickfergus, das ist in Irland, wo sie in den Krieg geschickt werden sollten, um gegen andere Männer zu kämpfen. Man hat mir gesagt, warum, aber ich weiß es nicht mehr; ehrlicherweise verstehe ich es nicht. Ihr Menschen führt ständig Kriege. Ich begreife nicht, warum man sich in die Haare kriegen sollte, es sei denn, es geht um Fische oder Weibchen. Selbst der Hai, der mich so zugerichtet hat, hat mich nur verletzt, weil er etwas fressen wollte. Ihr Leute hingegen … Ich schweife ab.

»Bruce, das ist nicht mein Dad.«

»Dann halte ich weiter die Augen offen.« Er sieht ein wenig beleidigt aus, als er sich ins tiefere Wasser abstößt. »Ich trommle die Kolonie zusammen, und wir schwimmen auf die andere Seite, um die kleinen Leute zu begrüßen.« Er zwinkert mir zu. »Viel Glück mit dem Weibchen. Und denk daran, was ich gesagt habe. Du musst dir ja keine sieben oder acht zulegen, wenn du dem nicht gewachsen bist. Aber zwei oder drei … Tja, das ist immer praktisch im Fall von, du weißt schon. Haien.«

Dann taucht er unter die Wasseroberfläche ab, und ich sehe seine dunkle Gestalt hinausschwimmen. In der Nähe von Bethan's Reef taucht er auf und prustet Meerwasser.

»Irgendwelche Stürme am Horizont, Gwyn?«, fragt Gayle, als Britannia Brook von Bord der *Angharad* geht.

»Was sagst du dazu, Wärter?«, fragt Gwyn. »Ist deine Nase für Stürme besser als im letzten Jahr?«

Ich schnüffle. Da ist kein verräterischer Ozongeruch, kein schwaches Kräuseln in der warmen Brise. »Ich denke nicht«, sage ich. »Ich gehe von schönem Wetter aus.«

»Schade«, sagt Gayle, so leise, dass nur ich es höre, und als sich unsere Blicke begegnen, springt zwischen uns ein Funke über, stärker als jeder Stromschlag, den Gewitterwolken heraufbeschwören könnten. Mein Herz ist kurz vor dem Zerspringen.

Die Schule hat mir eine Ausgabe der *Manchester Evening News* vom letzten Jahr mitgebracht. Der Sturm, der sie bei ihrem letzten Ausflug hier festgehalten hat, schaffte es auf die Titelseite. Als ich den Kindern gegenüber noch einmal bekräftige, dass sie auf keinen Fall hier stranden werden, schlägt mir eine Salve von Buhrufen entgegen. Ich bin ziemlich froh, dass dieser Haufen hier nicht übernachten wird; man könnte sie als eine muntere Truppe bezeichnen. Ich sehe schon vorher, dass das Erklimmen des Turms lustig werden wird.

Später haben Gayle und ich endlich etwas Zeit für uns, um die Insel zu umrunden, wie es zu unserem kleinen Ritual geworden ist. Als wir an dem am weitesten vom Leuchtturm entfernten Punkt angekommen sind, bleibt sie stehen und dreht sich zu mir um, unterbricht unser belangloses Geplauder, das ohnehin von etwas Schwerem, Grüblerischem und Unausgesprochenem durchsetzt ist.

»Martin«, sagt sie und sieht mir tief in die Augen. »Was letztes Jahr passiert ist … das darf sich nicht wiederholen.«

»Nein, natürlich nicht«, sage ich hastig. »Natürlich nicht. Es war der Sturm. Es lag an der Situation. Es hätte nie passieren dürfen. Es war ein schlimmer Fehler. Du musst dich schrecklich fühlen. Es muss grauenvoll für dich gewesen sein. Mach dir keine Sorgen. Ich habe nicht einmal daran gedacht. Es völlig vergessen. Von dem Moment an, als ihr alle abgereist seid. Oh Gott! Nein, natürlich nicht! Ich bin nie davon ausgegangen, dass es …«

Gayle legt mir den Finger auf die Lippen, um mich zum Schweigen zu bringen, ein halbes Lächeln umspielt ihre Lippen. »Du änderst dich nie, oder? Du hast mich nicht ausreden lassen. Was letztes Jahr passiert ist, darf sich nicht wiederholen … auf diese Weise. Nicht auf einem Ausflug mit Kindern. Nicht, solange ich an der Schule arbeite. Oder wir kommen aus ganz anderem Grund auf die Titelseite.«

Sie nimmt den Finger weg und hebt eine Augenbraue. »Aber wie auch immer. Da du nie wieder daran gedacht hast, da du es völlig vergessen hast, sobald ich von der Insel war …«

»Das habe ich nicht gemeint«, sage ich schnell.

»Und warum hast du es dann gesagt?«

Ich weiß nicht, warum ich es gesagt habe. Weil ich wusste, was kommen würde, oder zumindest dachte, ich wüsste, was kommen würde. Reue und Zerknirschung und dass Gayle mich bekniet zu vergessen, dass es je geschehen ist. Was ich nicht erwartet habe, ist das hier, obwohl ich nicht genau weiß, was das hier ist.

»Was meinst du damit?«, frage ich. »Wenn du sagst, dass es sich *auf diese Weise* nicht wiederholen darf?«

Jetzt ist es an Gayle, ein wenig überrumpelt und zwiegespalten dreinzuschauen. »Ich weiß nicht, was ich damit meine.«

Sie setzt sich ins Gras und blickt zu Bethan's Reef hinaus. Bruce macht Bauchplatscher von den entfernten Felsen und versucht, sie zu beeindrucken. Dann erzählt sie mir, zögerlich zunächst, alles. Von jedem Mann, mit dem sie zusammen war, seit wir uns getrennt haben, bis hin zu ihrer ersten Begegnung mit Tom, als sie mit Donna losgezogen war, um ihren dreißigsten Geburtstag zu feiern. Etwa zu derselben Zeit bin ich nach Ynys Dwynwen gezogen.

»Er klingt toll«, sage ich schließlich, obwohl ich es offensichtlich nicht so meine. Aber was hätte ich sonst sagen sollen? *Er klingt, als wäre er abstoßend gut aussehend und reich und dynamisch und erfolgreich und großzügig und alles, was ich nicht bin, du wohnst in einem herrlichen Haus in Alderley Edge, und er kauft dir alle paar Jahre ein brandneues Auto, und ihr macht viermal im Jahr Urlaub. Ich verabscheue ihn zutiefst.* Also sage ich einfach noch einmal: »Ja, er klingt toll.«

»Ist er auch«, sagt Gayle und blickt aufs Meer hinaus. »Sehr sogar.«

»Also warum …«, setze ich an.

Sie sieht mich an. »Warum habe ich letztes Jahr mit dir geschlafen?«

Ich zucke mit den Schultern. »Das und … und warum …«

»Und warum habe ich gerade irgendwie angedeutet, dass ich es nicht alles bereue und es unter den richtigen Umständen wieder passieren könnte? Nur nicht hier auf dieser Insel, während ich für dreißig Schulkinder mitverantwortlich bin?«

Ich nicke. »Genau.«

»Ich weiß nicht«, sagt Gayle. »Und wahrheitsgemäßer und hilfreicher kann ich nicht antworten. Denn sosehr ich Tom auch liebe, sosehr er auch für mich sorgt und all die richtigen Dinge sagt und tut … fehlt doch etwas. Etwas, das ich nie genau in Worte fassen konnte. Etwas, das ich nie benennen konnte, nicht exakt. Etwas, von dem ich nicht einmal wusste, dass es nicht da war, bis ich die Erfahrung gemacht habe, dass es da sein kann.«

»Und was könnte das sein?«, flüstere ich.

Sie sieht mir direkt in die Augen und hält meinem Blick stand. »Es ist … Ich weiß nicht, wie ich es nennen soll, ich weiß nicht mal, ob es überhaupt eine Bezeichnung dafür gibt.«

»Ich glaube schon«, sage ich leise. »Ich glaube, ich weiß, wie ich es bezeichnen würde.«

»Nein«, sagt sie bestimmt. »Sag es nicht.«

Dann legt sie ihre Hand auf meine, und es ist, als würde ein Feuerwerk explodieren. Ich blinzle und starre sie an. »Und jetzt?«

»Ich weiß nicht. Ganz ehrlich. Ich habe keine Ahnung.« Sie beißt sich auf die Lippe und sieht mich an. »Kommst du manchmal … rüber?«

Ich schüttle den Kopf. »Ich habe Ynys Dwynwen noch nie verlassen.« Und dann sage ich: »Und jetzt habe ich fast Angst davor. Was, wenn … Was, wenn das hier magisch ist, Gayle? Was, wenn es die Magie von Ynys Dwynwen ist? Was, wenn du nur hier so empfindest, auf diesem Felsen im Meer, wo der Schleier dünn ist und …«

Ich verstumme, weil sie mich ansieht und gleichzeitig lächelt und weint. »Und das ist der Grund«, sagt sie unter Tränen. »Das ist der Grund … dieses Etwas, das wir niemals sagen dürfen, das keinen Namen hat.«

Als sich der Nachmittag dem Ende zuneigt und die Kinder hintereinander an Bord der *Angharad* gehen und Gwyn mit dem Boot von Ynys Dwynwen ablegt, winke ich und weiß genau, was dieses Etwas ist.

»Ich liebe dich«, flüstere ich dem Boot hinterher.

31

Gayle

AUGUST

»Zu früh für einen Drink?«, fragt Donna.

Ich mache die Augen nicht auf. »Wie spät ist es?«

»Nach dem Frühstück, aber vor dem Mittagessen.«

»Woran hast du gedacht?«

»Cocktails?«

Ich öffne die Augen, und das grelle Sonnenlicht, das vom weißen Sand reflektiert wird, blendet mich für einen Augenblick. Mein Körper ist von einem Schweißfilm bedeckt, der die heiße Sonne noch verstärkt und mich auf dem Strand in Ibiza rösten lässt.

»Cocktails«, stimme ich zu, und Donna winkt dem Kellner, damit er auf dem Privatstrand vor unserem Hotel zu unseren Liegen herüberkommt.

Donna zieht sich einen Kaftan über und setzt sich auf meine Liege. Sie riecht nach Kokosnuss und Schweiß und Zigaretten. Verschwörerisch flüstert sie: »Dieser Typ ist wieder da.«

Ich setze ein teilnahmsloses Gesicht auf und bewege nur hinter der Sonnenbrille die Augen. Donna hat recht. Wir sind seit drei Tagen hier, und seitdem hat er sich im Hotel nie weit von uns entfernt platziert. Gestern Abend haben wir ihn sogar drei Tische weiter in dem Restaurant unten am Hafen getroffen. Jetzt sitzt er da und liest auf seinem Tablet, braun gebrannt und durchtrainiert in seinen eng anliegenden Shorts. Er blickt nicht auf, aber ich kann sehen, dass er hinter seiner Sonnenbrille zu uns herüberschaut. Zu mir.

»Du solltest mit ihm vögeln«, sagt Donna. »Du stehst auf ihn, oder?«

Ich sehe ihn wieder an. Er ist um die vierzig, sieht attraktiv aus und ist wahrscheinlich ziemlich gut situiert, wenn er in dem Hotel absteigt, das Tom für Donna und mich bezahlt hat. Es ist Toms Bonbon für die letzte Woche der Sommerferien. Der Typ scheint Single zu sein, zumindest ist er mit niemandem hier und trägt keinen Ring.

»Ich schätze, ich stehe auf ihn«, murmele ich. »Oberflächlich betrachtet. Im Prinzip.«

»Und, schläfst du mit ihm?«

Der Kellner kommt mit unseren Cocktails. Er mustert Donna in ihren Shorts und dem Bikinioberteil und mich in meinem weißen Badeanzug. Als er weg ist, nippe ich an meinem Mojito und sage: »Nein, ich werde nicht mit ihm schlafen. Sei nicht albern, Donna.«

»Und ist es wegen Tom oder wegen Martin?« Sie wirft mir die Sonnencreme zu, dreht den Rücken zu mir und lässt sich die Träger von den Schultern gleiten. »Weil du ja mit Martin geschlafen hast, während du mit Tom zusammen warst, was bedeutet, dass du Tom nicht treu bist, wenn du also mit dem Typen da drüben nicht schläfst, bedeutet das zwingend, dass du Martin treu bist.«

Ich höre auf, ihre Schultern einzucremen, und schlage etwas fester, als im Scherz erlaubt ist, auf ihre roten Stellen.

»Au«, sagt Donna, kehrt zu ihrer Liege zurück und greift nach ihrem Drink.

»Deine Logik ist grauenhaft. Es ist deutlich komplizierter.« Ich creme mir die Arme mit Sonnencreme ein. »Und ich fasse es nicht, dass du mir auch nur vorschlägst, mit jemandem zu schlafen, nur um deine dämliche Hypothese zu belegen.«

Donna zieht an ihrem Strohhalm und sieht mich einen langen Moment an. »Ihr Heteros seid so wirr.«

Als ich von der Insel zurückkehrte, konnte Donna kaum erwarten zu hören, was passiert war, und als ich es ihr erzählte, war sie ernsthaft geknickt. »Was? Kein leidenschaftlicher Sex zweier sonnengeküsster Körper in den Wellen? Ihr seid nicht voller Hunger auf das Fleisch des anderen über das Kliff aufeinander zugerannt? Nicht mal ein Quickie mit zitternden Knien am Leuchtturm?«

»Donna, ich arbeite an einer Schule«, sagte ich seufzend. »Betrachte das Ganze doch mal mit dem Hirn einer Journalistin. *Schulhelferin nutzt Klassenausflug für jährliche Sexorgie mit Leuchtturmwärter.* Kannst du dir das vorstellen?«

Donna sah beeindruckt aus. »Das ist keine schlechte Headline, ehrlich gesagt.«

Selbst jetzt, auf Ibiza, lässt sie die Sache nicht ruhen, während wir uns für den Abend fertig machen. »Du würdest also sagen, es war ein einmaliger Ausrutscher?«

Ich massiere mir After-Sun-Pflege auf den Bauch und wundere mich, was für Spuren ein paar Tage Alkohol und Essen hinterlassen haben. Wenn ich nach Hause komme, muss ich wieder ins Fitnessstudio. Ich kann schon fast vor mir sehen, wie Tom mich mustert und eine Augenbraue hochzieht. »Du meinst den Sex mit Martin?«

»Na ja«, sagt sie und hakt ihren BH zu. »Seit du ihn vor vier Jahren wiedergetroffen hast, habt ihr es ein Mal getan. Also würde ich das als One-Night-Stand bezeichnen.« Plötzlich grinst sie. »Oder vielleicht als One-Light-Stand. Verstehst du? Der Leuchtturm? One-Light …«

»Ich hab's kapiert. Hast du das Glätteisen gesehen?«

»Die Sache ist die, Gayle«, sagt Donna, zieht zwei Kleider aus dem Schrank und hält sie abwechselnd vor sich. »Ich habe das Gefühl, dass es *kein* einmaliger Ausrutscher war. Deswegen auch das Argument mit dem Typen am Strand. Bist du Martin treu oder Tom?«

»Es geht nicht darum, irgendjemandem treu zu sein«, sage ich genervt. »Es geht darum, dass ich im Urlaub nicht mit einem beliebigen Typen schlafen will. Warum bist du so besessen davon?«

»Ich bin nicht besessen«, sagt Donna, wählt das rote Kleid aus und hängt das blaue zurück in den Kleiderschrank. »Ich bin nur … Ich mache mir Sorgen um dich, Gayle. Ich will nur sicherstellen, dass *du* weißt, was du tust.«

Ich starre sie an. »Du *hasst* Tom.«

»Nein, tue ich nicht.« Sie runzelt die Stirn. »Manchmal hasse ich, was er aus *dir* gemacht zu haben scheint, aber ich hasse ihn nicht.« Sie unterbricht sich. »Genau genommen, doch, ich hasse ihn. Aber du liebst ihn. Und ich liebe dich. Also, noch mal, ich will nur sichergehen, dass du weißt, was du tust.«

»Du hast recht. Ich liebe ihn.«

Donna dreht sich um und sieht mich an. »Ich will damit nur sagen, Gayle … Ich kenne dich. Ich weiß, du kannst eine Träumerin sein. Eine Romantikerin. Ich weiß, dass diese ganze Vorstellung von Martin, einsam und gepeinigt und isoliert auf seiner Insel, diese Seite von dir anspricht. Ich will nur sagen, spiel nicht mit Martins Gefühlen. Er ist nie über dich hinweggekommen, das ist glasklar. Und jetzt denkt er, du bist in sein Leben zurückgekehrt.« Sie knöpft sich ihr Kleid zu. »Du musst abwägen zwischen den Fantasien von Martin, die du im Kopf hast, und der Realität deines Lebens mit Tom. Irgendwann wirst du einen von beiden aufgeben müssen. Ich finde, du solltest sehr, sehr sorgfältig darüber nachdenken, welcher es sein wird und ob du dich dabei von deinem Herzen oder deinem Kopf leiten lassen willst.«

»Was sollte ich deiner Meinung nach tun?«, frage ich leise.

Sie lächelt mich an. »Dich anziehen, auf die Piste gehen und dich besaufen. Und über den ganzen Kram zerbrechen wir uns ein andermal den Kopf.«

Die Sache ist die, Donna hat recht. Tom ist gut für mich. Er kümmert sich wirklich um mich. Er ist alles, was sich ein Mädchen nur wünschen kann … er ist alles, was ich mir wünschen kann. Wenigstens auf dem Papier. Und die ganze Geschichte mit Rachael und Gott weiß wem noch … also, da kann ich wohl kaum reden, oder? Mehr als ein Mal habe ich mich gefragt, ob das, was ich mit Martin getan habe, eine Art von Rache an Tom war, ein Ausgleichen der Waagschale.

Aber das war es nicht. Das weiß ich in meinem Herzen. Ich habe nicht mit Martin geschlafen, um Tom eins auszuwischen. Ich habe nicht einmal an Tom gedacht.

Und wenn ich sage, auf dem Papier ist Tom perfekt … dann meine ich, dass er sämtliche Kriterien erfüllt. Alle, bis auf eines. Und ich weiß nicht einmal, wie ich dieses einzelne, nicht erfüllte Kriterium nennen soll. Ich liebe ihn, ich weiß, dass es so ist. Und doch … Und doch und doch und doch. Da ist etwas Undefinierbares, etwas, das ich nicht ganz zu fassen bekomme. Die meiste Zeit über bemerke ich es nicht einmal, es fällt nicht sehr auf, dass es fehlt. Aber es fehlt, wenn ich in den dunklen Momenten mitten in der Nacht darüber nachdenke, während Tom neben mir schläft. Es ist da, wenn ich an Martin denke und das, was auf der Insel geschehen ist. Es ist da, wenn ich an Martin an der Universität zurückdenke, an die Blicke, die wir auf seiner Insel gewechselt haben, an die elektrischen Schläge, wenn sich unsere Finger streifen. Ich stelle mir eine Waage vor und all die Dinge, die Tom tut und sagt und mir bietet auf der einen Seite. Und dann ist da diese winzige Lichtkugel, nicht größer als ein Stecknadelkopf. Das ist alles, was Martin anzubieten hat, und ich habe keinen Namen dafür. Und jetzt stehe ich hier, an unserem letzten Ferientag, an der Rezeption unseres Hotels und sehe mir ein Gestell mit kostenlosen Postkarten durch. Ich suche eine aus, die den weiten, weißen Strand zeigt, auf dem ich die letzte Woche verbracht habe, und kritzle etwas auf die Rückseite. Dann bitte ich den Portier, sie für mich abzuschicken, und strenge mich sehr an, sie wieder zu vergessen.

»Bist du bereit?«, fragt Donna, die in der kühlen Lobby auf mich wartet.

»Ja«, sage ich. »Ich denke schon.«

Sie sieht mich neugierig an. »Was hast du vor?«

»Nichts.«

»Okay«, sagt sie. »Aber du bist eine miserable Lügnerin, Gayle Reiss. Egal, komm schon, lass uns losziehen und total abgehen. Unsere letzte Nacht auf Ibiza!«

Wir beschließen, noch einen Drink in der Hotelbar zu nehmen, bevor wir essen gehen und dann so ausschweifend feiern, wie wir es wagen können. Ich scrolle durch meine E-Mails, während der Barkeeper unsere Cocktails mixt, dann hole ich tief Luft.

»Was ist los?«, fragt Donna.

»Es geht um die Schule«, sage ich.

Ich zeige ihr die E-Mail.

Liebe Gayle,

im Anschluss an unser informelles Gespräch vor den Schulferien haben wir auf unserer Seite eine Reihe von langen Unterhaltungen geführt und sind zu einer Entscheidung gekommen. Wir möchten Dir an der Britannia Brook gerne eine Festanstellung als Lehrerin der Klassenstufe 5 in Vollzeit anbieten. Natürlich ist dieses Angebot an das erfolgreiche Erlangen eines Lehrzertifikats geknüpft, aber mit Deiner Erfahrung als Lehrassistentin, Deiner Eignung für die Stelle und angesichts Deines hohen Ansehens sowohl im Kollegium wie auch bei den Schülern halten wir das für eine reine Formsache, die Du neben Deiner Arbeit hier erledigen kannst. Lass uns vor Beginn des neuen Schuljahres hören, was Du darüber denkst. Und wir werden alle begeistert sein, wenn Du Ja sagst. In Vorfreude darauf, willkommen an Bord!

Jean Gaskell

»Wow«, sagt Donna und umarmt mich fest. »Herzlichen Glückwunsch! Lehrerin in Vollzeit!« Sie hält inne. »Du hast Tom davon erzählt, oder? Dass du dich dafür beworben hast?«

»Noch nicht«, sage ich knapp. »Dafür ist noch genügend Zeit, wenn wir nach Hause kommen. Heute ist unser letzter Abend. Wollen wir uns die Kante geben?«

32

Martin

MÄRZ

Ich muss Ynys Dwynwen verlassen.

Bei den Feierlichkeiten zum St.-Dwynwens-Tag hat Heledd Davies mich beiseitegenommen. »Mr Burney. Mein Managementteam hat mich darüber informiert, dass wir darauf bestehen müssen, dass Sie Urlaub nehmen. Es ist eine gesetzliche Vorgabe, die wir bislang nicht im Blick hatten, aber anscheinend verstoßen wir sonst gegen geltendes Arbeitsrecht.« Sie seufzte. »Ich fürchte also, wir müssen darauf bestehen.«

Ich wärmte meine Hände am Lagerfeuer und sah zum Leuchtturm auf, der gleich seinen Lichtstrahl in die Januardämmerung aussenden würde. »Kann ich nicht einfach … hier Urlaub machen? Eine Woche lang nicht arbeiten?« Da fiel mir etwas ein. »Wer wird der Wärter sein, wenn ich nicht hier bin?«

»Mein Bruder Hywel könnte einspringen«, sagte Ms Davies. »Und nein, Sie müssen die Insel verlassen. Es muss nur für ein paar Tage sein. Vorschriften sind Vorschriften.«

»Wann?«

Ms Davies schien darüber nachzudenken. »März vielleicht. Ich muss das mit Hywel klären. Ja, im März. Ich melde mich, sobald ich die Daten habe.«

»Aber wo soll ich hin?«, fragte ich vor allem mich selbst, während ich zusah, wie das Licht aus dem Turm strömte.

»Die Welt ist groß, Mr Burney.«

Der März kommt, und Gwyn nimmt mich in seinem kleinen Boot mit übers Wasser, zum ersten Mal, seit er mich hergebracht hat. Das Festland ragt beim Näherkommen vor uns auf, unvorstellbar massiv. Der Gedanke, dass all dieses Land sich in sämtliche Richtungen ausdehnt, der Gedanke an die Hügel und die Berge und Täler und reißenden Flüsse ... an die verstopften und überfüllten Straßen, den Asphalt und Stein und Ziegel und Stahl und Glas ... ich spüre, wie meine Kehle dabei eng wird. Alle diese *Menschen*.

Als Gwyn das kleine Boot an der steinernen Mole festmacht und mir, der ich meine wasserdichte Tasche geschultert habe, die Treppe hinauf vorangeht, wartet der Bote der Royal Mail mit einem Sack voller Post auf ihn.

»Und, Gwyn? Und der Wärter. Schön, Sie zu sehen. Ich glaube, in dem Sack hier ist ein Brief für Sie dabei.«

Gwyn kocht uns im Laden eine Tasse Tee, während ich den braunen Umschlag beäuge. Als Gwyn mir mein Gebräu reicht, fragt er: »Aus der Welt der Literatur, oder?«

So ist es. Auf der Vorderseite des braunen A4-Umschlags ist meine eigene Handschrift zusehen. Für die Rücksendung der ersten drei Kapitel meines Romans und der kurzen Inhaltsangabe, die ich kurz nach Weihnachten an eine Londoner Literaturagentur geschickt habe. Dies ist der vierte Umschlag dieser Art, den ich zurückgeschickt bekomme. Ich weiß inzwischen, das Gewicht der Sendung bedeutet, dass mein gesamtes Material, das ich auf der alten Underwood-Schreibmaschine zusammengetippt habe, retourniert wurde. Hätten sie mehr von dem Buch lesen wollen, hätten sie einfach einen Brief geschickt.

Gwyn harrt erwartungsvoll aus, als ich den Brief herausziehe, der meinem zurückgeschickten Manuskript beiliegt.

Lieber Mr Burney,
vielen Dank, dass wir Ihre Arbeit lesen durften. Obwohl vieles daran lobenswert ist, fürchte ich, dass der Roman nicht ganz das Richtige für uns ist, deshalb werden wir von einer Anforderung des vollständigen Manuskripts absehen. Bitte lassen Sie sich davon nicht entmutigen, das Verlagswesen kann ein äußerst subjektives Geschäft sein, und ein anderer Literaturagent mag durchaus zu einer anderen Einschätzung kommen. Wir wünschen Ihnen viel Glück dabei, das Buch anderswo unterzubringen.

»Ah, Pech«, sagt Gwyn.

Nur dass Pech damit nichts zu tun hat. Mein Buch – oder die paar Tausend Wörter, die ich bisher geschrieben habe – ist Schrott. Ich gebe Gwyn den Umschlag. »Würdest du das für mich in den Papierkorb schmeißen?«

»Willst du es nicht behalten und wieder neu verschicken?«

Ich schüttle den Kopf. »Ich bin fertig damit. Es taugt nichts.«

Von draußen ertönt ein Piepen. Der Bus von Eddie Jones ist da, um mich nach Bangor zu bringen, wo ich den Zug nach Manchester nehmen werde. Nach Hause, obwohl es sich seltsam anfühlt, das zu denken. Manchester ist einfach nur ein Ort, den ich mal gut gekannt habe.

»Schönen Urlaub, Martin Burney!«, ruft Gwyn, als der Bus von Eddie Jones abfährt und die Küstenstraße entlangjuckelt.

»Mein Schatz!« Mrs Carruthers reißt die Tür zu ihrer Wohnung auf. »Wie war die Reise?«

»Grauenvoll«, sage ich. »All die verdammten Leute in diesen Zug gepfercht ... Ich dachte, ich ersticke. Wie halten Sie das nur aus?«

»Und wie hältst du es aus, auf dieser kleinen Insel zu leben, wo man mit niemandem reden kann außer mit Vögeln?«

»Und mit Robben.«

Mrs Carruthers lacht schallend. »Komm rein. Ich habe dir das Sofa hergerichtet.« Sie legt ruckartig den Kopf zur Seite, auberginefarbene Locken fallen ihr über die Schultern. »Sieh dich nur an! Dieser Bart! Diese Bräune!« Sie drückt meinen Arm. »Diese Muskeln! Was hast du mit dem Idioten gemacht, den ich früher gekannt und geliebt habe?«

»Er hat 'nen Mann aus ihm gemacht«, sagt eine vertraute Stimme. Ich sehe an Mrs Carruthers vorbei zu Harry, der in einem Polstersessel fläzt und die *Racing Post* liest.

Ich lasse meine Tasche zu Boden fallen und umarme Mrs Carruthers und Harry meinerseits fest.

»Bin überrascht, dass ich noch am Leben bin«, vertraut mir Harry im lauten Bühnenflüsterton an. »Sie raubt mir jede Kraft, diese Frau.«

Mrs Carruthers schlägt spielerisch nach ihm. »Komm rein, lieber Junge. Zieh den Mantel aus. Tee? Oder was Stärkeres? Du musst uns *alles* darüber erzählen, wie es ist, Leuchtturmwärter zu sein.«

»Wie spannend!« Mrs Carruthers klatscht in die Hände, als ich ihr von der Rettung des Schuljungen von der Kliffkante erzähle. Dann berichte ich von dem Sturm.

»Wir haben in den *Evening News* davon gelesen«, sagt Harry. »Stolz auf dich, Junge.«

»Kein Grund, wirklich«, sage ich. »Genau genommen sind das die einzigen aufregenden Dinge, die ich in …« Ich addiere im Kopf alles zusammen. »Verdammte Axt, bald fängt mein siebtes Jahr auf Ynys Dwynwen an.« Ich starre auf den Fernseher auf der Holzkommode in Mrs Carruthers' Wohnung. Es kommt mir so eigenartig und fremd vor, den ganzen Abend in eine kleine Schachtel gesperrt auf einen Bildschirm zu starren, das Gesicht eingefärbt von dem fahlen Licht. Ich bin mir nicht sicher, ob ich noch die Aufmerksamkeitsspanne hätte, dazusitzen und das zu tun.

»Und was machst du so abends?«, fragt Harry und schenkt uns allen noch einen großen Gin Tonic ein.

»Auf dem Balkon stehen und anschauen, wie das Licht übers Meer fällt. Den Mond betrachten. Den Wühlmäusen zusehen. Um die Insel spazieren. Denken. Schreiben. Auf einer großen, alten Schreibmaschine.«

Ich verrate nicht, dass ich mich mit Bruce unterhalte. Das kommt mir jetzt wie etwas Komisches und Albernes vor.

»Lust auf ein Pint?«, fragt Harry. »Ich schätze, es ist eine Ewigkeit her, dass du in einem Pub warst.«

»Ja!«, mischt sich Mrs Carruthers ein. »Geht ihr Jungs einen trinken, und ich fange solange mit dem Abendessen an. Ist Tarka Dal okay für dich, Martin? Das ist eines von Harrys Lieblingsessen. Er ist jetzt Vegetarier.«

Im Pub *The Fleece* um die Ecke ihrer Wohnung bestellt Harry uns beiden ein Pint Lagerbier und zwei Pies mit Schweinefleisch, die er sich mit flatternden Lidern beinahe orgasmisch in den Mund stopft. Beim Kauen stößt er unwillentliche Mmmm-Laute aus.

»Also noch kein vollständiger Vegetarier«, sage ich von meinem Barhocker aus und schaue mich im Pub um.

»Gelegentlich komme ich vom Weg ab«, sagt Harry mit dem Mund voller Fleisch. »Aber das ist ein kleiner Preis, den ich da zahle. Sie ist eine verdammt wunderbare Frau, Beryl, das ist sie. Aber ich habe keine Scherze gemacht, als ich meinte, sie raube mir alle Kraft. Ich weiß nicht, wie sie erwartet, dass Linsen mich bei Kräften halten können … bei dem, was sie mir ansonsten so abverlangt, ich kann …«

Ich hebe die Hand. »Es reicht, Harry. Ich muss über euer Liebesleben wirklich nichts wissen.«

Er nimmt einen Schluck von seinem Pint. »Ich gehe nicht davon aus, dass du da drüben eines hast. Fehlt dir das nicht?«

Natürlich erzähle ich ihm nicht von Gayle, von dem, was vor beinahe zwei Jahren im Sturm geschehen ist. Nur noch ein paar Wochen, dann kommt Britannia Brook wieder nach Ynys Dwynwen. Ich spüre bereits, wie in mir die Aufregung steigt.

»Ich habe gefragt, ob es dir nicht fehlt? Bum-Bum?« Harry reißt mich aus meiner Träumerei.

»Lass es stecken, Harry.«

Ich spüre seinen Blick und setze hinzu: »Was?«

»Ich wusste, er wird dich zum Vorschein bringen, dieser Job«, sagt er, und seine Stimme zittert ein wenig. »Ich wusste, es war genau das, was du gebraucht hast. Dein Dad wäre stolz auf dich, Martin. Du hast damit sein Andenken hochgehalten, weißt du. Indem du diese Stelle angenommen hast.«

Ich muss zugeben, ich bin ganz schön stolz. Wenn ich dort stehe und den Strahl übers Meer streichen sehe, die fernen Lichter der Schiffe am Horizont, die sich am Leuchtturm orientieren und auf sicherem Kurs durch heimtückische Gewässer steuern. Harry hat recht. Mein Dad wäre stolz, denke ich. Ihn kann ich nicht retten, aber ich kann mein Bestes geben, um andere vor seinem Schicksal zu bewahren.

Harry stößt klirrend sein Glas an meines. »Auf den Leuchtturmwärter von Ynys Dwynwen.« Dann leert er es und sagt: »Noch zwei Pints und ein Stück Pie mit Schweinefleisch für den Weg.«

Wir verspeisen Mrs Carruthers' gewaltiges und leckeres indisches Festessen am Esstisch und trinken Wein und dann noch mehr Gin, bis ich ziemlich betrunken bin, da ich mittlerweile an Alkohol nicht mehr gewöhnt bin. Wir reden bis spät in die Nacht, und dann wird der Fernseher eingeschaltet, um die Nachrichten anzuschauen, was ich gleichzeitig faszinierend und entsetzlich finde. Ich will nach Ynys Dwynwen zurück und mich gegen all den Tod und Krieg abschotten, gegen all das Gequatsche über Leute, die keinerlei Bedeutung haben.

Dann holt Mrs Carruthers ihre alten Langspielplatten heraus und schaltet ihren Dansette-Plattenspieler ein. Sie und Harry tanzen eng zur samtenen Stimme von Nina Simone.

Mir fallen die Augen zu, und ich siedle auf das Sofa über. Mrs Carruthers breitet eine Decke über mich, bevor sie und Harry sich in ihr Schlafzimmer zurückziehen, von wo ich die Bettfedern quietschen höre.

Lange vor dem Morgengrauen wache ich auf, wie ich es mir angewöhnt habe. Die Wohnung fühlt sich für mich stickig an, und ich öffne das Fenster, um den kalten Märzmorgen hereinzulassen. Ich höre die Geräusche der erwachenden Stadt, Motorengebrumm und entfernte Rufe, Autohupen und das Dröhnen der Straßenbahnen, Türen, die zugeschlagen werden, und die Musik, die in der dünnen Luft heranweht. Ich hasse es. Ich vermisse es. Ich wünsche mir die Geräusche meiner Insel herbei, die Schreie der Vögel, das

Rauschen der Wellen, das Bellen der Robben. Aber als Manchester nun zum Leben erwacht, ist da eine Unterströmung von Sehnsucht, die vage und ferne Erinnerung an das Leben, an die Hektik des Lebens und an die einfache, lange vergessene Freude, einfach nur andere Menschen um mich zu haben.

Ich kehre zum Sofa zurück und durchwühle meine Tasche nach meinem Notizbuch, das von einem Gummiband zusammengehalten wird. Darin schreibe ich Ideen und Beobachtungen auf, zeichne Skizzen von Dingen, die ich auf der Insel gesehen habe, male mit Buntstiften Vögel, Robben und Sonnenuntergänge.

Noch etwas anderes steckt darin und lugt zwischen den Seiten hervor. Eine Postkarte, ausgebleicht, weil sie in meiner Küche aufgehängt war, an den Ränder rau und ausgefranst.

Auf der Vorderseite ist das Foto eines breiten, weißen Sandstrandes zu sehen. Ich spüre plötzlich den Sog des Meeres, als befände sich das Blut, das durch meine Adern fließt, nun im Einklang mit den Gezeiten. Da ist eine Insel auf dem Bild zu sehen, aber nicht meine Insel. Es ist Ibiza. Die Karte kam vor sechs Monaten auf Ynys Dwynwen an, von einer Insel zur anderen.

Ich drehe sie um. Auf der einen Hälfte der Rückseite steht meine Adresse, wie sie eben lautet: *Martin Burney, Leuchtturm, Ynys Dwynwen, North Wales.* Ich weiß noch den Tag damals Anfang September, an dem Gwyn sie zusammen mit meinen Vorräten per Boot angeliefert hat.

Auf der anderen Hälfte steht keine Nachricht. Nur eine Telefonnummer. Und eine hingekritzelte Unterschrift. Gayle.

Ich habe mein Handy noch, auch wenn es auf der Insel nutzlos ist. Als ich gestern in Manchester angekommen bin, habe ich Guthaben aufgeladen. Nur für Notfälle. Ich schaue mir die Nummer auf der Karte an. Dann tippe ich sie in mein Telefon.

33

Gayle

»Du musst rüberkommen«, sage ich entschieden.

»Wann?«, fragt Donna. »Und warum? Ist was passiert?«

»Heute Abend.«

»Kann nicht. Muss lange arbeiten.«

»Scheiße, Donna«, sage ich und starre auf das Telefon. »Du musst.«

»Gayle, beruhige dich. Was ist passiert?«

»Martin ist in Manchester.«

»Oh, Shit«, sagt Donna. Ich kann hören, wie sie an ihrer Zigarette zieht. »Hat er sich gemeldet?«

»Ja. Er hat mich heute Morgen angerufen. Deswegen musst du auch kommen. Ich habe ihn hierher eingeladen.«

»Was? Zu dir nach Hause? Und Tom?«

»Tom ist nicht da«, sage ich und stöhne auf. »Er ist ein paar Tage weg und sieht sich ein potenzielles neues Investment an.«

»Ich kann nicht«, seufzt Donna. »Wieso hast du ihn eingeladen? Wieso hast du dich mit ihm nicht in einer Bar verabredet?«

»In Alderley Edge kann ich nicht ausgehen, weil uns dann jemand sehen könnte, und nach Manchester kann ich nicht, weil Tom in Manchester praktisch jeden kennt. Ich bin ein bisschen in

Panik geraten und habe ihm dann einfach gesagt, er soll herkommen. Ich dachte, so wäre es am sichersten.«

Es entsteht ein langes Schweigen, bevor Donna sagt: »Gayle, ist dir klar, dass du dich jetzt schon so schuldbewusst verhältst wie die Sünde selbst? Welche Rolle würde es spielen, wenn euch jemand sähe? Darfst du dich nicht mit einem alten Freund auf einen Drink treffen?«

»Ich bin einfach in Panik geraten!«, sage ich. »Scheiße. Vielleicht sollte ich besser absagen.«

»Gayle«, sagt Donna. »Wirst du mit ihm vögeln?«

»Nein!«, entgegne ich entsetzt. »Okay. Tief durchatmen. Großes Mädchen, Hose an. Alles ist gut.«

»Also, ruf mich jedenfalls an, wenn er wieder weg ist«, sagt Donna. »Ich will alles wissen. Muss jetzt Schluss machen. Hab dich lieb.«

Ich habe noch viele Stunden, bevor Martin kommt. Ich sollte aufräumen, in die Badewanne und mir etwas zum Anziehen suchen. Aber zuerst brauche ich einen starken Drink.

Ich beobachte, wie er die Auffahrt heraufkommt, seine Turnschuhe knirschen auf dem Schotter. Es kommt mir seltsam vor, ihn hier zu sehen. In meiner Welt. Er sieht anders aus. Er trägt normale Kleidung, Jeans und ein Hemd, nicht sein Leuchtturmwärter-Outfit aus Jacke, verblichener blauer Chinohose und schwarzen Stiefeln. Sein kurz gestutzter Bart – der noch grauer ist als das letzte Mal, als ich ihn gesehen habe – lässt ihn aussehen wie jeden anderen Mittdreißiger auf den Straßen von Manchester oder Cheshire. Er wirkt … weniger imposant? Nicht ganz so robust? Als hätte ihn der Abstand zu Ynys Dwynwen ein wenig blasser werden lassen. Als hätte er ein Stück von sich zurückgelassen.

Plötzlich habe ich ein sehr schlechtes Gefühl bei der Sache. Das hier fühlt sich nicht so an, wie wenn ich Martin auf seiner Insel besuche. Es fühlt sich an, wie wenn ein Mann, mit dem ich hinter dem Rücken meines Partners geschlafen habe, an meine Tür klopft. Es fühlt sich nicht magisch, romantisch oder wild an. Es fühlt sich … schäbig an.

Ich streiche mein kleines Schwarzes glatt. Ich wünschte, ich hätte etwas anderes angezogen. Ich komme mir overdressed vor. So, als hätte ich mich zu sehr bemüht. Ich frage mich, ob ich noch die Zeit habe, mich schnell umzuziehen. Es läutet erneut an der Tür. Oder ich könnte so tun, als wäre ich nicht zu Hause … mich unten im Bad verstecken und Martin eine Nachricht schreiben, dass ich wegmusste.

Sei nicht albern, Gayle. Ich wünschte, Donna wäre da. Ich hole tief Luft und öffne die Tür.

Er steht unbeholfen auf der Treppe und sieht aus wie ein Zeuge Jehovas an seinem ersten Tag. Wir lächeln uns gezwungen an, höflich. Ich merke, dass er sich genauso unwohl fühlt wie ich, was mich ein klein wenig ruhiger werden lässt.

»Hi.«

»Hi.«

Martin deutet ins Haus. »Soll ich …?«

»Oh Gott, ja.« Ich trete zur Seite, um ihn hereinzulassen. Er sieht sich in der Eingangshalle um wie ein Kaufinteressent.

»Schönes Haus«, sagt er.

»Ja. Danke.« Ich weiß nicht, warum ich mich bei ihm bedanke. Es hat nichts mit mir zu tun. In all den Jahren, in denen ich hier wohne, habe ich zu dem Haus nicht mehr beigetragen als das eine oder andere Bild an der Wand oder das eine oder andere Dekoobjekt auf dem Tisch. Tom ist sehr wählerisch, was seine Inneneinrichtung angeht.

»So viel Platz«, sagt Martin. »Ich bin das nicht gewohnt, nicht mehr.«

»Tee? Kaffee?«

»Das wäre schön.«

Ich führe ihn in die Küche, und die Hochwertigkeit ihrer Ausstattung macht mich seltsam verlegen. Martin stößt ein leises *Wow* aus, als er den Raum und die Geräte in sich aufnimmt und durch die Flügeltüren in den riesigen Garten schaut. »Du bist hier definitiv auf den Füßen gelandet.«

»Oh, das ist noch gar nichts«, sage ich leichthin. »Du solltest erst mal die Häuser von einigen von Toms Freunden sehen.« Dann wird mir bewusst, wie das klingt und dass ich *unsere Freunde* hätte sagen sollen, nicht *Toms Freunde*. »Ich meine, es ist nett, versteh mich nicht falsch. Es gefällt mir ...«

Halt die Klappe, Gayle, denke ich wütend. Was stimmt nicht mit mir? Was stimmt nicht mit uns? Es ist, als würden wir uns überhaupt nicht kennen.

Ich mache Anstalten, die Kaffeebohnen zum Mahlen herauszuholen. Martin sagt: »Instantkaffee ist okay, weißt du ...«

»Gott sei Dank«, sage ich und lächle zum ersten Mal, seit er hier ist, aufrichtig. »Ich habe hier hinten im Schrank eine Dose Nescafé versteckt.«

Dieser kleine Akt des Widerstands, bei dem ich Instantkaffee in die Tassen löffle, bringt uns ein wenig näher, lässt uns auftauen. Als ich die Tassen am Siedewasserhahn mit kochendem Wasser fülle, sagt Martin erneut »Wow«. Er sagt auch »Wow«, als ich die riesige amerikanische Kühl-Gefrier-Kombi öffne, um die Milch herauszuholen.

»Hörst du wohl auf?«, sage ich. »Du gibst mir das Gefühl, eine Millionärin zu sein, die einem viktorianischen Gassenjungen das Haus der Zukunft zeigt.«

»Bist du keine Millionärin?«, fragt Martin.

Tom ist einer, nehme ich an. Zumindest auf dem Papier. Das lässt mich die Stirn runzeln. *Auf dem Papier.*

Der Atem stockt mir.

Martin stellt den Kaffee ab und steht auf.

»Gayle.«

»Martin. Ich …«

Ich weiß nicht, wie es dazu gekommen ist, aber ich küsse ihn, und er hält mich fest, und unsere Körper pressen sich aneinander. Nein, kein Pressen, sie schmiegen sich ineinander.

»Es tut mir leid«, sage ich und löse mich. »Ich kann nicht. Nicht hier.«

»Ich weiß«, sagt er. »Mir tut es leid. Ich … ich gehe besser.«

»Warte«, sage ich und lege meine Hand auf seinen Arm. »Wo übernachtest du heute?«

Es stellt sich heraus, dass Martin bei seiner ehemaligen Nachbarin schläft, einer lebhaften Frau namens Beryl Carruthers, mit der er in Kontakt geblieben ist. Ich bin augenblicklich in sie verliebt. Und bei Harry, mit dem Martin früher einmal zusammengearbeitet hat. Und der auf der Beerdigung von Martins Mutter mit Beryl zusammengekommen ist. Ich mache mir vor Lachen beinahe in die Hose, als er mir die Geschichte erzählt, während ich Auto fahre.

Martin hat angerufen und gefragt, ob wir den restlichen Abend dort verbringen können, und als wir in der Wohnung ankommen – die voller Lampen und Decken und Kissen und willkürlich an den Wänden aufgehängten Bildern und einfach der schönste, gemütlichste Ort der Welt ist, so weit entfernt von der mir plötzlich steril erscheinenden Umgebung von Toms Haus –, tischt uns Beryl an dem kleinen Bistrotisch im Erkerfenster das köstlichste Gemüsecurry auf.

Während wir essen, unterhält sie uns mit Geschichten über Manchester in den Sechzigerjahren, bei denen mir der Mund offen stehen bleibt. Dann sagt sie: »Harry und ich ziehen jetzt weiter ins *Fleece*. Dort gibt es ein Pub-Quiz, und der Wirt lässt uns sicher bis in die frühen Morgenstunden nicht gehen.« Sie sieht mich an, nicht Martin. »Harry und ich nehmen das Schlafsofa. Ich habe mein Bett neu bezogen.«

»Oh Gott, nein, Mrs Carruthers«, sage ich. »Da sind Sie aber auf dem Holzweg …«

Sie lächelt nachsichtig. »Genau das haben auch Ray und Dave Davies von den Kinks gesagt, als ich einundsiebzig in ihrem Hotelzimmer im Britannia aufgetaucht bin. Sechsunddreißig Stunden später bin ich so breitbeinig wie John Wayne wieder gegangen. Beryl Carruthers liegt nie falsch, Schätzchen.« Sie sieht Martin an und sagt: »Ich mag sie. Vielleicht bist du ja doch kein solcher Trottel.«

Als sie gegangen sind, sehen Martin und ich uns über den Tisch hinweg an. Er schenkt mir noch ein Glas Wein ein und sagt verlegen: »Es tut mir so leid. So ist sie eben. Ignorier sie einfach.«

»Martin«, sage ich. »Halt die Klappe und küss mich wieder.«

• • •

Später liegen wir schweigend in Beryls Bett. Die Laken um uns sind verheddert. Zerknäult. Nass. Wir waren laut und voller Energie und rücksichtslos allem und jedem gegenüber, nur nicht gegenüber dem jeweils anderen. Nichts existierte außer uns, außer dem Bett. Als wäre es eine Erweiterung von Martins Insel, als hätte er die Magie, die wie Mücken in der Abenddämmerung oder Löwenzahnsamen im Morgenwind über Ynys Dwynwen wirbelt, mit hierher gebracht, wo sie im gleichermaßen magischen Herrschaftsbereich von Mrs Carruthers' Fuß gefasst hat.

Keiner von uns sagt etwas, wir liegen einfach auf dem Rücken und starren an die Decke, der Schweiß wird auf unseren Körpern kühl, unser Atem wird langsamer und beruhigt sich. Ich schließe die Augen und warte darauf, dass mich Schuldgefühle übermannen. Aber es geschieht nicht. Ich empfinde nichts als ein tiefes und einschüchterndes *Etwas* für Martin.

Ich möchte nicht sagen, was es ist. Ich will nicht einmal darüber nachdenken. Meine Hand gleitet zu seiner, und unsere Finger verschränken sich.

»Also«, sagt er.

»Also«, stimme ich zu.

Ich hoffe, er wird mir nicht gleich eine Frage stellen wie *War das gut für dich*? oder *Hat es dir gefallen?*, denn das sollte eigentlich mehr als offensichtlich sein. Aber ich weiß, das wird er nicht tun. Ich weiß, er wird etwas fragen, was viel schwieriger zu beantworten ist.

»Also«, sagt er. »Wie geht es jetzt weiter?«

»Das ist eine berechtigte Frage«, findet Dad, als er am nächsten Nachmittag in der Küche einen Schluck aus seiner Teetasse nimmt. »Wie *geht* es denn jetzt weiter? Ich meine, verdammt noch mal, Gayle. Ihr benehmt euch wie Teenager. Außen am Leuchtturm. Im Bett einer alten Hippiefrau. Ich bin überrascht, dass du nicht auf der A538 in einer Parkbucht gehalten hast, um auf der Rückbank vom Mini zu pimpern.«

»Dad«, sage ich. »Niemand sagt mehr ›pimpern‹.« Ich lege den Kopf schräg und sehe ihn an. »Hast du gepimpert, als du Mum verlassen hast?«

Er zuckt mit den Schultern und blickt in seinen Tee. »Ich kann nicht abstreiten, dass ich das als … Möglichkeit in Betracht gezogen habe. Irgendwann. Ich habe eigentlich, was das Pimpern angeht, an niemanden konkret gedacht.« Er sieht zu mir auf. »Es war keine Affäre, weißt du. Diese … Episode.«

So nennen wir es. *Die Episode.* Seitdem Dad sich aufgemacht hat, um ein paar Tage lang das Leben eines alleinstehenden Mannes zu führen, scheinen wir uns irgendwie nähergekommen zu sein. So nah, dass ich mich mit ihm an den Tisch gesetzt und alles über Martin ausgeplaudert habe. Er kam eigentlich nur vorbei, um die Post abzugeben, die noch immer bei ihnen zu Hause für mich ankommt – hauptsächlich Abrechnungen für Studentenkredite, mit deren Abzahlung ich nie beginnen musste, weil ich dafür nie wirklich genug verdient habe. Ich wusste nicht, ob er wütend oder enttäuscht sein oder mich dafür verurteilen würde oder was auch immer. Es stellte sich heraus, dass er einfach nur … mein Dad war.

Kurzfristig ging es so weiter, dass Martin und ich aus dem Bett aufstanden, noch mehr Gemüsecurry aßen, Wein tranken und uns gegenseitig alles erzählten, was uns im vergangenen Jahr widerfahren war. Jedes Unbehagen hatte sich in Luft aufgelöst, wir fühlten uns warm und nah, und es fühlte sich an wie … die natürlichste und beste Sache überhaupt. Dann gingen wir wieder ins Bett und blieben dort bis zum nächsten Morgen, ohne zu hören, wie Beryl und Harry nach Hause kamen. Das Licht der Morgendämmerung brachte etwas anderes mit ins Schlafzimmer, das wachsende Begreifen dessen, was wir getan hatten, was ich getan hatte. Und das Wissen, dass Tom am Abend nach Hause kommen würde. Und er würde eine kräftige Dosis harter Realität mitbringen. Wir liebten uns noch einmal langsam und leise, dann stieg ich in mein Auto.

Ich nippe an meinem Kaffee und blicke durch die Terrassentür hinaus auf das Bettzeug, das die Putzfrau dort aufgehängt hat, als wollte sie mich irgendwie verhöhnen. Es flattert im warmen Wind auf der Wäscheleine wie weiße Fahnen der Schuld, stellvertretend beschmutzt.

»Martin fährt morgen nach Ynys Dwynwen zurück«, sage ich, was die Frage nicht beantwortet.

»Und in ein paar Wochen wirst du auch hinfahren«, sagt Dad. Er legt seine Hand auf meine. »Heißt das, du hast eine Affäre, Gayle?«

Bei dem Wort verziehe ich das Gesicht. Aber wie soll man es sonst bezeichnen? Wenn die Sache auf der Insel geblieben wäre, eine einmalige Angelegenheit vor zwei Jahren, dann hätte man sie vielleicht einfach auf sich beruhen lassen können. Aber jetzt … der Wind fährt wütend in die Bettlaken auf der Leine.

»Liebst du ihn?«

Ich blinzle Dad an. »Du meinst Martin?«

»Ja.«

Ich blicke ihm direkt in die Augen. »Ich glaube, ich habe nie aufgehört, ihn zu lieben, Dad. Ich hatte nur … vergessen, dass ich ihn liebe.«

Dad denkt einen Moment darüber nach. »Als ich *die Episode* hatte, dachte ich, die Kirschen in Nachbars Garten seien süßer. Ich dachte, es gäbe im Leben noch anderes als das, was ich hatte. Und es stellte sich heraus, dass die Kirschen drüben überhaupt nicht süßer schmeckten. Genau genommen gab es gar keine Kirschen, nur Ravioli aus der Dose. Und einen Umzugskarton zum Sitzen. Und eine Käsegabel.« Er sieht mich an. »Ich hatte das alles nicht wirklich durchdacht. Ich wusste nicht, was passieren würde. Wie es funktionieren sollte. Hast du alles zu Ende gedacht? Wie geht es weiter? Wirst du Tom verlassen?«

Er blickt sich in der Küche um, und ich tue es ihm nach. »Und wenn du Tom verlässt, wohin gehst du dann? Kommst du zurück nach Hause zu Mum und mir? Du weißt ja, du bist jederzeit willkommen. Oder willst du mit Martin auf der Insel leben? Und was machst du dann?«

Ich verziehe das Gesicht. »Ich weiß es nicht, Dad! So weit habe ich nicht gedacht!«

»Gayle«, sagt er freundlich. »Ich liebe dich. Du bist mein kleines Mädchen. Aber du weißt, was ich meine. Ich möchte, dass du *glücklich* bist. Was macht dich glücklich? *Wer* macht dich glücklich?«

»Ich bin glücklich«, sage ich. »Glücklich mit Tom.«

Dad sieht mich lange an. »Weißt du noch, wie du ein Wochenende lang auf das Meerschweinchen aus der Grundschule aufpassen solltest und man dir gesagt hatte, dass du es nicht aus dem Käfig lassen darfst? Aber du hast es trotzdem rausgelassen, und Tigger hat es sich geschnappt?«

»Ja«, murre ich. »Ich weiß noch, dass ich das Schulmeerschweinchen umgebracht habe, indem ich die Katze darauf losgelassen habe. Was hat das mit irgendwas zu tun?«

»Als wir dich gefragt haben, ob du das Meerschweinchen rausgelassen hattest, hast du blindwütig geschworen, du hättest es nicht getan. Und dabei hattest du exakt denselben Gesichtsausdruck wie eben, als du mir gesagt hast, dass du mit Tom glücklich bist.«

Ich antworte nicht. Dad drückt meine Hand. »Ich will doch nur, dass du das Richtige tust. Für alle. Wenn du Tom wirklich liebst und das hier nur eine *Episode* von dir ist, dann halte Martin nicht hin. Aber wenn du doch Martin liebst, dann verhalte dich Tom gegenüber anständig.«

Ich spüre, wie mir plötzlich die Tränen in die Augen schießen.

Ich ergreife seine Hand richtig. »Seit wann bist du auf einmal der große Beziehungsguru?«

Er zuckt mit den Schultern. »Ich gehe mittwochs zu dieser Gruppe. Mum wollte, dass ich mehr aus dem Haus komme. Es ist so eine Art Männerverein. Sie glaubt, wir reden über Fußball, Golf und Autos. Aber wir sitzen im Kreis und reden über unsere Gefühle. Es ist sehr kathartisch.«

Ich kann mir ein Lachen nicht verkneifen. »Das ist genial!« Ich halte inne. »Wirst du Mum sagen, was ich dir erzählt habe? Das mit Martin?«

Er schüttelt den Kopf. »Nur, wenn du es willst. Du weißt, wie hingerissen sie von Tom ist. Ich glaube, es ist besser, du triffst deine Entscheidungen allein. Obwohl du ja immer Donna hast. Und mich.«

»Danke«, sage ich. »Und ich werde die richtige Entscheidung treffen. Das verspreche ich.«

Er nickt. »Nur eine Sache noch, Gayle. Manchmal … tja, manchmal schmecken die Kirschen beim Nachbarn wirklich besser.«

Ich öffne den Mund, um zu antworten, da fliegt plötzlich die Haustür auf. »Hallo! Ich bin wieder zu Hause!«

»Tom«, rufe ich. »Du bist wieder da! Dad ist hier.«

Ich sehe Dad an, aber er schaut in seine Tasse. Die Laken flattern geräuschvoll an der Leine, aber ich ignoriere sie und stehe auf, um Tom zu umarmen.

Jahr sieben

34

Martin

JULI

Es war Oktober, Mitte des Monats (sagt Bruce), als die *Cyprian* vor der Halbinsel Llyn in einen schrecklichen Sturm geriet, der das Land verwüstete, Häuser abdeckte und Bäume entwurzelte.

Draußen auf dem Meer türmten sich die Wellen zu einem Gebirge und wurden der *Cyprian* zum Verhängnis, die 1874 in Seacombe gebaut und von F. Leyland and Co. aus Liverpool betrieben wurde, ein 1400-Tonnen-Dampfschiff mit zwei Motoren und siebenundzwanzigköpfiger Besatzung.

Das Schiff war auf dem Weg nach Genua und hatte gerade Holyhead umrundet, als der Sturm losbrach. Der Kapitän war jedoch zuversichtlich, dass es dem Wind standhalten würde. Vielleicht zu zuversichtlich, Martin, das sagt jedenfalls der Kerl, mit dem ich gesprochen habe. Strachan heißt er. Vielleicht hatte er auch recht, aber es gab eine Reihe von Vorfällen, die zur Folge hatten, dass die *Cyprian* der Aufgabe nicht gewachsen war. Ihr Kessel auf Steuerbord platzte, womit das Schiff nur noch einen Motor hatte. Es begann, mit Wasser vollzulaufen, was die Reparatur des kaputten Motors erschwerte und dem funktionierenden Motor die Tour vermasselte.

Strachan gab Anweisung, das Segel zu hissen und in die ruhigeren Gewässer der Bucht von Caernarfon zu steuern, aber das Unwetter war zu heftig. Die Küstenwache konnte nicht auslaufen, um zu Hilfe zu kommen, und das Dampfschiff zerschellte vor Rhosgor, westlich von Porthdinllaen, an den zerklüfteten Felsen.

Kapitän Strachan befahl seinen Männern, von Bord zu gehen, und gab die Devise *Jeder kämpft für sich allein* aus. Als er gerade selbst ins Meer springen wollte, tauchte von unter Deck ein Junge auf. Ein blinder Passagier, der sich zum Verstecken eine Fahrt ausgesucht hatte, die unter einem sehr schlechten Stern stand. Es gab für den Jungen keine Schwimmweste, also zog Strachan seine eigene aus, überließ sie ihm und befahl ihm zu springen.

Der Junge schaffte es ans Ufer, zusammen mit acht Mitgliedern der Besatzung, und Kapitän Strachan ging mit der *Cyprian* unter.

Ich schweige eine Weile und sinniere über Kapitän Strachans Heldenmut, mit dem er seine Rettungsweste einem Jungen gab, der ohnehin kein Recht hatte, auf der *Cyprian* zu sein. Ich hätte gern, dass er mein Vater wäre. Aber er ist es nicht.

»Tut mir leid, Bruce. Aber danke fürs Suchen.«

»Ich halte weiter die Augen offen«, sagt Bruce und schwimmt ins Untiefe. »Pass auf, Martin, die kleinen Leute kommen bald. Und *sie*.«

Es sind noch ein paar Stunden, bis Britannia Brook eintrifft, also fahre ich mit der Jolle raus und überprüfe die Gewässer rund um die Insel. Mit dem Plastik scheint es immer schlimmer zu werden. Ich meine, das ist Anfang Sommer immer so, wenn die Leute beginnen, an die Küste zu strömen, aber ich bin mir sicher, dass es mehr ist als letztes Jahr um diese Zeit. Als ich die Insel einmal ganz umrundet habe, ist mein kleines Boot voll mit Flaschen, Tüten,

Dosen und Spielzeug. Zurück am Steg, packe ich alles in Tüten und verstaue sie in einem der verfallenen Cottages. Seit meinem ersten Jahr hier habe ich den Plastikmüll nicht mehr verbrannt. Damals hielt mir Gwyn eine Standpauke, der schwarze Rauch, den ich dabei in den Himmel bliese, würde ebenso viel Schaden anrichten wie das Plastik im Meer. Jetzt nimmt er den Müll alle paar Monate mit und sortiert ihn in Wiederverwertbares fürs Recycling und in Restmüll, der jahrhundertelang auf einer Mülldeponie lauern wird.

Ich betrachte ein kleines Plastikboot, dessen blauer Rumpf mit Schlamm bedeckt ist. Irgendein Kind hat es am Strand verloren. Vielleicht schon letzten Sommer, und es hat die ganze Zeit auf dem Meer gedümpelt. Irgendwo vergraben wird es uns alle überdauern. Mich, Gayle, Bruce, Gwyn, Ms Davies. Tom. Uns alle. Wir werden alle verblichen und Geschichte sein, und dieses kleine Boot, *made in China*, wird immer noch hier sein, Form und Zweck längst in Vergessenheit geraten, wenn die Sonne zu einem Nichts verglüht und die Welt untergeht.

»Kopf hoch, du Jammerlappen«, murmle ich und gehe duschen, bevor Gayle ankommt.

Wir stehen am Grab von Edward Davies, das ein bisschen Pflege nötig hätte. Das Gras wächst hoch und verdeckt beinahe die verwitterte Gravur seines Namens. Gayle fragt: »Glaubst du, sie hat jemals den Weg zurück gefunden? Bethan? Ist sie dem Licht des Turms gefolgt? Waren sie jemals wieder vereint?«

Ich blicke hinaus zu Bethan‘s Reef, wo sich die Seehunde tummeln. Hinten am Turm steigt das spröde Geschrei der Kinder im warmen Wind auf. Ich sage: »Daran würde ich gerne glauben.«

Gayle stupst mich mit dem Ellenbogen an. »Sag etwas Poetischeres, Martin. Ich dachte, du bist Schriftsteller.«

Ich lächle schmal; in letzter Zeit habe ich nicht viel geschrieben. Eigentlich seit meiner letzten Absage gar nichts. Aber ich sammle mich und sage: »Manchmal, im Winter, wenn sich die Nacht früh und unvermittelt herabsenkt und die Stürme den Leuchtturm umwehen, stehe ich auf dem Balkon und halte Ausschau nach Bethans Geist. Und manchmal, wenn der Lichtstrahl über das Riff streicht, bin ich mir sicher, etwas zu sehen … einen Schatten, vielleicht nicht mehr, der sich aus dem Wasser erhebt und den kalten, weißen Lichtstrahl entlanggleitet, als wäre er eine Brücke, die diese Welt mit der nächsten verbindet. Denn hier auf Ynys Dwynwen ist der Schleier nur dünn, besonders in Winternächten, wie bei einem beinahe durchgescheuerten Stück Stoff. Man spürt eine Veränderung in der Luft. Und manchmal trifft dieser Schatten, denn mehr als ein Schatten kann es nicht sein, auf einen anderen Schatten, der vom Land aus aufsteigt, genau von der Stelle, an der wir jetzt stehen. Sie winden sich für einen kurzen Augenblick umeinander wie Rauch, um sich dann aufzulösen, bevor man überhaupt sicher ist, dass man etwas gesehen hat.«

Gayle seufzt zufrieden auf. Mutig geworden, fahre ich fort: »Und vielleicht, da dies die Insel von Dwynwen ist, der tragischen Heiligen der Liebe, sind es nicht nur Edward und Bethan, die zueinanderfinden. Vielleicht ist ihre Liebe so stark, dass sie wie ein Magnet auf andere wirkt und Seelen zusammenführt, die niemals hätten getrennt werden sollen.«

Sie sagt nichts, streicht sich nur eine Haarsträhne hinters Ohr und starrt aufs Meer hinaus. Ich bin zu weit gegangen. Aber dann sieht sie mich an, richtet ihre braunen Augen fest auf mich. Und ihr Glanz ist wie die Brücke aus Licht, die mein Leuchtturm aussendet, um Bethan dabei zu helfen, Edward wiederzufinden. Die Härchen in meinem Nacken stellen sich auf, und mein Kopf prickelt wie Brause auf der Zunge eines Kindes. Ich möchte gleichzeitig lachen und weinen, und mein Brustkorb ist gleichzeitig übervoll und leer.

»Gayle, ich …«

Sie legt mir den Finger auf die Lippen. Um mich zum Schweigen zu bringen, denke ich. Damit ich es nicht ausspreche. Aber dann sagt sie es. »Martin. Ich liebe dich. Ich habe dich immer geliebt. Aber wir sind keine Teenager mehr. Ich bin mit Tom zusammen. Und was wir getan haben, ist falsch. Aber ich muss mich der Tatsache stellen, dass …«

»Wärter!«

Wir drehen uns beide um, Gwyn rennt über das Gras auf uns zu. »Wärter! Martin! Martin Burney! Komm schnell!«

»Oh Gott«, sagt Gayle. »Die Kinder …«

Aber es sind nicht die Kinder. Kein Kind hat sich vom Turm gestürzt oder ist die Klippe hinuntergefallen. Es ist viel schlimmer.

• • •

Die Polizeiwache der Halbinsel hat sich über das Funkgerät gemeldet. Gwyn hat den Anruf entgegengenommen, während er im Turm das Mittagessen der Kinder zubereitete. Gayles Vater hatte einen schweren Herzinfarkt und liegt im Krankenhaus. Nach einem gedämpften Gespräch mit Mrs Gaskell und Mr Jensen wird vereinbart, dass der Schulausflug ohne weitere Unterbrechung fortgesetzt wird. Ich bringe Gayle mit der Jolle zum Festland, das geht schneller und ist unkomplizierter, als sie mit der *Angharad* zurückzufahren. Jemand wird sie dort abholen und nach Manchester bringen.

Gayle schweigt gedankenverloren, als wir vom Steg ablegen. Wir werden eine Stunde brauchen, um die Halbinsel zu erreichen. Gayle sitzt am Bug und starrt ausdruckslos geradeaus, während ich das Boot vom Außenborder am Heck aus steuere. Schon nach zehn Minuten verspüre ich das Bedürfnis, die Stille zu durchbrechen, die über dem Brummen des Motors, dem Plätschern der Wellen und den Schreien der Schwarzschnabel-Sturmtaucher oben am blauen Himmel schwer auf uns liegt.

»Ich bin sicher, alles wird gut …«

»Bist du das?«, fragt Gayle, ohne sich umzusehen.

Ich antworte nicht. Natürlich bin ich nicht sicher. Ich habe keine Ahnung, wie schwer der Herzinfarkt war, in welchem Zustand ihr Vater ist.

Sie fragt: »Wie war es, als deine Mum gestorben ist?«

Was soll man darauf antworten? Es war natürlich furchtbar. Allerdings nicht gerade unerwartet. Und ich hatte immer das Gefühl, ich hätte mehr … trauern sollen. Aber die Wahrheit war, ich hatte meine Mum schon lange vor ihrem Tod verloren.

Ich sage: »Es hat mich so umgehauen, dass ich in einen Leuchtturm gezogen bin.« Das ist ein Versuch, sie aufzuheitern, der unangemessen ist und zu Recht untergeht wie eine Bleikugel.

»Also, das werde ich nicht tun«, sagt Gayle ausdruckslos und starrt immer noch vor sich hin, wobei sie von der Gischt besprüht wird.

»Nein«, sage ich. »Nein, das wirst du wohl nicht, oder?« Und dann kann ich mich nicht zurückhalten, obwohl mein Hirn mir sagt *Halt den Mund, halt den Mund, halt den Mund.* »Gayle, was du da gesagt hast, auf der Insel …«

Endlich dreht sie sich ein Stück um und starrt mich an. Ihre Augen glänzen nicht mehr wie flüssiges Gold, sondern sind tot und dunkel wie ausgetrocknete Erde. »Martin. Bitte.«

Ich verfluche mich innerlich. Ihre Worte schweben immer noch in meiner Erinnerung wie Seevögel, die auf Luftströmungen dahinsegeln.

Martin. Ich liebe dich. Ich habe dich immer geliebt. Aber wir sind keine Teenager mehr. Ich bin mit Tom zusammen. Und was wir getan haben, ist falsch. Aber ich muss mich der Tatsache stellen, dass …

Der Tatsache, dass … was? Welcher Tatsache muss sie sich stellen?

Ich starre auf ihren Rücken, ihr Haar, das sich hinter ihr bauscht, während die Küste vor ihr immer größer wird. Sie leidet. Sie trauert. Es ist nicht der richtige Zeitpunkt, um darüber nachzudenken, was sie gesagt hat oder fast gesagt hätte. Doch auf Ynys Dwynwen zu leben, seine Tage und Nächte in der Abgeschiedenheit zu verbringen macht einen egoistisch. Es bringt einen dazu, an sich selbst zu denken, weil es sonst nichts gibt, woran man denken kann. Und selbst als Gayles Tränen sich mit der salzigen Gischt auf ihrem Gesicht vermischen, selbst als ich sie die Stirn runzeln sehe und als ihre Unterlippe zittert, will ich es dennoch wissen. Ich will immer noch, dass sie diesen Satz beendet.

Ich muss mich der Tatsache stellen …

Ich muss mich der Tatsache stellen, dass ich es möglicherweise nie erfahren werde. Denn Ynys Dwynwen mag meine Welt sein, aber es ist nicht *die* Welt. Die Welt jenseits meiner Insel ist groß und chaotisch und geschäftig und laut, und die Menschen, die darin leben, haben ihr eigenes Leben und ihre eigenen Probleme. Ynys Dwynwen ist nicht Gayles Welt. Und gerade in diesem Augenblick bricht ihre Welt um sie herum zusammen. Ich möchte sie in die Arme nehmen und ihr versprechen, dass alles gut wird, obwohl ich das düstere Gefühl habe, dass dem nicht so sein wird.

»Glaubst du an Karma?«, fragt sie unvermittelt, als der steinerne Pier vor Gwyns Laden auftaucht. Sie dreht sich um und starrt mich an, fixiert mich mit ihrem versteinerten Blick.

Ich weiß, worauf sie hinauswill. Es hat keinen Zweck, so zu

tun, als wüsste ich das nicht. »Karma ist, wenn die eigenen Taten ins nächste Leben übertragen werden …«

»Also«, sagt sie, und ein Anflug von Ärger huscht über ihr Gesicht. »Glaubst du, dass Dinge, die man in *diesem* Leben tut, in *diesem* Leben zu einem zurückkommen und einen heimsuchen können? Wenn man zum Beispiel etwas Schlimmes tut, glaubst du, dass man dafür auf andere Weise bezahlt?«

»Gayle«, sage ich, so sanft ich kann. »Du hast nichts Schlimmes getan.«

»Doch, habe ich«, widerspricht sie, und wir wissen beide, was sie meint.

»Was deinem Vater passiert ist, hat nichts …«, setze ich an, doch dann muss ich die Jolle an den Steg steuern, und jetzt sind wir wieder an Land, jetzt haben wir den Schwebezustand auf dem offenen Meer hinter uns gelassen, wo solche Dinge besprochen werden können. Jetzt geht es um die sehr reale Aufgabe, Gayle so schnell wie möglich ans Bett ihres Vaters zu bringen.

Ich helfe ihr aus der Jolle, und wir erklimmen die Steinstufen. »Hör zu«, sage ich. »Ich bin sicher, er wird wieder gesund. Es hieß doch, hier sollte jemand warten …«

Ich schaue mich um, dann halte ich inne. Dort am Straßenrand steht ein schnittiger Sportwagen, ein Alfa Romeo. Und an ihm lehnt ein großer, braun gebrannter, durchtrainierter, gut aussehender Mann in einem weißen Hemd und Jeans.

Das muss also Tom sein.

Gayle sieht ihn an, dann mich. Sie sagt: »Martin. Liebst du mich noch?«

Ich öffne den Mund und schließe ihn wieder. Ich weiß nicht, was ich sagen soll. Natürlich liebe ich sie. Mir wird jetzt klar, dass ich nie aufgehört habe, sie zu lieben. Aber es ist nicht der richtige Zeitpunkt, das zur Sprache zu bringen. Ich sehe zu Tom hinüber, der auf die Uhr schaut. Es ist nie der richtige Zeitpunkt, das zur Sprache zu bringen. Denn auch wenn Gayle vielleicht falschliegt damit, dass das, was wir getan haben, zu der schlimmen Erkrankung ihres Vaters geführt hat, ist es dennoch falsch gewesen. Gayle ist mit Tom zusammen. Auf Ynys Dwynwen hat man vielleicht das Gefühl, abgeschottet zu sein, von den üblichen Regeln ausgenommen, aber das ist nur eine Illusion. Wie alle Magie, denke ich verbittert. Nichts als Schall und Rauch.

»Geh zu Tom«, sage ich stumpf.

Gayle sieht mich mit undurchdringlicher Miene an, dann läuft sie los. Er kommt ihr entgegen und schließt sie in die Arme. Beschützend. Liebevoll. Sie vergräbt den Kopf an seiner Brust, und ich sehe, wie sie schluchzt und zittert. Er führt sie um das Auto und hilft ihr auf den Beifahrersitz, dann kommt er zurück auf die Fahrerseite.

Tom bleibt einen langen Moment stehen und sieht mich prüfend an. Ich frage mich, was er wohl denkt. Ich frage mich, ob er über mich Bescheid weiß – nicht über das, was in letzter Zeit geschehen ist, sondern über die Tatsache, dass Gayle und ich früher zusammen waren. Dann wendet er den Blick ab und schaut in Richtung der Insel. Er zieht sein Handy hervor und hält es hoch. Er macht Fotos von Ynys Dwynwen. Ich frage mich, warum. Dann steigt er in den Wagen, wirft mir noch einen Blick zu und röhrt davon.

Ich sehe dem Auto nach, bis es um die Kurve verschwunden ist, und fühle mich schäbig und klein und vollkommen unbedeutend. Ich hoffe, Gayles Dad wird wieder gesund. Aber wenn nicht … nun ja. Sie ist in guten Händen.

35

Gayle

Tom war ein absoluter Fels in der Brandung.

Dad hielt durch, bis wir im Krankenhaus waren, wo Mum an seinem Bett saß und seine Hand hielt und Donna im Flur wartete. Tom blieb vor der Tür, während Donna und ich uns zu Mum setzten und uns über Dad hinweg an den Händen hielten. Gleichzeitig ergriffen Mum und ich je eine Hand von Dad und bildeten somit einen Kreis, versuchten, ihm Leben einzuflößen, einen Stromkreis zu schaffen, der ihn nicht sterben ließ.

Er starb.

Dad hatte den Herzinfarkt während einer Autofahrt erlitten, weswegen Mum für immer nur von »diesem blöden Auto« sprechen wird. Zum Glück war er nicht zu schnell unterwegs und auch nicht in einem Wohngebiet, und so wurde niemand anderes verletzt. Er prallte gegen einen Laternenpfahl und erlitt eine Kopfverletzung, die sich in Verbindung mit seinem Herzinfarkt als tödlich erwies.

Donna fährt mich und Mum nach Hause in mein Elternhaus. Tom muss noch ein paar geschäftliche Dinge erledigen, damit er sich Zeit für mich nehmen kann. Ich sage ihm, dass das nicht nötig ist, aber er besteht darauf. Er kündigt an, mir Kleider und Toilettensachen zu bringen, damit ich ein paar Tage bei Mum bleiben kann, solange sie mich braucht.

»Ich werde nicht fragen, wie der Schulausflug war«, sagt Donna später am Abend bei einem Glas Wein in Mums Küche. Mum ist ins Bett gegangen, aber ich kann hören, wie sie sich hin- und herwälzt und ein gelegentliches Schluchzen aus ihr herausbricht. Ich fühle mich wie betäubt, so als wäre die Zeit zusammen mit Dads Vitalzeichen stehen geblieben und als wartete ich immer noch darauf, dass sie wieder einsetzen.

Ich starre sie ausdruckslos an. »Was?«

»Egal«, sagt Donna. »Ich habe mich nur nach dem Ausflug erkundigt.«

Der Ausflug. Der Schulausflug. Es ist jetzt alles verschwommen, eine Aneinanderreihung abgerissener Bilder. Die Insel. Die Bootsfahrt. Martin. Tom, der auf mich wartete.

Donna schaut mich an. »Hast du ihn gesehen?«

Ich nicke und wende den Blick ab. Ich will nicht an ihn denken. An das alles. Es spielt jetzt keine Rolle. Mein Herz ist zu Eis erstarrt, und weder weiß ich noch kümmert es mich, wann es wieder auftauen wird.

Bis zur Beerdigung bleibe ich bei meiner Mutter. Tom ist fabelhaft. Ohne dass ich ihn darum gebeten habe, bringt er mir praktisch meine gesamte Garderobe, mein Make-up und meine Toilettensachen. Für so etwas hat er einen guten Instinkt. Er weiß genau, was eine Frau will und braucht. Es fühlt sich seltsam an, in der kleinen, beengten Schuhschachtel von einem Zimmer zu schlafen, nachdem ich mich an das Haus in Alderley Edge gewöhnt habe. An seine Geräumigkeit. An die Haushaltsgeräte. Den Luxus. Aber nach und nach gewöhne ich mich wieder an die reduzierten Ausmaße von Mums und Dads … *Mums Haus*, korrigiere ich mich, und das finde ich tröstlich. Es ist wie ein Nest oder ein Mutterschoß. Sicher und klein und gemütlich. Bunt zusammengewürfelt und ungeplant. Nicht sauber und weiß und straff organisiert wie Toms Haus. *Es ist auch dein Haus.* Ich korrigiere mich ständig.

Wie sich herausstellt, sind Mum und Dad nicht ganz so wohlhabend, wie ich dachte. Was hauptsächlich damit zu tun hat, dass Dad sich seine Rente hat auszahlen lassen und einen Großteil davon für sein Auto und *die Episode* verbraten hat. Es gibt eine Lebensversicherung, aber nicht über einen hohen Betrag, und den wird die Beerdigung verschlingen.

»Unsinn«, sagt Tom eines Abends beim Abendessen am kleinen Esstisch meiner Mum. »Wir bezahlen die Beerdigung.«

Mit *wir* meint er sich selbst, aber ich bin dankbar, dass er mich mit einschließt. Mum bricht in Tränen aus und kann ihm gar nicht genug danken.

»Und keine Knauserei«, mahnt Tom. »Ich will, dass Paul den Abschied bekommt, den er verdient hat.«

Später am selben Abend, Mum ist bereits im Bett, sitze ich mit Tom auf ihrem Sofa. Ich brauche eine Umarmung. Ich brauche jemanden, der mir zuhört. Mich reden lässt.

»Ich vermisse dich«, flüstert er in mein Ohr. Seine Hände streichen über meinen Körper.

»Nein«, sage ich. »Nicht. Ich brau…«

»Gayle«, murmelt er. »Ich weiß, was du brauchst.«

Dann klingelt mehrmals sein Telefon, und er seufzt und stemmt sich von mir hoch. »Verdammtes New York«, brummelt er und scrollt durch seine Nachrichten.

»Kannst du ihnen nicht sagen, sie sollen abhauen?« Ich versuche, ihn wieder an mich zu ziehen. »Bitte halt mich einfach fest. Es ist elf Uhr nachts.«

»Nicht in New York«, entgegnet er. Er schiebt sich das Telefon in die Tasche. »Hör zu, ich muss gehen und ihnen vom Laptop zu Hause ein paar Dokumente mailen. Ich habe diese Leute heiß darauf gemacht, in ein großes Projekt von mir zu investieren, und ich kann es mir nicht leisten, ihre Begeisterung abkühlen zu lassen.«

»Okay«, sage ich und versuche, nicht zu schmollen. Tom geht, und ich sitze auf dem Sofa, überschlage die Beine und stelle sie wieder nebeneinander und frage mich, wieso er New York nicht abkühlen lassen kann, es aber in Ordnung findet, mich hier sitzen und vor Kummer verglühen zu lassen.

Tom erweist Dad mit der Beerdigung alle Ehre. Gott weiß, wie viel sie gekostet hat. Ich frage nicht. Es gibt eine Kutsche und schwarze Pferde und einen schottischen Dudelsackspieler. Tom hat das Klubhaus seines Golfklubs gemietet. Die Kapelle quillt über von Blumen, und irgendwie ist Tom an eine persönliche Nachricht des Trainers von Manchester United auf Band gelangt, die während des Gottesdienstes abgespielt wird.

Nachdem der Sarg in die Erde gelassen worden ist, spüre ich, wie in mir ein Damm bricht. Die Taubheit, die Kälte und das Nichts der letzten beiden Wochen werden von einer Tränenflut weggespült, und danach fühle ich mich fast wie neugeboren. Als könnte ich endlich den Finger von der Pausentaste nehmen und vorsichtig beginnen, wieder zu leben.

Bei der Trauerfeier überhäuft meine Mutter Tom mit Lob dafür, wie er die Beerdigung organisiert und finanziert hat. Alle Verwandten, von denen ich einige nicht mehr gesehen habe, seit ich klein war, scharwenzeln um ihn herum.

»Tom ist absolut wunderbar«, höre ich Mum zu einer Tante sagen. »Dermaßen erfolgreich. Er sorgt so gut für Gayle. Und du solltest mal sein Haus sehen, Brenda.«

Mir ist das alles ein bisschen zu viel, und ich habe Gewissensbisse, weil ich solch ungnädige Gedanken denke. Ich schlüpfe hinaus in den Sonnenschein auf der Terrasse, von der aus man den Golfplatz überblickt. Dort finde ich Donna, die rauchend an der Brüstung lehnt.

»Golf ist verdammt komisch«, sagt sie, ohne sich zu mir umzudrehen.

Ich lehne mich neben sie an das Geländer, ziehe ihr die Zigarette aus den Fingern und nehme einen tiefen Zug. Ich habe seit dieser letzten Zigarette mit Dad nicht mehr geraucht, wird mir klar, und es trifft mich wie ein Schlag. Keine Kippen mehr mit Dad. Dabei wird mir gleichzeitig übel, und es schmeckt wie Manna. »Warum?«, frage ich hustend und gebe ihr die Zigarette zurück.

»Ist es einfach. Ich meine, schau sie dir an. Wie sie ihre großen Stöcke schwingen, um ein kleines weißes Klümpchen in ein winziges Loch zu kriegen. Man könnte sich kein Spiel ausdenken, das lauter sexuelle Frustration schreit, nicht mal wenn sie es *Großer Stock Geiles Loch* nennen würden.«

»Igitt«, sage ich. »Gib mir eine Kippe, Donna.«

Sie reicht mir ihr Päckchen und ihr Feuerzeug. »Und die Stöcke werden auch Hölzer genannt, oder?«

»Nicht alle.« Ich zünde mir eine Zigarette an. »Manche heißen auch Eisen.«

Sie sieht mich an, und wir glucksen beide. Sie fragt: »Tom liebt sein Golf, oder?«

»Er schließt auf dem Platz viele Geschäfte ab«, sage ich nickend. »Und im Klubhaus. Er schließt überall jede Menge Geschäfte ab.«

Donna wendet sich wieder ab, stützt sich rücklings auf das Geländer und blickt zu der Trauerfeier hinein. »Tja, jetzt muss er dich auf dem Standard aushalten, den du gewohnt bist. Und er hat deinem Vater heute Ehre erwiesen, das muss man ihm lassen.«

»Ja. Das sagen sie alle ständig.«

Donna sieht mich eine Weile an. »Ist es an dieser Stelle unangebracht, Martin anzusprechen?«

»Das hier ist die Beerdigung meines Vaters, Donna.«

Sie greift in ihre Hosentasche und zieht eine handgedrehte Zigarette heraus. »In dem Fall ist es wohl auch unangebracht, an dieser Stelle einen Joint zu rauchen?«

Ich starre sie an. »Du hast zur Trauerfeier meines Vaters Gras mitgebracht.«

»Ich arbeite in der Medienbranche, Gayle. Du darfst dich glücklich schätzen, dass ich mir keine Line auf dem Sargdeckel gezogen habe.«

Sie wartet nicht auf meine Erlaubnis, sondern zündet den Joint an, inhaliert tief und reicht ihn an mich weiter. »Also«, sagt sie und versucht, den Rauch in ihren Lungen zu halten. »Martin.«

Ich seufze. Was soll ich sagen? Die Aufregung, die ich noch vor ein paar Monaten empfunden habe, das köstliche Gefühl der Gefahr, die Leuchtturmromantik, das warme Gefühl, das ich immer hatte, wenn ich an ihn dachte … das alles scheint weniger geworden zu sein. Ich vermisse meinen Dad. Ich will ihn zurückhaben. Ich habe keinen Platz für etwas anderes in meinem Kopf oder meinem Herzen. Vor allem nicht für Martin, der so weit weg ist und so einfach zu der Sache werden kann, die ich aus meinem Leben verdränge.

Und doch … allein jetzt an ihn zu denken scheint etwas zu entfachen, einen Funken aus zwei aufeinanderprallenden Feuersteinen, der mit dumpfer Hoffnung in einem Nest aus trockenem Gras aufglüht. Es ist, als wäre er jetzt zurück in meinem Leben, ich kann ihn nicht mehr daraus wegdenken, auch wenn wir uns so unregelmäßig sehen.

»Erde an Gayle.«

Ich blinzle und sehe Donna an, die mir den Joint aus der Hand nimmt und einmal kräftig zieht, bevor sie ihn wieder zurückgibt.

»Ich dachte schon, ich hätte dich für eine Minute verloren. Hör mal, es ist in Ordnung, du willst nicht darüber reden. Ich hätte ihn nicht erwähnen sollen.«

»Ist schon gut«, sage ich und ziehe an dem Joint, wobei mir ein wenig schwindlig wird. »Die kurze Antwort lautet, ich weiß nicht, wie ich diese Frage beantworten soll. Es ist alles sehr verwirrend.«

Die Tür des Klubhauses öffnet sich, und ich werfe den Joint über die Brüstung ins Gras unter mir. Mum hat schon ein paar Gläser Wein intus und sieht mehr als nur ein bisschen beschwipst aus.

»Da bist du ja!«, verkündet sie. »Was machst du denn hier draußen?«

»Wir schauen nur den Männern dabei zu, wie sie *Großer Stock Geiles Loch* spielen, Heather«, sagt Donna. »Willst du ein bisschen mitgucken?«

Mum runzelt die Stirn, mustert mich von Kopf bis Fuß und schnüffelt, als sie näher kommt. »Gayle, hast du geraucht?«

»Oh, das war ich, Heather, du weißt doch, wie ich bin«, sagt Donna leichthin. »Wie läuft's denn dadrinnen?«

»Deswegen bin ich ja rausgekommen, um euch zu suchen«, sagt Mum. »Ich wollte noch ein paar Worte sagen …«

Drinnen im Klubhaus ist das Büfett deutlich dezimiert – auch der ganze Lachs, der auf den langen Tischen ausgelegt war. Mum erhebt sich, ein wenig unsicher in meinen Augen, und klopft mit einer Gabel gegen ihr Glas.

»Danke, dass ihr alle gekommen seid«, sagt sie, als die Menge, die sich um sie herum versammelt hat, ruhiger geworden ist. »Es war ein sehr trauriger Tag, aber auch schön zu sehen, dass so viele Menschen gekommen sind, um Paul die letzte Ehre zu erweisen. Er wäre so dankbar gewesen, wenn er gewusst hätte, wie sehr er geliebt wird.« Ein Chor von *Bravo!* und *Richtig!* ertönt, und Mum fährt mit einem Seufzen fort: »Wenn dieser Idiot kapiert hätte, was für eine gute Meinung alle von ihm haben, wäre er vielleicht nie losgezogen und hätte dieses blöde Auto gekauft oder versucht, sich in Skinny-Jeans zu pressen.« Sie schüttelt den Kopf. Wirft sie Tom einen Blick zu, als sie das sagt? Gibt sie ihm die Schuld an Dads Tod? Weil er ihn angesporrnt hat, was den Sportwagen anging? Wenn sie Tom die Schuld gibt, hat sie ihre Vernarrtheit in meinen Freund jedenfalls noch nicht ganz überwunden, falls das, was folgt, darauf Rückschlüsse zulässt. Sie sagt: »Wie auch immer. Ich wollte mich nur bei euch allen bedanken, aber besonders bei einem Menschen, ohne den ich das hier nicht durchgestanden hätte.«

Donna stößt mich mit dem Ellenbogen an, und ich streiche mein schwarzes Kleid glatt. Ich wünschte, Mum hätte mich vorgewarnt. Ich habe nichts vorbereitet, was ich sagen könnte, und mein Hirn ist plötzlich leer. Ich hätte diesen Joint nicht rauchen sollen.

»Ich würde mich freuen, wenn du ein paar Worte sagen könntest«, fährt Mum fort. »Tom, wenn es dir nichts ausmacht?«

Ich stehe mit offenem Mund da, während Tom bescheiden lächelt und unter Applaus abwehrend die Hände hebt. Dann stellt er sich in die Mitte der Menge zu meiner Mutter.

»Verdammte Scheiße«, haucht Donna.

»Ach, Heather, das ist doch nicht der Rede wert«, sagt Tom. »Für mich bist du mehr als nur Gayles Mutter. Du warst so gut, mich in deine Familie aufzunehmen. Und da ich meine eigenen Eltern vor langer Zeit verloren habe …« Er lächelt traurig. »Also, ich hoffe, es macht dir nichts aus, wenn ich sage, dass du auch für mich wie eine Mutter bist.«

Ein Chor von *Ooooohs* klingt auf. Ich spüre, wie sich Donna neben mir verkrampft. »Gayle …«, murmelt sie.

Aber sie ist mir einen Schritt voraus, noch als Tom fortfährt: »Und vielleicht ist es an der Zeit, dass es in dieser Familie auch einmal gute Nachrichten gibt. Etwas zum Feiern.«

»Er wird doch nicht …«, sagt Donna. »Er wird doch bestimmt nicht hier …«

Ich hätte diesen Joint wirklich nicht rauchen sollen. Ich fühle mich völlig losgelöst und benommen. Ich habe immer noch keine Ahnung, was vor sich geht. Bis Tom mir die Hand entgegenstreckt, lächelt und sagt: »Gayle Reiss …?«

36

Gayle

SILVESTER

Wir geben in Toms Haus – unserem Haus – eine Silvesterparty für seine übliche Truppe, meine Mum und sogar Donna. Die Party fängt früh an. Zu früh für mich. Um fünf Uhr nachmittags habe ich bereits etwas zu viel Gin intus und beginne, komisch und weinerlich zu werden. Hauptsächlich geht es dabei natürlich um Dad. Diese ersten großen Feiertage ohne ihn tun schrecklich weh. Weihnachten war trotz Toms sämtlicher Bemühungen schwierig. Mum rührte das Abendessen, das er gekocht hatte, kaum an und konnte sich nicht einmal dazu durchringen, den Meerrettich zu loben, den er am zweiten Weihnachtsfeiertag für das Büfett zubereitet hatte. Jetzt sitzt sie mit abwesendem Blick am Tisch, wo eine der Frauen von Toms Freunden Hof hält, und nickt an den Stellen, von denen sie, wie ich weiß, hofft, dass es die richtigen sind. Ich fange ihren Blick auf und lächele sie gefasst an. Sie erwidert mein Lächeln, und der Ausdruck in ihren Augen lässt mich beinahe heulen.

Warum musste Dad nur losfahren und sterben? Was hat er sich dabei gedacht? Ich sehe mich in der Küche in dem Gewirr von Menschen um, die Toms Wein und Schnäpse trinken und von den Snacks naschen, die er den ganzen Morgen über zubereitet hat. *Wieso bist stattdessen nicht du tot?* Ich starre einen fetten, grauen Mann an, der den Mund voller Blinis hat und lacht. Eine Frau kreischt, als sie auf der Arbeitsplatte ein Glas umstößt, dann brüllt sie vor Lachen. *Warum konntest es nicht du gewesen sein an Dads Stelle?* Ich weiß, das sind ungnädige Gedanken. Ich weiß, sie ergeben keinen Sinn. Ich weiß, dass man einen Menschen nicht gegen einen anderen eintauschen kann. Niemand kann entscheiden, wer lebt und wer stirbt. Aber wieso musste es mein Dad sein? Warum so früh? Es gab noch so vieles, was ich mit ihm hätte unternehmen, so vieles, worüber ich mit ihm hätte sprechen müssen.

Wie zum Beispiel Toms Antrag bei seiner Beerdigung. Den ich immer noch nicht angenommen habe. Oder abgelehnt, was das angeht. Als er mich gefragt hat und diese dämliche Ankündigung machte, wäre ich am liebsten im Boden versunken, weil alles so unpassend war. Es war die Beerdigung meines Vaters. Aber dann sah ich Mum, die Hoffnung und Sehnsucht in ihren Augen, ihr verzweifeltes Verlangen nach einer guten Nachricht, um den Schmerz zu lindern, um sie von dem Abgrund abzulenken, der sich in ihr aufgetan hatte.

Also knallten die Champagnerkorken, und alle jubelten, und ich lächelte, aber ich sagte nicht Ja. Stattdessen nahm ich Tom mit nach draußen, ergriff seine Hände, sah ihm in die Augen und sagte: »Das war etwas Liebenswertes und Wunderbares, was du da gerade gemacht hast. Aber ich möchte noch ein bisschen warten, bevor wir es in die Realität umsetzen. Ich muss um meinen Vater trauern. Verstehst du das?«

Ein Schatten fiel über sein Gesicht, und seine Miene verriet mir: Nein, er verstand es überhaupt nicht. Aber er küsste mich auf die Stirn und sagte: »Natürlich, Gayle. Nimm dir so viel Zeit, wie du brauchst.«

»Wir fangen bald an, Pläne zu schmieden«, sagte ich. »Sagen wir in … sechs Monaten?«

Sein Stirnrunzeln vertiefte sich, aber damit konnte Tom umgehen. Eine Deadline. Ein Zeitrahmen. So funktionierte er. Seine Miene hellte sich auf. »Okay, ja. Dann lass uns sagen …« Er warf einen Blick auf seine Uhr, das Datum. »Also Ende Januar?«

Ich nickte und küsste ihn, und dann gingen wir Hand in Hand zurück zur Trauerfeier. Alle gratulierten uns. Es spielte keine Rolle, dass sie mich nicht hatten Ja sagen hören. Alle gingen einfach davon aus, dass ich zugestimmt hätte, denn warum sollte ich das nicht tun? Mir jedoch war nicht egal, dass ich es nicht getan hatte. Für mich spielte eine Rolle, dass ich es, wenn ich es täte, zu meinen eigenen Bedingungen tun würde.

Und wie ich da so stehe, in der Küche, allein in einer trubeligen Menschenmenge, wird mir klar, dass ich das alles nicht deshalb aufschieben will, weil ich um meinen Vater trauere. Es gibt einen ganz anderen Grund. Und ich wusste bis eben einfach nicht, was ich deswegen unternehmen soll.

Mit ihrer untrüglichen Fähigkeit, meine Gedanken zu lesen, kommt Donna auf mich zu, schlängelt sich schwankend mit einer Flasche Champagner und einer Sektflöte durch die Menge. Ich deute mit dem Kinn darauf. »Das sollte eigentlich für Mitternacht sein.«

»Ach, ihr habt ungefähr vierzig Flaschen von dem Zeug«, sagt sie und schenkt sich ein. »Und ich mag Bläschen. Du solltest auch was davon trinken, Gayle. Und dich daran erinnern, dass dies eine Party ist und keine zweite Trauerfeier.«

Donna ist der einzige Mensch auf der ganzen Welt, der es sich erlauben darf, so mit mir zu reden. Ich frage: »Und wem bist du eigentlich auf den Geist gegangen?«

Sie legt sich die Hand auf die Brust, ein Bild der Unschuld. »Keiner Menschenseele. Ich habe lediglich Tom zugehört, wie er allen von euren Plänen für die Hochzeit erzählt hat. Manchester Cathedral, was? Nobel, nobel.«

Ich sage nichts, und sie blinzelt mich an. »Du hast tatsächlich Ja gesagt, nehme ich an?« Ich zucke mit den Schultern. Donna füllt mein Glas auf und murmelt mir leise zu: »Du weißt, was ich von Tom halte, Gayle. Und du weißt auch, was ich von dir halte. Ich liebe dich wie eine Schwester. Mehr als eine Schwester.« Sie runzelt die Stirn. »Gott, ich kann meine echte Schwester nicht ausstehen. Aber egal. Ich will, dass du das Richtige tust. Für dich. Ich will, dass du das tust, was dich glücklich macht. Und ich will nicht, dass du etwas tust, das dich unglücklich macht oder von dem du nicht überzeugt bist. Hast du mich verstanden?«

Ich verstehe tatsächlich. Und plötzlich verstehe ich sogar mich selbst.

»Donna. Kannst du mir für zehn Minuten Deckung geben?«

Sie blickt sich um, zu Tom hinüber, der mit fuchtelnden Armen irgendeine Rede schwingt, und zuckt mit den Schultern. »Klar. Wirst du eine Dummheit machen?«

»Mit hoher Wahrscheinlichkeit.«

»Das ist mein Mädchen.«

Draußen im dunklen Garten schlägt mir schneidend die kalte Luft entgegen und ernüchtert mich nicht, sondern sorgt dafür, dass ich mir noch betrunkener vorkomme. Ich trete hinter das Gartenhaus und zünde mir die Zigarette an, die ich von Donna geschnorrt habe. Wenn Tom hier rauskommt, kann ich wenigstens das kleinere Übel wählen und behaupten, er habe mich beim Rauchen im Suff erwischt. Dann hole ich mein Handy heraus.

Es dauert fünf Minuten, bis ich die Nummer gefunden habe. Es gibt keine Garantie dafür, dass um diese Zeit, um fünf Uhr am Silvesterabend, jemand da ist. Aber wenn ich es jetzt nicht tue, ermutigt durch den Alkohol und Donnas stillschweigende Zustimmung, auch wenn sie keine Ahnung hat, was ich vorhabe, dann werde ich es nie tun.

Mein Daumen schwebt über der grünen Taste, dann atme ich tief durch und halte mir das Telefon ans Ohr. Es läutet und läutet, und ich will gerade mit einem Seufzen den Anruf beenden, als er entgegengenommen wird und eine schroffe Stimme sagt: »Gwyn Jones' Gemischtwaren.«

Ich fange augenblicklich an zu plappern, die Worte purzeln förmlich aus mir heraus. »Gwyn. Ich bin's, Gayle. Gayle Reiss. Von den Schulausflügen. Martins Freundin. Ich möchte Sie darum bitten, Martin eine Nachricht von mir zu übermitteln. Können Sie das tun? Ich habe keine andere Möglichkeit, ihn zu kontaktieren, und es ist überlebenswichtig, dass ich ihm das hier mitteile. Sie sollten es sich vielleicht aufschreiben. Sind Sie so weit?

Sagen Sie ihm, dass Tom mich gebeten hat, ihn zu heiraten. Ich habe noch nicht Ja gesagt, aber das hätte ich genauso gut tun können. Es ist alles reserviert. Manchester Cathedral am 18. Juli. Aber ich habe noch nicht Ja gesagt. Das ist das Entscheidende. Ich habe Tom gesagt, es liegt daran, dass mein Dad gestorben ist und ich das noch nicht verwunden habe, und das stimmt teilweise, aber nur teilweise.«

Gwyn Jones grummelt etwas, also fahre ich fort.

»Ich habe deinetwegen noch nicht Ja gesagt. Nicht Ihretwegen, Gwyn. Wegen Martin. Können Sie ihm das sagen? Bitte! Wegen allem, was zwischen uns geschehen ist, seit wir uns wiederbegegnet sind. Wegen des Gefühls in mir, das bei seinem Anblick sofort wieder erwacht ist. Ich liebe Tom, Gwyn. Das tue ich wirklich, wirklich. Er ist liebevoll und großzügig, und er liebt mich. Aber als ich Martin gesehen habe ... war es so, als würde ein Teil von mir, von dem ich nicht wusste, dass er fehlt, plötzlich wieder an seinen Platz fallen. Und ich habe dafür kein anderes Wort als Liebe. Und mir ist klar, dass ich Martin und Tom nicht gleichzeitig lieben kann, nicht auf dieselbe Art und Weise. Und ich weiß nicht einmal, ob es Martin genauso geht, nicht wirklich, auch nicht nach allem, was passiert ist.

Aber ich will mir sicher sein. Deshalb rufe ich an. Sagen Sie Martin, wenn er genau dasselbe empfindet, und es darf nichts anderes sein als das, was ich fühle, dann soll er sich mit mir in Verbindung setzen. Und ich habe keine Ahnung, was dann passieren wird, keine Ahnung, wie es funktionieren könnte, aber dann würden wir wenigstens darüber reden. Ich liebe ihn, Gwyn. Ich liebe Martin. Aber wenn ich bis Ende Januar nichts von ihm gehört habe, gehe ich davon aus, dass er nicht dasselbe empfindet, und mache einfach mit meinem Leben weiter. Ich werde Tom heiraten, und ich werde glücklich werden, und dann werden mir von Martin nichts als schöne Erinnerungen bleiben, das verspreche ich. Ich werde kein Drama daraus machen. Ich werde es verstehen.«

Ich halte inne, atemlos, erschöpft. Ich frage: »Gwyn? Haben Sie das alles?«

Er antwortet nicht sofort, und ich denke schon, dass vielleicht die Verbindung abgebrochen ist, da sagt er: »18. Juli. Verstanden.«

Ich will noch mehr sagen, da höre ich, wie jemand vom Haus aus meinen Namen ruft. Es ist Tom. Ich lege schnell auf und schiebe mir das Telefon in die Tasche, als er auf das frostige Gras hinaustritt.

»Gayle! Was um Himmels willen machst du hier draußen?«

Ich blicke schuldbewusst auf den Zigarettenstummel auf dem Boden. Er folgt meinem Blick und schnalzt dann missbilligend mit der Zunge. »Gayle Reiss. Ich bin sehr enttäuscht von dir.« Aber in seinen Augen liegt ein Lächeln. »Komm schon, es ist Silvester. Lass uns Spaß haben. Nach diesem Jahr haben wir uns das wirklich verdient. Du hast es verdient.«

Ich lasse Tom den Arm um meine Schultern legen und mich von ihm zum Haus zurückführen. Mein Inneres schmilzt. Was habe ich da gerade getan? Als wir wieder in die Küche kommen, wirft Donna mir einen bedeutungsvollen Blick zu, und ich lächele ihr zu.

»Ist alles okay«, forme ich mit den Lippen. Und auf die eine oder andere Weise wird es das sein.

Jahr acht

37

Martin

JULI

Der Ring glitzert in der Sommersonne und erinnert mich daran, dass ich rausgehen und die Scheibe putzen sollte. Außerdem ist eine Auffrischung des Anstrichs fällig, das sollte ich wohl am besten alles zusammen erledigen.

Es ist der Ring meiner Mutter. Der, den sie mir vor all den Jahren gegeben hat, damit ich ihn Gayle schenke. Der, den ich an dem Tag in Affleck's Palace in der Tasche hatte.

Es ist ein Jahr her, dass ich sie gesehen habe. Ein Jahr, seit ich von ihr gehört habe. Ich bin mir nicht sicher, was das bedeutet. Ich kann an einer Hand abzählen, wie oft ich in den letzten sieben Jahren die Tatsache verflucht habe, dass es hier weder Internet noch Empfang gibt, aber jetzt gerade ist es so. Es kommt mir wie eine seltsame und wunderbare Sache vor, die Vorstellung, einfach nach einem Telefon zu greifen und eine Nachricht zu schicken. Den Feed von jemandem durchzuscrollen, um zu sehen, was er oder sie so getrieben hat. Nach dem verräterischen kleinen grünen Punkt Ausschau zu halten. All diese Dinge, die ich in meinem alten Leben für selbstverständlich gehalten habe, diese Möglichkeit der unmittelbaren, intimen Verbindung, vierundzwanzig Stunden am Tag, sieben Tage die Woche. Erst wenn man das nicht mehr hat, wird einem bewusst, dass es gleichzeitig Segen und Fluch ist. Ich habe mich noch nie so frei gefühlt, wie seit ich nach Ynys Dwynwen gekommen bin, nie so frei von Ängsten, noch nie so unbehelligt von der Meinung der Leute über mich. Die Kehrseite davon ist, dass das Telefon, wenn man in den dunklen Stunden der tiefsten Nacht aufwacht und sich allein fühlt, nur ein leerer Bildschirm ist und kein Fenster oder eine Rettungsleine.

Ich könnte natürlich die Jolle nehmen und zum Festland rüberfahren, ein Stück die Halbinsel entlanggehen, bis ich auf meinem Telefon vollen Empfang habe. Aber das fühlt sich irgendwie so an, als würde ich schummeln. Es fühlt sich an, als würde ich dann meinem Versprechen an die Insel nicht gerecht werden. Hier zu leben, der Wärter zu sein … das scheint die volle und gänzliche Hingabe an die Aufgabe zu erfordern.

Der Leuchtturmwärter von Ynys Dwynwen zu sein bedeutet, sich vor der Welt zurückzuziehen und an der Schnittstelle zwischen Land und Meer zu stehen, zwischen Dunkelheit und Licht, der Welt der Lebenden und dem, was dahinterliegt.

Auf Ynys Dwynwen hat man das Gefühl, dem Horizont näher zu sein als irgendwo sonst auf der Welt.

Also ja, ich hätte auf die Halbinsel fahren und Gayle kontaktieren können. Aber ich hatte nicht das Gefühl, dass mir das zusteht. Nicht, nachdem ich gesehen hatte, wie sie Tom in die Arme fiel. Ich weiß nicht einmal, was danach passiert ist. Ob ihr Vater überlebt hat oder gestorben ist.

Die Sonne verschwindet hinter einer Wolke, und der Ring in meiner Hand scheint trüb zu werden. Es ist auf den Tag genau ein Jahr her, seit ich Gayle das letzte Mal gesehen habe. In ein paar Stunden kommt Britannia Brook an. Was wird sie zu mir sagen? Was wird sie denken? Wird sie sich fragen, warum ich nie versucht habe, mit ihr Kontakt aufzunehmen? Wird sie mir dankbar dafür sein, dass ich in die zweite Reihe zurückgetreten bin?

Das Leben – und vielleicht auch der Tod – werden schnell an Gayle vorübergezogen sein. Hier fließt die Zeit in gemächlicherem Tempo, wie die weißen Wolkenflotten, die über den Himmel ziehen. Ich messe mein Leben am Wechsel der Jahreszeiten, an den Brutzeiten der Papageientaucher, am Heranwachsen der Robbenjungen vor Bethan's Reef, am Länger- und Kürzerwerden der Tage. Und am Ticktack meiner Gedanken. Es gibt auf Ynys Dwynwen viel Zeit zum Nachdenken, viel Zeit zum Planen.

Viel Zeit, um Entscheidungen zu treffen.

Und das hier ist meine.

Ich werde die *Angharad* mit dem Ring meiner Mutter in der Tasche in Empfang nehmen. Und in der Sekunde, in der mein Blick dem von Gayle begegnet, werde ich es wissen. Ich werde wissen, was ich zu tun habe. Ich werde wissen, ob das, was ich tun will, reiner Irrsinn ist oder eine Auswirkung der Magie von Ynys Dwynwen, die sie mir zurückgebracht hat.

Es ist genügend Zeit vergangen. Es ist genug nachgedacht worden. Wenn Gayle auf die Insel kommt, werde ich sie bitten, ihre letzten Worte an mich zu Ende zu sprechen, den Satz zu vervollständigen, der den langen Sommer, den sturmgepeitschten Herbst, den dunklen Winter und den sprießenden Frühling hindurch in der Luft gehangen hat.

Martin.

Ich liebe dich.

Ich werde dich immer lieben.

Aber wir sind keine Teenager mehr.

Ich bin mit Tom zusammen.

Und was wir getan haben, war falsch.

Aber ich muss mich der Tatsache stellen, dass …

Ein langes Jahr über haben diese Worte Wurzeln geschlagen, und ich habe sie gehegt und gepflegt. Alles, was ich nun will, ist, dass sie Früchte tragen.

Wenn die Blume, die an den Zweigen dieser Worte aufblüht, lautet: *Alles, was ich weiß, ist … Ich liebe dich und möchte mit dir zusammen sein,* dann werde ich den Ring aus meiner Tasche nehmen und sie vor die Wahl stellen. Ich werde sagen, ich weiß, dass sie mit Tom und ihrem Leben glücklich ist und dass ich das nicht sprengen möchte. Aber da ist offensichtlich etwas zwischen uns, und wir haben die Chance, es in Ordnung zu bringen, zu tun, was wir schon vor Jahren hätten tun sollen, falls es das ist, was wir beide wollen. Und nein, ich weiß auch nicht, wie es funktionieren wird, aber ich muss es versuchen.

Und wenn das, was aufblüht, lautet: *alles, was ich weiß, ist … dass wir niemals zusammen sein können,* dann wird der Ring in meiner Tasche bleiben und kein weiteres Wort mehr fallen. Ich werde mich glücklich schätzen, wenigstens diese kurzen gemeinsamen Momente gehabt zu haben, nachdem ich lange gedacht hatte, Gayle verloren zu haben.

Ich lege den Ring zurück in seine Schachtel.

Ich stehe im Gras direkt über dem Steg und sehe zu, wie die *Angharad* näher kommt. Ich beobachte sie schon seit einer halben Stunde, habe verfolgt, wie sie mit der Ansammlung von Kindern an Deck langsam in Sicht kam. Der Ring in meiner Tasche wiegt schwer. Ist das eine kluge Vorgehensweise? Ganz eindeutig nicht. Es ist, als wollte man einen Schmetterling aufspießen. Er ist nie so schön wie ein frei fliegender. Aber es gibt einen Teil von mir, der nach einer Art von Ausrichtung verlangt, einer Art Entscheidung. Seit Gayle wieder in mein Leben getreten ist, verspüre ich eine tiefe und beständige Sehnsucht nach … Dauerhaftigkeit. Ich glaube, das ist es, was Ynys Dwynwen mich gelehrt hat. Mein Leben zuvor war so kurzlebig, hüpfte von einer Krise zur nächsten. Ynys Dwynwen hat Bestand, durch Sturm und Sonne, durch Wind und Schnee hindurch.

Die *Angharad* ist fast da. Ich richte mich auf und suche die Gesichter ab. Gwyn am Steuer. Die Lehrer, Mrs Gaskell und Mr Jensen. Die strahlenden, erwartungsvollen Gesichter der Kinder.

Gayle ist nicht dabei.

»Wärter.« Gwyn nickt mir zu und humpelt den Steg herauf, nachdem die *Angharad* sicher vertäut ist.

»Wie geht's dem Bein, Gwyn?«, frage ich und blicke über seine Schulter hinweg auf die Gruppe von der Britannia Brook, überzeugt davon, dass ich Gayle übersehen haben muss. Vielleicht war sie ja unter Deck. An Weihnachten hat sich Gwyn das Bein gebrochen. Ich bin mir nicht ganz sicher, wie, die Einzelheiten bleiben verschwommen, nicht zuletzt für ihn. Es hatte mit dem Erklimmen eines Baums an Heiligabend zu tun und etwas mit einer Kuh. Das Ergebnis war, dass er fast den gesamten Januar hindurch nicht arbeiten konnte und ich, wenn das Wetter es zuließ, mit der Jolle zur Halbinsel übersetzen musste, um meine Vorräte abzuholen.

»Wird besser«, sagt er und reibt über seinen Oberschenkel. »Macht mir immer noch zu schaffen, wenn's kalt ist.« Er ertappt mich dabei, wie ich über seine Schulter hinwegspähe, und sagt: »Sie ist nicht dabei, Martin Burney.«

»Was?«

»Gayle. Sie ist nicht dabei.« Gwyn legt mir die Hand auf den Arm. »Martin. Ich bin ein alter Trottel, aber nicht blind. Es tut mir leid.«

»Es tut dir leid? Gwyn? Was ...«

Mrs Gaskell kommt eifrig auf uns zu, während Mr Jensen die

Kinder dazu bringt, sich in unordentlichen Reihen aufzustellen. »Ah, Wärter! Ich freue mich sehr, Sie wiederzusehen.«

Ich setze ein Lächeln auf. »Und ich mich ebenfalls, Mrs Gaskell. Aber … Sie sind ja gar nicht vollständig?«

»Ah, ja, Miss Reiss«, sagt Mrs Gaskell. »So traurig.«

Mir stockt der Atem. »Was ist passiert?«

»Sie ist fort, fürchte ich«, sagt Mrs Gaskell. »So bedauerlich.«

Ich spüre, wie ich erbleiche. »Sie ist … tot?«

Mrs Gaskell starrt mich an, dann lacht sie schallend. »Tot, Mr Burney? Ach du lieber Himmel, nein! Sie hat uns verlassen. Hat ihre Stelle in der Britannia Brook aufgegeben. Was für eine Verschwendung. Sie war eine hervorragende Lehrerin. Hatte wirklich Talent. Und die Kinder haben sie geliebt.«

»Sie hat die Schule verlassen«, wiederhole ich stumpf.

»Sie wird heiraten«, sagt Mrs Gaskell. »Ihren reichen Immobilientyp. Wenn wir doch alle solches Glück hätten, was? Wie auch immer, ich glaube, Mr Jensen hat die Truppe ordentlich aufgestellt. Wollen wir los?«

Als die Kinder ablegen, sehe ich sie davonfahren und gehe dann auf die andere Seite der Insel, gegenüber von Bethan's Reef. Dort bleibe ich lange stehen, bis die Sonne ins Meer zu sinken beginnt.

Sie wird heiraten.

Ich greife in meine Tasche und ziehe die Schachtel mit dem Ring meiner Mutter heraus. Ich öffne sie nicht. Es war eine dumme Idee, die dümmste Idee in der Geschichte dummer Ideen. Ich hole aus und werfe sie in einem langen, geschwungenen Bogen aufs Meer hinaus, bis sie auf halbem Weg zwischen der Insel und dem Riff ins Wasser plumpst.

Soll doch mein Vater den Ring finden, falls er da unten ist.

Rechtlich gehört er ihm, jetzt, wo Mum tot ist. Nicht mir. Nicht Gayle.

Ich stehe da, bis die Sonne untergeht, und drehe mich dann um, um zu sehen, wie das Licht aus dem Turm bricht und seine Botschaft von Hoffnung und Sicherheit über das glitzernde Meer sendet.

Das Licht geht nie aus. Aber das Licht in mir erstickt und erlischt.

Zwei Wochen später, ich habe gerade meine morgendliche Joggingrunde beendet, entdecke ich Gwyns Boot, das auf die Insel zusteuert. Ich runzle die Stirn. Das ist seltsam. Er war erst vor drei Tagen mit Vorräten und einem Brief von Mrs Carruthers hier, den ich ihm nicht geben wollte, weil ich mir nicht ganz sicher war, ob ihre Behauptungen über eine Nacht mit Roger Moore und Sean Connery im Jahr 1978 im Grunde Verleumdungen sind. Es steht kein Besuch bei mir an. Er vertäut das Boot am Steg, springt heraus, humpelt den Hügel herauf und winkt mir hektisch.

»Oh nein, Wärter!«, ruft er mit gepeinigter Miene, als ich zu ihm hinunterlaufe. »Martin Burney! Eine Katastrophe!«

»Was in aller Welt ist passiert, Gwyn?«

»Eine *Katastrophe,* Martin Burney! Oh, ich bin ein Idiot. Aber kein solcher Vollidiot wie dieser Armleuchter Wyn Jones.«

Ich ergreife Gwyns Schultern und rüttle ihn sanft. »Gwyn. Bitte sag mir einfach, was los ist.«

»Also«, sagt Gwyn. »Es war Silvester, ja? Etwa fünf Uhr. Ich hatte nicht vorgehabt, den Laden so lange zu öffnen, aber Blodwyn hat eine Silvesterparty gegeben, und sie ist äußerst wählerisch, was ihren Whisky angeht, deswegen wartete ich auf eine späte Lieferung von der Brennerei in Ceredigion. Deren Lieferwagen hat gestreikt, musst du wissen. Und mit meinem kaputten Bein brauchte ich ein wenig Hilfe, und so war Wyn Jones vorbeigekommen, dem ich zwanzig Pfund und eine Flasche Whisky versprochen hatte.

Jedenfalls war es also gegen fünf, wie ich schon sagte, kurz nach vielleicht. Und da klingelt das Telefon. Und ich versuche gerade, etwas aus dem Lager zu holen, deswegen bitte ich Wyn, die Nachricht aufzuschreiben. Ich nehme an, dass es Blodwyn ist, die Gift und Galle spuckt und fragt, wo ihr Whisky bleibt. Er geht also ans Telefon, und ich höre ihn mmm und ahh machen, dann legt er den Hörer auf, und das war's. Ich habe nicht weiter darüber nachgedacht.

Ach Wärter! Hätte ich doch nur besser aufgepasst! Hätte ich diesen Idioten Wyn Jones doch nur gefragt, wer am Apparat war! Ja, ja. Dazu komme ich gleich. Heute Morgen jedenfalls kommt Wyn Jones in den Laden, lungert wie immer herum und bringt alles in Unordnung, und plötzlich sagt er: ›Oh, heute ist ja diese Hochzeit.‹

›Welche Hochzeit?‹, frage ich Wyn Jones, da ich nicht die geringste Ahnung habe, wovon er spricht.

›Von dieser Frau, die am Silvesterabend angerufen hat‹, sagt Wyn Jones. ›Ich glaube, sie wollte, dass du bei der Hochzeit das Catering machst oder so? Ich habe es im Kalender eingetragen.‹

Ich laufe zum Kalender an der Wand und siehe da, dort steht es, unter dem heutigen Datum. Hochzeit. Manchester Cathedral. Ein verdammter Idiot, dieser Wyn Jones. Dieser Kalender ist von neunzehnhundertfünfundneunzig. Ich benutze ihn natürlich nicht, mir gefallen einfach die Dampfeisenbahnen darauf. Das Lustige an Wyn Jones ist, Martin Burney, er ist ein Idiot, aber er vergisst kein Datum. Was das angeht, ist er wie ein Elefant. So ein fotografisches Gedächtnis, wage ich zu behaupten. Er legt jedenfalls das Gesicht in Falten und sagt: ›Jetzt, wo ich darüber nachdenke, hatte es gar nichts mit Catering zu tun.‹

Katastrophe, Martin Burney! Es war Gayle! Gayle Reiss von der Schule! Und sie dachte, sie spricht mit mir! Sie wollte, dass ich dir eine Nachricht übermittle. Sie sagte, sie würde heiraten, aber wenn du ihr sagst, sie soll es nicht tun, würde sie diesen Tom überhaupt nicht heiraten! Aber sie wollte nur bis Ende Januar auf deine Antwort warten, und sollte sie nichts von dir hören, würde sie annehmen, dass du sie nicht liebst!«

Ich stehe da und atme kaum, während Gwyn seine Geschichte erzählt. Dann bitte ich ihn, noch mal von vorne zu beginnen. Leise sage ich: »Und das war an Silvester. Und sie wollte, dass ich mich bis Ende Januar melde. Und jetzt ...«

»Und jetzt heiratet sie! Sie heiratet heute!«, jammert Gwyn und rauft sich die Haare. »Komm, Wärter! Wir dürfen keine Zeit verlieren!«

38

Gayle
18. JULI

Es ist der Tag meiner Hochzeit. Donna kommt ins Zimmer und wirft sich in Pose. »Was sagst du?«

Sie trägt einen schmal geschnittenen, dreiteiligen Herrenanzug in Altrosa mit schwarzen Chelsea-Lederstiefeln. Sie sieht fabelhaft aus. Das antworte ich ihr auch und sage dann: »Sollte ich dich das nicht eigentlich fragen?«

Sie wirft einen Blick auf mein Kleid. Seide in gebrochenem Weiß mit Spitzenbesatz am Dekolleté. Unfassbar teuer. Unglaublich schön.

»Du siehst umwerfend aus, Gayle. Habe ich dir das nicht schon zigmal gesagt?«

»Man kann einer Braut an ihrem Hochzeitstag nicht oft genug sagen, dass sie schön aussieht.«

Donna setzt sich aufs Bett und sieht zu, wie ich mich am Schminktisch meinen Augen widme. Tom wollte eine berühmte Make-up-Künstlerin, genauer gesagt eine Influencerin, anheuern, aber diese eine Sache möchte ich selbst machen. Er hat die Kirche und die Party-Location und die Flitterwochen und die Autos und mein Kleid ausgesucht. Diese kleine Sache, mich selbst um mein

Make-up zu kümmern, gibt mir zumindest das Gefühl, dass ich irgendetwas zu meinem großen Tag beitrage.

»Kopf hoch, Schätzchen, vielleicht kommt es nie dazu.«

Ich schaue sie im Spiegel an. »Sehe ich traurig aus?«

»Also, jedenfalls siehst du nicht aus wie eine Frau, die in der Manchester Cathedral ihren Traummann heiraten und den Empfang im Lowry abhalten wird, um dann für drei Wochen nach Mauritius abzudüsen, ehrlich gesagt.«

»Ich bin glücklich«, sage ich und lächle sie an.

»Tja, sag das deinem verdammten Gesicht, Gayle.« Sie steht vom Bett auf, kommt zu mir herüber und geht neben mir in die Hocke. Unsere Blicke begegnen sich im Spiegel.

»Es reicht jetzt mit dem unflätigen Ton, vielen Dank.« Mum steht im Türrahmen, und als sie mich erblickt, treten ihr Tränen in die Augen. »Oh Gott, Gayle. Du siehst schön aus.«

Donna richtet sich auf und gibt ihr ein Taschentuch. »Heiliges Kanonenrohr, Heather, zerstör nicht schon wieder dein Make-up. Das hast du heute schon dreimal getan.«

»Ich kann nicht anders«, sagt Mum und betupft sich die Augenwinkel. »Mein kleines Mädchen ... es heiratet. Ich wünschte, dein Dad wäre hier und könnte dich in die Kirche führen.«

Ich blinzele gegen meine eigenen Tränen an. Und ich will dieses Make-up auch nicht noch mal machen. Ich sage: »Du führst mich in die Kirche, Mum. Das ist mehr als gut genug für mich.«

»Aber es entspricht nicht der Tradition, oder?« Mum sieht Donna an. »Nichts an dieser Hochzeit ist traditionell. Eine Brautführerin? Wieso kannst du nicht einfach Trauzeugin sein, Donna, Liebes?«

»Weil ich niemals dieses Kleid anziehen würde, das du ausgesucht hast«, sagt Donna. »Ich hätte ausgesehen wie diese gehäkelte Puppe, die meine Nan über ihre Klorollen gestülpt hat.« Sie dreht sich einmal um sich selbst. »Findest du mich nicht schick, Heather? Ich hoffe, auf dem Empfang ist irgendeine heiße Lesbe. Wie stehen die Chancen, was meinst du?«

Mum schüttelt den Kopf. »Donna? Könntest du mich eine Minute mit Gayle allein lassen?«

»Klar«, sagt Donna. »Ich gehe im Garten eine rauchen.«

»Nicht eine von den komischen, oder?«

»Ich kiffe nur an Beerdigungen, Heather. Ich bin schließlich kein Monster.«

Ich drehe mich auf meinem Hocker um, und Mum setzt sich auf das Fußende des Bettes. Sie nimmt meine Hände in ihre. »Ich wünschte wirklich, dein Vater wäre hier und könnte das sehen.«

»Das wünschte ich auch, Mum. Das weißt du.«

»Er hätte die Lage im Griff. Und ich weiß, Tom hat dich ein wenig auf dem falschen Fuß erwischt, als er dir auf der Beerdigung den Antrag gemacht hat. Aber ich bin froh, dass du am Ende die richtige Entscheidung getroffen hast. Ich meine, es gab nie Zweifel, oder? Du liebst Tom. Er kümmert sich um dich.«

»Ich brauche niemanden, der sich um mich kümmert, Mum«, sage ich sanft. »Ich komme ganz gut klar, seit ich aus der Uni bin.«

»Natürlich tust du das. Und ich bin stolz auf dich. Dein Dad und ich sind immer stolz auf dich gewesen.« Sie legt den Kopf zur Seite. »Du wolltest die Arbeit in der Schule nicht wirklich kündigen, oder?«

Nein, ich wollte Britannia Brook wirklich nicht verlassen. Aber das war eine von Toms *Bedingungen,* auch wenn er es nie so formuliert hätte. Er gab mir deutlich zu verstehen, dass seine Frau zu werden nicht nur bedeutete, Mitbewohnerin und Geliebte mit Ring am Finger zu sein. Er wollte, dass ich ins Geschäft mit einsteige, dass ich nach außen hin die Rolle seiner persönlichen Assistentin übernehme, was hauptsächlich bedeutet, an vielen Mittagessen mit Kunden und potenziellen Geschäftspartnern teilzunehmen, sowohl mit ihm zusammen als auch allein. Er erwartet, dass ich ebenso viel Zeit für ihn und sein Unternehmen aufwenden werde wie für meine Stelle an der Schule.

»Die Schüler … Ich mache mir Sorgen um sie«, sage ich. »Ich mache mir Sorgen, was mit ihnen passieren wird, wenn ich nicht mehr da bin.«

»Die Schule hat es auch vor dir hinbekommen, Liebes. Sie werden es auch ohne dich schaffen. Außerdem … Tom meinte, dieser Arztfreund von ihm … Es ist nicht unbedingt gesagt, dass es für euch keine Möglichkeit gibt …«

Ja. Toms Arztfreund. Mit dem Tom über meine Eierstöcke und Gebärmutter beratschlagt hat, als wären sie lediglich Bestandteile eines neuen Immobiliengeschäfts, das er tätigt.

»Mum, ich bin siebenunddreißig. Und nach dem, was passiert ist … Ich würde mir an deiner Stelle keine Hoffnungen machen, dass du noch Granny wirst. Und außerdem hat mich tatsächlich nie jemand gefragt, ob ich überhaupt Kinder will. Es tut mir leid.«

»Na ja«, sagt Mum. »Diese Unterhaltung verschieben wir wohl lieber auf einen anderen Tag. Heute ist deine Hochzeit.«

»Mum«, sage ich unvermittelt. »Erinnerst du dich an Martin?«

Sie runzelt die Stirn. »Welcher war das?«

»Ich war während der Uni mit ihm zusammen. Und kurz danach auch noch. Du hast ihn getroffen. Mehrmals. Das weißt du doch.«

»Ach. Der. Was ist mit ihm?«

»Er ist Leuchtturmwärter.«

Sie wartet darauf, dass ich weiterspreche, und zuckt mit den Schultern, als ich es nicht tue. »Ah. Schön.«

»Ja«, sage ich. »Er lebt auf einer Insel vor der Küste von Wales, auf der, wo ich immer mit der Schule hingefahren bin. Dort fließt das Leben in einem anderen Tempo, Mum. Es ist einfacher. Weniger kompliziert. Weniger …«

»Weniger angenehm, schätze ich«, gluckst Mum. »Ich wette, er hat keine amerikanische Kühl-Gefrier-Kombi oder einen Wasserhahn, aus dem so heißes Wasser kommt, dass man damit Tee machen kann.«

»Nein«, sage ich. »Hat er nicht.«

»Also dann«, sagt Mum, als wäre das damit geregelt, obwohl keine von uns weiß, was genau geregelt ist.

Es klopft an der Zimmertür, und wir drehen uns beide um und erblicken Donna. »Seid ihr mit eurem Mutter-Tochter-Bonding fertig? Weil nämlich gerade ein großer Oldtimer vorgefahren ist.«

»Das ist ein Daimler«, sage ich. »Hat Tom gebucht.«

Ich stehe auf. Mum nimmt meinen linken Arm, und Donna kommt ins Zimmer und hakt mich von rechts unter. Wir betrachten uns im Schminktischspiegel.

»Ich glaube, wir sind passabel«, sagt Donna.

»Alles klar«, sage ich. »Auf geht's, dann lasst uns heiraten gehen.«

39

Martin

»Mach dich nicht lächerlich, Gwyn«, sage ich. »Ich kann nicht zu Gayles Hochzeit gehen.«

»Natürlich kannst du das, Martin Burney!« Gwyn zerrt mich in Richtung Leuchtturm. »Ich muss das wiedergutmachen! Sie würde nicht einmal heiraten, wenn ich dir diese Nachricht rechtzeitig überbracht hätte. Komm! Zieh dir was Ordentliches an! Eddie Jones wartet schon. Er wird dich nach Manchester fahren.«

»Und was dann?«, frage ich, während Gwyn mich in den Leuchtturm schleudert.

»Weiß ich doch nicht, verdammt. Mach etwas! Verhindere die Hochzeit! Wie in *Die Reifeprüfung*, oder?«

Das kann ich wirklich nicht machen, oder? Ich kann nicht hinfahren und Gayles Hochzeit sprengen! Ihr meine Liebe gestehen?

Ehe ich weiß, was ich tue, zerre ich mir meine Laufklamotten vom Leib und schlüpfe in Hemd und Hose. Gwyn spuckt unterdessen auf meine Stiefel und poliert sie mit meinem Geschirrtuch.

»Schnell, Martin Burney!« Er drückt mir die Stiefel in die Hand. »Wir haben keine Zeit zu verlieren!«

»Alle einsteigen in den Liebesbus!«, dröhnt Eddie Jones, als Gwyn mich nach der Überfahrt von Ynys Dwynwen auf den klapprigen Reisebus zuschiebt. »Manchester Cathedral, richtig? Ich muss nur noch kurz bei Gareth Jones‘ Hof halten und roten Diesel holen, dann sind wir unterwegs.«

»Keine Trödelei, Eddie Jones!«, schimpft Gwyn und droht ihm mit dem Finger durch die offene Tür. Er nimmt sich seine griechische Fischermütze ab und setzt sie mir auf den Kopf. »Die bringt Glück, Martin Burney!«

»Mach dir bloß keine Sorgen, Gwyn Jones«, sagt Eddie. »Ich bringe unseren Jungen rechtzeitig nach Manchester, um diese verdammte Hochzeit zu verhindern!«

Ich setze mich, springe aber wieder auf, als Eddie knirschend den Gang einlegt. »Gwyn! Der Leuchtturm!«

»Ich fahre rüber und habe ein Auge darauf!«, ruft Gwyn, als der Bus mit einem Ruck losfährt und auf die Küstenstraße einbiegt. »Hol du dein Mädchen! Ich passe auf, dass das Licht nicht ausgeht!«

Nachdem wir auf der Farm von Gareth Jones angehalten und Diesel getankt haben und Eddie außerdem heimlich mehrere Säcke mit Lamm-, Schweine- und Hühnchenfleisch entgegengenommen und in einer Kühlbox im Kofferraum verstaut hat, rumpeln wir weiter nach Norden und Osten, durch Caernarfon und Bangor und Llandudno.

»Etwa zweieinhalb Stunden, je nach Verkehr«, dröhnt Eddie über seine Schulter. »Ich war schon ganz schön lange nicht mehr in Manchester gewesen, was? Das letzte Mal waren wir da, als wir wegen Wyn Jones eingreifen mussten. Dummer Kerl. War high wie ein Astronaut und hat als Superman verkleidet versucht, das Arndale Centre hochzuklettern, um dagegen zu protestieren, dass er seine Kinder nicht sehen darf.«

»Hat das geholfen?«, frage ich. »Durfte er seine Kinder sehen?«

»Er hat ja nicht mal welche!«, brüllt Eddie. »Auf Pilzen war der.

Hatte sich ein ganzes Leben ausgedacht, in dem er ein frisch geschiedener Versicherungsangestellter mit drei Kindern war und kein gottverdammter Met saufender Nichtsnutz, der in Pwllheli auf Bänken schläft.«

Eddie fährt direkt an der Küste entlang, rechts von uns erhebt sich der majestätische Snowdon. »*Yr Wyddfa* nennen wir den«, sagt Eddie. Ich lasse mir den Namen auf der Zunge zergehen. *Ör-withfa.* »Das bedeutet nämlich Grab. Rhita Gawr, der Riese, ist dort oben begraben, nachdem König Artus ihm den Garaus gemacht hat. Das war eine ziemliche Schufterei, heißt es.«

Ich sehe die Namen auf den Schildern vorbeiziehen. Abergwyngregyn. Llanfairfechan. Abergele. St. Asaph. Eddie schiebt eine Kassette mit House-Musik ein und wippt mit dem Kopf zum Beat.

»Damals, als ich jung war, bin ich gern auf Raves gegangen«, sagt er. »Die haben wir auf Gareth Jones' höchstem Feld veranstaltet, als die Farm noch seinem alten Herrn gehörte. Taub wie ein Maulwurf war der alte Jones. Zu Hunderten haben wir uns da oben zusammengerottet wie Guppys, diese armen Kühe. Wyn Jones hatte immer ein oder zwei Tütchen dabei. Glückliche Tage, Martin Burney.«

Und dann sind wir auf der M56 nach England, fahren an Chester und Runcorn und Warrington vorbei, und die Schilder für Manchester tauchen auf. Mir dreht sich der Magen um. Wir überqueren die Grenze von Wales, wo sich am Horizont immer Magie zu kräuseln scheint, zurück nach England, wo sich der Himmel bewölkt und die Banalität an den Rändern der Autobahn klebt. Ich frage mich, was zum Teufel ich hier mache. Ist es zu spät, um Eddie zu sagen, dass er umdrehen und dieses ganze lächerliche Unterfangen vergessen soll?

Aber wir sind bereits am Stadtrand von Manchester angelangt, um uns herum erheben sich die vertrauten Gebäude. Eddie flucht und hupt und schiebt eine neue Kassette in die Stereoanlage. Er beginnt, aus voller Kehle *Love Will Tear Us Apart* zu singen, gerade als der quadratische Uhrenturm der Manchester Cathedral in Sicht kommt.

Mir bleibt fast das Herz stehen, als Eddie den Bus mit quietschenden Bremsen zum Stehen bringt. Dort, direkt vor uns, steht ein langer, weißer, mit lila Bändern geschmückter Oldtimer. Und aus ihm steigt Gayle.

Sie sieht absolut atemberaubend aus. Neben ihr geht eine Gestalt in einem rosa Anzug. Mir wird schlagartig bewusst, dass es Donna ist. Ich habe Donna seit Jahren nicht mehr gesehen. Sie unterhalten sich einen Moment, dann gesellt sich Gayles Mutter zu ihnen und nimmt Gayles Arm.

Sie beginnen, auf den bogenförmigen Eingang der imposanten Steinkathedrale zuzugehen, als die Glocken melodiös zu läuten beginnen.

Eddie dreht sich auf seinem Sitz um. »Also, Martin Burney, wie lautet der Plan?«

Ich habe keinen. Ich habe absolut keine Ahnung, was ich tun werde.

»Vielleicht solltest du sie abfangen, bevor sie in die Kirche geht?«

Ich hole tief Luft, stehe auf, und Eddie lässt mich aus dem Bus. Ich beginne, auf die Kathedrale zuzulaufen, dann fange ich an zu rennen. Gayle ist schon beinahe drin. Ich muss nur schreien. Ihren Namen rufen. Sie dazu bringen, sich umzudrehen. Das hier abzubrechen.

Donna wirft einen Blick über ihre Schulter, als ich näher

komme, und ihre Augen werden groß wie Untertassen, als sie mich erkennt.

»*Was. Zum. Teufel!*«, flüstert sie mir zu.

Gayle wirft ihr einen fragenden Blick zu und scheint sich gerade umdrehen zu wollen, da werde ich langsamer und komme zum Stehen. Doch Donna nimmt ihren Arm und schiebt sie eilig in die Kathedrale, wirft einen letzten Blick hinter sich und tötet mich mit Blicken.

Dann sind sie drinnen, und ich höre auf der Orgel den Hochzeitsmarsch aufklingen. Ich schaue mich zum Bus um, wo Eddie sich gerade fuchtelnd mit einem Verkehrspolizisten streitet. Dann blicke ich nach vorne, atme noch einmal tief durch und betrete die Kathedrale.

In den hinteren Reihen wenden sich ein paar Leute zu mir um, aber die meisten Blicke sind auf Gayle gerichtet, die den Gang hinunter auf den Altar zugeht, wo Tom sich umdreht und sie begrüßt, die Augen erfüllt von Liebe. Ich setze mich auf einen leeren Platz am Ende der letzten Reihe neben Leute, die ich nicht erkenne. Sie scheinen reich und privilegiert, und ein Mann in meinem Alter mustert mich von Kopf bis Fuß, Belustigung tanzt in seinen Augen. In lautem Flüsterton sagt er zu der Frau neben sich: »Wer hat denn Käpt'n Iglo eingeladen?«

Unter der gewölbten Decke und den gotischen Bögen des grandiosen Gebäudes, dessen goldene Orgelpfeifen hinter dem Altar aufragen, komme ich mir klein und unbedeutend vor. Klein, unbedeutend und plötzlich auf der falschen Seite der Geschichte. Ich sollte nicht hier sein, denke ich, als die Gemeinde sich scharrend erhebt und das erste Kirchenlied singt. Ich sollte mich verdrücken, leise, jetzt sofort, einfach verschwinden.

Aber ich muss es durchziehen. Andererseits weiß ich nicht,

was ich tun werde, noch immer nicht, und dies ist meine letzte Chance.

Der Dekan beginnt mit dem Gottesdienst, der förmlich voranzupreschen scheint, die Zeit zerrinnt zwischen meinen Fingern, mein Zeitfenster schrumpft zu einem Nichts zusammen. Ein sehr traditioneller Gottesdienst. Stilvoll, denke ich. Genau die Kategorie, auf die dieser Tom abfährt.

Und dann kommt es.

»Ich rufe euch beide an und fordere euer Bekenntnis, so wie ihr euch am dunklen Tag des Jüngsten Gerichts verantworten werdet, wenn die Geheimnisse aller Herzen offengelegt werden …«, liest der Dekan.

Wenn die Geheimnisse aller Herzen offengelegt werden. Sogar meins? Sogar das Geheimnis, das dort brennt? Habe ich das Recht dazu?

»… wenn jemand von euch einen Grund kennt, warum diese beiden nicht im heiligen Bund der Ehe vereint werden sollen …«

Ich starre vorbei an einem Meer aus Gratulanten und Freunden und Familie den Gang hinunter auf Gayle, die zu Tom aufblickt. Und hier bin ich, der Hinderungsgrund selbst. Ich sitze ganz hinten in der Kathedrale und rieche leicht nach Fisch.

»… dann sollt ihr jetzt reden oder für immer schweigen. Denn seid gewiss, so viele, die anders als in Gottes Wort zusammenfinden, sind nicht von Gott zusammengetan noch ist ihre Ehe recht nach dem Gesetz Gottes.«

Und ich stehe auf und hämmere mit der Faust auf die Kirchenbank vor mir, und alle schnappen nach Luft und drehen sich zu mir um, und ich rufe: »Nein!«

Außer dass ich es natürlich nicht tue. Ich schreie nicht und hämmere auch nicht mit der Faust. Niemand dreht sich um, um mich anzustarren. Ich schaue einfach auf meine Stiefel, und einen Moment später höre ich erleichtertes, amüsiertes Gelächter, denn der Dekan hat einen Scherz gemacht und fährt mit dem Gottesdienst fort. Und ich will einfach nur so weit wie möglich von diesem Ort fortlaufen, aber ich weiß, dass ich nicht gehen kann, ohne Aufsehen zu erregen. Also lausche ich den Lesungen und singe die Lieder und mache mich in meiner Kirchenbank so klein wie nur möglich, als Tom und Gayle an mir vorbei aus der Kathedrale schreiten. Aber ich hätte mir keine Mühe machen müssen. Sie haben nur Augen füreinander.

Donna hingegen beugt sich im Vorübergehen tief zu mir herunter und zischt mir ins Ohr: »Du. Draußen. Sofort.«

Ich lungere, während die Hochzeitsfotos gemacht werden, in einigem Abstand zur Kathedrale herum. Donna entzieht sich, sobald sie kann, und schleicht sich zu mir herüber.

»Martin«, sagt sie, »schön, dich nach all der Zeit wiederzusehen. Aber was zum Teufel machst du eigentlich hier, verdammt noch mal?«

»Ich … ich weiß es nicht«, sage ich hilflos.

Sie fährt sich mit einer Hand durch die Haare. »Meine Güte, Martin. Du hättest den ganzen Tag ruinieren können.«

»Das war auch irgendwie die Idee.«

Donna starrt mich an. »Ernsthaft? Du bist hergekommen, um die Hochzeit zu verhindern?«

Ich zucke mit den Schultern. Sie schüttelt den Kopf. »Ich sollte dir eine reinhauen. Hör mal, du Vogel, heute ist ihr Hochzeitstag. Kann ich ihren frisch Angetrauten leiden? Würde ich lieber sehen, dass sie mit dir zum Altar schreitet, der sie offenbar so glücklich macht? Das spielt keine Rolle, Martin. Das hier ist, was Gayle will. Und ich liebe sie. Also wirst du nicht …«

»Martin.«

Wir haben beide nicht bemerkt, dass Gayle auf uns zugekommen ist. Da steht sie und hält ihren Strauß locker in den Händen, Verwirrung kräuselt ihre glatte Stirn. Sie sieht vollkommen aus, wie ein fleischgewordenes Stück Himmel.

»Gayle.«

»Martin hatte eine Weiterbildung hier in Manchester«, sagt Donna. »Dachte, er kommt mal vorbei und wird Zeuge des glücklichsten Tags deines Lebens.« Sie betont die letzten fünf Worte, indem sie mir leicht in den Knöchel tritt. »Aber jetzt muss er weiter. Dieser Leuchtturm zündet sich nicht von selber an, oder?«

»Eigentlich«, sage ich, »funktioniert er beinahe vollauto…« Aber dann verstumme ich, als ich sehe, wie Donna mich anfunkelt.

»Martin«, sagt Gayle wieder.

»Ich habe deine Nachricht erhalten«, sage ich.

Donna starrt erst mich, dann Gayle mit zu Schlitzen verengten Augen an. »*Welche* Nachricht?«

Sie nickt. »Du hast dich nicht gemeldet. Deswegen …« Sie blickt sich um und deutet auf die Hochzeitsgesellschaft, die sich auf dem Gelände der Kathedrale herumtreibt.

»Welche Nachricht?«, fragt Donna erneut.

Was ich nicht sage, ist, *aber ich habe deine Nachricht erst heute bekommen.*

Was ich nicht sage, ist, *hätte ich sie im Januar erhalten, hätte ich dich gebeten, Tom nicht zu heiraten.*

Was ich nicht sage, ist, *Ich liebe dich, Gayle. Ich habe dich immer geliebt. Und egal was ist: Ich werde dich immer lieben.*

Was ich stattdessen sage, ist: »Das war ein toller Gottesdienst. Du siehst wunderschön aus. Ich hoffe wirklich, dass du und Tom miteinander sehr glücklich werdet.« Dann drehe ich mich um und gehe zu Eddies Bus, ohne noch einen Blick zurückzuwerfen.

Jahr neun

40

Gayle

AUGUST

Beim ersten Mal halte ich es für Zufall. Er lässt seine Serviette unter den Tisch fallen und bückt sich danach, und sein Handrücken streift meine nackte Wade.

Beim zweiten Mal, als er seine Hand kurz auf mein Knie legt, während er über den Tisch hinweg nach der Weinflasche greift, tue ich es als Geistesabwesenheit ab.

Beim dritten Mal, als er mich bittet, ihm das Salz zu reichen, und ich mich ein Stück von meinem Stuhl erhebe, um mich vorzubeugen, und seine Hand über meinen Hintern streicht, muss ich aufhören, ihn zu entschuldigen.

Er heißt Roger, ist um die sechzig, hat ein vom vielen Trinken rotes Gesicht, einen Bauch, der ihm über den Hosenbund seines teuren Anzugs hängt, und einen Blick, mit dem er sich deinen schnappt und festhält, als wollte er dich mit den Augen ficken.

Ich verabscheue Roger. Aber er ist ein potenzieller Investor bei einem Projekt, das Tom gerade auskocht. Und da ich jetzt Teil von Toms Immobilienentwicklungsfirma bin, obwohl ich weder eine Bezeichnung noch eine klar definierte Rolle, noch ein tatsächliches Gehalt habe, abgesehen von dem Geld, das Tom stets auf mein Konto überweist, wenn ich etwas brauche, wird von mir erwartet, dass ich Zeit mit diesen Menschen verbringe.

Weswegen Tom, Roger und ich in einem exklusiven kleinen Bistro im Northern Quarter an einem Tisch sitzen und ich ein kurzes, figurbetontes Kleid trage. Ich setze ein Lächeln auf, als Roger die erkennbare Beule in seiner Hose zurechtrückt, und versuche, sie zu ignorieren.

Tom spricht über Renditen und Erträge, und Roger hört zu, nickt und stopft sich Stücke von seinem blutigen Steak in den Mund. Plötzlich spüre ich, wie sein Knie meins berührt und dort verweilt.

»Es ist eine solide Geldanlage, Roger«, sagt Tom. »Eine Gelegenheit, die man nicht verpassen darf.«

Roger spült seinen Bissen mit einem Schluck Wein hinunter und sagt: »Du kennst mich, Tom. Ich lasse nicht gerne eine gute Gelegenheit aus.«

Dann lässt er die Hand unter den Tisch sinken und legt sie auf meinen Oberschenkel.

Ich stehe ruckartig auf, und Tom sieht mich überrascht an. »Ich muss nur kurz auf die Toilette«, sage ich und versuche, das Zittern in meiner Stimme zu unterdrücken. Ich blitze Tom an und deute unmerklich mit dem Kinn in Richtung der WCs.

»Ich, ähm, ich glaube, ich gehe mal nachsehen, welche Dessertweine sie haben«, sagt Tom, wischt sich den Mund mit seiner Serviette ab und steht auf. »Entschuldigst du mich einen Moment, Roger?«

Roger winkt ab, sein Blick streift über meinen Körper. »Lass dir Zeit, mein Lieber. Ich bin sicher, Gayle kann sich angemessen um mich kümmern, wenn sie wieder da ist.«

Draußen vor den Toiletten packe ich Toms Arm und zische: »Er befummelt mich schon den ganzen Abend!«

Tom kichert tatsächlich. »Er ist bekannt für seine streunenden Hände, der alte Roger.«

Ich starre ihn an. »Wirst du nichts sagen?«

Er runzelt die Stirn. »Er ist harmlos. Und reich. Stinkreich. Ich brauche ihn für dieses Projekt, Gayle. Sei einfach nett zu ihm.« Tom legt den Kopf zur Seite und mustert mich kritisch. »Hast du schon einen Termin in der Klinik gemacht?«

Ah ja, die Klinik. Toms Geschenk für mich zum ersten Hochzeitstag, das er mir mit großem Bohei zusammen mit einer Kanne Kaffee, einem Glas Champagner und Sauerteigbrot mit Avocado im Bett serviert hat, bevor wir tags darauf nach Capri flogen.

Ich öffnete den Umschlag und fand darin einen Gutschein über einen horrenden Geldbetrag, einzulösen in einer Klinik für kosmetische Chirurgie auf dem Land in Cheshire. »Du kannst dir natürlich aussuchen, wofür du es verwenden willst«, sagte Tom. »Wenn ich einen Vorschlag machen dürfte …« Er formte mit den Händen imaginäre Brüste auf seinem Oberkörper. Es macht mich krank.

»Ich hatte noch keine Gelegenheit, in der Klinik anzurufen«, entgegne ich frostig und gehe in die Toilette.

Als ich zurück an den Tisch komme, zeigt Tom Roger gerade Fotos von unserem Capri-Urlaub auf seinem Handy. Roger ist noch röter im Gesicht als sonst, und als ich mich setze, sehe ich, dass er Bikini-Bilder von mir am Pool anglotzt.

»Oh, sehr schön«, sagt er, als würde er ein Stück Rindfleisch begutachten. »Wirklich sehr, sehr schön.«

Tom setzt sich wieder, und als der Kellner unsere Teller mit dem Hauptgang abräumt, sagt er: »Also, Roger, hast du dir schon Gedanken über die Vorschläge gemacht?«

»Hm, können wir damit bis nach dem Kaffee warten?«, antwortet Roger. »Wenn ich mit vollem Magen über Geschäftliches spreche, bekomme ich Verdauungsstörungen. Und wir haben es gerade so nett, nicht wahr?«

Dann nimmt er meine Hand und legt sie auf seine Serviette, die er über seinen ausgebeulten Schritt gebreitet hat.

»Im Grunde sagst du also, du bist jetzt eine Hure«, konstatiert Donna.

»Donna!«, zische ich mit weit aufgerissenen Augen. Wir sitzen in einem Straßencafé in Alderley Edge in der Sonne.

»Na ja, wie würdest du das bezeichnen?«

»Ich bin leitende Kundenbetreuerin«, sage ich steif. Ich habe Tom dazu gebracht, mir eine konkrete Stellenbezeichnung für meine Aufgabe zu geben. Ich habe den Verdacht, dass er einfach zwei zufällige Worte aus dem Hut gezaubert hat, aber wenigstens habe ich seitdem ansehnliche Visitenkarten.

»Mit besonderer Verantwortung für die steifen Ruten alter Perverslinge«, ergänzt Donna und nippt an ihrem Kaffee. Sie sieht mich an. »Gayle, ich habe das Gefühl, das sagen zu können, weil ich dich liebe. Du warst eine brillante Anwältin und hast brillante Arbeit für wichtige Anliegen der Umweltbewegung geleistet. Du warst eine brillante Grundschullehrerin und hast brillante Arbeit für benachteiligte Kinder geleistet.«

»Und jetzt?«, sage ich und begegne Donnas Blick. »Jetzt bin ich bloß noch eine Hure, willst du das sagen?«

Sie zuckt mit den Schultern. »Du weißt, das habe ich nicht so gemeint, nicht wirklich. Schau, du hast ein wunderbares Leben und alles, was du dir nur wünschen kannst, und ja, ich bin ein bisschen neidisch auf die Tatsache, dass du dir keine Gedanken darüber machen musst, wie du die Miete oder die Gasrechnung bezahlst, oder dich nicht zwischen einem Pauschalurlaub auf den Kanaren und dem TÜV fürs Auto entscheiden musst.«

»Ich bin nicht reich«, sage ich. »Tom schon. Ich bin es nicht.«

Sie sieht mich lange an. »Weißt du noch, damals an der Uni? Du wolltest immer die Welt retten.«

Ich wende den Blick ab, sehe auf die belebte Straße mit ihren Boutiquen und Cafés und teuren Autos. »Das ist schon lange her. Und ein einzelner Mensch kann nicht die Welt retten.«

Sie trinkt ihren Kaffee aus und steht auf. »Nein, aber ein einzelner Mensch kann einen Unterschied machen. Selbst einen kleinen. Hör zu, ich muss los. Danke für das Mittagessen. Sag mir Bescheid, wenn die Titten gemacht sind, dann ziehen wir los und feiern.«

Alle paar Wochen fahre ich in Toms Büro im Zentrum von Manchester. Er hat eine Assistentin namens Veronica, die ständig um ihn herumschwirrt, seinen Terminkalender organisiert, ihm Mittagessen holt und großes Aufheben um ihn macht. Es gibt eine Architektin, Theresa, die ein paarmal die Woche kommt, eine kühle, elegante Frau Mitte fünfzig mit erstklassiger Figur. Dann ist da noch eine junge Frau in den Zwanzigern namens Lois, die Anrufe entgegennimmt und unter Veronicas Leitung Termine vereinbart. Und dann scheint es einen nicht abzureißenden Strom von Praktikantinnen zu geben, Töchter von Toms Freunden und Bekannten, die hauptsächlich an Schreibtischen sitzen und Tom mit schwärmerischen Augen anstarren, wenn er durchs Büro fegt.

Und schließlich gibt es noch mich. Die Ehefrau. Die Frau mit der Berufsbezeichnung leitende Kundenbetreuerin, was überhaupt nichts bedeutet. Man behandelt mich stets mit dem meinem Status entsprechenden Respekt, aber ich habe immer das Gefühl, dass meine Anwesenheit im Büro für die anderen eine Zumutung ist und all diese Frauen einen deutlich entspannteren Tag hätten, wenn ich nicht da wäre.

Tom ist selten anwesend, wenn ich im Büro bin, entweder versteckt er sich in seinem eigenen kleinen Zufluchtsort, oder er nimmt Termine wahr. Ich tippe ein wenig auf dem Computer herum, meistens shoppe ich bloß online oder spiele Spiele. Ganz selten bekomme ich auch etwas zu tun. So wie heute.

Veronica kommt mit ihrem falschen Lächeln im Gesicht auf mich zu. »Gayle. Tom hat heute Nachmittag einen Zeitslot doppelt vergeben und möchte, dass du einen seiner Termine für ihn übernimmst.«

»Prima«, sage ich und schließe die Website, auf der ich gerade beinahe vier sündhaft teure Dekokissen gekauft hätte, die ich weder brauche noch besonders dringend haben will.

»Es ist um zwei Uhr bei Browns. Roger Claybourn.«

Mir wird bange.

Nach dem Treffen mache ich mich alleine auf den Heimweg, denn Tom hat noch eine Reihe von Terminen. Als er nach Hause kommt, habe ich bereits den Großteil einer Flasche Wein intus.

»Wie war's mit dem alten Bock?«, fragt er.

»Grauenvoll beschissen«, sage ich, während Tom sich ein Glas Wein einschenkt und sich an die Kücheninsel setzt. »Bitte schick mich da nie wieder hin. Er hat mir buchstäblich ein unanständiges Angebot gemacht, Tom. Er sagte, er könne ein Hotelzimmer buchen und wir könnten im Grunde gleich hinfahren, und dann würde er mir, in seinen eigenen Worten, eine Art von Vergnügen bereiten, das ich mir nie hätte träumen lassen.«

Tom lacht aus vollem Hals. »Oh, er ist wirklich unverbesserlich beim Flirten.«

Ich sehe ihn böse an. »Er hat nicht geflirtet. Er hat mir ein unmoralisches Angebot gemacht. Und dabei mit seiner widerlichen kleinen Knubbelhand über meinen Oberschenkel gerieben. Er hatte einen verdammten Ständer, Tom.«

»Er ist harmlos«, beharrt Tom.

»Wirklich? Denn er hat mir von einem Mädchen erzählt, das früher für ihn gearbeitet hat. Er sagte, sie sei temperamentvoll gewesen, so wie ich. Habe sich geziert, so wie ich. Er erzählte, er habe sie einmal mit zu einer Konferenz genommen und sie daran erinnert, dass er ihr Chef sei und ihr schon klar sein müsse, wo die Butter auf ihrem Brot herkomme. Und als er sie dann schließlich in seinem Zimmer gehabt habe, sei sie zunächst nicht besonders willig gewesen, aber das habe ihm sogar gefallen. Da habe man das Temperament gemerkt, sagte er. Aber am Ende hat er bekommen, was er wollte. Denn Roger Claybourn bekommt immer, was er will. Er akzeptiert kein Nein, musst du wissen. Und er hat ihr angeblich eine Art von Vergnügen bereitet, das sie sich niemals hätte träumen lassen. Das soll ich also im Hinterkopf behalten.«

Toms Lächeln wird ein wenig schwächer. »Ich bin mir sicher, er hat nur ein bisschen übertrieben. Du weißt doch, wie Männer sind.«

»Ich weiß, wie solche Männer sind«, sage ich und gehe eine neue Flasche Wein holen. »Selbstgerechte, übermäßig privilegierte Arschlöcher, die daran gewöhnt sind, ihren Willen zu bekommen.« Und ich sehe Tom an und frage mich: *Bist du auch so ein Mann?*

»Na ja«, sagt Tom aufgeräumt. »Was auch immer du gesagt oder getan hast, scheint jedenfalls gewirkt zu haben. Roger hat mich angerufen, bevor ich aus dem Büro gegangen bin. Er ist an Bord. Mein Hauptinvestor. Was bedeutet, dass es mit meinem Projekt endlich vorangehen kann.«

»Was ist das überhaupt für ein Projekt?«, frage ich.

»Oh, eine große Sache. Die wird uns sehr gute Renditen bescheren.« Er geht zu seiner ledernen Aktentasche und zieht einen braunen Umschlag heraus. »Gayle, ich vermute, du erinnerst dich nicht daran, weil ich ja immer viel unterwegs bin, aber kurz bevor dein Dad gestorben ist, war ich ein paar Tage auf Erkundungsreise.«

Doch, ich erinnere mich. Gebeutelt von Schuldgefühlen, starre ich in mein Glas. Das war, als Martin vorbeikam und wir die Nacht in Mrs Carruthers' Wohnung verbracht haben. Das letzte Mal, dass wir miteinander geschlafen haben. Kurz vor meinem letzten Besuch auf Ynys Dwynwen. Ich sage: »Ah, doch. Ich glaube, ich erinnere mich.«

Er lächelt und setzt sich mir gegenüber. »Tja, es hat verdammt lange gedauert, und es gibt noch eine Menge Planungshürden, aber mit Roger an Bord kann ich die endlich nehmen.«

Er schiebt mir den Umschlag zu. Ich ziehe eine Hochglanzbroschüre heraus. Darauf ist die Illustration eines modernen Hauses mit Swimmingpool davor und glitzerndem Meer dahinter abgebildet.

»Das ist Luxusklasse«, sagt er. »Es wird ein Vermögen kosten, aber das wird es wert sein. Ferienvermietung.«

Moment. Hinter diesen Häusern, auf der Zeichnung des Illustrators …

»Aber sehr, sehr elitär. Millionäre. Filmstars. Oligarchen. Ich meine, ja, es ist abgelegen, aber deshalb planen wir einen Hubschrauberlandeplatz ein.«

Da ist ein Leuchtturm.

Tom nickt begeistert. »Und das Beste ist, wir können hin, wann immer wir wollen! Ich war auf deiner Insel, Gayle! Als ich weggefahren bin. Nachdem ich die Fotos von eurem Schulausflug gesehen hatte, wusste ich, dass sie perfekt ist.«

»Ynys Dwynwen«, sage ich wie betäubt.

»Ja!«, ruft Tom triumphierend. »Und da bin ich direkt hingegangen und hab sie gekauft, was sagst du jetzt?«

41

Martin

»Sie verkaufen Ynys Dwynwen?«, frage ich, ohne zu begreifen.

»Ganz so einfach ist es nicht«, sagt Heledd Davies, die Gwyn und mir in ihrem Haus auf der Halbinsel Llyn an einem großen Mahagonischreibtisch gegenübersitzt.

Als Britannia Brook vor ein paar Wochen nicht zu Besuch kam, hätte ich wissen müssen, dass etwas nicht stimmt. Ich stand wartend auf dem Steg und hegte die vergebliche Hoffnung, dass Gayle irgendwie ihren alten Job wieder angenommen hatte und auf der *Angharad* sein würde.

Doch die *Angharad* kam nicht. Britannia Brook kam nicht. Bloß Gwyn in seinem kleinen Boot mit einigen Vorräten und ein paar Neuigkeiten.

»Hab es selbst erst heute Morgen erfahren. Der Schulausflug ist abgesagt.«

Ich ging von Finanzierungs- oder Personalproblemen aus, bis Gwyn heute Morgen anrief und sagte: »Wärter, wir sind einbestellt. Von der Herzogin. In ihren Wohnsitz.«

Ihr Wohnsitz ist ein großes, weitläufiges walisisches Schieferhaus, das sich ein Stückchen die Halbinsel hinunter in ein Tal schmiegt.

Heledd lebt dort mit ihrem Bruder Hywel. Das Haus befindet sich in renovierungsbedürftigem Zustand, und seit ich Ms Davies am St.-Dwynwens-Tag zuletzt gesehen habe, ist sie alt und gebrechlich und ein wenig mutlos geworden.

»Was würde Edward Davies dazu sagen?« Gwyn schüttelt den Kopf und reibt sich übers Kinn. »Die Insel verkaufen?«

»Wie ich schon sagte, ist es ein bisschen komplizierter«, entgegnet Ms Davies. »Wir verhandeln schon seit einiger Zeit über eine mögliche Entwicklung der alten Cottages auf der Insel. Das Land selbst wird im Familienbesitz bleiben. Aber es ist eine Art Übergabe eines großen Teils des Geländes geplant. Und die Schulbesuche mussten eingestellt werden. Endgültig. Das ist schade, ist jetzt aber eine Frage des Eigentümers.«

Sie schiebt uns eine Broschüre über den Tisch. Ich blättere sie durch und gebe sie an Gwyn weiter. »Ein Pool? Ein Hubschrauberlandeplatz?«

»Es ist angedacht, den Ort zu so etwas wie einem Schlupfloch für die Reichen und Berühmten zu machen«, erläutert Ms Davies. »Eine kleine Privatinsel mit dem originellen Bonus eines eigenen Leuchtturms.«

»Also bin ich jetzt arbeitslos?«

Ms Davies schüttelt den Kopf. »Ganz und gar nicht. Im Gegenteil. Sie sind so etwas wie ein Magnet, Mr Burney. Eine Sehenswürdigkeit. Der urige Leuchtturmwärter, der direkt vor der Haustür dieses elitären Feriendomizils seinen Turm hütet. Mir wurde gesagt, dass diejenigen, die horrende Summen für ihren Aufenthalt dort ausgeben werden, das recht unterhaltsam finden.«

»Sie verwandeln Ynys Dwynwen in ein verdammtes Disneyland!«, sagt Gwyn wütend.

Ms Davies sieht ihm direkt in die Augen. »Ich wäre Ihnen dankbar, wenn Sie in meinem Haus nicht laut würden, Gwyn Jones.«

Gwyn murmelt eine Entschuldigung, und ich frage: »Aber wieso? Als ich angekommen bin, haben Sie mir erzählt, wie ... heilig Ihnen Ynys Dwynwen ist. Wie wichtig es ist. Ihrem Urgroßvater. Ihrer Familie.«

»Das ist beinahe eine Dekade her, Mr Burney. Die Dinge haben sich geändert. Und nicht zum Besseren.« Ms Davies erhebt sich mühsam und geht mithilfe ihres Stocks zu dem großen Fenster hinüber, das auf das Grundstück hinausgeht. »Wir brauchen Geld. Viel Geld. Wir haben ein paar schlechte Anlagen getätigt. Die Hyänen warten vor der Tür. Hywel, mein Bruder, ist nicht bei bester Gesundheit.«

»Vielleicht sollten Sie diese Bruchbude verkaufen und sich etwas Kleineres suchen«, sage ich.

Sie funkelt mich an. »Es ist das Haus der Familie.«

»Ynys Dwynwen ist die Insel der Familie.«

Es entsteht ein langes Schweigen. Ms Davies dreht sich wieder zum Fenster um. Hinter dem überwucherten Garten glitzert das Meer, und am Horizont ist die Insel zu sehen.

Schließlich sagt sie: »Die Sache steht nicht zur Debatte, meine Herren. Ich hielt es lediglich für ratsam, Sie über die neuesten Entwicklungen in Kenntnis zu setzen. In puncto Planungsvorschriften und der entsprechenden Genehmigungen bleibt noch viel zu tun. Ich gehe nicht davon aus, dass sich innerhalb des nächsten Jahres etwas tut. Mr Burney, ich schlage vor, Sie kehren nach Ynys Dwynwen zurück und nehmen Ihre Arbeit wieder auf. Wie in jeder Nacht darf auch heute das Licht nicht ausgehen.«

»Ich glaube, in gewisser Hinsicht ist es das schon, Ms Davies«, sage ich, und Gwyn und ich verabschieden uns.

Wir verbringen eine weitgehend schweigsame Stunde auf der Rückfahrt über die kabbelige See nach Ynys Dwynwen und brüten darüber, was all das bedeutet. Gwyn hängt an der Insel ebenso sehr wie ich; sie hat zu seinem Leben gehört, solange er denken kann.

»Das Gute daran ist, dass du dann für ein Viennetta-Eis Unsummen verlangen kannst«, sage ich, um die Stimmung aufzulockern.

Gwyn seufzt und steuert das Boot an den Steg. »Es ist eine verdammte Schande, Wärter, und nichts anderes.«

Trotz meines Aufheiterungsversuchs muss ich ihm zustimmen. Es ist eine vollkommene Katastrophe. Gwyn fragt: »Was wirst du tun?«

»Ich weiß es nicht«, sage ich und blicke auf den Leuchtturm, der sich gegen den blassblauen Himmel abzeichnet. Ich meine, ich könnte gehen. Aber wohin? Was tun? Ms Davies sagte, es werde noch mindestens ein Jahr dauern, bis etwas geschieht. In dieser Zeit kann eine Menge passieren.

»Ich bin nach Ynys Dwynwen gekommen, um der Welt zu entfliehen«, sage ich. »Wie es aussieht, ist die Welt nicht scharf darauf, mich gehen zu lassen.«

»Es tut mir leid, dass es mit Gayle nicht geklappt hat«, sagt Gwyn. »Das war ein reizendes Mädel. Ihr wart ein gutes Paar.«

»Waren wir«, sage ich mit einem knappen Lächeln. »Oder hätten wir jedenfalls sein können. Aber was hätte ich ihr schon bieten können, Gwyn? Das einsame, primitive Leben der Frau eines Leuchtturmwärters? Ich glaube nicht, dass ihr das zugesagt hätte. Jetzt ist sie glücklich, da bin ich mir sicher. Und in gewisser Weise macht mich das auch glücklich.«

»Was für ein ausgekochter Dünnschiss«, sagt Gwyn. »Natürlich bist du verdammt noch mal nicht glücklich, Wärter. Nicht ohne Gayle. Nicht mit der Tatsache, dass die Herzogin dir die Insel unter dem Hintern wegverkauft hat und dich in eine Art Zootier verwandeln will, das reiche Kinder mit einem Stock ärgern können. Das ist alles eine verfluchte Schande.«

»Stimmt«, gebe ich zu. »So hatte ich mir das nicht vorgestellt. Aber niemand hat ein Happy End *verdient*, schätze ich, nicht wirklich.«

Gwyn steigt zurück in sein Boot. »Du bist doch Schriftsteller, stimmt's, Martin Burney? Dann schreib dir dein eigenes verdammtes Happy End. Wenigstens das kannst du machen.«

In der Abenddämmerung gehe ich mit einer Flasche Wein hinaus und setze mich vor den Cottages ins Gras. Genau dorthin, wo diesen Zeichnungen zufolge der Swimmingpool hinkommt. Ich sitze ganz still da und betrachte die verfallenen Gebäude, bis sich meine Augen an die Dunkelheit gewöhnt haben. Ich mag diesen kurzen Moment zwischen dem Sonnenuntergang und dem Aufstrahlen des Lichts. Er ist nicht lange, fühlt sich aber an wie eine ganz besondere Zeit. Das Licht der Natur ist erloschen, das des Menschen leuchtet noch nicht. Eine Zeit, in der man Wünsche aussprechen und erwarten könnte, dass sie sich erfüllen. Zeit, um an Magie zu glauben. Zeit, in der man im kühlen Gras sitzt und es diese Welt sein könnte, aber auch die nächste, die in der zunehmenden Dunkelheit in die andere übergeht.

Ich warte auf die verräterischen Bewegungen in den leeren Fenstern und Türöffnungen. Die Dwynwen-Wühlmäuse. Ich frage mich, was sie wohl von mir denken. Geschichten, die von Generation zu Generation weitergegeben werden, Geschichten vom Riesen im Turm. Bestimmt halten sie den Leuchtturm für einen Gott und mich für seinen Hohepriester. Und im Laufe des nächsten Jahres werden sie verschwinden. Ihr Zuhause, die Cottages, wird man abreißen. Swimmingpools und Hubschrauber und dreiste, reiche

Leute. Die Dwynwen-Wühlmäuse werden ausgelöscht werden, ihr Verschwinden wird kaum auffallen.

Und was ist mit den Papageientauchern? Was wird aus den Schwarzschnabel-Sturmtauchern? Was aus den Robben? Was wird aus Bruce?

Was ist mit Bethan? Nun wird sie nie den Weg nach Hause finden, niemals mit Edward wiedervereint sein.

Und dann bricht das Licht aus dem Turm hervor und ergießt sich in alle vier Himmelsrichtungen, streicht Land und Meer mit seinem kalten, weißen Strahl an. Dieses Mal fühlt es sich nicht an wie ein Trost. Es fühlt sich nicht an wie ein Leuchtfeuer der Geborgenheit, das die dort draußen auf dem dunklen Meer in die Sicherheit geleitet. Es kommt mir eher so vor, als würde es der Welt seine Existenz erklären, diejenigen herbeirufen, die nicht hierhergehören. Es ist eine Werbung für den geheimen, magischen Boden von Ynys Dwynwen, ein Verrat an der Insel. *Kommt*, singt der Leuchtturm. *Kommt her und nehmt sie euch. Ihr habt euch schon alles andere genommen. Da könnt ihr genauso gut auch das hier haben.*

Nach meinem Lauf am nächsten Morgen fische ich am Kieselstrand. Bruce kommt herübergeschwommen, und ich werfe ihm einen Teil meines Fangs zu. Wie soll ich es ihm sagen? Wie soll er es verstehen?

»Ich glaube, ich habe deinen Dad gefunden«, sagt Bruce, als ich die Angel ins tiefe Wasser auswerfe.

• • •

Dieses Schiff (sagt Bruce) wurde an einem Ort namens Niederlande gebaut. Vor etwa fünfzig Jahren. Es gehörte einer Firma mit Sitz in Grimsby. Registriert auf den Cookinseln. Eine komplizierte

Sache, diese Schifffahrt. Wie auch immer, *Cygnet* hieß es. Es brachte gerade eine Ladung Kalkstein von Colony Bay zur Isle of Wight, als es zehn Meilen vor der Halbinsel Llyn in Schwierigkeiten geriet. Fünf Meilen entfernt von hier, Martin Burney.

Ein heftiger Sturm zog auf. Stärke 8. Eine riesige Welle krachte auf die *Cygnet* herab. Und aus irgendeinem Grund hatten sie das ganze Gestein in der Mitte des Decks aufgeschichtet. Das hat dem Schiff praktisch das Deck gebrochen, so muss man es sagen. Es sank direkt auf den Grund, achtzig Meter tief.

Zwölf Männer waren an Bord. Sechs schafften es vom Schiff. Sechs schafften es nicht. Dieser Kerl, er hat es nicht geschafft. Und er sagt, es tut ihm leid, Martin. Es tut ihm leid, dass er nicht mehr nach Hause gekommen ist.

»Beschreib ihn mir«, sage ich und wage kaum zu atmen.

»Ein großer Mann. Freundliches Gesicht. Bart. Haare.«

»Bruce. Ich glaube, das könnte er sein.«

Bruce nickt. »Dachte ich mir auch. Er sagte, er habe einen Sohn. Aber der war erst vier, als er ihn zum letzten Mal gesehen hat. Ich habe ihm von dir erzählt. Er schien sehr stolz zu sein.«

»Was hat er noch gesagt?«

Bruce verzieht das Gesicht und erinnert sich . »Er hat gesagt … er hat gesagt, dass es sich lohnt, für Dinge zu kämpfen. Auch wenn es den Anschein hat, dass es hoffnungslos ist. Er hat gesagt, selbst in der dunkelsten Nacht gibt es immer ein Licht. Gibt es immer Hoffnung. Selbst wenn dein Schiff in zwei Hälften bricht, selbst wenn du merkst, wie du in die dunklen Tiefen gezogen wirst, selbst wenn du spürst, wie die Luft aus deinen Lungen entweicht und durch kaltes, salziges Wasser ersetzt wird, selbst dann gibt die Hoffnung nie auf.«

»Er hat aber unrecht«, sage ich. »Denn manchmal gibt es keine

Hoffnung. Manchmal heiratet der Mensch, den du mehr liebst als alles andere auf der Welt, jemand anderen. Manchmal wird der Ort, den du mehr liebst als jeden anderen Ort auf der Welt, verkauft und des Geldes wegen zerstört. Manchmal erstickt der Planet, auf dem du lebst, in Müll und Plastik.« Ich sehe an Bethan's Reef vorbei aufs Meer hinaus. »Und manchmal, wenn du ein kleiner Junge bist und darauf wartest, dass dein Daddy von der See nach Hause kommt, taucht er nicht mehr auf. Und da begreifst du, dass Hoffnung eine alberne und zerbrechliche Sache ist.«

»Ach, er lässt dir auch etwas schicken«, sagt Bruce, und dann beginnt er zu husten und zu würgen und spuckt etwas auf den Kieselstrand. »Tut mir leid. Keine Taschen. Oder Hände. Weil ich eine Robbe bin.«

Es ist eine kleine Schachtel. Vom Meer ausgebleicht und aufgequollen, an den Rändern ausgefranst. Ich bücke mich danach und öffne sie.

Der Ring meiner Mutter schimmert in der Morgensonne.

»Er hat gesagt, gib die Hoffnung nicht auf.«

»Danke«, sage ich. »Dafür, dass du meinen Vater gefunden hast.«

»Ich wusste, dass es uns am Ende gelingen würde, Wärter. Jetzt wirf mir noch so eine Meeräsche rüber, dann bin ich weg.«

42

Gayle

Ich bin im Bad und betrachte mein Gesicht im beleuchteten Spiegel, als es an der Tür klingelt. Ich ignoriere es. Wahrscheinlich ist es der Briefträger oder ein Paketbote, der mir ein Paket voll mit Dingen bringt, die ich eigentlich gar nicht haben will, die mich aber in den wenigen Augenblicken, die es gebraucht hat, sie online zu shoppen, glücklich gemacht haben.

Ich inspiziere meine Augenbrauen, die Linie meines Kiefers, meine Wangen. Ich denke darüber nach, endlich meinen Gutschein einzulösen.

Ich fühle mich nicht alt. Ich sehe aus wie eine achtunddreißigjährige Frau. Will ich wirklich versuchen, wie eine Zwanzigjährige auszusehen? Ich bin zufrieden mit dem, was ich bin, wie ich aussehe. Tom ist es offensichtlich nicht. Wenigstens werde ich zwischen all den schlanken, glatten, durchtrainierten Frauen, mit denen er sich umgibt, nicht fehl am Platz wirken, wenn ich etwas an mir machen lasse.

Es klingelt erneut. »Na gut«, brumme ich und werfe einen letzten Blick auf mein Gesicht – mit einem plötzlichen Anflug von Traurigkeit, als würde ich mich von ihm verabschieden –, dann mache ich das Licht im Bad aus.

»Muss ich unterschreiben?«, frage ich den Jungen vor der Tür und halte Ausschau nach dem Paket.

»Unterschreiben, Miss?«

Er hat kein Paket. Ich lege die Stirn in Falten und sage: »Entschuldigung, ich dachte, Sie ... wer sind Sie eigentlich? Was wollen Sie?«

Er lächelt, und in meinem Kopf flackert etwas auf. Er ist etwa sechzehn oder siebzehn. Groß. Schlank. Blass und blond. Er sagt: »Ich bin George, Miss. George Bentley.«

Meine Augen weiten sich. George! George Bentley! George Bentley, der in die Schlucht von Ynys Dwynwen gestürzt ist! »Ich habe dich gar nicht erkannt! Du bist so groß geworden! Komm rein!«

Ich mache George in der Küche einen Kaffee, während er sich ehrfürchtig umblickt. »Wow, Miss, Sie wohnen in einem riesigen Haus.«

Ich erinnere mich an George, seine verzweifelte Mutter und an die Reihe gewalttätiger Stiefväter und verspüre Gewissensbisse. Aber jetzt sieht er so erwachsen aus, so anders. So glücklich. Ich frage: »Gehst du noch zur Schule?«

»Ich bin gerade in die Oberstufe gekommen, Miss. Ich mache Abitur.«

»Oh, George, das ist ja wunderbar! Was möchtest du danach machen?«

»Zur Uni gehen, Miss, falls meine Noten dafür reichen. Ich würde gern etwas studieren, was mit der Umwelt zu tun hat.« Er lächelt scheu und sieht zu Boden. »Das habe ich Ihnen zu verdanken, Miss. Sie haben an mich geglaubt. Sie haben an uns alle geglaubt.«

Ich wende mich ab, damit ich mir die Tränen aus den Augen wischen kann. Oh Gott! Ich hatte es vergessen. Vergessen, wie gut es sich anfühlte, diese Kinder zu unterrichten.

Ich stelle ihm den Kaffee hin. »Wie hast du mich gefunden?«

Er zieht eine Grimasse. »Ich bin zur Britannia Brook gegangen. Um mit Ihnen zu reden. Dort haben sie mir gesagt, Sie seien nicht mehr da. Ich habe um Ihre Adresse gebeten. Ich hoffe, dass niemand Schwierigkeiten bekommt, weil sie sie mir gegeben haben.«

»Du wolltest mich finden? Warum?«

»Für mein Abiturprojekt in Geografie«, sagt George und nippt an seinem Kaffee. »Ich wollte etwas über Ynys Dwynwen machen. Und die Wühlmäuse. Erinnern Sie sich an die, Miss? Es ist der einzige Ort auf der Welt, wo es sie gibt. Ich wollte für mein Projekt ein paar Fotos von unserem Schulausflug verwenden.«

»Die habe ich wahrscheinlich auf meinem Laptop, falls du sie haben willst. Und einige aus anderen Jahren.«

»Dieses Jahr sind sie nicht hingefahren«, sagt George unvermittelt. »Sie werden nie wieder hinfahren.«

Ich starre ihn an. »Was?«

»Jemand hat die Insel gekauft, Miss. Sie wollen irgendwas darauf bauen. Für reiche Leute, die dort Urlaub machen.« Er sieht mich an. »Die Wühlmäuse werden sterben, Miss. Sie werden ausgerottet werden.«

Ich schaue weg. Ich kann Georges Blick nicht standhalten. Er sagt: »Also, darum wird es jetzt in meinem Projekt gehen. Die Zerstörung von Ynys Dwynwens einzigartigem Ökosystem. Die Papageientaucher werden wahrscheinlich nicht mehr dort nisten. Die Robben auf dem Riff werden sich vermutlich neue Futter- und Paarungsgebiete suchen.« Er trinkt noch einen Schluck Kaffee und sieht sich erneut in der Küche um. »Also, ich habe im Internet nach den Plänen gesucht. Es ist Ihr Mann, der das macht, oder nicht, Miss?«

»George«, sage ich mit Tränen in den Augen. »Warum bist du hergekommen?«

»Ich habe gehofft, dass Sie vielleicht mit Ihrem Mann sprechen, Miss. Bitten Sie ihn, das Bauprojekt nicht weiter voranzutreiben.«

Ich seufze gequält auf. »Ich kann ihn bitten. Aber er wird nicht auf mich hören.«

»Wohl nicht«, sagt George und sieht sich demonstrativ in der Küche um. »Leute, die Geld haben, wollen nur immer mehr Geld, nicht wahr, Miss?«

Ich sage: »Und du musst nicht Miss zu mir sagen, George. Ich bin nicht mehr deine Lehrerin.«

»Nein«, sagt er mit einem traurigen, blassen Lächeln. »Nein, das sind Sie nicht mehr.« Er zieht einen Zettel aus seiner Tasche. »Da steht meine E-Mail-Adresse. Falls Ihr Mann mir für mein Geografieprojekt etwas schicken will, warum er das macht, ich würde es gern einbeziehen.«

Ich nehme den Zettel, und es klingelt schon wieder an der Tür. George trinkt seinen Kaffee aus und steht auf. »Dann gehe ich jetzt.«

Als ich die Tür öffne, um George hinauszulassen, holt ein Paketbote gerade einen turmhohen Stapel von Kartons aus seinem Lieferwagen. George sieht zu, wie er sie auf der Eingangstreppe abstellt, sie gehen ihm fast bis zur Taille. Dann sagt er: »Ich freue mich, dass Sie glücklich sind, Miss. Wiedersehen.«

Später sitze ich vor meinem Laptop und warte darauf, dass Tom nach Hause kommt. Da taucht eine Benachrichtigung auf. *Sehen Sie sich heute Ihre Erinnerungen von vor 19 Jahren an!*

Ich klicke darauf, und eine Reihe von Bildern vom Anfang meines zweiten Jahres an der Uni werden mir vorgeblendet. Ich muss schief lächeln über die Fotos, die mich in großen Stiefeln und gestreiften Strumpfhosen zeigen, die Haare nach hinten gebunden, kaum einen Tropfen Make-up im Gesicht. Donna ist auch auf den

Fotos zu sehen, die Haare leuchtend rosa, Piercings in Nase, Ohren und Lippen. Und Martin. Ich lächle wieder, liebevoll, meine Fingerspitzen zeichnen auf dem Bildschirm seine Umrisse nach.

Da ist eine Fotoserie von einer Demonstration. Wir tragen alle Plakate und marschieren durch die Straßen von Manchester, die Gesichter beim Skandieren von Parolen eingefroren. Es ist ein Protest gegen den Klimawandel, und ich kann mich lebhaft daran erinnern, wie ich dieses Plakat gemalt habe, auf dem der Spruch *Kein Planet B* steht.

Ich sehe wütend aus, beseelt, entbrannt von dem Gefühl, auf der richtigen Seite zu stehen. Donna steht neben mir und wird von der Kamera dabei ertappt, wie sie das Mädchen neben sich abcheckt. Martin läuft hinterher und schwenkt ein wenig planlos sein eigenes Plakat. Armer Martin. Ich habe ihn zu solchen Veranstaltungen immer mitgeschleppt. Es hat ihn nie so richtig interessiert. Aber für mich hat er mitgemacht. Plötzlich fällt mir ein, was Donna bei unserem letzten Mittagessen zu mir gesagt hat. *Du wolltest immer die Welt retten, Gayle.* Das wollte ich, schätze ich, eine Zeit lang, zumindest habe ich es versucht, als ich bei EnviroMonitor gearbeitet habe. Ich bin stolz auf meine Erfolge dort, auch wenn es nur kleine Siege waren, kleine Schlachten in einem großen Krieg. Und später, auf der Britannia Brook … Ich denke darüber nach, was George gesagt hat. *Das habe ich Ihnen zu verdanken, Miss. Sie haben an mich geglaubt. Sie haben an uns alle geglaubt.* Wieder die Welt nicht gerettet. Aber vielleicht die Welt eines Menschen für eine Weile ein wenig besser gemacht.

Witzig, wie sich alles verändert hat. Martin ist auf seiner Insel und schützt mit all seinen Kräften die Natur von Ynys Dwynwen. Und ich sitze hier, eine Mitschuldige.

Ich will gerade den Laptop schließen, als Tom mit ein paar Flaschen Wein und Take-away-Essen aus dem Restaurant hereinkommt. »Chinesisch«, sagt er und hält die Tüte hoch. »Ich habe für dich ausgesucht. Ich hoffe, das ist in Ordnung.«

Er stellt die Tüten auf die Arbeitsfläche. »Ach, wo du gerade dabei bist. Kannst du mir die Fotos von den Schulausflügen auf die Insel zeigen?«

Ich zucke mit den Schultern und rufe sie auf, und er beugt sich über mich und klickt sie durch. Mir stockt der Atem, als er eines von Martin öffnet, auf dem er umringt von den Kindern stolz vor dem Leuchtturm steht.

»Das ist er«, sagt er.

»Das ist wer?«, frage ich so neutral wie möglich.

Er lächelt mich forschend an. »Der Leuchtturmwärter natürlich. Schau dir das mal an.«

Er kramt in seiner Aktentasche und holt einen Stoß Papiere heraus. Es sind Entwürfe, Modeskizzen. Variationen eines einzigen Themas, ein nautisches Outfit, blau und weiß, einige mit Schirmmütze, andere mit Rollkragenpullover. Tom sagt: »Die habe ich mir anfertigen lassen. Was hältst du davon?«

»Was ist das?«

Tom sieht mich an, als wäre ich besonders schwer von Kapee. »Ideen für eine Uniform. Für den Leuchtturmwärter. Ich bin ihm noch nicht persönlich begegnet, aber auf diesen Bildern sieht er ein bisschen … schäbig aus. Ich dachte, wir könnten ihn in eine Art von Livree stecken. Vielleicht mit aufgesticktem Firmennamen. Geschmackvoll, versteht sich.«

»Eine Uniform? Er ist Leuchtturmwärter, Tom, keine Figur in einem Freizeitpark.«

»Ach, ich weiß, aber wenn man sich die Sorte von Leuten vor Augen hält, die einen Aufenthalt mieten werden, wäre es doch nett, wenn er glaubwürdig aussieht. Ein bisschen ordentlicher. Das rundet das Ganze als Erlebnis ab, findest du nicht?«

»Er wird es hassen«, murmle ich.

Tom macht eine Flasche Wein auf und zieht die Folie von den Styroporbehältern. Der Geruch von chinesischem Essen erfüllt durchdringend die Küche. »Tja, das ist ziemlich egal, um ehrlich zu sein. Er gehört zur Einrichtung, oder nicht? Er muss dazu passen.«

»Tom«, sage ich. »Was diese alten Cottages angeht, die du abreißen willst. Da leben Wühlmäuse. Die Dwynwen-Wühlmäuse. Sie sind sehr selten.«

»Ja, davon habe ich schon gehört«, sagt Tom. »Meinst du, ich sollte zuerst einen Kammerjäger beauftragen? Ich dachte, die Bauarbeiten werden sie wahrscheinlich ohnehin verscheuchen. Ich meine, die sind doch nicht wie Ratten, oder? Sie sind bestimmt nicht gefährlich. Oder doch? Das lasse ich abklären.«

Ich hole tief Luft. »Tom, würdest du in Betracht ziehen, es nicht zu machen? Das Bauprojekt auf Ynys Dwynwen abzusagen? Wenn ich dich darum bitten würde?«

Er lacht bellend. »Und warum solltest du das tun? Gayle, ich arbeite seit zwei Jahren an diesem Projekt. Ich werde all die Zeit und das Geld doch nicht aus dem Fenster werfen.« Er stellt das Essen auf die Kücheninsel. »Iss das, bevor es kalt wird. Und dann sieh dir diese Entwürfe für die Uniform an, und sag mir, welcher dir am besten gefällt.« Er schenkt uns Wein ein, und ich höre ihn in die Gläser gluckern. »Denk nur, wir können, wann immer wir wollen, Urlaub machen auf …« Er unterbricht sich. »Wie lautet noch mal der verdammte Name der Insel? Ich kann ihn mir nicht merken.«

»Ynys Dwynwen.«

»Ynys Dwynwen.« Er lässt sich den Namen auf der Zunge zergehen.

»Hm. Weißt du, was, das ist ein ziemlicher Zungenbrecher. Kann man schlecht im Kopf behalten. Sieht auch ein bisschen hässlich aus mit all diesen Ys und Ws. Ehrlich gesagt, vielleicht denke ich mal über ein Re-Branding nach. Ich setze ein paar Leute dran.«

»Du kannst doch den Namen der Insel nicht ändern!« Ich bin schockiert. »St. Dwynwen ist die walisische Schutzpatronin der Liebe. Es gibt dort eine Geschichte. Eine Tradition.«

»Geschichte wird von den Siegern geschrieben. Und von denen, die das meiste Geld haben. Und Traditionen sind nur Dinge, die mehr als einmal passieren. Wir können unsere eigenen Traditionen erschaffen.« Er hält inne und sagt dann: »Hey, was hältst du von ›Insel der Liebe‹?«

»Ich finde es grauenvoll«, sage ich mit Piepsstimme.

Er tritt hinter mich, schlingt die Hände um meine Taille und küsst meinen Hals. »Apropos Liebe … Ich glaube, es wird mal wieder Zeit, dass wir früh ins Bett gehen, meinst du nicht?«

Ich drehe den Kopf und lasse mich von ihm auf den Mund küssen, dabei schließe ich die Augen, um die plötzlich aufwallenden Tränen wegzublinzeln.

43

Martin

30. NOVEMBER

Die Feiertage, die den Ablauf des Jahres markiert haben, sind nach und nach bedeutungslos geworden. Ich weiß, dass es Weihnachten ist, weil Gwyn, wenn das Wetter es zulässt, an jedem zweiten Weihnachtsfeiertag mit den Resten seines Festmahls bei Blodwyn herüberkommt. Dann lassen wir uns den in der Mikrowelle aufgewärmten Truthahn und den Rosenkohl und die Bratkartoffeln schmecken. Mir schwant düster, dass unter der Explosion des Frühlings auf der Insel Ostern lauern muss, auch wenn es für mich keine Rolle spielt. Juli ist der Monat, in dem, wie ich weiß, Britannia Brook zu Besuch kommt, früher zumindest. Und so bin ich überrascht festzustellen, einfach nur durch einen Blick auf den alten Kalender an der Wand, dass heute der letzte Tag im November ist und nicht einfach nur mein Geburtstag, sondern sogar mein vierzigster.

Hier auf Ynys Dwynwen scheint diese Zahl nicht relevanter zu sein als neununddreißig oder einundvierzig. Alter ist immer relativ. Die Dwynwen-Wühlmäuse werden achtzehn Monate alt. Die Schwarzschnabel-Sturmtaucher fünfzehn Jahre. Die Papageientaucher vielleicht zwanzig. Atlantische Kegelrobben bis zu fünfunddreißig. Draußen in den Tiefen des Meeres kann der Grönlandwal, ein seltener, aber nicht unbekannter Anblick in britischen Gewässern, zwei Jahrhunderte lang leben. Für die Wühlmäuse bin ich unsterblich, für die Wale eine kurzlebige, vorübergehende Modeerscheinung.

Ich verbringe meinen Geburtstag wie jeden anderen Tag auch. Ich jogge bei strömendem, kaltem Regen sechs Runden um die Insel. Routinewartungsarbeiten am Generator und am Scheinwerfer. Kontrolle des Öllagers, Putzen der Wohnräume. Ein wenig Lektüre. Etwas nachdenken. Das Betrachten des schwindenden Lichts, mit dem der Tag zügig in Richtung Wintersonnenwende verblasst. Ich hole für mein Abendessen etwas Fisch aus der Gefriertruhe, dann ziehe ich mir mein Ölzeug und die Stiefel an, mache einen Rundgang um die Insel.

Im Winter zieht sich Ynys Dwynwen in sich selbst zurück, macht die Schotten dicht und wartet auf den Frühling. Es ist eine tote, kalte Zeit, aber auf ihre eigene Art auch schön, die Bühne, auf der sich heftige Stürme abspielen und der Schnee einen ständigen Kampf gegen die salzige Luft austrägt. Seitdem ich hier bin, gab es einmal Schnee. Ich bin aufgewacht, und die Insel war wie ausgelöscht, als triebe sie durch die Nacht auf die Arktis zu.

Als Gwyn vor einer Woche herkam, schien er über mein Äußeres ein wenig schockiert zu sein. »Wärter!«, sagte er. »Bei dir sind ein Bart- und ein Haarschnitt überfällig, würde ich sagen. Ich glaube, ich habe meine Schere dabei.«

Ich lehnte ab, auch wenn mir klar wurde, dass ich mich in den vergangenen Monaten verändert habe. Ich lasse mich gehen, würden die Leute da draußen sagen. Mein Haar ist struppig und lang, mein Bart ungepflegt. Ich ziehe meine Kleidung länger an, bevor ich sie wasche, und räume die Wohnräume bestenfalls sporadisch auf. Meine Sommerbräune ist zu einer Winterblässe geworden, mein Gesicht ist zerfurcht, die Augen liegen in Höhlen. Nichts ergibt viel Sinn.

Gayle ist weg, und Ynys Dwynwen wird unter den Stiefelabsatz des Fortschritts geraten. Ich spüre, wie die Magie entweicht. Dieser Ort, diese wunderbare, geheime Insel … Nächstes Jahr um diese Zeit wird es hier so sein wie überall sonst. Und ich kann nichts dagegen tun.

Ich gehe hinüber zum Kieselstrand, von der Irischen See her peitscht ein eisiger Wind heran. Es würde mich nicht wundern, wenn ich wieder Schnee bekäme. Ich sehe die Robben auf Bethan‘s Reef kauern und eine massige Gestalt, die nur Bruce sein kann, auf mich zuschwimmen.

Er lässt sich Zeit. Ich stehe am Strand, die Hände in den Taschen vergraben, und beobachte sein gemächliches Näherkommen. Es ist weniger ein Schwimmen als ein Sich-treiben-Lassen in der Strömung.

Er wälzt sich in der Brandung, als er sich mir nähert, und offenbart dabei die Narben auf seiner linken Körperseite, sein Ehrenabzeichen aus der Begegnung mit dem Hai.

Da stimmt etwas nicht.

»Bruce?«, rufe ich.

Er wälzt sich wieder, kommt hoch, sein Kopf ist noch unter Wasser. Er treibt auf mich zu. Er bewegt sich nicht.

Und dann renne ich platschend ins Seichte, ignoriere den eisigen Schock des Wassers und wate auf Bruce zu, der abgesehen vom Anschwellen und Rückfluten der Wellen regungslos bleibt.

Ich greife nach ihm und nehme ihn in die Arme, drehe ihn um. Seine Augen sind schwarz und glasig und starren mich blicklos an.

»Nein.«

Ich wende mich zurück und ziehe Bruce gegen das strömende Wasser auf den Strand, die Wellen rollen über uns.

»Nein.«

Er ist hart und schwer und sehr, sehr tot.

Aus seinem Maul ragt etwas Blaues. Ich öffne seine Kiefer und ziehe es heraus. Eine Plastiktüte mit dem Logo eines Supermarkts aus einem fernen Land, weit, weit weg von hier. Es steckt tief in seiner Speiseröhre. Das Stück Plastik, an dem er erstickt ist.

Ich hebe mein Gesicht zu den sich ballenden Wolken und stoße einen Urschrei aus, ein wortloses Gebrüll.

Ich arbeite den ganzen Nachmittag über, säge und nagele alte Holzplanken zusammen, koche den Teer auf, mit dem die Schürze um den Sockel des Leuchtturms wetterfest gemacht wird. Ich arbeite stumm und zügig und erschaffe ein langes, schmales Gebilde mit erhöhten Seiten und einem flachen Boden, den ich umdrehe und mit Teer bestreiche, um die Spalten im Holz zu versiegeln. Als er getrocknet ist, nehme ich das Ding mit hinunter zum Kieselstrand, zusammen mit einer Tüte Kerzen, einer Holzschale und einem Ölkanister.

Bruce' Worte von vor so langer Zeit kommen mir wieder in den Sinn.

»Die machen diese großen, festlichen Totenfeiern, diese Leute, oder? Sie verbrennen Schiffe.«

»Die Wikinger? Ja, ich glaube, das haben sie so gemacht. Woher weißt du das überhaupt?«

Bruce zuckt die Achseln. »Ich kriege einiges mit, Wärter. Und ich hätte das auch gern, wenn ich sterbe. Ein brennendes Schiff.«

Und genau das wird er bekommen. Ein würdiges Begräbnis, einem Krieger angemessen. Die Kegelrobbe, die einen Blauhai abgewehrt hat und mein einziger Freund wurde und mir gewissermaßen meinen Vater wiedergebracht hat.

Ich schiebe das behelfsmäßige Boot ins seichte Wasser und

hieve Bruce' leblosen Körper hinein. Die kleinen Teelichter stelle ich auf den Rand rund um das Boot und zünde sie an, dann fülle ich die Holzschale mit Öl und stelle sie ins Heck, unter Bruce' Flossen. Ich berühre das Öl mit dem Feuerzeug, und Flammen züngeln über seine Oberfläche.

Die Dämmerung ist früh und heftig hereingebrochen. Ich bleibe einen Moment stehen, das Wasser reicht mir bis zu den Knöcheln. Ich habe das Gefühl, als sollte ich etwas sagen, aber vielleicht ist zwischen Bruce und mir bereits alles gesagt. Also beuge ich mich einfach vor und gebe dem Boot einen so festen Stoß, wie ich nur kann.

Es gleitet stark und sicher mit der ablaufenden Flut, schlägt den Weg zu Bethan's Reef ein und treibt weiter auf das offene Meer dahinter. Das Öl in der Schale lodert, die Kerzen bilden einen Ring um Bruce' Körper. Die anderen Robben auf dem Riff scheinen sich aufzurichten und Bruce' Überfahrt an ihnen vorbei aufs Meer zu verfolgen.

Dann brennt das Öl die Holzschale durch, die Holzplanken des Boots beginnen ebenfalls Feuer zu fangen, und die Flammen lecken hoch in die kalte Luft.

Die Flut nimmt Bruce jetzt schnell mit hinaus in die Dunkelheit, in Flammen stehend treibt das Boot dahin.

»Auf Wiedersehen, Bruce«, sage ich.

Und dann bricht das Licht, mein Licht, hervor, und der Turm sendet seine kalten Strahlen in den frühen Novemberabend. Das Licht glitzert über das eisige Meer und geleitet nicht die Schiffe der Menschen auf sicherer Überfahrt, sondern die Seele meines heiligen, geliebten Kriegerfreundes Bruce in die Walhalla, die ihn erwartet.

Als ich wieder im Turm bin, öffne ich eine Flasche Rum. Ich setze mich an meine Schreibmaschine und lege ein Blatt Papier ein. Dann fange ich an zu schreiben. Ich schreibe mit Wut und Rechtschaffenheit, ich schreibe mit Liebe und Sehnsucht und Hass und Ärger und jedem Gefühl, das ich aufbringen kann. Ich schreibe eine bessere Welt, eine gerechtere und ausgeglichenere Welt. Eine Welt, in der ich den Lauf der Dinge gestalten kann, eine Welt, in der ich nicht von der Laune anderer abhänge wie ein Stück Plastik, das in Ebbe und Flut treibt. Ich schreibe die dunklen Nächte des Dezembers und die heulenden Stürme des Januars hindurch. Ich schreibe in den Februar hinein, bis zu den ersten, entfernten Andeutungen des Frühlings. Ich schreibe und schreibe, bis ich fertig bin, ich schreibe die Geschichte von Ynys Dwynwen und Gayle und Bruce und dem Leuchtturm, vor allem aber schreibe ich meine Geschichte, denn es ist genau so, wie Gwyn gesagt hat. Die Welt steht in Flammen, und ich kann nichts dagegen tun, außer mir selbst ein Happy End zu schreiben. Und genau das tue ich.

Am ersten Märztag überbringt mir Gwyn die Neuigkeiten. Die Bauunternehmer haben alle notwendigen Genehmigungen zusammen, um mit dem Bau auf der Insel zu beginnen. Im Juni werden sie hier sein. Zwei Boote werden Bagger und Bulldozer und Kräne und Männer herüberbringen. Die Vergewaltigung von Ynys Dwynwen soll beginnen.

»Was ist das?«, fragt Gwyn und nimmt das oberste Blatt meines Stapels von fünfhundert getippten Seiten, der neben dem Unterholz liegt. »*Da ist ein Licht, das niemals ausgeht.* Du hast wieder geschrieben, Martin Burney?«

Ich schaue vom Küchentisch, wo ich über einem Kaffee brüte, zu ihm hinüber. »Was? Oh. Das. Ja, ich war wieder am Schreiben. Aber ich hatte eine Erkenntnis, Gwyn.«

»Und welche, Wärter?«

»Schreiben wird Ynys Dwynwen nicht retten.«

»Nichts wird Ynys Dwynwen retten«, sagt Gwyn abwesend, denn er liest die erste Seite des Romans. »Mir ist schon klar, dass ich kein großer Leser bin, Martin Burney, aber das hier kommt mir ziemlich gut vor.«

»Das ist Schund, Gwyn«, sage ich. »Sinnloser Schund. Entsorge es für mich, ja? Wirf es in die Recyclingtonne.«

»Natürlich«, sagt er und packt es in einer Papiertüte.

»Ich glaube, du könntest dich irren, Gwyn«, sage ich langsam.

»Was das Buch angeht? Wie gesagt, ich bin kein erfahrener Leser.«

»Nein. Damit, dass es nichts gibt, was Ynys Dwynwen retten kann.«

Er sieht mich neugierig an. »Was meinst du damit?«

»Es gab da eine Robbe«, sage ich zögernd. »Ich habe sie Bruce getauft. Ein großer Kerl mit einer Narbe auf der Seite.«

»Ich kenne ihn«, schmunzelt Gwyn. »Eine ganz schöne Type.«

»Er ist gestorben. Im November. An einer Plastiktüte erstickt.«

Gwyn schüttelt den Kopf. »Eine absolute Schande, der Zustand dieses Meeres. Wirklich schockierend.«

»Es muss nicht so sein, Gwyn«, sage ich. »Die Menschheit hat genauso viel Recht, auf dieser Welt zu leben, wie alles andere auch. Aber wir gehen es einfach falsch an.« Ich stehe auf und trete an das kleine Fenster, von dem aus man die Insel überblicken kann. »Außer hier. Hier auf Ynys Dwynwen. Hier wird es richtig gemacht.«

»Wie meinst du das, Wärter?«

»Ich meine … dieser Leuchtturm.« Ich schlage mit der Faust gegen die gerundete Steinwand. »So muss man es machen. Er ist ein Teil der Insel. Er funktioniert. Es funktioniert zusammen mit der Natur. Er ist wie … eine Schwalbenschwanzverzinkung. Er passt genau. Er ist von Menschen gemacht, aber er ist *richtig*.«

Ich drehe mich um und sehe Gwyn an. »Diese ganze Insel ist ein Meisterkurs darin, wie man es richtig macht. Sie gehört nicht der Familie Davies. Sie sind bloß die Verwahrer. Kuratoren. Und der alte Edward Davies hatte recht. Ynys Dwynwen befindet sich am Berührungspunkt zwischen den Welten. Zwischen dem einen Leben und einem anderen. Allerdings vielleicht nicht zwischen diesem Leben und dem Leben nach dem Tod. Vielleicht zwischen der Welt, die die Menschheit errichtet hat, und der Welt der Natur, auf der sie sie erbaut hat.«

Ich wende mich wieder zum Fenster. »Ynys Dwynwen ist der Ort, an dem die Geschichten der Menschen und die Geschichten der Natur aufeinanderprallen. Das verstehe ich jetzt. Ich dachte, in den letzten drei Monaten hätte ich mit dem Schreiben bloß meine Zeit verschwendet, aber vielleicht war das nicht so. Ich habe zu den Geschichten von Ynys Dwynwen etwas hinzugefügt.

Alles ist eine Geschichte, Gwyn. Alles besteht aus Geschichten. Das Erblühen der Blumen, das Wachsen der Gräser. Wie Eier ausgebrütet werden. Die Schwarzschnabel-Sturmtaucher schreien ihre Geschichten in die Nacht. Geschichten nehmen kein Ende. Und die Geschichte von Ynys Dwynwen, dem einen Ort, vielleicht dem letzten Ort auf der Erde, an dem wir alles richtig gemacht haben, diese Geschichte wird nicht im Juni enden, wenn sie mit ihren Bulldozern und Kränen kommen. Ich habe für Bruce nicht die Totenfeier eines Kriegers ausgerichtet, um jetzt aufzugeben.«

»Aber was willst du denn machen, Martin Burney?«, ruft Gwyn.

»Ich werde sie aufhalten«, sage ich. »Ich werde Ynys Dwynwen retten.«

»In dem Fall«, entgegnet Gwyn, »brauchst du einen verdammten Haarschnitt.«

Jahr zehn

44

Gayle
JUNI

Eine Woche vor meinem neununddreißigsten Geburtstag ruft mich Donna an. »Wo ist Tom?«, fragt sie.

»London«, sage ich. »Glaube ich.«

»Okay, gut. Ich komme rüber.«

Als sie eintrifft, habe ich bereits Kaffee aufgesetzt. Sie reicht mir stattdessen eine Flasche Wein. »Die wirst du brauchen.«

»Was ist los?«

Donna setzt sich an die Kücheninsel und zieht ihren Laptop aus ihrer Tasche. Ich wiederhole: »Donna, was ist los?«

»Ich war auch in London. Ich hatte eine Schulung. Wie man sich vor der Kamera verhält und so. Ohne dass ich vorhätte, das jemals umzusetzen. Bin zufrieden mit der Redaktion.«

»Super«, sage ich, obwohl sie mich ein bisschen verwirrt hat.

»Ich bin gestern Abend zurückgefahren. Am Nachmittag war ich in Mayfair.« Sie ruft auf dem Laptop ihre Fotos auf und sieht mich an. »Ich habe Tom gesehen.«

»Oh, schön. Hast du mit ihm gesprochen?«

Sie schaut mich an. »Gayle. Ich habe lang und gründlich hierüber nachgedacht. Aber du bist meine beste Freundin auf der ganzen Welt. Wenn ich also lang und gründlich sage, meine ich exakt dreißig Sekunden lang.«

Sie dreht ihren Laptop zu mir. Auf dem Bildschirm ist ein Foto von Tom zu sehen, der einen schwarzen Anzug trägt und in eine Hotelbar kommt. Er hat eine Frau bei sich. Ich runzele einen Moment die Stirn, dann lache ich auf. »Das ist Veronica. Seine Assistentin.« Mein Gesicht verzieht sich amüsiert. »Donna, wieso hast du Tom fotografiert?«

»Weil ich Journalistin bin und schon von Weitem riechen kann, wenn etwas stinkt«, sagt sie. »Schau dir das nächste Foto an.«

Es ist im Inneren der Bar aufgenommen worden. Tom und Veronica sitzen in einer Nische und bestellen bei einer Kellnerin Getränke.

»Du bist ihnen nach drinnen gefolgt? Wieso hat Tom dich nicht gesehen?«

Donna seufzt. »Wenn du es unbedingt wissen musst, davor hat ein Typ an einem kleinen Stand Sonnenbrillen und Mützen verkauft. Nächstes Bild.«

Es ist ein Selfie aus der Weinbar, auf dem Donna eine billige Sonnenbrille mit rotem Plastikgestell und anscheinend einen Cowboyhut trägt. Ich muss lachen. »Ich würde nicht darauf warten, dass der MI5 bei dir anruft.«

»Gayle«, sagt Donna und lässt ihren Zeigefinger vor ihrem Gesicht kreisen. »Sieh mich an. Lasse ich jemals eine Gelegenheit aus, einen Witz zu machen oder mich über mich selbst lustig zu machen? Das hier ist meine ernste Miene. Nächstes Foto.«

Ich seufze. »Das ist nur Tom mit Veronica. Er ist ständig geschäftlich unterwegs. Manchmal fährt sie mit. Es ist keine große Sache.«

»Nächstes Foto, Gayle.«

Also klicke ich weiter. Und dann klicke ich weiter. Und weiter und weiter und weiter. Insgesamt sind es vielleicht ein Dutzend Fotos. Tom und Veronica bekommen ihre Drinks. Tom und Veronica unterhalten sich. Veronica lacht. Veronica legt ihre Hand auf Toms Schulter. Toms Hand ist in Veronicas Gesicht. Tom und Veronica küssen sich. Tom und Veronica küssen sich. Tom und Veronica küssen sich. Das letzte Bild zeigt die Hinteransichten von Tom und Veronica, die Händchen haltend eine Treppe hinaufsteigen, neben der ein Schild mit der Aufschrift *ZU DEN ZIMMMERN* hängt.

»Ich saß drei Stunden lang in dieser Bar, bis ich zum Zug musste«, sagt Donna. »Sie sind nicht mehr heruntergekommen.«

Lange Zeit sage ich nichts und starre nur auf den Laptop, klicke durch die Fotos vor und zurück und versuche, mir einzureden, dass ich das, was ich da sehe, bestimmt falsch verstehe, versuche, die Beweise vor meinen eigenen Augen zu leugnen. Auch wenn mir klar ist, dass hier nichts von der Hand zu weisen ist. Auch wenn ich weiß, dass Tom hier eine Seite von sich zeigt, eine Seite, die ich bislang bewusst ignoriert habe.

Ich kann sie nicht länger ignorieren.

Donna beißt sich auf die Lippe und sieht mich an. »Hasst du mich jetzt?«

Ich kann mir nicht helfen, ich wünschte, sie hätte es mir nicht gesagt. Ich wünschte, ich wüsste nichts davon. Denn das ist das Einfachste, nicht wahr? Es nicht zu wissen. Selbst wenn man einen Verdacht hat. Selbst wenn man es in Wirklichkeit weiß. Denn es zu wissen, heißt, dass man eine Entscheidung treffen muss. Dass man etwas tun muss. Selbst wenn das bedeutet, dass man nichts tut und weitermacht wie bisher, bloß mit der Bürde des Wissens.

»Natürlich hasse ich dich nicht.«

»Und, was wirst du jetzt tun?«

»Was denkst du, was ich tun sollte?«

Donna seufzt. »Du weißt, was ich von Tom halte. Ich habe immer die Ansicht vertreten, dass er ein Stück Scheiße ist. Aber er schien dich immer glücklich zu machen. Und wenn du glücklich warst, war ich auch glücklich. Aber das hier konnte ich nicht auf sich beruhen lassen, Gayle.«

Ich nicke. »Aber was sollte ich deiner Meinung nach tun?«

»Das kann ich dir nicht beantworten. Das musst du selbst entscheiden. Wann kommt er zurück?«

»Morgen Abend.«

»Soll ich bei dir übernachten?«

Ich schüttle den Kopf. »Schick mir einfach diese Fotos. Ich muss heute Nacht allein sein. Ich rufe dich morgen an.«

Donna umarmt mich fest, und als sie gegangen ist, lade ich die Fotos auf meinen Laptop herunter und stelle mir selbst die Frage, die Donna immer und immer wieder gestellt hat. *Was wirst du jetzt tun?*

• • •

Als Tom zur Tür hereinkommt, sitze ich mit einem Glas Wein und meinem Laptop in der Küche. »Babes«, sagt er und pfeffert seine Aktentasche in die Ecke. »Schenk mir auch einen ein. Das waren hektische Tage.«

Ich rühre mich nicht. Ich sage bloß: »Das Erste, was du wissen musst, ist, dass ich nicht sauer bin.«

Er wirft mir diesen fragenden Blick mit hochgezogener Augenbraue zu, den ich immer so einnehmend fand. »Sauer worüber, Gayle?«

»Darüber, dass du Veronica vögelst.« Ich drehe den Laptop zu ihm um und zeige ihm eines der Fotos, auf denen er sie leidenschaftlich küsst.

Er sieht es an, als handle es sich um etwas aus einer fremden Welt oder ein Stück Papyrus mit unentzifferbaren Hieroglyphen. Dann lacht er hohl auf. »Oh, ha, ha, das ist nicht das, wonach es aussieht.«

»Tom«, seufze ich. »Wollen wir diesen Teil einfach überspringen?«

Ich sehe die Lügen, die sich auf seiner Zunge bilden wie winzige weiße Wellenkämme weit draußen auf dem Meer, die am Ende, wenn sie an Kraft und Stärke gewonnen haben, donnernd an den Felsen zerschellen werden. Dann hält er inne und zuckt mit den Schultern.

»Es hat nichts zu bedeuten. Es ist nur Sex.«

»Du liebst sie also nicht?«

Diesmal ist sein Lachen echt, als wäre dies das Lächerlichste, was er je gehört hat. »Es bedeutet mir nichts, und es bedeutet ihr auch nichts.«

»Wie viele andere waren da noch?«

Und da verändert sich etwas in Tom. Falls er jemals zerknirscht war oder sich entschuldigen wollte, ist das vorbei. Er geht jetzt in die Offensive. Er möchte verletzen.

»Du meinst, seit wir verheiratet sind oder während unserer gesamten Beziehung?«

»Warum?«, frage ich. »Hast du von mir nicht genug Sex bekommen?«

Er zuckt mit den Schultern. »Na ja, du weißt schon. Nachdem du das Baby verloren hattest … hat es eine Weile gedauert, oder? Bis wir wieder intim waren. Und als dein Dad gestorben ist …«

»Verdammte Scheiße«, hauche ich. »Und du konntest es nicht *abwarten?*«

»So bin ich nun mal, Gayle.« Er holt tief Luft und kneift sich in den Nasenrücken. »Okay. Hör zu. Ich weiß, ich habe ein Problem.

Eigentlich sollte ich dir dankbar sein, dass du mich damit konfrontierst. Es bringt mich dazu, mich dem zu stellen. Gayle, ich glaube, ich bin sexsüchtig.«

Jetzt ist es an mir zu lachen. Er legt mir die Hand auf den Arm.

»Es ist mir ernst damit. Ich glaube, ich brauche Hilfe. Psychotherapie. Du kannst mitkommen. Wir können zusammen daran arbeiten. Ich meine, diese Bilder sind ein kleiner Weckruf.« Er runzelt die Stirn. »Wie bist du eigentlich an diese Fotos gekommen?«

»Donna ist dir in London zufällig über den Weg gelaufen.«

»Diese blöde Schlampe«, murmelt er. »Sie hat mich nie gemocht. Das siehst du doch, Gayle, oder? Sie versucht, uns auseinanderzubringen. Unruhe zu stiften.«

Ich habe diese Unterhaltung in den letzten vierundzwanzig Stunden hundertmal im Kopf durchgespielt, jede mögliche Aussage von Tom in Erwägung gezogen. Ich war hierauf vorbereitet. Weil er einfach so verdammt berechenbar ist.

»Tom, hast du mich jemals geliebt?«

»Gayle! Natürlich liebe ich dich!« Er geht neben mir in die Hocke und ergreift meine Hände. »Ich werde tun, was immer nötig ist. Ich werde Veronica morgen feuern. Es wird keine anderen mehr geben. Nie wieder. Das verspreche ich, Baby.«

Ich entziehe ihm meine Hände und greife nach meinem Handy. Donnas Nummer ist auf dem Display bereits aufgerufen, ich muss nur noch auf die Taste drücken. Sie geht sofort ran, und ich sage: »Du kannst jetzt kommen.«

»Gayle?«, fragt Tom. »Baby?«

Ich stehe auf und gehe aus der Küche ins Wohnzimmer, wo bereits drei Koffer auf mich warten. Er starrt sie an und wiederholt: »Gayle?«

»Ich habe nur das gepackt, was ich von meinem eigenen Geld gekauft habe«, sage ich. »Kleider, Make-up, Toilettenartikel, ein paar Kleinigkeiten. Nichts von dem, was du für mich ausgesucht hast, Tom, ob es mir gefallen hat oder nicht. Das Hochzeitskleid habe ich oben hängen gelassen.«

Ich ziehe mir Verlobungs- und Ehering ab und lege beide auf den Couchtisch. »Ich gehe, Tom.«

Er blickt zwischen den Koffern und mir hin und her. »Okay, dann schlaf ein paar Nächte bei Donna. Danach reden wir.«

»Nein, Tom. Das war's. Ich gehe. Es ist aus.«

Und dann lacht er, ein furchtbares, höhnisches Lachen. »Mach dich nicht lächerlich. Du willst das alles aufgeben? Das Haus und das Auto und die Urlaube? Wir fahren nächste Woche über deinen Geburtstag nach Rom. Was ist mit den Partys, den Abendessen und den Shopping-Trips? Das wirfst du mir alles ins Gesicht? Bist du wirklich so undankbar, Gayle?«

»Weißt du, was, Tom?«, entgegne ich ganz ruhig. »Ich glaube, ich bin für dich einfach nur ein weiteres Projekt. Ein Ausbau. Und nachdem du mich zu deiner Zufriedenheit designt hattest, mir Kleider ausgesucht und verdammte Gutscheine für Schönheitsoperationen geschenkt hattest, wurde dir langweilig. Du hast mich aufgemöbelt, so wie du deine Häuser aufmöbelst. Und weißt du, was, Tom? Mir gefällt wirklich, wirklich gar nicht, was du aus mir gemacht hast.«

Es klingelt an der Tür, und ich dränge mich an Tom vorbei in den Eingangsbereich. Er folgt mir und schreit wütend: »Das wirst du bereuen, Gayle. Sobald du aus dieser Tür bist, wirst du es bereuen. Und ich werde hier sein. Ich warte. Ich bin gesprächsbereit.«

Ich mache die Tür auf, und Donna marschiert mit finsterem Blick in Toms Richtung herein. Er blitzt sie ebenfalls an. »Das ist deine Schuld. Mir nachzuspionieren. Du Schlampe.«

»Nein«, sagt sie. »Es ist deine Schuld. Weil du es nicht geschafft hast, deinen Schwanz in der Hose zu behalten, Tom. Und wenn du in dieser Bar nicht so scharf darauf gewesen wärst, dieser Schlampe die Hand ins Höschen zu schieben, hättest du mich vielleicht gesehen, angezogen wie Geheimagent Siegfried Squirrel.« Sie wendet sich an mich. »Wo sind deine Sachen, Gayle?«

Ich gehe voran ins Wohnzimmer, und wir rollen die Koffer hinaus. Während wir damit beschäftigt sind, taucht in der Haustür eine weitere Gestalt auf. Mum.

»Gott sei Dank, Heather«, sagt Tom. »Bist du gekommen, um sie zur Vernunft zu bringen?«

»Nein.« Mum stakst mit großen Schritten herein und schnappt sich einen meiner Koffer. »Ich bin gekommen, um meine Tochter aus deinen Fängen zu befreien, du untreuer, manipulativer, narzisstischer Fickaffe.«

»Mum!«, sage ich schockiert, aber entzückt.

»Ich fürchte, das hat sie von mir«, sagt Donna.

»Und außerdem«, Mum zeigt wütend mit dem Finger auf Tom, »fand ich deine Meerrettichsoße immer schon scheiße.« Sie dreht sich zu mir um. »Komm, Gayle. Ich hole dich nach Hause.«

45

Martin

JUNI

Der Tag, an dem die Schiffe kommen sollen, ist warm und klar. Ich stehe früh auf, gehe laufen und bleibe am Kieselstrand stehen, um den Robben auf Bethan's Reef zuzuwinken. Sie ignorieren mich. Ich denke an Bruce und frage mich, ob er es nach Walhalla geschafft hat. Ich schüttle den Kopf. Das Alleinleben stellt eigenartige Dinge mit dem Verstand eines Menschen an.

Ich frühstücke ausgiebig und dusche, dann ziehe ich meine Sachen an. Die Schiffe, die Maschinen und schweres Gerät bringen, sollen um drei Uhr eintreffen. Das lässt mir jede Menge Zeit.

Ich stelle mich auf den Steg und sehe zu, wie Gwyns kleines Schiff näher kommt, das mit Holzbalken beladen ist. »Dafür wirst du teuer bezahlen, Wärter«, sagt er, während er mir beim Ausladen hilft.

»Das kann ich mir gut vorstellen, Gwyn. Ich möchte, dass du jetzt zurückfährst. Ich will nicht, dass du in die Sache verwickelt wirst.«

Er nickt und macht sich auf den Rückweg zum Festland. Ich schaffe das Holz in die südwestliche Ecke von Ynys Dwynwen. Dort sollen die Schiffe anlegen. Hinter der Anlegestelle ist das Gelände zu steil, als dass sie dort ausladen könnten. Unten im Südwesten hinter den windschiefen Bäumen ist das Wasser niedriger und die Insel ein wenig flacher.

Den gesamten Vormittag über arbeite ich, schraube die Hölzer zu sechszackigen Kreuzen zusammen. Ich stelle ein halbes Dutzend davon her, dann befestige ich mit Gafferband große Steine an den unteren Balken und positioniere sie im seichten Wasser. Die Steine halten sie an Ort und Stelle. Die Kreuze werden die Boote letztlich nicht am Anlanden hindern, aber sie werden den Prozess verlangsamen. Jemand wird aussteigen und sie aus dem Weg räumen müssen. Das wird mir ein wenig Zeit verschaffen.

Danach gehe ich zurück zum Leuchtturm und baue den Flaschenzug und den Gurt auf, mit denen die Außenseite des Turms gewartet wird. Ich lasse mich stufenweise daran hinunter und fange an, auf die nach Südwesten weisende Seite des Leuchtturms große, klotzige Buchstaben zu malen. Als ich unten ankomme, trete ich ein paar Schritte zurück und begutachte mein Werk.

KEINE KAPITULATION

Gestern habe ich den ganzen Tag damit verbracht, die größten Felsbrocken auszugraben, die ich finden konnte, und sie in die südwestliche Ecke der Insel zu rollen. Sie sollen dort einen provisorischen Schutzwall bilden, wo die Schiffe die Bulldozer entladen müssen. Auch hier werden sie nicht lange brauchen, um sie aus dem Weg zu schaffen, aber es wird sie Zeit kosten. Und am größten Felsen habe ich mit meinem Steinbohrer zwei Metallringe befestigt. Die eine Handschelle habe ich bereits daran festgemacht. Gwyn hat mir vor ein paar Tagen kopfschüttelnd und lachend mein Paket vorbeigebracht. »Du hättest Eddie Jones' Gesicht sehen sollen, als ich ihm mitgeteilt habe, dass ich im verdammten Llandudno in einen Sexshop will. Das hier sind die stärksten, die sie hatten, Martin Burney. Tut mir leid, dass dieses pelzige rosa Zeug dran ist.«

Das ist also mein Plan. Ich werde sie Zeit kosten, lästig sein und sie behindern. Ich werde mich an einen Felsen ketten und den Leuten, die meine Insel zerstören wollen, Kopfschmerzen bereiten. Das wird den Fortschritt nicht aufhalten, aber was kann ich sonst tun? Ich bin nur ein einzelner Mensch.

Es bleiben noch drei Stunden. Ich mache einen Spaziergang rund um Ynys Dwynwen, sauge jeden Anblick, jeden Geruch und jedes Geräusch in mich auf. Die unheimlichen Schreie der Schwarzschnabel-Sturmtaucher, die hoch oben in den Luftströmungen dahingleiten. Die Wühlmäuse von Dwynwen, die um die Steine der Cottages wuseln, ohne zu ahnen, was ihrem einzigen Zuhause blüht. Ich sitze lange da und beobachte die Papageientaucher. Ein weißes, leicht gesprenkeltes, lila getöntes Ei zittert und zerbricht. Ein Papageientaucher-Baby schlüpft heraus, Schnabel voran. Es besteht bloß aus weißem und schwarzem Flaum und blinzelt in die Welt, während seine Eltern ein großes Gewese um es machen. Draußen bei Bethan's Reef tollen die Robben im wärmer werdenden Wasser herum, tauchen tief nach Fischen und kommen mit triumphierendem Bellen wieder an die Oberfläche.

Das Leben auf Ynys Dwynwen geht in seinem eigenen Tempo weiter. Es ist ein Rhythmus, an den ich mich gewöhnt habe, indem ich meinen eigenen Rhythmus dem der Natur angepasst habe. Das hier ist der Beginn meines zehnten Jahres auf der Insel. Ich kann mich kaum an mein Leben davor erinnern. Es fühlt sich an wie ein Film, den ich einmal gesehen und nicht besonders gemocht habe. Ich bin schon genauso lange hier, wie ich nach dem Studium dort drüben gelebt habe. Nach Gayle. Ich frage mich, was als Nächstes kommen wird.

Denn etwas muss als Nächstes kommen. Dies fühlt sich an wie ein Ende. Selbst wenn meine Versuche, die Bauarbeiten aufzuhalten, ungeahndet bleiben sollten, habe ich nicht das Gefühl, dass ich auf Ynys Dwynwen weiterleben kann, nicht nach dem, was ich geplant habe. Ich sehe mich nach den Cottages und nach dem Turm um, der nun entstellt ist, und versuche, mir vorzustellen, wie es sein wird. Ein Hubschrauber, der landet und Menschen ausspuckt, die mit ihrem aufdringlichen Lärm und ihrer verschwenderischen Lebensweise über die Insel trampeln, herumschreien und Musik abspielen und Ynys Dwynwen allmählich für die Außenwelt beanspruchen werden, sie kolonisieren und homogenisieren werden.

Die Papageientaucher werden verschwinden. Die Wühlmäuse werden sterben. Die Robben werden fliehen. Und die Magie wird verjagt werden.

Ich gehe zum Grab von Edward Davies und säubere es von dem Unkraut, das auf dem Grabstein wächst. Ich frage mich, ob der Zauber schiefgegangen ist und mir, anstatt Bethan zu Edward zu bringen, Gayle gebracht hat. Oder vielleicht ist das überhaupt das Wesen von Magie. Vielleicht bringt sie Menschen zusammen, selbst für sehr kurze Zeit. Ich bin dankbar dafür, dass wir uns wieder begegnet sind, auch wenn es in meinem Herzen etwas geweckt hat, das ich schon lange für tot gehalten hatte, auch wenn es sanft die Glut in mir angefacht hat, die ich für längst erloschen gehalten hatte. Wäre es besser gewesen, Gayle nicht wieder begegnet zu sein? Auf gewisse Weise wäre es das wohl. Unwissenheit kann ein Segen sein. Aber ich würde diese Augenblicke, wie bittersüß und kurz sie auch sein mochten, für nichts hergeben. Dank meiner Zeit auf Ynys Dwynwen bin ich ein anderer Mensch geworden, und Gayles Anteil daran kann ich gar nicht hoch genug einschätzen.

Es ist fast so weit. Die beiden großen Schiffe kommen aus Bristol. In einer Stunde werden sie die Landzunge umrunden. Ich werde gehen und sie vom Balkon oben auf dem Leuchtturm aus beobachten. Von meinem Leuchtturm aus.

Eine Stunde lang stehe ich dort, lehne an der Brüstung und trinke eine Tasse Kaffee. Mein Magen ist in Aufruhr. Mein Kopf fühlt sich leicht und schwindelig an. Ich stelle die Tasse ab, nehme mein Fernglas in die Hand und suche den Horizont ab.

Und da sind sie. Zwei lange, flache Lastschiffe, die um die Halbinsel herumtuckern. Ich schaue auf die Uhr. Genau in der Zeit. Es wird wohl noch eine Stunde dauern, bis sie anlegen. Ich beobachte sie noch eine Weile, dann gehe ich und kette mich an den Felsen. Wie in dieser alten Geschichte aus der griechischen Mythologie. Prometheus. Der den Menschen das Feuer gebracht hat und von Zeus bestraft wurde, indem er an einen riesigen Felsen gekettet wurde, wo ihm jeden Tag ein Adler von Neuem die Leber herausriss, die dann über Nacht wieder nachwuchs. So konnte sich seine Strafe bis in alle Ewigkeit wiederholen.

Ich habe keine Angst vor einer solchen Strafe. Mein Herz ist bereits herausgerissen worden. Was könnte schlimmer sein als das?

Dann ertönt ein Geräusch, eine trötende Hupe. Ich drehe den Kopf und runzle die Stirn. Da kommt die *Angharad* vom Festland herübergeschippert. Was in aller Welt hat Gwyn vor? Wieso bringt er das große Boot hierher?

Ich richte mein Fernglas darauf und schnappe nach Luft. Gwyn ist nicht allein. Das Deck der *Angharad* ist voller Menschen. Mit zitternden Händen versuche ich, das Fernglas scharf zu stellen. Und dann sehe ich sie, sie steht am Bug, der warme Wind bläst ihr Haar zurück.

Gayle.

46

Gayle

Tom versucht natürlich, mich zurückzuerobern. Er betrachtet mich immer noch als sein Eigentum, ein unfertiges Werk. Er lässt nie ein Projekt unvollendet. Er ruft an, schreibt Nachrichten, schickt mir sogar einen langen, weitschweifigen Brief, in dem er beteuert, ein anderer Mann geworden zu sein und alles tun zu wollen, um mich wieder für sich zu gewinnen.

Ich ignoriere das alles. Wenn Ynys Dwynwen seine ganz eigene Magie hatte, dann war Toms Haus das dunkle Gegenstück dazu. Kaum bin ich davon befreit, und auch von ihm, fällt es mir wie Schuppen von den Augen. Ich sehe die Person, zu der er mich formen wollte. Ich sehe, wie ich mich von dem Komfort und dem Reichtum habe verführen lassen. Ich sehe jetzt, dass ich ihn nicht liebe und vielleicht nie geliebt habe.

Ende Juni sitzen Donna und ich an Mums Küchentisch, die uns ein vollständiges englisches Frühstück serviert zur Wiederherstellung nach der wilden vorangegangenen Nacht. Donna war absolut mein Fels in der Brandung. Sie ist für mich da gewesen, hat mir Kraft gegeben, mich aus dem Haus gelockt und allmählich wieder in die reale Welt eingeführt. Genau wie Mum. Sie hören mir mit offenen Mündern zu, wenn ich ihnen von Dingen erzähle, die Tom getan hat und die ich ignoriert oder verdrängt hatte, und fragen sich, wie ich jemals auf all das hereinfallen konnte.

Während Donna sich ihr Frühstück in den Mund schiebt, sagt sie: »Ich habe mir den Bauantrag für diese Insel genauer angesehen.«

»Ynys Dwynwen?«

Sie nickt. »Sie fangen in etwa drei Wochen mit den Bauarbeiten an.«

»Der arme Martin ist bestimmt außer sich«, sage ich.

»Es ist eine Schande, dass man da nichts machen kann«, sagt Mum.

Ich lache freudlos auf. »Niemand hält Tom jemals davon ab, das zu bekommen, was er haben will.«

»Du schon«, sagt Mum milde.

»Ich habe auch noch etwas anderes nachgelesen«, fährt Donna fort. »Anscheinend gibt es auf dieser Insel ein seltenes Nagetier.«

»Die Dwynwen-Wühlmaus. Die Kinder haben immer so gerne beobachtet, wie die Mäuse um die alten Cottages herum gespielt haben.«

»Es gibt sie nur dort«, sagt Donna. »Siehst du, so was ist eine gute Geschichte.«

»Wie meinst du das?«

»Wegen der Bauarbeiten droht seltenen, niedlichen pelzigen Tierchen die Ausrottung. Die Leute lieben diese Art von Geschichten. Die Sache ist bloß die, man braucht jemanden, der deswegen protestiert, damit daraus eine Nachricht wird. Man braucht einen visuellen Aufhänger.«

»Du bist doch ständig zu Protesten gegangen, als du jünger warst«, schmunzelt Mum. »Da fällt mir ein, ich habe etwas auf dem Dachboden gefunden, als ich Sachen deines Vaters ausgemistet habe. Ein Plakat.«

Ich lege die Hand auf Donnas Arm. »Warte, willst du damit sagen, du könntest eine Story darüber machen? Für die BBC?«

»Wie gesagt, nur wenn es eine Demo gibt. Du musst der Sache einen menschlichen Touch verleihen. Ich meine, diese Schule, in der du gearbeitet hast, die sind doch jahrelang dorthin gefahren, oder nicht?«

»Hier ist es.« Mum kommt zurück in die Küche. »Unglaublich, dass ich es so lange aufgehoben habe. Ist bestimmt zwanzig Jahre alt.«

Sie hält ein Plakat hoch, das zwar verstaubt und verblasst, aber noch am Stück erhalten ist. Die Erde ist darauf abgebildet sowie der Spruch KEIN PLANET B.

Ich drehe mich mit großen Augen zu Donna um. »Weißt du noch, wie du gesagt hast, ich wollte immer die Welt retten?«

Sie nickt. Ich stehe auf und nehme Mum das Plakat aus der Hand. »Tja, wie wäre es, wenn ich mit Ynys Dwynwen anfange?«

• • •

Als Erstes schreibe ich George Bentley eine E-Mail und teile ihm mit, was ich vorhabe. Ich bitte ihn, mit Mrs Gaskell auf der Britannia Brook zu sprechen, ob sie mich vielleicht anrufen kann. In der folgenden Woche treffe ich mich mit ihr in der Schule und skizziere ihr meinen Plan.

»Wir müssen natürlich die Erlaubnis der Eltern und Erziehungsberechtigten einholen«, sagt sie. »Und sie genau darüber informieren, was wir tun werden und warum. Aber ich denke, bei genau solchen Sachen sollte sich die Britannia Brook engagieren.«

Dann statte ich Beryl Carruthers und Harry einen Besuch ab.

Sie hält die Sache für eine wunderbare Idee. »Du kannst auf uns zählen!«, sagt sie. »Meine Güte, das wird mich an früher erinnern. Ich weiß noch, wie ich mal auf einer Demonstration gegen den Vietnamkrieg war. Jane Fonda war auch da. Hanoi Jane nannte man sie damals. Am Ende haben wir auf dem Rücksitz eines VW Käfers, der in einer Gasse an der Old Kent Road geparkt war, der sapphischen Liebe gefrönt.«

Und dann suche ich Gwyn Jones' Nummer heraus.

»Gayle Reiss!«, sagt er. »Martin hat mir erzählt, wie er versucht hat, Ihre Hochzeit zu verhindern, aber zu spät kam. Schlimme Geschichte. Alles meine Schuld. Wenn ich ihm diese Nachricht nur rechtzeitig überbracht hätte …«

»Warten Sie – was?«, sage ich. »Er ist gekommen, um mich von meiner Hochzeit mit Tom abzubringen? Wann hat er die Nachricht bekommen?«

»Am selben verdammten Tag! Oh, es ist alles meine Schuld. Ich bin so ein Trottel. Ich war das nicht selbst, mit dem Sie gesprochen haben, sondern dieser Schwachkopf Wyn Jones. Wenn Martin rechtzeitig davon erfahren hätte … Je nun. Was geschehen ist, ist geschehen, stimmt's? Ich hoffe, Sie sind in Ihrer Ehe sehr glücklich.«

Mir schwirrt der Kopf. Martin hat die Nachricht gar nicht im Januar erhalten. Er hat mich nicht ignoriert. Er ist gekommen, um mich abzuhalten …

»Gwyn, das erzähle ich Ihnen alles später. Aber hören Sie zu. Ich habe einen Plan. Um Ynys Dwynwen zu retten.«

»Aber die Bulldozer kommen morgen, Gayle Reiss!«

»Ich weiß. Deshalb müssen wir auch schnell handeln.«

Und so ist es gekommen, dass ich mich an einem warmen, sonnigen Juninachmittag zusammen mit dreißig Kindern von der Britannia Brook, Mrs Gaskell und Mr Jensen, George Bentley, Beryl Carruthers und Harry sowie Donna und einem Filmteam der BBC auf die *Angharad* gepfercht eine halbe Stunde vor Ynys Dwynwen befinde. Sogar meine Mum ist dabei. »Ich habe schon seit Ewigkeiten keinen Ausflug mehr gemacht«, sagt sie. »Und ich möchte es diesem narzisstischen Saftarsch gerne zeigen.«

Ihre Ausdrucksweise hat wirklich gelitten, seit sie mehr Zeit mit Donna verbringt.

»Ach du Scheiße, da ist er doch hingegangen und hat den Turm verwüstet«, sagt Gwyn vom Schiffsbug aus.

»Nehmt das als Hintergrund auf«, sagt Donna. »Sind wir nah genug an der Insel, um zu filmen?«

Der Kameramann nickt und sieht sich um. »Wo ist Gareth?«

»Sie meinen Ihren Reporter?«, fragt Gwyn. »Als ich ihn das letzte Mal gesehen habe, stand er hinten und hat seine Eingeweide über die Reling gekotzt. Weiß wie ein Laken. Nicht seefest, der Junge.«

»Dann musst du es machen«, sagt der Kameramann zu Donna.

»Was?«

Er zuckt mit den Schultern. »Irgendjemand muss es machen. Wenn Gareth außer Gefecht gesetzt ist, musst du übernehmen.«

Ich stehe hinter dem Kameramann, während Donna auf der Steuerbordseite der *Angharad* mit der Insel hinter sich Aufstellung nimmt. Sie holt tief Luft und nickt.

»Wir nähern uns gerade Ynys Dwynwen, der abgelegenen kleinen Insel vor der Küste der Halbinsel Llyn in Nordwales, die zu einem Schlachtfeld zwischen Bauunternehmern und Umweltschützern geworden ist«, sagt Donna. Ich grinse und halte ihr meinen erhobenen Daumen entgegen. Sie macht das großartig. Der Kameramann schwenkt zu den Kindern, die alle jubeln und ihre Plakate hochhalten. HÄNDE WEG VON YNYS DWYNWEN und RETTET

DIE DWYNWEN-WÜHLMÄUSE und REICHE LEUTE HAUT AB. Dann schwenkt er wieder zurück auf Donna, die fortfährt: »Eine winzige Wühlmaus, die es nur auf dieser Insel gibt, ist zum Brennpunkt der Auseinandersetzung um ein Bauprojekt geworden, durch das ihr Lebensraum zerstört werden würde, den man durch eine Ferienanlage ersetzen möchte.

Kinder der Schule Britannia Brook im Stadtzentrum von Manchester haben beschlossen, den Kampf mit dem Bauunternehmer aufzunehmen, nachdem die jährlichen Schulausflüge auf die Insel wegen der vorliegenden Bebauungspläne gestrichen wurden.«

Dann werde ich ins Bild geschubst, und Donna sagt: »Und all dies ist Gayle Reiss zu verdanken, selbst ehemalige Lehrerin an der Britannia Brook, die diesen Protest mithilfe ihres ehemaligen Schülers George Bentley organisiert hat. Gayle, können Sie uns sagen, warum Sie das hier machen?«

Ich blicke direkt in die Kamera, direkt durch sie hindurch, direkt in Toms Augen, weil ich weiß, dass er sich das hier zitternd vor ohnmächtiger Wut ansehen wird. Und ich sage mehr zu ihm als zu irgendwelchen anderen Zuschauern: »Weil man Menschen wie dem Mann hinter diesem Bauprojekt zeigen muss, dass sie sich nicht einfach alles nehmen können, was sie haben wollen. Es gibt Dinge, die wichtiger sind als Geld und Macht. Und das werden wir beweisen.«

Der Kameramann zeigt Donna den erhobenen Daumen, und sie entspannt sich.

Nachdem der Beitrag ausgestrahlt ist, fängt Donnas Telefon an zu piepen. »Ach du Scheiße, das geht ja ab wie verrückt. Es ist überall in den sozialen Medien.« Sie sieht zu mir auf. »Der Hashtag #SaveYnysDwynwen trendet bereits. Gott allein weiß, wie sie es alle schaffen, das zu buchstabieren!«

»Seht euch das an!«, ruft Gwyn. »Land ahoi! Und wie es aussieht, haben wir ein Empfangskomitee, Gayle Reiss!«

Während Gwyn die *Angharad* unter dem Jubel der Kinder auf den Steg zusteuert, drehe ich mich um. Dort steht kerzengerade eine Gestalt, die Hände hinter dem Rücken verschränkt. Und mit einem breiten Grinsen im Gesicht.

Martin.

47

Martin

Sie kommt den Steg zu mir heraufgelaufen, und wir umarmen uns. Ich frage: »Gayle, was hast du gemacht?«

»Endlich das Richtige«, sagt sie. Sie hält mich auf Armeslänge von sich und sieht mich ernst an. »Martin. Es ist Tom, der hinter diesem Bauprojekt steckt.«

»Dein Mann?«

Sie nickt. »Aber nicht mehr lange. Wir … Martin, ich habe ihn verlassen.«

Ein Jugendlicher taucht hinter Gayle auf und hüstelt. Sie dreht sich um und lächelt. »In Wirklichkeit hat George alles in Gang gesetzt. Er ist derjenige, der mir gesagt hat, dass man etwas unternehmen muss. Erinnerst du dich an George?«

Ich runzle die Stirn, und dann werden meine Augen groß. »Der kleine Junge, der in die Schlucht gefallen ist! Sieh dich nur an! Wie konnte das passieren? Du bist ja schon richtig erwachsen.«

Dann stürmt Donna heran und bahnt sich mit den Ellenbogen den Weg zu mir durch. Sie schwingt etwas, das wie ein Walkie-Talkie aussieht. »Entschuldigt die Störung. Es ist das Studio. Über Satellitentelefon. Sie wollen uns in fünf Minuten live haben. Die Geschichte geht anscheinend durch die Decke.« Sie deutet mit dem

Kinn in Richtung Südwesten. »Und wie es aussieht, bekommen wir Gesellschaft.«

Die beiden großen Schiffe sind nur noch wenige Minuten entfernt, die gelben Bulldozer und Generatoren sind auf ihren breiten, flachen Decks gut zu sehen. Das Lehrpersonal führt die Kinder zum Strand hinunter. Da taucht plötzlich Mrs Carruthers auf und fällt mir heftig um den Hals.

»Schätzchen! Um nichts in der Welt hätten Harry und ich das verpassen mögen! Was für ein aufregendes Abenteuer!«

Harry schüttelt mir die Hand. »Verdammt gute Arbeit, mein Junge. Dein Vater wäre stolz auf dich.«

»Ja, ich glaube, das ist er«, erwidere ich.

Donna hält in meine Richtung zwei Finger hoch. »Zwei Minuten, Martin. Ich möchte dich da unten haben mit den Schiffen im Rücken.«

Als ich ihr gerade folgen will, packt Gwyn meinen Arm. »Besser, du erwähnst nicht, dass du mit den Robben sprichst, Martin Burney. Sie sollen ja nicht denken, du wärst plemplem.«

Ich starre ihn an. »Woher weißt du, dass ich mit den Robben gesprochen habe?«

Er zwinkert. »Einer der Papageientaucher hat es mir zugezwitschert. Schreckliche Klatschbasen sind das. Aber jetzt komm! Du musst jetzt ins Fernsehen, oder?«

Wir treten ans Meeresufer, als Donna gerade gefilmt werden soll. Die Kinder skandieren *»Rettet Ynys Dwynwen!«* und schwenken ihre Plakate. Kurz bevor Donna vom Kameramann den erhobenen Daumen bekommt, ruft sie Gayles Mutter zu: »Heather, Schätzchen, würdest du bitte aus dem Bild gehen? Wir können dich nicht hinter den Kindern stehen und ein Plakat schwenken lassen, auf dem *TOM IST EIN WICHSER* steht.«

Dann wendet sie sich zur Kamera, räuspert sich und fängt an.

»Ich berichte live von Ynys Dwynwen, einer winzigen Insel vor der nordwalisischen Küste, wo die Schiffe mit den Bauarbeitern, die in Kürze mit der Errichtung eines umstrittenen Immobilienvorhabens beginnen wollen, in wenigen Minuten anlegen werden. Bei mir ist Martin Burney, der Leuchtturmwärter von Ynys Dwynwen, der sich in einem Einmannprotest gegen die Pläne gewandt hat, bis die ehemalige Britannia-Brook-Lehrerin Gayle Reiss unerwartet mit einer Gruppe von Kindern aufgetaucht ist, um dieses äußerst umstrittene Projekt zu stoppen. Martin Burney, warum sollte diese Insel gerettet werden? Stehen Sie nicht bloß dem Fortschritt im Weg?«

Ich blicke in die Kamera, und plötzlich wird mein Mund trocken. Seit beinahe zehn Jahren habe ich mit kaum jemandem gesprochen. Und jetzt wende ich mich an Tausende von Menschen. Ich sehe Gayle an, und sie schenkt mir ein gewinnendes Lächeln, bei dem mir das Herz aufgeht.

»Weil dies einer der letzten Orte auf der Welt ist, an dem Mensch und Natur wirklich in Harmonie miteinander existieren können«, sage ich zögernd. »Weil Ynys Dwynwen wild und ungezähmt ist und doch eine der größten Errungenschaften der Menschheit beherbergt.« Ich drehe mich um und deute auf den Turm. »Den Leuchtturm. Eine Meisterleistung der Technik, ein perfektes Beispiel dafür, was Menschen zu erschaffen in der Lage sind. Und zwar nicht nur zum persönlichen Gewinn oder aus Hybris, sondern als eine Kraft des Guten. Als etwas, das hilft, leitet, Leben rettet. Es befindet sich in perfekter Harmonie mit der Natur. Das ist Fortschritt. Dieser Leuchtturm. Fortschritt mit Menschlichkeit. Das da …« Ich deute auf die Schiffe, die im Gewässer vor der Insel zum Stillstand gekommen sind. »Dieser ›*Fortschritt*‹ hilft niemandem. Außer reichen Menschen, die damit nur noch reicher werden.«

Die Kinder und Erwachsenen brechen in Applaus und Jubel aus, und plötzlich fühle ich mich erschöpft. Donna zwinkert mir zu, und der Kameramann schwenkt auf sie.

»Und nach diesem von Herzen kommenden Appell von Martin Burney, dem Leuchtturmwärter von Ynys Dwynwen, warten wir nun auf die Ankunft der Bauleute. Wir werden Sie über die neuesten Entwicklungen in dieser Geschichte aktuell auf dem Laufenden halten. Und jetzt zurück ins Studio.«

Sobald der Kameramann das Signal gegeben hat, dass sie nicht mehr auf Sendung sind, stürzt Gayle auf mich zu und wirft ihre Arme um meinen Hals. »Das war wunderbar«, sagt sie.

»Bin mir nicht sicher, ob es viel nützt«, murmele ich und sehe über ihre Schulter hinweg zu den Schiffen hinüber.

Sie küsst mich auf die Wange. »Du hast es versucht, Martin. Du hast dein Bestes gegeben. Mehr kann man nicht verlangen, oder?«

»Na ja«, sagt Donna. »Ein bisschen mehr könnten wir doch noch verlangen. Willst du dich jetzt an diese Barriere ketten, oder was? So was ist gutes Fernsehen, Martin.«

»Hey«, ruft der Kameramann. »Wir haben Besuch.«

Wir drehen uns alle um und sehen ein kleines Motorboot zwischen den großen Schiffen durch die Wellen auf die Insel zupflügen. »Vorauskommando«, sage ich. »Ich schätze, irgendjemand sollte mich besser festketten.«

»Jetzt ist nicht der richtige Zeitpunkt, um pervers zu werden, Martin«, sagt Donna, und Gayle knufft sie gegen den Arm.

»Wartet«, sagt Gwyn neben uns und schirmt sich die Augen mit der Hand ab. »Das ist die Herzogin.«

Ms Davies stützt sich schwer auf ihren Stock, steht aufrecht da und nimmt die Schändung des Turms in Augenschein, dann blickt sie zu den Schiffen der Baufirma hinüber. »Nun, Mr Burney«, sagt sie. »Das war ja ein hartes Stück Arbeit.«

Ich will etwas erwidern, aber sie hebt die Hand. »Gehen Sie ein Stück mit mir.« Sie mustert Gayle von oben bis unten. »Sie auch. Und Gwyn, Sie können ebenso gut mitkommen.«

Schweigend führt sie uns über die Insel zum Grab von Edward Davies. Dort stehen wir zusammen und warten darauf, dass sie das Wort ergreift.

»Es erübrigt sich, zu sagen, dass Sie gefeuert sind, Mr Burney.«

Gayle erwidert wütend: »Das können Sie nicht machen! Er versucht, Ihre Insel zu retten!«

Ms Davies bleibt lange stumm und betrachtet Edward Davies' Grabstein. Dann sagt sie: »Sie haben sich um sein Grab gekümmert, Mr Burney. Dafür danke ich Ihnen.« Sie blickt zu Bethan's Reef hinaus, wo sich die Robben in der Brandung tummeln. Plötzlich überfällt mich ein Schmerz, als mir Bruce in den Sinn kommt. »Aber Sie haben explizit gegen den ausdrücklichen Wunsch der Familie gehandelt.«

Gayle will wieder etwas sagen, aber ich lege ihr die Hand auf den Arm. »Das ist in Ordnung. Ich wusste, dass das passieren würde. Dass es passieren musste.« Ich sehe Ms Davies an. »Aber ich konnte es nicht nicht versuchen. Ich hoffe, das verstehen Sie.«

Sie seufzt tief auf und zeichnet mit der Spitze ihres Stocks den Namen auf dem Grabstein nach. »Ich glaube, Edward Davies wäre sehr stolz auf Sie.« Sie begegnet meinem Blick. »Aber die Zeiten haben sich geändert, und Edward Davies ist schon lange tot.«

»Nur, dass er es nicht ist«, sage ich heftig. »Er ist in jedem Stein auf dieser Insel, in jedem Grashalm. Er sieht einen aus den Augen der Dwynwen-Wühlmäuse an, die Schwarzschnabel-Sturmtaucher schreien in der Abenddämmerung seinen Namen.« Ich drehe mich um und weise mit dem Arm über das Panorama von Ynys Dwynwen. »Sein Herz schlägt in den Maschinen des Turms. Und dieses Licht, dieses Licht, das nie ausgeht … das ist sein Licht, Ms

Davies. Sein Werk. Seine Seele steckt in diesen Scheinwerfern, sie leuchten den Menschen auf See den Weg. Denen, die sich auf dem Meer verirrt haben.« Meine Stimme wird zu einem fast unhörbaren Flüstern. »Solchen wie mir. Ich weiß nicht, ob Edward Bethan jemals zu sich zurückgeholt hat, Gott weiß, manchmal, wenn der Wind um den Turm bläst und draußen der Sturm tobt, so stark, wie die Liebe sein sollte, dann glaube ich, er hat es geschafft. Aber ich weiß, dass er Gayle zu mir geholt hat. Ynys Dwynwen hat mich gerettet, Ms Davies.«

Ms Davies sieht mich mit einem Ausdruck an, den ich nicht deuten kann. Dann schaut sie zu Gayle und schließlich zu Gwyn. »Wie es scheint, hat Ynys Dwynwen wieder seinen Zauber walten lassen, Gwyn Jones.«

Gwyn gluckst. »Ich glaube, da haben Sie recht, Ms Davies.«

»Ich entsinne mich, dass ich Ihnen die Geschichte von Edward und Bethan erzählt habe. Wie er den Leuchtturm baute, um ihren Geist zu sich zurückzugeleiten. Ob sie jemals wieder zusammengefunden haben, werden wir nie erfahren. Nicht in diesem Leben. Aber Ynys Dwynwen hat die Angewohnheit, verlorene Seelen anzuziehen. Verlorene Seelen wie Sie, Martin Burney. Und heil zu machen, was in ihnen zerstört war.« Sie sieht Gayle an. »Und die Teile aufzuspüren, die ihnen fehlen. Es ist nicht zum ersten Mal passiert. Es wird auch nicht das letzte Mal gewesen sein.«

»Dieses Mal war es eine gute Geschichte«, sagt Gwyn. »Sehr befriedigend.«

»Aber es wird das letzte Mal gewesen sein«, sagt Gayle. Sie zeigt auf die Schiffe. »Weil die Bulldozer nämlich gleich an Land rollen und diesen Ort plattmachen und Ynys Dwynwen in eine Art … Freizeitpark für reiche Leute verwandeln. Glauben Sie an Magie, Ms Davies? Glauben Sie, dass die Magie dann noch wirkt?«

»Der Leuchtturm wird trotzdem noch seine Aufgabe erfüllen,

Miss Reiss«, entgegnet Ms Davies, die Lippen zu einer dünnen, blutleeren Linie aufeinandergepresst. »Es wird trotzdem noch einen Wärter geben. Es wird sich nichts geändert haben.«

»Außer, dass sich alles geändert haben wird«, sage ich leise. »Oh, mir ist schon klar, dass es für mich vorbei ist. Aber …« Ich sehe Gwyn an. »Ynys Dwynwen rettet Leben. Es heilt Herzen. Es erneuert Seelen. Sie haben gesagt, dieser Ort macht gebrochene Menschen wieder heil, Ms Davies. Das hat er mit mir getan. Und es wäre eine Tragödie, wenn ich der letzte Mensch wäre, den Ynys Dwynwen geheilt hat.«

Ich bin am Ende. Ich bin leer. Ich habe meine Rolle gesprochen, und mehr habe ich nicht zu sagen. Gayle nimmt meine Hand und drückt sie. Sie weiß es auch. Ich habe alles getan, was ich konnte.

Hinter uns ist ein Tumult zu vernehmen, und wir drehen uns um und erblicken ein kleines Boot, das auf die Insel zusteuert. Diesmal ist es eines der Boote der Baufirma mit drei Personen an Bord. Ich sehe, wie Gayle die Augen zusammenkneift, dann keucht sie auf.

»Oh«, sagt sie. »Das ist Tom.«

»Gut«, sagt Ms Davies entschieden. »Ich danke Ihnen für Ihre Worte, Mr Burney. Sie waren aufrichtig und eindringlich und sind nicht ungehört geblieben. Aber jetzt ist es für mich an der Zeit, über Geschäfte zu reden.«

48

Gayle

Ich stehe Tom auf dem Kieselstrand gegenüber. Er trägt eine Chinohose und ein frisch gebügeltes weißes Hemd, dessen obere zwei Knöpfe offen stehen. Er sieht gut und braun gebrannt und gesund und perfekt aus. Und wie das glitzernde Meer hinter ihm ist er ganz Oberfläche. Einladend und warm, doch wenn man ein wenig tiefer vordringt, wird es kalt und dunkel.

Alles um uns herum scheint zu verschwimmen und zu verblassen, das Rauschen der Wellen, die Schiffsmotoren und das Geschnatter der Kinder werden auf stumm geschaltet. Ich höre, wie Donna dem Kameramann sagt, dass er aufhören soll zu filmen, und wie er protestiert, *aber das ist bestes Fernsehen,* dann noch, wie sie unter Flüchen darauf besteht, danach ist auch sie weg. Da sind nur noch Tom und ich, die einander gegenüberstehen.

»Ich konnte es nicht glauben, als ich dich im Fernsehen gesehen habe«, sagt Tom. »Und dann … ist mir alles klar geworden. Der Leuchtturmwärter.« Ich erwarte Hohn oder dass er das Gesicht verzieht oder etwas Schreckliches sagt. Aber das tut er nicht. Er sieht nur ein bisschen … verloren aus. »Wie lange läuft das schon?«

Ich hole tief Luft. »Wenn ich ehrlich bin, ungefähr zwanzig

Jahre. Wir kannten uns von der Universität. Jetzt weiß ich, dass ich nie aufgehört habe, ihn zu lieben.«

»Nicht mal, als du mit mir verheiratet warst.« Das ist eine Feststellung, keine Frage. Und er fügt hinzu: »Hast du mich jemals geliebt, Gayle? Wirklich?«

Mir steigen Tränen in die Augen. Denn ich habe ihn wirklich geliebt. Er war nett und großzügig und rücksichtsvoll und liebevoll und gut aussehend und all diese Dinge. Und es waren gute und wichtige Dinge für eine Beziehung, aber sie wurden immer durch etwas anderes überlagert.

»Natürlich habe ich dich geliebt, Tom«, sage ich. »Aber ich war nie eine Konkurrenz.«

Sein Gesicht verzieht sich. Er packt meine Arme, und ich stoße ihn nicht von mir, noch zucke ich zurück. Er sagt grimmig: »Du musstest nie konkurrieren! Du meinst Veronica? Das hat nichts bedeutet. Das habe ich dir auch gesagt. Ich war schwach, ich habe mich hinreißen lassen, ich habe Mist gebaut. Es tut mir leid. Sie ist weg, sie ist weitergezogen, ich werde sie nie wiedersehen. Ich habe sie nie geliebt, Gayle. Nicht so, wie ich dich geliebt habe. Nicht so, wie ich dich *liebe*.«

»Ich meine nicht, dass ich mit Veronica konkurrieren musste, Tom. Oder mit einer von den anderen. Und ich weiß, dass da noch andere waren. Ich meine, ich war nie eine Konkurrenz für dich. Denn niemand könnte dich jemals so sehr lieben, wie du dich selbst liebst.«

Er öffnet den Mund, um etwas zu sagen, und schließt ihn wieder. Dann lässt er meine Arme los und tritt einen Schritt zurück. »Das ist nicht wahr«, sagt er schließlich. »Ich habe versucht, dich zurückzuholen. Ich habe angerufen und dir Nachrichten geschickt und sogar Briefe geschrieben. Ich kann es nicht ertragen, dich zu verlieren, Gayle. Ich will nicht, dass die Scheidung rechtskräftig wird. Ich möchte, dass wir es noch einmal versuchen.«

Ich schaue über seine Schulter zu seinen Schiffen hinüber, die bereit sind, am Strand anzulanden, und lache. »Tom. Würdest du mich wirklich, wirklich lieben, dann würdest du das hier nicht tun.«

»Ich tue es für dich!«, beharrt er. »Es war immer für dich. Für uns. Für unsere Zukunft. Alles ist für uns beide.«

Ich schüttle den Kopf. »Kennst du mich überhaupt, Tom? So richtig?«

Da blickt er über meine Schulter hinweg, und ich weiß, wen er ansieht.

»Du hast natürlich mit ihm geschlafen. Während du mit mir verheiratet warst.«

»Tom, du kannst wohl kaum …«

»Wir sind beide nicht besser als der jeweils andere, Gayle. Wir waren beide untreu. Wenn du wirklich die Scheidung willst, dann …«

Ich weiß, was er meint, was er damit sagt. Er wird gegen mich kämpfen bis zum bitteren Ende. Wenn er mich gehen lassen muss, wird er mir keinen Penny überlassen. Er wird nicht zulassen, dass ich einen Anspruch auf sein Imperium, sein Haus, sein Leben habe. Er kennt mich wirklich überhaupt nicht.

»Ich werde nichts von dir fordern, Tom«, sage ich leise. »Mach dir deswegen keine Sorgen.«

Er sieht mich lange an. »Darf ich dir eine Frage stellen?«

Ich zucke mit den Schultern.

»Wieso bist du so lange bei mir geblieben, wenn ich ein so schrecklicher Mensch bin? Du hättest jederzeit gehen können. Ich hätte um dich gekämpft und versucht, dich umzustimmen, und dir gezeigt, wie sehr ich dich liebe, aber du hättest jederzeit einfach gehen können. Du warst keine Gefangene.«

Und da erst wird es mir richtig bewusst, und ich glaube, es liegt daran, dass ich auf Ynys Dwynwen bin, und vielleicht haben Ms Davies und Gwyn und Martin recht, und es ist hier wirklich eine Art von Magie am Werk. Der Zauber der Klarheit und der Freiheit und des Friedens und der Natur. Auf Ynys Dwynwen geht das Licht niemals aus, aber ich habe mein eigenes Licht schon vor langer Zeit ausgehen lassen. Ich habe mich von einem stärkeren, helleren Licht leiten lassen und bin stattdessen ihm gefolgt. Ich habe vergessen und bin Toms Licht gefolgt, und das hat mich in einen vergoldeten Käfig geführt, den ich mir selbst gebaut hatte.

»Ich habe dir alles gegeben, was du brauchst, Gayle«, sagt Tom missmutig.

Ich schüttle frustriert den Kopf. »Und das ist es, was du nie verstehen wirst, Tom. Als ich dir zum ersten Mal begegnet bin, wäre es mir egal gewesen, wenn du in einer winzigen Einzimmerwohnung gewohnt hättest. Oder in einem Zelt. In dich habe ich mich verliebt, nicht in deinen Reichtum oder deinen Erfolg oder dein Haus. Und ich habe etwas in dir wahrgenommen, etwas, von dem ich dachte, es würde wachsen und aufblühen. Freundlichkeit. Großzügigkeit. Ein liebevolles, fürsorgliches Wesen. Aber du hast gedacht, das bedeutet, mir *Dinge* zu schenken und Geld und zu entscheiden, was gut für mich ist. Und ich wollte nicht schon wieder eine Beziehung scheitern lassen, Tom, weil ich wusste, dass du ein guter Mensch bist. Aber mir war nicht bewusst, dass das Zusammensein mit dir … mein eigenes Licht schwächer werden lässt. Und du hast es auch nie bemerkt.«

»Ich dachte, du wärst glücklich«, sagt er mit leiser Stimme.

»Das dachte ich auch.«

Er hält inne und blinzelt wieder in Richtung Inland. »Und mit dem Leuchtturmwärter wirst du glücklich sein?«

Ich spüre, wie mir Tränen über die Wangen laufen. Denn trotz allem habe ich mit Tom glückliche Zeiten erlebt. Und selbst ihn zu verlassen, sogar seine Anrufe zu ignorieren, fühlte sich nie so endgültig an wie das hier. Für uns beide. Alles, was ich noch tun muss, ist, die Worte auszusprechen, und es wird endgültig und wirklich vorbei sein.

Also spreche ich sie aus.

»Ja, Tom. Ich weiß, dass ich mit Martin glücklich sein werde. Er lässt mein Licht so hell leuchten wie sein eigenes.«

Tom nickt, und sein Kiefer spannt sich an. »Gut. Ich schätze, dann überlassen wir alles meinen Anwälten. In Anbetracht dessen, was ich gesagt habe.«

»Ich will nichts von dir, Tom. Ich will nur … Ich möchte nur, dass du glücklich bist. Wenn du es sein kannst.«

Er lächelt schmal. »Ich werde glücklich sein. Sobald ich mit diesem Bau begonnen habe. Nichts wird das verhindern, Gayle.«

Und plötzlich schnappt der Rest der Welt wieder zurück in mein Blickfeld, die Schiffe hinter Tom, der Lärm der Kinder, die Schreie der Möwen sowie die Stimme von Heledd Davies, die auf einmal neben mir erklingt.

»Ach, ich bin mir gar nicht sicher, ob das wirklich stimmt, Mr Cassidy.«

Tom sieht Ms Davies an und zieht eine Augenbraue hoch. »Ich denke, der Vertrag, den wir unterzeichnet haben, legt nahe, dass es so ist.«

Ms Davies atmet tief ein. Sie dreht sich um und sieht Martin, dann den verunstalteten Leuchtturm hinter ihm an. Dann wendet sie sich wieder zu Tom um. »Ich habe meine Meinung geändert.«

Ich merke, dass ich den Atem angehalten habe, und lasse ihn

nun rau entweichen. Die hinter uns versammelten Menschen verstummen und beginnen, miteinander zu murmeln. Aus den Augenwinkeln sehe ich, dass Donna hektisch dem Kameramann zuwinkt, damit er anfängt zu filmen.

Tom kneift sich in den Nasenrücken. »Bitte? Sie können Ihre Meinung nicht ändern. Nicht in dieser Phase.« Er deutet mit einer Hand in Richtung der Schiffe. »Ist Ihnen klar, wie viel es gekostet hat, um an diesen Punkt zu gelangen?«

»Ja, und ich entschuldige mich dafür. Aber mir ist klar geworden, nicht zuletzt dank Miss Reiss und Mr Burney, dass diese Kinder hinter uns, dass die negativen Auswirkungen auf Ynys Dwynwen weit bedeutsamer sind als der finanzielle Aufwand, den jeder von uns bislang hatte.«

Tom schnappt nach Luft. »Das … können Sie einfach nicht machen, Ms Davies.«

»Ich mache es aber, Mr Cassidy.«

Er fixiert sie mit seinem stählernen Blick. »Dann werde ich Sie verklagen. Wegen Vertragsbruchs. Damit werden Sie nicht durchkommen.«

Ich wende mich an Ms Davies und räuspere mich. »In dem Fall werden Sie eine gute Anwältin brauchen, Ms Davies. Eine, die sich im Umweltrecht gut auskennt. Ich möchte Ihnen gerne meine Dienste anbieten.«

Tom starrt mich an. *»Was?«*

»Hast du es vergessen, Tom? Was ich früher mal war? Was ich früher gemacht habe? Bevor du es mir mit den, wie ich tatsächlich annehme, besten Absichten weggenommen hast? Ich war Anwältin, Tom. Und zwar eine verdammt gute.«

Er starrt mich nur wortlos an. Ich sage: »Manche Lichter gehen wirklich nie aus, Tom. Ich habe nicht nur Martin wiedergefunden. Ich habe auch mich selbst wiedergefunden.«

Da macht er auf dem Absatz kehrt, steigt zurück in sein Motorboot und flucht, als eine Welle über seine italienischen Lederschuhe spritzt. Als der Motor aufröhrt und das Boot eine Drehung vollführt, brandet hinter mir riesiger Jubel auf.

Martin schließt mich in eine lange, lange Umarmung, als wollte er zwanzig verlorene Jahre wiedergutmachen. Als er mich endlich loslässt, sagt er: »Du warst absolut brillant.«

Wir drehen uns beide zu Ms Davies und Gwyn um. »Danke«, sagt Martin.

Sie neigt den Kopf. »Ich danke *Ihnen*. Dafür, dass Sie so entschieden Stellung bezogen haben, und dafür, dass Sie so mutig und wortgewandt argumentiert haben.« Sie sieht mich an. »Ihnen beiden.« Dann fügt sie sanft hinzu: »Sie sind trotzdem gefeuert, Mr Burney.«

Martin nickt. Diesmal sage ich nichts. Ich glaube, wir wissen beide, dass Ynys Dwynwen vorüber ist, dass wir nach vorne blicken müssen. Martin fragt: »Was wollen Sie jetzt machen, um Geld aufzutreiben?«

Sie zuckt mit den Schultern. »Wir sind nicht völlig blank. Und Sie haben mich ja bereits darauf hingewiesen, dass das Haus der Familie einen beträchtlichen Wert hat. Es ist zu groß für mich und Hywel.«

Ms Davies blickt aufs Meer hinaus, Toms abfahrenden Schiffen hinterher. »Ich erwarte von Ihnen, dass Sie noch bis zum Monatsende bleiben, damit ich einen Ersatzwärter suchen kann. Und Sie können die Zeit nutzen, um den Leuchtturm neu zu streichen und all diese Steine wegzuräumen.« Sie lächelt Martin an. »Ynys Dwynwen dankt Ihnen für den Dienst, den Sie hier getan haben, Mr Burney. Ebenso wie ich. Aber jetzt ist es für Sie an der Zeit, in die Welt zurückzukehren. Und vielleicht nehmen Sie die Lektionen, die Sie hier gelernt haben, mit und versuchen, sie an andere weiterzugeben. Wer weiß? Vielleicht verbessern Sie beide die Welt doch noch.«

49

Martin

Hand in Hand sehen Gayle und ich zu, wie Donna eine Liveschaltung macht, während hinter ihr die Punkte von Toms Schiffen immer kleiner werden. Sie sagt: »Und nach diesen erstaunlichen Szenen hier auf Ynys Dwynwen hat es nun den Anschein, dass das geplante Bauvorhaben, das diese idyllische walisische Insel zu einem Luxusferienort der Spitzenklasse machen sollte, aufgegeben wird. Ob es noch zu rechtlichen Auseinandersetzungen kommen wird, bleibt abzuwarten, aber vorerst ist Ynys Dwynwen in Sicherheit.«

Der Kameramann schwenkt zu den Kindern der Britannia Brook, die alle mit ihren Plakaten in den Händen auf- und abhüpfen. Hektisch winkt Donna Gayles Mutter, damit sie aus dem Bild geht. Als der Kameramann Donna den gereckten Daumen zeigt zum Zeichen, dass er fertig ist, bläst sie ihre Wangen auf und stößt einen Seufzer aus. »Verdammte Scheiße, was für ein Tag.«

Eine Gestalt drängt sich unsicher zu ihr hindurch, ein erschreckend bleicher junger Mann in einem zerknitterten Anzug. Die Hände in die Hüften gestemmt, dreht Donna sich zu ihm um. »Gareth. Unser unerschrockener Reporter. Besitzt du die Güte, dich doch noch zu uns zu gesellen.«

Er schüttelt den Kopf. »Oh mein Gott, mir war so hundeelend.

Ich habe stundenlang geschlafen, glaube ich. Ich weiß nicht, ob ich nur seekrank bin oder ob ich etwas Falsches gegessen habe … Können wir drehen?« Er sieht sich stirnrunzelnd um. »Habe ich etwas verpasst?«

Ich sehe Gayle an, die mich mit Tränen in den Augen anblickt.

»Martin. Du hast es geschafft.«

»Wir haben es geschafft, Gayle. *Wir* haben es geschafft.«

Dann nehme ich sie in die Arme und küsse sie.

Ms Davies verkündet, sich jetzt von uns verabschieden zu müssen, und lässt sich Gayles Nummer geben. »Ich habe das Gefühl, ich werde Sie noch brauchen.«

Gayle zuckt mit den Schultern. »Ich weiß nicht, Ms Davies. Tom gesteht Niederlagen niemals ein, aber in diesem Fall … Ich weiß es nicht. Wir werden sehen.«

Gwyn hat vorausblickend ein Lunchpaket für die Kinder eingepackt, das sie nun vor den baufälligen Cottages verspeisen. Der Kameramann macht noch ein paar Aufnahmen von den Dwynwen-Wühlmäusen, die umherhüpfen, als wüssten sie, dass sie soeben gerettet wurden.

Ich gehe mit Gwyn und Gayle über die Insel.

»Also«, sage ich. »Was jetzt?«

»Unter uns?«, fragt Gayle.

Ich nicke. »Unter uns.«

Sie bleibt stehen, stellt sich vor mich und ergreift meine Hände. »Gwyn hat mir von der Sache an Silvester erzählt. Von der Nachricht. Dass du sie nicht rechtzeitig erhalten hast.«

»Weil ich so ein verdammter Trottel bin«, ergänzt Gwyn. »Oder besser gesagt, der verdammte Trottel ist Wyn Jones.«

»Hättest du Tom wirklich nicht geheiratet, wenn ich dich darum gebeten hätte?«

Sie nickt. »Ich hätte ihn nie heiraten sollen.« Sie beißt sich auf die Lippe. »Martin. Ich habe keine Ahnung, wie das mit uns funktionieren soll, aber … meinst du, wir sollten es versuchen?«

Ich seufze und sehe zu dem mit Graffiti beschmierten Turm hinüber. »Ich weiß nicht, was für ein Leben ich dir bieten kann, Gayle. Jedenfalls bestimmt nicht so eines, wie du es hattest.«

»Es geht nicht darum, dass du mir ein Leben bieten sollst«, sagt sie heftig. »Ich bin es leid, dass Leute versuchen, mir ein Leben zu bieten. Ich will mein eigenes Leben haben. Und ich glaube, ich will es mit dir haben. Wie auch immer das dann aussieht. Es gibt einiges, was ich tun kann. Ich kann als Anwältin arbeiten, ich kann unterrichten. Und du kannst vielleicht dein Buch schreiben …«

»Ach, verdammt!«, schreit Gwyn und schlägt sich die Hand gegen die Stirn. »Das Buch! Oh, Martin Burney, jetzt wirst du mich schon wieder hassen!«

Er zieht einen Umschlag aus seiner Tasche. Er ist bereits geöffnet. Er ist an ihn adressiert.

»Was ist nun schon wieder, Gwyn?«

»Lies das, Martin Burney! Lies es!«

Ich ziehe den einzelnen Papierbogen heraus, und meine Augen werden groß. Ich reiche ihn an Gayle weiter. »Gwyn, was hast du gemacht?«

»Weißt du noch, dass du das Buch geschrieben hast und gesagt hast, es sei nur alter Dreck und ich solle es in die Mülltonne werfen?«, fragt Gwyn. »Nun, das habe ich nicht getan. Ich habe es gelesen. Ich fand es sehr gut. Also habe ich den Brief ausgegraben, den du das letzte Mal bekommen hast. Von diesem Kerl. In London. Dem Literaturagenten.«

»Gwyn …«

»Und ich habe es ihm geschickt!«, verkündet Gwyn. »Und

heute Morgen kam das hier, aber in all der Aufregung habe ich es ganz vergessen!«

Gayle beginnt, den Brief langsam vorzulesen. »Lieber Mr Jones, ich muss sagen, eine solch unorthodoxe Einsendung hatte ich noch nie. Es ist äußerst ungewöhnlich, dass jemand ohne Wissen oder Erlaubnis des Autors einen fertigen Roman einreicht. Nichtsdestotrotz packte mich die Neugierde, und ich habe *Da ist ein Licht, das niemals ausgeht* von Martin Burney gelesen. Und darüber bin ich sehr froh. Mr Jones, ich möchte, dass Sie bei nächster Gelegenheit ein Treffen zwischen Mr Burney und mir arrangieren. Ich würde mich nicht nur geehrt fühlen, wenn er mein Angebot annehmen würde und sich von mir vertreten ließe, ich bin auch selbst etwas unorthodox vorgegangen. Ich habe den Roman mehreren Lektorinnen und Lektoren in London gezeigt. Er ist auf großes Interesse gestoßen, und das wird eine Art von Bieterkrieg nach sich ziehen, natürlich nur mit Mr Burneys Einverständnis. Ich freue mich, von Ihnen zu hören.«

Sie sieht mich an. »Martin. Du bekommst einen Buchvertrag.«

• • •

Nachdem Ms Davies gefahren ist, Donna ihren letzten Bericht abgefilmt hat und Gwyn die Kinder und Passagiere wieder auf die *Angharad* verladen und zurück aufs Festland gebracht hat, sind nur noch Gayle und ich auf Ynys Dwynwen übrig.

Während sich die Dämmerung über die Insel senkt, stehen wir auf dem Balkon und nippen an unseren Weingläsern. Wir haben mein Fernglas auf die baufälligen Cottages gerichtet, und plötzlich ruft Gayle: »Da! Ich sehe eine!«

Die Dwynwen-Wühlmäuse spielen im schwindenden Tageslicht. Sie fragt: »Glaubst du, sie ahnen, wie knapp sie an der Ausrottung vorbeigeschrammt sind?«

»Gibt es irgendjemanden, der das weiß?«, sage ich. »Wer weiß, wie oft wir jeden Tag dem Tod ganz nah kommen, zum Glück, ohne uns dessen bewusst zu sein.« In meiner Tasche steckt der Ring meiner Mutter in seiner aufgequollenen Schachtel. »Deshalb sollten wir den Tag ergreifen. Keine Zeit mehr verschwenden.«

Ich lasse den Ring dort stecken. Für den richtigen Moment. Der, da bin ich mir sicher, bald kommen wird.

Gayle bittet: »Erzähl mir von deinem Buch. Ich kann kaum erwarten, es zu lesen.«

Ich zucke mit den Schultern. »Es ist die Geschichte von Ynys Dwynwen«, antworte ich. »Aber vor allem ist es unsere Geschichte.« Ich blicke hinaus auf das dunkelnde Meer. »Als ich einmal am Tiefpunkt war und dachte, dass es nie wieder besser werden würde, sagte Gwyn zu mir, ich solle mir mein eigenes Happy End schreiben. Das habe ich dann getan.«

»Und was passiert am Ende deiner Geschichte, Martin?«

»Willst du wirklich gespoilert werden, Gayle?«

Sie nickt.

»Das«, sage ich, nehme sie in den Arm und küsse sie. In diesem Moment zischen und knallen die Scheinwerfer und werfen ihre blendend weißen Strahlen auf die wilde Welt um uns herum, und wir stehen als Silhouetten vor dem Licht, das niemals, niemals ausgeht.

50

Gwyn

Hallo! Ist das Ding an? Tap-Tap. So macht man das, oder? Ha, ha. War nur ein Scherz. Gwyn hier. Gwyn Jones. Habe den Laden. Bin Bootsführer. Friseur. Mache alles Mögliche. Aber das wissen Sie wahrscheinlich schon.

Ich schätze, Sie wollen wissen, wie es weiterging. Na ja, das war schon alles ziemlich aufregend, nicht wahr? Verdammt große Schiffe und Proteste und alles. Und alle haben darüber gesprochen. Über Ynys Dwynwen. Es war überall in den sozialen Medien. Ein paar Leute sind auf die Insel gekommen und haben die Wühlmäuse unter dicken, fetten Naturschutz gestellt und mit jedem Gedanken, dort jemals wieder irgendwas zu bauen, aufgeräumt.

Also blieb Martin Burney bis zum Ende des Monats, und Gayle Reiss blieb bei ihm. Ich fand es schade, sie gehen zu sehen. Sie geben ein schönes Paar ab. Man hört die Leute immer sagen, dass Menschen füreinander bestimmt sind, aber ich habe das nie wirklich geglaubt, bis ich diese beiden gesehen habe. Sie sind füreinander geschaffen.

Martin ist nach London aufgebrochen, um sich mit diesem Literaturagententypen zu treffen. Und das ist auch alles sehr aufregend. Er hat sein Buch an einen großen Verlag verkauft, und es wird bald erscheinen. Alle sind verrückt danach. Es heißt, dass daraus ein Film gemacht werden soll oder eine dieser abhängig machenden Fernsehserien. Es ist die Art von Geschichte, die im Augenblick jeder haben will, verstehen Sie? Sie handelt von der Welt und davon, wie wir in ihr leben, und es ist eine umwerfend gute Liebesgeschichte. Am Ende bleibt kein Auge trocken, darauf wette ich.

Gayle, sie hat mehrere Möglichkeiten. Vielleicht fängt sie wieder an zu unterrichten. Vielleicht an der Britannia Brook, vielleicht irgendwo anders. Aber sie wird mit armen Kindern arbeiten. Sie spornt sie an, wissen Sie. Sie glaubt an sie. Sie hält nichts von dem Gerede, sie wären nicht so gut wie alle anderen, nur weil sie dort geboren sind und kein Geld haben. Sie sieht in jedem das Gute, dieses Mädchen. Sie findet, jeder sollte alles erreichen können. Andererseits ist sie auch eine gute Anwältin. Das Vorhaben, Ms Davies wegen Vertragsbruchs zu verklagen, wurde stillschweigend fallen gelassen, und ich denke, das war ihr Werk, als sie anfing, für den Fall Material zusammenzutragen. Und die Welt muss weiß Gott gerettet werden. Sie braucht Menschen wie Gayle Reiss, die sich für sie einsetzen.

Wo auch immer sie schließlich enden werden, ich glaube, sie kommen zurecht, diese beiden.

Sehen Sie, die Herzogin hat recht. Ms Davies, meine ich. Wenn sie von Ynys Dwynwen und der Magie redet. Dieses Licht, es zieht Menschen an. Menschen, die Ynys Dwynwen brauchen. Und wenn sie dann wieder gehen, sind sie nicht mehr dieselben. Es sind bessere Menschen.

Martin Burney hat vor ein paar Monaten etwas Lustiges zu mir gesagt. Als wir über sein Buch gesprochen haben. Er sagte, alles ist eine Geschichte, alles. Sogar was die Tiere und Fische tun. Selbst wenn sie gar nicht verstehen, was eine Geschichte ist. Alles ist eine

Geschichte. Wir sind alle aus Geschichten gemacht, und wir fügen sie diesem großen Buch hinzu, das der gesamte Planet schreibt, in dem die Geschichten von allen stehen. Es ist nicht Geld, was die Welt am Laufen hält, sondern Geschichten. Jeder hat eine. Und ich denke, vielleicht ist Ynys Dwynwen hier der Ort, an dem die Erde diesen Geschichten lauscht.

Ms Davies hat eine Anzeige geschaltet, um einen neuen Leuchtturmwärter zu finden, und vor ein paar Wochen hat sie jemandem den Zuschlag gegeben. Tatsächlich kommt diese Person jetzt gleich an. Ist gerade aus Eddie Jones' Bus gestiegen und auf dem Weg herunter zu meinem Laden. Ich gehe besser und rede mit ihr. Bringe sie auf die Insel rüber. Auf Ynys Dwynwen.

Sie hat einen traurigen Ausdruck im Gesicht. Sie denkt, dass ihre Geschichte vielleicht zu Ende ist, deshalb ist sie hergekommen und hat diesen Job angenommen. Sie irrt sich. Was auch immer ihr zugestoßen ist, was auch immer ihr das Herz gebrochen hat, sie ist jetzt die Wärterin von Ynys Dwynwen.

Und ihre Geschichte hat gerade erst begonnen.

Danksagung

Im Sommer 2021, nach der Veröffentlichung meines Romans *The Handover*, wurde ein Brainstorming über Zoom mit Zoe Yang vereinbart, die damals Lektorin bei Orion war und inzwischen zu neuen Ufern aufgebrochen ist.

Ich wollte ein paar Ideen besprechen, weil ich gerne wieder etwas schreiben wollte, das an den Zauber meines ersten Romans für Orion anknüpfte, *Calling Major Tom* aus dem Jahr 2017. *Calling Major Tom* war eine Kombination aus dem echten Leben, selbst seinen tragischen Momenten innewohnender Komik und einer skurrilen Leitidee – die Hauptfigur befand sich auf dem Weg zum Mars, hatte der Welt den Rücken gekehrt und entdeckte zu spät durch den zufälligen Kontakt mit einer Arbeiterfamilie in Wigan ihre Verbundenheit mit der Menschheit wieder.

Meine folgenden Romane konzentrierten sich stark auf die Aspekte von *Calling Major Tom*, die das Leben der Arbeiterklasse in den Blick nahmen, obwohl sie recht ungewöhnliche Settings hatten – im Fall von *The Growing Pains of Jennifer Ebert* (aus allzu komplizierten Gründen auch bekannt als *The Lonely Hearts Cinema Club*) ein Pflegeheim an der Küste von Lancashire, im Fall von *Things Can Only Get better* ein Friedhof in den 1990er-Jahren und ein Museum für Sozialgeschichte in *The Handover*. Na ja, wenn man einmal über eine Reise zum Mars geschrieben hat, erscheint einem alles andere ein wenig prosaisch.

In meinem nächsten Roman für Orion wollte ich dieses Gefühl der Einsamkeit und des Rückzugs vor der Welt als Vehikel für die Hauptfigur oder zumindest für eine der Hauptfiguren aufgreifen, sich erst aus dem Leben zurückzuziehen und sich dann wieder mit ihm zu verbinden.

Was, fragten Zoe und ich uns laut, könnte der perfekte Schauplatz dafür sein? Hätten wir in einer Spielshow im Fernsehen gesessen, hätten wir gleichzeitig Karten hochgehalten, auf denen »Leuchtturm« geschrieben stand.

So wurde der Keim der Idee für *There Is A Light That Never Goes Out* geboren und mit ihm eine heilsame Lektion für jeden Schriftsteller. In diesem Roman (und ich hoffe, Sie lesen ihn, bevor Sie diese Danksagung lesen) antwortet Martin Burney auf ein Inserat für die Stelle des Leuchtturmwärters auf einer abgelegenen walisischen Insel. Er findet, das Leben sei so schrecklich, dass er keine anderen Menschen mehr brauche. Und er wird eines Besseren belehrt.

Gleichermaßen verhält es sich mit uns Schriftstellern, die wir glauben, zumindest metaphorisch in unseren eigenen abgelegenen Leuchttürmen in herrlicher Abgeschiedenheit Kunst zu schaffen, und damit ebenfalls falschliegen. Denn ein Buch wie dieses wird nicht von einer einzigen Person geschaffen, auch wenn nur ein Name auf dem Umschlag steht.

Es ist eine Teamleistung, die im Jahr 2021 mit Zoe Yang ihren Anfang nahm. Und sie setzte sich fort in den Bemühungen einer großen Anzahl von Menschen sowohl bei Orion als auch anderswo, darunter einige, deren Namen ich nicht einmal kenne. Sam Eades ist natürlich zu nennen, meine Lektorin bei Orion. Laura Williams, meine Bulldogge von einer Agentin (und das ist auf die netteste Art und Weise gemeint). Rachael Lancaster, die das absolut fabelhafte Cover dieses Buches gestaltet hat. Barney Duly und das Rechteteam bei Orion, die die Kunde von diesem Buch auf der ganzen Welt verbreitet haben. Mein Schriftstellerkollege TG Hambleton, ein Nordlicht wie ich, der den ersten Entwurf gelesen hat und mir aufmunternden und weisen Rat zuteilwerden ließ. Sahil Javed, der jedem gebrochenen Versprechen von mir, die Abgabefristen pünktlich einzuhalten, stets mit guter Laune begegnet ist. Und meine Familie, Claire, Charlie und Alice, die immer dafür gesorgt haben, dass ich die Bodenhaftung behalte. Besondere Erwähnung müssen hier meine Kinder finden, die fast das gesamte britische Bildungssystem durchlaufen haben, ohne je damit geprahlt zu haben, was ich beruflich mache – um ehrlich zu sein, haben sie es nicht einmal erwähnt. Niemandem gegenüber. Niemals. Wie auch immer …

Und schließlich an alle, die jemals eines meiner Bücher in die Hand genommen und es nicht verabscheut haben: *There Is A Light That Never Goes Out* ist für euch. Möget ihr alle euer eigenes Licht im Leben finden, und möge es da draußen immer irgendwo einen Bruce für euch geben.

David Barnett, Nordengland, Dezember 2022

Eine Traumhochzeit auf Capri

Als ihre Nonna Tommasina sie bittet, in der kleinen Goldschmiede in Neapel einzuspringen, ist Chiara nicht gerade begeistert. Ihre Heimatstadt hatte sie mit einem gebrochenen Herzen verlassen. Zurück in der Via dell'Amore, dem Gässchen Neapels, in dem sich alles ums Heiraten dreht, erwarten sie Chaos und alte Spannungen. Doch bald wird alles besser: Chiara lebt sich ein und die Arbeit macht ihr Spaß. Bis sie beim Aufräumen auf eine vergessene Bestellung für Trauringe stößt. Spontan beschließt Chiara, die Ringe selbst nach Capri zu bringen. Ihr Herz macht einen Sprung, als sie sieht, wer der Trauzeuge ist ...

Der Auftakt der neuen Hochzeitsreihe auf den schönsten Inseln Italiens – mit Meeresglitzern und ganz viel Amore!

Roberta Gregorio

Capri bedeutet für immer

Roman

Taschenbuch

Auch als E-Book erhältlich

www.ullstein.de